Lindeni

S láskou z Talianska

Jules Wake

S láskou z Talianska

Preložila Tamara Chovanová

Lindeni

Nicole a Ianovi Walkerovcom,
neochvejným a pravým priateľom.

Kapitola 1

Len čo Lauren uvidela dievča v žiarivých fuksiových šatách, ktoré sa knísalo na polmetrových podpätkoch a klobúčik mu skákal vo vlasoch ako exotický vták, bolo jej jasné, že to odhadla zle. Nielen zle – hrozne, hrozne zle.

Mala rada svoj tmavomodrý kostým a až do tej chvíle sa jej veľmi páčil. Niekto by možno povedal, že je obstojný, ale to by od neho bolo protivné. Kostým bol elegantný, sedel jej ako uliaty a cítila sa v ňom dobre.

V tej istej chvíli si uvedomila, že jej voľná interpretácia príkazu strýka Milesa „neoblečte sa do čierneho" bola nevhodná a možno mala venovať viac pozornosti slovám „dajte si svoje veselé handry", ktoré boli súčasťou jeho príkazu.

Veľmi jej nepomohlo, keď sa pritúlila k Robertovi, rovnako konzervatívne oblečenému v tmavom obleku, lebo vtedy okolo nich prešlo iné dievča s odhaleným poprsím, ihličky sa mu zabárali do štrku na príjazdovej ceste ku kaplnke. Laurie kútikom oka postrehla, že Robertovi stvrdla bradavka, hoci sa usiloval tváriť odsudzujúco. Tie jeho bradavky vždy reagovali ako radar v stave pohotovosti. Možno ho mala vopred upozorniť. Niežeby to veľmi pomohlo. Museli by ste poznať strýka Milesa, aby ste ocenili jeho… čo? Výstrednosť? Prehnanú bujarosť? Životnú iskru? Sťažka preglgla, nemohla uveriť, že už nikdy nebude počuť v telefóne jeho hlučný, panovačný hlas, nebude znova vidieť netrpezlivý škrabopis na jeho početných pohľadniciach.

„Dopekla," vzdychol Robert.

Zdvihla pohľad. Páni moji, naozaj to zle odhadla.

Pri vchode do kaplnky stáli dve krásne blondínky v červenom a žltom koženom overale so zipsom otvoreným až po pupok, rozdávali program bohoslužby vytlačený na červených kartách farby Ferrari, rovnaký odtieň mali ich nechty a lesklé našpúlené pery.

Laurie vzala kartičku s chabým úsmevom, potiahla Roberta za rukáv, nevšímala si jeho ohromený výraz a ťahala ho so sebou dnu. Môže niekto onemieť od úžasu? Zdalo sa, že jemu sa to stalo.

V kaplnke s vysokým trámovým stropom bolo počuť rozhovory a drevené lavice pôsobili pestrofarebne ako voliéra s vtákmi žiarivých farieb.

Keď kráčala uličkou, cítila sa ako schátrané auto na festivale rýchlosti v Goodwoode.

„Kde chceš sedieť?" zašepkal Robert a mávol rukou na lavice, ktoré boli síce obsadené, ale nie plné.

Možno vďaka svojej citlivosti neukázal na prvé dva rady, kde sa usadili najvýstrednejšie klobúky. Patrili skupine bývalých manželiek strýka Milesa, ktoré sa veselo rozprávali a posielali si vzdušné bozky. Robert o nich nič nevedel. Na chvíľu zatvorila oči. Čo jej to napadlo vziať ho so sebou? Urobila grimasu, nadýchla sa a sústredila sa na štyri ženy v prvých dvoch radoch.

Ako rodina sa nemohla utiahnuť dozadu, ale nemohla sa k nim ani pripojiť. Hrozne ju desili, hoci ak mala byť úprimná, vždy k nej boli milé. Tretí rad bude dobrý.

„Môžeme si k vám prisadnúť?" spýtala sa osamelého človeka v ďalšej lavici.

„Jasné, môžete." Muž na ňu ledva pozrel, potom sa odvrátil, ale zachytila záblesk zelených očí, všimla si neoholenú tvár. Hoci mal ošúchané džínsy, rozhodne bol krásny. Stavila by sa, že si obliekol plátennú košeľu tyrkysovej farby, lebo zvýrazňovala žiarivo zelenú farbu jeho očí, a že to strnisko mal úmyselne.

„Ďakujeme," odsekla a nazlostene naňho zagánila.

Obrátil sa k nej s prekvapeným a zmäteným výrazom.

Zahanbila sa. Kto je tu malicherný? Nemala by cítiť odpor k niekomu len preto, lebo vyzerá až priveľmi dobre. Vzdychla a upäto sa naňho usmiala. Skutočne by mala potlačiť svoj pocit menejcennosti. Bol prehnane veľký.

Sklonila hlavu, sadla si a skúmala Robertove vyleštené čierne poltopánky. Výrazne kontrastovali s obdratými koženými kovbojskými čižmami po jej ľavici.

„Tak čo, poznáš niekoho z týchto ľudí?" spýtal sa Robert tlmene, užasnuto.

Musí to hovoriť, akoby to nebolo možné? Kradmo pozrela na okolitých smútočných hostí, blúdila pohľadom po známych tvárach. No bolo to smiešne, klamala samu seba. Laurie hľadala jednu konkrétnu tvár, bolo jej pritom trochu nevoľno a modlila sa, aby tá žena neprišla.

„Len moje tety," kývla na štyri ženy rozprávajúce sa v predných laviciach.

„Tety?" Robert prudko zdvihol obočie, vyzeralo ako prekvapené húsenice. Znova na ne pozrel, pozornejšie ich skúmal rad-radom.

„Lepšie povedané nevlastné tety. Strýko Miles bol viac ráz ženatý.“ Rozhodla sa vedome ho nechápať.

„To sú tvoje tety?“

Prikývla a vyhýbavo naňho hodila žiarivý úsmev. Livia mohla mať nanajvýš tridsaťpäť a Penny aj Janine mali čosi pred päťdesiatkou a boli o dobrých tridsaťštyri rokov mladšie než jej strýko.

„Áno. Strýko Miles bol…“ zaváhala, nechcela povedať viac.

„Sukničkár?“ spýtal sa Robert súcitne.

„Nie, nie.“ Ako mu má vysvetliť, aký bol Miles? Zložitý, sebecký, veľkorysý, neústupčivý, láskavý, trochu šibnutý. „Páčilo sa mu, že je ženatý, ale mal rád aj iné ženy.“ Zdvihla plecia, nevedela vysvetliť čosi, čo sa nedalo vyjadriť niekoľkými banálnymi vetami.

„Tak odkiaľ poznal všetkých týchto ľudí?“ zašepkal Robert. „Zdalo sa mi, že vzadu som zazrel Liz Hurleyovú.“ Zatváril sa, akoby to bolo absolútne nemožné. „Poznáš tu niekoho?“

Zmocnil sa jej pocit viny. Milesa nevidela takmer rok. A keď bol teraz mŕtvy, ani jeden z dôvodov, prečo odkladala stretnutie s ním, sa jej nezdal dobrý. Bola priveľmi plachá, priveľmi zbabelá, priveľmi tvrdohlavá.

Nastal rozruch a zrazu sa vpredu objavil vikár. Hoci v čiernom rúchu s bielym kolárikom vyzeral ako tradičný duchovný, oči mu šibalsky svietili, akoby mu Miles vopred povedal, ako presne bude prebiehať tento pohreb.

V kaplnke zavládlo ticho, ozval sa organ a uličkou vykročili štyria nosiči truhly v šoférskych overaloch a s prilbami na hlavách.

Robert na ňu neveriacky pozrel a štuchol ju do rebier, ale ona hľadela dopredu a usilovala sa tváriť rovnako nevzrušene ako ostatní trúchliaci – a tým sa to nezdalo zvláštne.

Hudba sa víťazoslávne s vibratom niesla k vysokým trámom. Zdala sa jej známa, ale aj neznáma a Laurie chvíľu trvalo, kým ju spoznala. Ach bože! To nie je možné. Pozrela na vikára, ktorý sa blažene usmieval na smútočné zhromaždenie, a potlačila chichot, keď sa tóny dramaticky niesli kaplnkou.

Urobil to. Silno si zahryzla do pery, usilovala sa potlačiť smiech, šteklil ju v bruchu, takže z nej vyšiel zvláštny vzlyk.

Robert ju chytil za ruku, mylne to považoval za prejav žiaľu.

Nadýchla sa, usilovala sa znovu získať rovnováhu a hľadela rovno pred seba na vitráž nad vikárovou hlavou. Sprievod s truhlou prešiel po jej ľavici a celá stuhla, neodvážila sa ani pozrieť. Až ju rozbolela bránica, tak sa usilovala potláčať smiech.

Vyrušilo ju potláčané prskanie zľava a dopustila sa chyby, keď sa na chvíľu obrátila tým smerom a videla, ako muž vedľa nej statočne pregĺga, uprene hľadí dopredu a plecia sa mu trasú.

Hrozné! Každú chvíľu vybuchne do smiechu. Zúfalo sa usilovala ovládnuť rastúcu hystériu, ale márne, znova sa ozvalo prskanie. Po tvári jej začali tiecť slzy, každú chvíľu vybuchne…

Jej sused na tom nebol o nič lepšie, vyduté líca a pevne stisnuté pery jej prezrádzali, že sa rovnako zúfalo ako ona usiluje potlačiť veselosť. Pozreli na seba a obaja zaprskali.

Keď tóny organovej hudby znova stúpali v refréne nahor, cítila, ako jej muž čosi vtláča do ľavej ruky. Pozrela dolu a videla, ako sa mu v opálenej ruke vyníma biela vreckovka, ktorú jej vtisol. Vďačne ju vytriasla, priložila si ju k nosu a zakryla si väčšiu časť tváre v poslednej chvíli, aby stlmila chichot.

Hlasno si vyfúkala nos a len dúfala, že to vyzerá, akoby plakala.

Keď sa trochu spamätala, kývla mu hlavou na znak vďaky. Žmurkol na ňu, a hoci to bola vážna udalosť, uškrnula sa naňho.

Úsmev jej opätoval a pritom odhalil dokonalé biele zuby žiariace pri opálenej pokožke a niekoľkodňovom strnisku. Keď pobavene nadvihol obočie, zaplavil ju adrenalín a vrazil jej rovno do hrude. Medzi stehnami pocítila túžbu a zradné bradavky sa postavili do pozoru. Znova zdesene zaborila horiacu tvár do vreckovky a sústredila sa na hudbu.

Iba strýko Miles bol schopný dať zahrať na svojom pohrebe skladbu *Bat Out of Hell*.

Camovi sa len tak-tak podarilo ovládnuť. Nebolo by dobré búrlivo sa rozosmiať, aj keď to bol Milesov pohreb. No vždy lepšie ako plakať. Ten šibnutý starec mu bude chýbať.

Farebná karta vyzerala skôr ako svadobné oznámenie s požadovaným oblečením. Zdalo sa, že všetci ostatní poslúchli Milesove pokyny, s výnimkou mladej ženy vedľa neho. Ak sa nezmohla na nič iné, len na tmavomodrý kostým, v jej živote vážne chýba zábava, ktorú chcel Miles dosiahnuť, keď odporúčal veselé handry. Rozhodne sa neobliekla veselo. Zrejme je Milesova vzdialená príbuzná. No aspoňže má zmysel pre humor.

Tania sediaca cez uličku mu zakývala a nadšene sa usmievala, medzi jasnočervenými perami jej žiarili biele zuby. Opätoval jej úsmev. Už to bolo dávno, ale vyzerala úžasne ako vždy. V bielych šatách s hlbokým výstrihom sa vynímala jej skvostná postava a tmavé vlasy jej umne padali cez jedno plece. Presne vedel, ako dlho jej trvalo, kým dosiahla taký bezstarostný dojem. Tie vlasy vždy boli na dotyk také jemné. Kde ju videl naposledy? V Marbelle? Alebo v St. Tropez? Nespomínal si presne. Len sa mu v pamäti vynárala vlhká horúčosť Stredozemného mora, vôňa pínií a mora.

Bolo by fajn porozprávať sa s ňou na kare. Spýtať sa, ako sa jej darí. Zdalo sa mu, že sa nemá zle. Pokožku mala dozlata opálenú a majetnícky držala pod pazuchu vysokého blondiaka v elegantnom obleku, z ktorého kričala drahá značka. Nie, Tanii sa darí. Ten chlap bol presne jej typ, z každej stránky vhodný. Kriticky sa pozrel na svoje džínsy, na ľavom kolene hrozila diera. Boli staré a pohodlné, nespomínal si, kedy si ich kúpil. Neprítomne chytil medzi prsty obdratú látku a pozrel na Taniu. Tak ako väčšina žien, s ktorými chodil, usilovala sa vylepšiť ho.

„Uvidíme sa neskôr, Cam," naznačila mu cez uličku. Prikývol a skúmal zvyšok smútočného zhromaždenia. Všetky manželky sedeli vpredu. Dopekla, nechápal, ako sa to Milesovi podarilo. Cam sa so svojou bývalou Sylvie nedokázal slušne porozprávať. Chvalabohu, neskomplikovali si to deťmi. Hoci ani Miles. Mal štyri manželky, každá ďalšia mladšia ako predchádzajúca, a zostal s nimi v priateľskom vzťahu – a zdalo sa, že aj ony sú priateľky. Pravdepodobne to dnes zorganizovali. Ale nie, zrejme sa spoločne držali Milesových pokynov.

Ten starý darebák to naplánoval do posledného detailu. Cam si na minútu presne spomínal, kde bol, keď sa dopočul, že Milesa odviezli do nemocnice. Dozvedel sa to pri hroznom telefonáte s Milesovým priateľom Ronom. Zdalo sa, že nikto nič nevedel. Každý predpokladal, že naďalej žil ako nomád a cestoval z Monte Carla do Barcelony, z Le Mans do Ríma. Nikto netušil, že ten prešibaný lump sa zašil doma.

Cam sa nevedel rozhodnúť, či by bolo alebo nebolo dobré, keby vedel, že jeho priateľ zomiera. Bolelo ho, že sa s ním osobne nerozlúčil. No aspoň sa vyhol rozpakom. Nie je to zbabelé? Pravdupovediac, nedokázal by povedať zbohom o nič viac než Miles. Bože dobrý, obaja by sa hnevali, plakali a znova sa hnevali. Nie, možno je dobre, že to nevedel.

Pohreb pokračoval svižným tempom, presne ako Miles plánoval, hoci pohrebné prejavy všetkých štyroch manželiek chvíľu trvali. Všetky štyri mali problém dostať zo seba tie slová. Ich očividný žiaľ prezrádzal o Milesovi rovnako veľa ako reči. Konečne zaspievali posledný hymnus.

Cam sa zdráhavo, rozpačito usmial na záves, ktorý sa zatiahol za truhlou, vyšiel z kaplnky a zamieril na cintorín zaliaty slnkom. Aspoň niekto sa naňho usmieval.

Vonku sa hmýrilo veľa ľudí a mohol sa s viacerými porozprávať, ale ťahalo ho k Ericovi a jeho manželke Norah. Vyzerali najvážnejšie zo všetkých prítomných a všimol si, akí sú krehkí. Eric pracoval u Milesa odnepamäti a s Norah bývali v byte vyhradenom pre správcu domu. Norah sa starala o dom a Eric o autá, robil preventívne prehliadky, vymieňal olej a zapaľovacie sviečky šikovne ako chirurg.

Cam si o nich nemusel robiť obavy – Miles sa o to určite postaral. Posledných desať rokov bral Ericovu prácu len ako prejav dobročinnosti. Eric sa usiloval čo najlepšie vyleštiť chróm, no len čo šiel večer spať, prišiel z dediny mladý muž a pod Camovým prísnym dohľadom prácu dokončil.

Norah mala začervenané oči, ale utierala si ich silno navoňanou čipkovou vreckovkou. Cítil vôňu levandule na meter od nej a to mu pripomenulo, že práve prišiel o svoju jedinú vreckovku.

„Cameron môj milý. Bol to pekný obrad.“ Eric mu potriasol ruku.

Norah zasmrkala, ale oči jej planuli. „Hm, ten starý darebák chcel mať vždy všetko po svojom.“

Cam sa uškrnul. „A aj to mal?“

Zafunela. „Áno, bol veľkorysý, nech mu Boh žehná. Už pred časom nám povedal, že nám nechá ten starý wainwrightovský dom na východnej strane pozemku.“

„Myslel som si to.“

„Hoci mal smiešne slabiny," Norah kriticky pozrela na dievčatá odeté v koži, „bol to dobrý človek. Niekedy mal čudné nápady, ale každý sme nejaký."

„Do toho veľkého domu príde dosť ľudí." Eric kývol hlavou bokom a pozoroval dav vychádzajúci z kaplnky. „Ako za starých čias."

Cam sledoval jeho pohľad a usiloval sa vyhnúť pocitu smútku pri pohľade na toľko ľudí, ktorí boli dôkazom, aký populárny a milovaný bol Miles. Všetci sa natlačia do salónu v Merryview, kde bude bezpochyby nachystané neortodoxné, ale bohaté a sýte pohostenie. Zmocnilo sa ho vzrušenie podfarbené hanbou. Vedel, že len čo sa ocitne v dome, nebude vedieť odolať starej stajni. Hoci nič nemal oficiálne na papieri, nijakú zmenu majiteľa, Miles by mu to nebol sľúbil len tak. V kútiku duše ho hrial pocit spokojnosti. Pravdepodobne by si mohol prevziať kľúče už dnes.

„Tak to bol najčudnejší pohreb, aký som kedy videl," vzdychol Robert, len čo vyšli z kaplnky do tieňa cédrov.

Nespokojne vykrivil pery. „Nemôžem uveriť, čo si urobila."

Vzdychla si. Ani ona.

Meatloaf nezložil tú pieseň pre organ – to bolo jasné. Rozhodne to bola zaujímavá interpretácia. Aj ten chlapík vedľa nich si to myslel, hoci keby sa nezačal smiať prvý, udržala by smiech dlhšie.

„Nikto iný si to neuvedomil," vážne si ju premeral, „a hovorí sa, že smútok má na ľudí čudný vplyv." Rýchlo ju potľapkal po pleci. „Už je po všetkom. Nezostaneme na kare dlho. Zrejme tam musíme ísť, hoci neviem, či na tom záleží." Nespokojne sa poobzeral po ľuďoch, ktorí sa hlučne rozprávali.

Sledovala jeho pohľad, držali sa bokom v tieni. Chvíľu mala pocit, akoby hľadela do tunela do druhého sveta, od ktorého bola dlho odlúčená. Bola to ozvena jej bývalého života. Všade navôkol tancovali a pobehovali krikľavo odeté ženy pripomínajúce pestrofarebné motýle. Všetky akoby sa navzájom poznali a bez zábran sa graciózne zdravili a bozkávali, niekoľko ráz na obe líca, akoby poznali všetky tanečné pohyby – dva bozky, tri bozky, dokonca štyri bozky. Všetci akoby inštinktívne ovládali pravidlá, ale ako sa poznala, poplietla by to a rozpačito by niekoho objala a omylom pobozkala rovno na ústa.

Privinula sa k Robertovi.

„Nemusíme tam ísť, ak nechceš, hoci by to vyzeralo dosť čudne. Zdá sa, že si jeho jediná žijúca pokrvná príbuzná... tu." Kútiky úst mu klesli. „Človek by si myslel, že tvoja matka si dá námahu kvôli vlastnému bratovi."

Laurie si pritisla jeho rameno, bola mu vďačná za jeho podporu a nevšímala si záblesk podráždenia. Hoci sa jej uľavilo, že matka neprišla, Robert sa s ňou nikdy nestretol.

Pri bočnej stene kaplnky zazrela svojho spolusprisahanca. Slnko dodávalo lesk jeho tmavým vlasom, takže vyzerali, akoby mal gaštanový melír, ale jeho príťažlivosť znásobovala spomienka na vrásky smiechu pri zelených očiach, keď sa usiloval potlačiť pobavenie. Blúdil pohľadom po dave, ale nevšimol si ju a znova upriamil pozornosť na starší pár stojaci pri ňom, sklonil hlavu a so záujmom počúval.

„Páni!" prekvapene zvolal Robert, keď prechádzal autom cez impozantnú bránu a zastal pred domom, kruhová príjazdová cesta už bola plná áut.

Keď Laurie pozerala na dom Merryview, zatajila dych a bez varovania jej vytryskli slzy. Pocítila taký silný smútok za domovom, až ju to ohromilo. Keby jej bol Miles povedal, že zomiera… Nedržala by sa ďaleko od neho. Chvíľu hľadela na budovu, na vitrážové okná, v ktorých sa odrážalo slnko, a na strechu porastenú lišajníkom nad hornými okienkami. Mala pocit, akoby sa vrátila domov. Pohľadom sledovala vetvy vistérie ťahajúcej sa po východnej strane domu a lemujúcej okná na prízemí.

„Nikdy si nepovedala, že tvoj strýko je zazobaný." Znelo to obviňujúco, akoby pred ním úmyselne tajila tú informáciu.

Pokrčila plecami. „Zrejme bol." V detstve tu trávila toľko času, že jej nenapadlo hovoriť, aký veľký je ten dom.

Pozrel na ňu, zrazu pôsobil dychtivo. „Myslíš, že sa tu bude čítať závet?"

Robertova otázka ju prekvapila.

„Také čosi sa ešte robí? Myslela som, že to sa vyskytuje len v knihách a vo filmoch."

„Dávalo by to zmysel, keď sa tu zhromaždila celá rodina."

„Ako som poznala Milesa, už im to oznámil."

„Im? A čo tebe? Si predsa pokrvná príbuzná."

Laurie si podráždene odohnala muchu spred tváre. „Nečakám od Milesa nič. Nevidela som ho celú…" Zmocnil sa jej pocit viny. Mala ho navštíviť. Nijaká výhovorka neospravedlní, že za ním neprišla.

„Čo robil? Okrem toho, že stále posielal tie nemožné pohľadnice."

Dobrá otázka a Laurie sa musela usmiať, neubránila sa tomu. Čo robil? Amatérsky sa zaujímal o umenie, bol bonvián, zábavný rozprávač anekdot. Hral kriket za Anglicko, bol aj športovým komentátorom, jazdil na rýchlych autách a zbieral drahé víno a veterány. Netušila, ako prišiel k peniazom, ale rozhodne ich vedel míňať.

„Točil peniaze aj ženy," so smiechom zopakovala Milesove slová. Až teraz pochopila, že to myslel doslovne.

Robert sa zatváril nespokojne. Chvíľu jej pripadal ako hlupák, no to bolo nelojálne, nespravodlivé. Jednoducho sa mu páčilo, keď bolo všetko jasné a presné. Nemal rád slovné hračky. Zmocnila sa jej ľútosť. Pravdepodobne by so strýkom Milesom nevychádzal dobre.

„Kupoval a predával veterány. Boháči si ho najímali, aby im našiel a kúpil špeciálny veterán. Chápeš... posledné Ferrari, ktoré navrhol Enzo."

Robert sa zatváril nechápavo. Samozrejme.

„Enzo Ferrari."

Celkom zabudla, že to vedela. V pamäti sa jej vynárali útržky spomienok ako bodky svetla presvitajúce cez tmavú látku. A tie bodky sa zrazu spájali do čoraz bohatších spomienok. Celkom zabudla, že pozná tie fakty. Ako mohla zabudnúť, koľko času tu strávila v detstve na prázdninách? Počas búrlivého rozvodu rodičov to bol jej druhý domov.

„Ach!" vzdychol Robert neprítomne. „Zavedieš ma dnu?"

Keď prešla cez prah, mala pocit, akoby odistila nástražnú mínu, a v hlave jej vybuchovali ďalšie tisícky spomienok. V tej obrovskej vzdušnej hale akoby sa svojím spôsobom nič nezmenilo. Cez vitrážové okná presvitalo slnečné svetlo ako každé leto, keď sem prišla na prázdniny. V prútených košoch boli nachystané tradičné zelené gumené čižmy vo všetkých možných veľkostiach. Masívne dubové schodište pôsobilo hrozivo ako vždy, vzorovaný bordový koberec držali na mieste medené tyče. Pri pohľade na kopu čísel časopisu o dostihoch *Racing Post* mala pocit, že sa každú chvíľu zrúti, a to v nej vyvolalo spomienky, až jej v hrdle navrela hrča, takže sa takmer zadusila.

Chvíľu počula dupot koní na dostihovej dráhe. Kúsok odtiaľ sa konali Yorské dostihy. Celkom na to zabudla. Pri tej spomienke takmer cítila vôňu koní, búrlivé pobádanie publika, hlasy bookmakerov ponúkajúcich stávky a pokrikovanie priekupníkov. Na chvíľu zneistela, akoby sa ocitla medzi dvoma svetmi, a potom si uvedomila, kde je.

Vo vchode do veľkej sály stál apatický čašník, v rukách držal podnos s vínom, šampanské bolo v štíhlych vysokých pohároch, biele víno v krištáľových pohároch a červené v čašiach.

Aspoň kvalitou vína si mohla byť istá. Kedy naposledy pila slušné víno? Vzala si od čašníka pohár a naznačila Robertovi, aby ju nasledoval. Ešte vždy stál v hale a obdivoval ju.

„Naozaj chceš taký veľký pohár? Je rozumné piť v čase obeda?"

„Zrejme nie, ale nech to čert vezme… bude to dobré víno. Za to ti ručím."

„Naozaj?"

„Určite. Miles sa vyznal vo víne. Ochutnaj ho." Privoňala k nemu, strčila nos do pohára a zakrúžila vínom.

Robert urobil grimasu, jasne jej dal najavo, že sa správa ako snobka, potom si skusmo chlipol. Zvraštil obočie a proti vlastnej vôli uznal: „Veľmi dobré."

„Château Lafite. Ročník šesťdesiatštyri." Netušila, odkiaľ to vedela, jednoducho to vedela, a hoci nechcela vyzerať pyšne, v hlase jej znel náznak hrdosti, neubránila sa tomu.

„Takže ročník šesťdesiatštyri? To určite, Laurie. Skôr kvalitné víno z Tesca."

„Nie, vážne."

Na tvári sa mu zračil skeptický výraz. „Čo ty vieš o víne?" povedal posmešne.

Chvíľa sebavedomia nakrátko pominula, potom sa jej vrátilo. „Toto bolo Milesovo obľúbené víno."

„Aha, teda si nie si istá. Len si hádala."

Zaváhala. Možno len hádala. Tak to dopadne, keď sa chce predvádzať. Bolo to dávno. Pravdepodobne to nebol ročník '64, hoci si myslela, že je to Château Lafite. Znova si dala výdatný dúšok, vychutnávala si úžasnú chuť hrozna. Rozhodne bola zemitá.

„V skutočnosti má pravdu." Ten hlboký chrapľavý hlas patril krásavcovi z kaplnky. Keď na ňu žmurkol a vzal si pohár z podnosu, skrúcalo jej žalúdok. Do tváre sa jej nahrnula krv a dúfala, že sa nečervená. No vyzeral krásne ako filmová hviezda – zapôsobilo to na ňu, to bolo všetko. Ironicky si s nimi štrngol, veselo si odpil a zmizol v dave.

Keď odchádzal, nevedela odtrhnúť pohľad od jeho vysokej štíhlej postavy, v dobre sediacich džínsoch sa mu vynímal dokonalý zadok.

„Debil," Robert pokrútil hlavou. „Stavím sa, že vie o víne ešte menej než ty. Tak poď, dúfam, že tu je niečo pod zub." Objal ju okolo pliec a viedol ju do plnej miestnosti.

Rozhodne vypila viac vína, než bolo rozumné vypiť na prázdny žalúdok, ale nevedela si pomôcť, a aj tento tretí pohár jej išiel dolu hrdlom až priveľmi ľahko. Tešilo ju, že sa porozprávala s Penny, Liviou a Janine a pripomenuli jej veľa šťastných spomienok, ktoré mala hlboko zahrabané v hlave. Robert na ňu spýtavo pokukoval z druhej strany sály, akoby sa z nej stala alkoholička, ale našťastie Norah ho zahnala do kúta a nanútila mu ďalšie párky v cestíčku.

V duchu sa usmiala a znova si chlipla z Lafitu. Áno, strýko Miles sa vo víne vyznal, ale vedel aj to, čo je správne jedlo.

Jeho názory na vegetariánov boli legendárne, tak ako jeho názory na jedenie hlávkového šalátu, čo prirovnával ku kulinárskemu zločinu. Vedela, že presne naplánoval dnešné menu, ak mala súdiť podľa bufetových stolov ťahajúcich sa po celej dĺžke jedálne a plných mís s osvedčenými mäsovými pirôžkami, sladkým pečivom potretým vajcom, nakrájanými mäsovými koláčmi, takže bolo vidieť ružovú plnku, a párkami v cestíčku, ktoré bolo také krehké, že omrvinky sa trúsili vo vzduchu.

Ak mala súdiť podľa živého hovoru a smiechu v miestnosti, nóbl hostia si to vychutnávali. Typický strýko Miles. Samozrejme, chcel, aby boli všetci šťastní. Zdalo sa jej, že od čias, keď tu trávila všetky školské prázdniny, uplynula celá večnosť. Chodila sem do toho hrozného leta, keď mama opustila otca. Vtedy sa všetko zmenilo. Otec jej viac nedovolil chodiť sem na prázdniny. Obviňoval Milesa, že povzbudzoval jej matku, aby túžila po takomto živote, a jeho zásluhou sa zoznámila s mužom, s ktorým utiekla. Podľa Laurie to bolo dosť nespravodlivé, lebo otec vedel tak ako každý, aká bola jeho manželka. Laurie obviňovala Milesa z niečoho oveľa horšieho.

Keď ju zmohli tieto pochmúrne myšlienky, zachvátila ju panika. Chvalabohu, Robert bol zahĺbený do rozhovoru s manželským párom, a tak mu nepovedala ani slovo a inštinktívne zamierila k dverám, predierajúc sa cez bludisko vystretých rúk s pohármi a taniermi.

Neodbočila zo salóna na najbližšiu nóbl toaletu na prízemí, ale zahla doprava a prešla cez halu okolo schodišťa, pričom starostlivo držala v ruke pohár, aby jej nevyšplechla ani jedna vzácna kvapka. Celkom zabudla, ako dobre chutí skutočne lahodné víno.

Hoci bola v pokušení vyjsť hore širokým schodišťom, prešla okolo neho a potláčala nutkanie pozrieť sa, či je zábradlie pekne vyleštené. Kedysi dávno pomáhala leštiť to drevo – spúšťala sa po ňom na uteráku. Strýko Miles veril na viacúčelovosť dávno predtým, než sa stala otrepanou frázou.

Prešla cez chodbu a vyhla sa kuchyni, nevšímala si lákavé vône jedla. Jej kroky nebolo na dlažbe počuť, prehlušilo ich rinčanie nožov a trieskanie dvierok na rúre. Prefrnkla radom drevených dvier okolo komory, práčovne a malej miestnosti na odkladanie obuvi a kabátov. Posledné dvere viedli na dvor dláždený tehlami, vzor rybej kosti skrášľoval žiarivo zelený mach.

Hoci vzduch bol vlahý, uľavilo sa jej, že tam nikto nie je. Bolo by ľahké zostať tu a zhlboka dýchať, aby potlačila emócie, ale namiesto toho ju priťahovala stajňa.

Stajňa bola starostlivo renovovaná, aby sa zachoval ráz domu. Ešte vždy v nej boli drevené trámy a staré tehly, ale dvere, cez ktoré preťahovalo, nahradili obrovské moderné sklené okná a strechu izolovali, aby vnútri nebolo vlhko a chladno. Obsah stajne chránila supermoderná technika a starú konskú silu nahradila nová – motor. Klávesnica vedľa masívnych drevených dverí bola novší model, než si pamätala.

Ak sa nedostane dnu, nebude to koniec sveta, ale aj tak môže pritlačiť nos na okno a nakuknúť dnu.

Prv než sa dostala bližšie, uvedomila si, že niekto je vnútri a kradmo sa pohybuje. Pomedzi autá chodila tmavá postava, ladné aerodynamické línie áut pôsobili v tom šere ako húf exotických veľrýb. Aston Martin, Rolls Royce Phantom, Ferrari, Lamborghini, v duchu odškrtávala tie, ktoré poznala. Strýkova láska. Postava zastala pri okienku na konci galérie a načiahla sa ku skrinke, v ktorej boli kľúče od všetkých áut. Dobre to vedela. Cez tmu prenikol lúč svetla ako maják a potom sa stratil, keď sa osoba naklonila ku skrinke a znova sa odtiahla.

Potom osoba prešla k jednému z áut v garáži, krúžila okolo neho a pravidelne sa zastavovala, akoby niečo zvažovala – celkom ako výtvarný kritik v galérii. Laurie sa zamračila a zamyslene sa napila. Ak ten človek má právo byť tam, prečo nerozsvietil? Má urobiť poplach? Tá zbierka bola mimoriadne vzácna. No nech je tam ktokoľvek, očividne poznal prístupový aj poplašný kód.

Nerozhodne odstúpila do krovia okolo stajne. Dívala sa celú večnosť, ale tá osoba, súdiac podľa výšky muž, zostala v tej istej časti garáže. Nevidela dobre, ale keď si oči privykli na tmu, zazrela, ako ten muž so zbožnou úctou pohládza kapotu auta, ktoré si zrejme vyhliadol. Dvere auta sa otvorili, muž vkĺzol za volant a dvere nezavrel.

Kto je to tam a čo má za lubom? Vo chvíli, keď sa rozhodla vrátiť do domu, muž vystúpil z auta, rýchlo zdvihol hlavu a vykročil pomedzi ostatné autá. Aj bez svetla Laurie spoznala jeho siluetu, hrivu dlhých vlasov, široké plecia a ležérnu chôdzu. Keď za sebou starostlivo zatvoril dvere, počula štrngot kľúčov a videla, ako ich poťažkal v ruke a strčil do vrecka.

Keďže sa nemala kam skryť, zacúvala do tieňa a vrazila do konára vistérie ťahajúcej sa po stene. Počula praskot krehkého skla a stuhla. Na dlažbu padli črepiny tej peknej čaše a zrazu držala len stopku. Vysoká postava na chvíľu zastala a pozrela jej smerom. Zatajila dych, srdce sa jej zrazu rozbúšilo. Takmer si myslela, že muž ten tlkot počuje. Ako hlúpa zatvorila oči, ani čo by ju to urobilo neviditeľnou. A to bola chyba, lebo teraz sa sústredila len na tichý klopot krokov na tehlovej dlažbe a v jednej hroznej chvíli si už myslela, že mieri k nej. Zastal. Zavládlo ticho. Keby ju teraz videl, vyzerala by fakt čudne so zavretými očami, ale keby ich otvorila, musela by sa mu pozrieť do očí. A tak mala viečka zatvorené a cítila sa tak hlúpo a trápne ako nikdy v živote. Keď už hrozilo, že ju ticho zahltí, začula vzďaľujúce sa kroky, vracal sa do domu.

S úľavou si vydýchla do nočného vzduchu. Bolo by hrozne trápne, keby ju pristihol. A prečo ho jednoducho nemohla pozdraviť? Povedať: Zdravím, aký príjemný večer. Nie je vnútri strašne horúco? Namiesto toho sa zachovala ako korunovaná ťava, takže to vyzeralo, akoby ho špehovala ako nejaká podozrievavá členka rodiny. Ľudia sa správajú nepekne, keď je v stávke dedičstvo a peniaze. Hnevalo ju, že by ju mohol považovať za takú zištnú, aby ju čosi také trápilo. Vykrivila ústa, dobre vedela o overovaní poslednej vôle a o pochybných záležitostiach členov rodín, keď veria, že im je niekto niečo dlžen.

Samozrejme, keby ju poznal, vedel by, že si nerobí nijaké nároky na Milesov majetok a nič od neho nechce, možno len poslednú pohľadnicu. Neuveriteľne cenná zbierka áut a majetky roztrúsené po celom svete teraz patria jej tetám, alebo budú patriť, keď sa overí posledná vôľa. Miles bol však spravodlivý, určite všetko vyriešil tak, aby boli všetci spokojní.

„Vychutnávate si to víno?"

Jeho hlas ju vytrhol z rozjímania a pozrela naňho celá červená. Práve sa jej podarilo uchmatnúť si novú plnú čašu Lafitu a cestou nazad nechala rozbitý pohár v práčovni mimo dohľadu. Počul to zradné cinknutie skla? Vedel, že tam bola ona? Chce ju teraz vyzvať, aby mu povedala, čo tam robila?

So zdvihnutým obočím čakal, kým niečo povie, napokon sa jej podarilo pípnuť: „Áno."

Keby jej len napadlo čosi vtipnejšie alebo rozumnejšie. Odkedy ho nasledovala dnu, podchvíľou jej k nemu zablúdil pohľad. V tej miestnosti sa jeho žiarivá košeľa jasne vynímala, bolo nemožné nevidieť ho. Zdalo sa, že tam každého pozná a že všetky ženy poznajú jeho. So šarmantným úsmevom chodil po miestnosti.

Zdvihol pohár a naklonil víno, akoby uvažoval. Každú chvíľu niečo povie. Žalúdok jej skrúcalo od nervozity.

„Ako ste vedeli, že to bolo Milesovo obľúbené víno?" spýtal sa, na perách mu pohrával zvodný úsmev. Takmer omdlela od úľavy.

Bol to bezpochyby jeho bežný výraz. Zrejme je sukničkár. Hoci prečo by nebol, keď vyzerá tak dobre? Nijaká žena, čo má len trochu rozumu, ho nebude brať vážne. V tvári akoby mal napísané – pomilujem a nechám tak.

„Prečo nie?" Znelo to ostrejšie, než mala v úmysle. „Vy ste to vedeli?" Pozrela naňho netypicky vyzývavo. Čosi v nej vzkypelo, alkohol jej stúpol do hlavy, dostala guráž.

Jeho úsmev sa zmenil na vševediaci úškrn. Nenáhlivo si ju prezrel od hlavy po päty a to jeho pokojné skúmanie ju podráždilo.

Preglgla. Bol dobrý. A ona nebola jeho typ. Vedel to rovnako ako ona. A v kaplnke sa na ňu rozhodne tak nedíval.

Z očí jej zrejme niečo vyčítal, lebo sa zatváril prekvapene a na chvíľu fascinovane. Ustúpil o krok a tentoraz ju skúmal pozornejšie.

Znova očervenela.

„Zdravím," z útlmu ju vytrhol prehnane hlučný hlas, „som Robert Evans. Laurenin frajer." Podal mu ruku.

„Cameron… Cameron Matthews." V očiach sa mu mihol šibalský záblesk. „Nie som ničí frajer."

V miestnosti bolo tak horúco, alebo na ňu tak zapôsobilo to víno, že tvár jej doslova horela a tak sa jej krútila hlava, až sa knísala.

„Tak teda," Cameron pozrel z jedného na druhého, „odkiaľ ste poznali Milesa?" Vrhol pohľad na Robertov oblek a vyleštené topánky. „Boli ste jeho účtovník?" Kývol na Laurie. „Obchodníčka s vínom?"

Zdalo sa jej, že Robert si zrejme neuvedomil, že ho urazil, ale podcenila ho.

„Nie, sme príbuzní," oznámil mu Robert.

Víno jej asi udrelo do hlavy, lebo sa nečakane zahanbila, ako pompézne to vyslovil, a hnevala sa, že sa tváril, akoby aj on bol Milesov príbuzný.

Cameron Matthews sa zatváril prekvapene.

„Ja som Milesova neter Laurie."

„Laurie?" Pri tej otázke zvýšil hlas. S neveriacim výrazom odstúpil a povedal: „Vy ste Laurie. Doriti!"

Ten dôrazný tón jej vohnal červeň do tváre a dívala sa, ako sa zvrtol na podpätku a tak rázne odpochodoval z miestnosti, až sa ľudia pred ním rozostupovali a všetci hľadeli na nich, pričom sa tlmene rozprávali.

„Nevychovanec," vyhlásil Robert. „Čo to malo byť?"

„Netuším."

Kapitola 2

„Si rada, že zatvárame?" spýtala sa Gemma, druhá knihovníčka, akoby to bolo nezvyčajné. Poslednú polhodinu bolo v knižnici v Leighton Buzzarde mŕtvo.

Laurie prikývla. Chvalabohu, dnešná šichta sa pomaly končila. Od chvíle, keď ráno zazvonil budík, nastavený presne na 6.30, aby Robert stihol pre oboch pripraviť sendviče na obed a chytiť vlak do Londýna, takmer každú hodinu pozerala na hodiny. Tá nemožná veľká ručička akoby išla spomalene. Ten deň sa jej akosi nepáčil. Nevedela presne, čo nie je v poriadku. Len sa jej nepáčil. Netušila prečo.

Tak jej treba, keď sa včera nalievala vínom. To ju otupilo. Alkohol má také následky, nie? A nebola na to zvyknutá. To, že v jedno popoludnie vypila viac ako za celý mesiac, muselo mať taký účinok.

Položila na vozík poslednú knihu. Dofrasa, triedenie trilerov, romancí a sci-fi môže výnimočne počkať do rána. Vlastne ich môže roztriediť Gemma. Bolo načase, aby dala najavo svoje postavenie, koniec koncov je služobne staršia a Gemme bolo treba pripomínať, že knihovníčky majú byť sčítané v oblasti

29

literatúry, nie klebiet o celebritách. Laurie si pri tom pomyslení pripadala ako suchárka. V kútiku duše rozmýšľala, či Gemma nemá pravdu, v poslednom čase si ľudia v knižnici požičiavali skôr časopisy než knihy. Životný štýl iných ľudí bol vzrušujúcejší než ich vlastný. Ešte aj Gemmin život bol oveľa vzrušujúcejší než jej.

Čo je to dnes s ňou?

Má prácu, vlastný domov, frajera, ktorý s ňou býva, a je zdravá. Bola nevďačná a hlúpa. Má pocit bezpečia, stability... vedela, na čom je. Chvíľu rozmýšľala, či sa priveľmi nesnaží presvedčiť samu seba.

No dobre, nežijú práve najvzrušujúcejšie. Znechutene skrútila pery. Nežijú vzrušujúco a bodka. Ale vzrušenie nie je také, aké ho vykresľujú. Mnohí ľudia by aj vraždili, aby boli tak zabezpečení. Spomenula si na matku a potom sa veľmi usilovala na ňu nemyslieť. Opustila Laurinho otca, lebo túžila po vzrušení, a nachádzala uspokojenie v rýchlych autách, bohatých manželoch, pompéznych večierkoch, značkových šatách a v chodení z jednej exotickej lokality do druhej. Pre Laurie bolo záhadou, čo jej matka kedysi videla v otcovi. Boli dokonalé protipóly, ale on ju očividne kedysi miloval.

Klopanie na okienko jej nepríjemne pripomenulo, že mala zhasnúť a zamknúť dvere.

„Zdravím, srdiečko, viem, že je neskoro, ale mohla by som len..."

Laurie nemala mať otvorené po šiestej. „Tak teda rýchlo."

Pani Wrightová vkĺzla dnu a zamierila rovno k detektívkam. „Ste poklad," zakričala ponad plece.

Laurie môže začať zakladať knihy na vozíku.

Našťastie pani Wrightová hneď čosi našla.

„Ďakujem, láska moja, zachránili ste mi život."

Laurie sa usmiala. Tá vdova hltala knihy, ako iní hltali vzduch. Jej záľuba v hrozných zabijakoch bola očividne únikom pred ubíjajúcou osamelosťou.

Bolo ťažké zostať po smrti manžela v dome sama ako prst.

Mobil jej zazvonil vo chvíli, keď sa konečne zatvorili dvere za pani Wrightovou. Robert.

„Ahoj."

„Ahoj. Ešte si v práci?"

„Práve odchádzam. Chvíľu to potrvá. Keď sa vrátim, zohrejem ti pastiersky koláč."

„Už som doma. Vlastne som si pomyslel, že ťa vezmem na večeru." Očividne bol so sebou veľmi spokojný.

„Prečo? Povýšili ťa alebo čo?"

„Musím na to mať dôvod? Len som si povedal, že by som ťa mohol pre zmenu trochu rozmaznávať."

„To by bolo skvelé. Ďakujem. Už idem." Ak sa poponáhľa, možno stihne ďalší autobus.

Hm, tuším je len mizerná stará harpya. Nemá sa na čo sťažovať. Má celkom dobrý život.

Takto sa to nemalo stať. Niežeby vedela, ako by sa to malo stať, ale pripadalo jej to hrozne bez fantázie, akoby bola oklamaná.

Keď k nej Robert postrčil škatuľku, na stole tancoval plamienok sviečky, vrhal tiene na červený damaskový obrus.

Srdce jej zamrelo, cítila ho až v žalúdku. Čašník postával s fľašou šampanského.

„Viem, hovorili sme, že nám je dobre aj bez toho, ale..." pokrčil plecami, „nemusíme mať veľkú svadbu. Škoda peňazí. Mohli by sme to urobiť spontánne... jednoducho si na budúci týždeň dohodnúť termín na matrike. V pondelok na obed tam majú okienko. Nebolo by to romantické? Impulzívne!"

Robertovi sa pri tom pomyslení rozžiarila tvár. Sklamane si uvedomila, že je z toho nápadu naozaj vzrušený.

Usmiala sa, ale bolo to namáhavé – cítila, aký napätý má každý tvárový sval. Robert potisol škatuľku po stole, takže ležala na jej prestieraní ako drobná lahôdka, do ktorej by sa mala pustiť. Pripadala jej ako nevybuchnutá bomba, ktorú má zneškodniť. Neodvážila sa naňho pozrieť, ale podľa toho, ako sa nakláňal dopredu, usúdila, že chce, aby tú škatuľku otvorila. Jeho reč tela to priam kričala.

Keď zdvihla ruky nad stolom, triasli sa jej.

„Ach… nemusíš byť nervózna. Nie je to Rockefellerov prsteň. Len malý symbol. Nepotrebujeme míňať peniaze na drahé šperky. Vieme, čo je dôležité."

Samozrejme, mal pravdu. Treba si vážiť hodnoty, byť lojálny, čestný, úprimný, nesebecký. To bolo dôležité. Skutočná láska je založená na priateľstve, stabilite a dôvere, nie na eufórii. Zatlačila do úzadia spomienku na matku, momentálne šialene zaľúbenú do manžela číslo tri.

Prstami chytila škatuľku a otvorila ju. Bol to pekný prsteň – smaragd s drobnými diamantmi po oboch stranách brúsenými do faziet. Skutočne pekný. Krásny snubný prsteň a iba mizerná, nevďačná, plytká krava by čo len pomyslela, že by radšej chcela zafír.

Pozrela na Roberta. Žiaril.

„Páči sa ti?"

„Je… pekný."

Hoci potláčala slzy, jedna jej unikla a osamelo sa jej kotúľala po líci.

„Tak čo povieš? V pondelok?" S nádejou sa usmieval, považoval jej slzy za prejav čohosi iného.

Otupene naňho pozrela. „V pondelok? Akože tento pondelok?" Zúfalo premýšľala, čo plánuje robiť v pondelok.

„Áno. O štvrť na jednu." Zatváril sa, akoby hovoril: „Super, nie?" Chcel v nej vyvolať nadšenie.

„Ale... ale budem v práci."

„No tak, Laurie, nikto si nevšimne, ak si na polhodinku odskočíš. A ak si to niekto všimne, jednoducho mu povieš, kde si bola. Všetkým sa to bude zdať hrozne romantické... ako v románe z červenej knižnice."

„Ja... ja... je to také..." Znelo to ako väčšie klišé, než hovoril on.

„Nie naozaj." Robert nasadil výraz rozumného muža. „Žijeme spolu už dosť dlho. Je to logický krok, nemyslíš? Nemladneme. Máme dom. Bez hypotéky. Obaja máme stabilné zamestnanie. Tak prečo nie?"

Zamračila sa. V skutočnosti to bol jej dom bez hypotéky.

Nechodili spolu dlho, keď sa k nej Robert nasťahoval s vyhlásením, že nemá zmysel platiť účty za dve domácnosti. Bol pre ňu ozajstným bralom, keď jej nečakane zomrel otec a bola taká zúfalá a osamelá, že sa nevedela rozhodnúť.

Hľadela na prsteň a rozbolela ju hlava. Nemala rada zelenú farbu, nikdy ju nenosila. Jej školská uniforma bola zelená ako pivová fľaša, to by každého odradilo.

Takto si zásnuby nepredstavovala.

Zbláznila sa? Väčšina dievčat o tom snívala! Pokojný, spoľahlivý muž, ktorý nepozerá donekonečna futbal, nemíňa pochabo peniaze, pomáha jej pri varení a je expert na práčku. Dokonca s ňou chodí každý piatok nakupovať do supermarketu. Je spoľahlivý, dôveryhodný. Nie je to muž, ktorý by ju len tak opustil.

Nebola to najromantickejšia žiadosť o ruku, ale oni neboli romantickí, nie? V priebehu rokov mala niekoľko vážnych známostí, žila však iba s Robertom, no nevedela sa donútiť, aby povedala áno. Nezdalo sa jej to správne, ale ako mu to má vysvetliť tak, aby z toho nebol nešťastný? Bola to trápna výhovorka.

„Ja… ja neviem, Robert. Nezdá sa mi to správne načasované. Možno kvôli strýkovi Milesovi…"

To sa jej zdala dobrá výhovorka. Úmrtie v rodine.

Robert sa na ňu nežne usmial a chytil ju za ruku. „Chúďatko Laurie. Chápem."

Všimla si niekedy, ako sa mu pri úsmeve skrivia ústa? „Myslel som si, že ti to pomôže. Je ťažké stratiť blízkeho príbuzného, ale môžeme si založiť vlastnú rodinu. Ty a ja. Môžeme mať deti. Stvoriť našu vlastnú rodinnú bunku."

Deti! Množné číslo. To myslí vážne? Nikdy predtým sa o tom nerozprávali. Deti majú dospelí ľudia. Hoci nedávno dovŕšila tridsiatku a biologické hodiny jej tikali, človek si musí byť naozaj, naozaj istý, než ich splodí. Prv než privedie na svet jedno dieťa, nieto ešte dve. Keby sa rozišli… na to radšej nemyslela. Nebola na to pripravená. Bolo to dávno a už to prekonala. Teraz je dospelá… takmer. Len nie dosť dospelá, aby mala deti. Chce ich vôbec mať? Dospelí vedia deťom hrozne ubližovať.

Nie, nebola na to pripravená a z praktickej stránky – pozrela na Roberta – čo keby po ňom zdedili nos? Dlhý a na konci trochu vypuklý.

Hľadela naňho, tá nečakaná myšlienka ju vydesila. Kde sa vzala a kedy sa z nej stala taká ťava? Je načase dať sa dokopy a prestať sa správať hlúpo. Nie je ako jej matka. Toto je len pochabý malý záchvat paniky.

Stisla mu ruku, vybrala prsteň zo škatuľky a podala mu ho. Keď jej ho nastokol na prst, zdvihol si jej ruku k perám a veľmi nežne jej bozkával prsty jeden za druhým, jeho pery akoby šepotali na jej hánkach.

Bolo to pekné gesto, ešte aj čašníka to dojalo. Vystrela plecia, nevšímala si skrúcanie žalúdka, žiarivo sa na Roberta usmiala a spýtala sa: „Tak čo? Naleješ mi šampus?"

„Prestaň, šteklíš ma," vykrútila krk, aby zastavila Robertovo bozkávanie.

Vtackali sa cez vchodové dvere a pritiahol si ju. „Do postele, budúca pani Evansová?"

Pani Evansová! To bola jeho matka, panovačná, neústupčivá a nespokojná s Laurie. Ach bože, bude jej rodina!

Studené ruky jej rýchlo strčil pod blúzku.

„Au!" skríkla a odstrčila mu ich, prv než dosiahli cieľ. „Máš ľadové ruky!"

„Poďme na poschodie a zohrejeme ich," navrhol, pošúchal si ruky a lascívne zdvihol obočie.

Znova ho odstrčila a odtisla sa od steny do kuchyne. Všetko akoby sa krásne chvelo od šampanského. No nie až tak krásne. Čosi jej nedalo pokoj. Bála sa, že neurobila správnu vec. Víno jej omámilo rozum, celá fľaša šampanského v pracovný deň neuľahčovala rozumné myslenie, musí vypiť pár pohárov vody, inak bude mať ráno vážne problémy.

Robert už zmizol hore schodmi.

Dotackala sa do kuchyne, otvorila skrinku, vybrala krígeľ, napustila po okraj vodu a donútila sa všetko vypiť.

Miestnosť sa s ňou knísala, svetlo sa odrážalo od kanvice, tá akoby sa pohybovala hore-dolu. Večer sa zmenil na veľkú mazanicu, hoci na prostredníku cítila prsteň. Bol priveľký na prstenník, ale Robert chcel, aby si ho dala. Pocit viny sa miešal so zmätenosťou. Skutočne súhlasila, že sa v pondelok vydá? Bolo to hrozne náhle, pre Roberta netypické.

Bola čoraz omámenejšia, a keď si pritlačila na hruď druhý krígeľ vody, zvalila sa na drevenú stoličku pri poškriabanom stole. Ovocná misa v strede bola prázdna ako vždy, ale bola v nej opretá biela obálka.

Slečna L. Brownová. Ozajstný list. Také už človek často nedostáva.

Podľa toho, že obálka bola trochu pokrčená, si podráždene uvedomila, že Robert ju otvoril.

Vybrala list z obálky a pozrela na fajnový papier s hlavičkou. Právnici. Doľahol na ňu smútok ako dažďový oblak, z ktorého mrholilo. Strýko Miles.

Vážená slečna Brownová,
vzhľadom na to, že Váš strýko nedávno zomrel, by sme
Vám boli vďační, keby ste zavolali pánu Leversedgeovi
a dohodli si s ním termín stretnutia, ktorý Vám bude
vyhovovať, aby sme s Vami prediskutovali poslednú
vôľu pána Milesa Walforda-Cooka.

Obrátila list na druhú stranu, akoby čakala, že vzadu bude nejaký náznak, prečo ju predvolali. V úzadí mozgu sa vznášala myšlienka ako zvlnený prúžok dymu, ktorý sa nedá zachytiť.

Od strýka Milesa nič nečakala. Musel sa postarať o všetky bývalé manželky. Okrem toho sa na ňu hneval. Vykrivila ústa a zatvorila oči. Hneval sa na ňu. Pravdepodobne sa stále hnevá. Pozrela hore, pripadalo jej to bizarné. Áno, určite sa ešte hnevá.

Zrazu sa usmiala. Spomenula si na jeho nahnevanú tvár, vybledlé ryšavé obočie zvraštené nad slziacimi očami, ktoré ešte vždy dokázali väčšinu ľudí zastrašiť. Teraz už chápala, prečo bol taký tvrdohlavý. Zmocnila sa jej ľútosť, ťažko sa jej dýchalo. Keby jej bol povedal, že zomiera...

Hlúpy starý chlap. Rýchlo si zotrela slzu z tváre. A teraz to dávalo zmysel. Nie jeho náhla túžba, aby navštívila matku, čo, samozrejme, neurobila, ale jeho priznanie viny.

Laurie sa neveselo zasmiala. Jeho vina sa jej zdala nemiestna, ale nedokázala ho o tom presvedčiť. Pravdepodobne jej odkázal nejaké malé dedičstvo. Bolo by milé, keby naňho mala pamiatku. Rozhodne však nečakala ani si nezaslúžila nič viac. Nebola to jeho vina, aj keď si to myslel.

A v skutočnosti bola jeho dlžníčkou, každé prázdniny jej poskytoval útočisko, keď to bolo doma neznesiteľné, prv než rodičia konečne prestali proti sebe bojovať a rozhodli sa rozviesť. Potom prestala chodiť na návštevy ku strýkovi do Merryview. Bolo trápne, že otec sa odmietal stretávať so svojím kedysi najlepším priateľom, bratom jeho bývalej manželky, a Laurie nechcela nechávať otca samého. Možno mala pocit, že Miles mohol urobiť viac, aby sa jeho sestra prestala správať nevhodne.

Keď si poklopkávala listom po ruke a rozmýšľala, čo to môže byť, kuchynské svetlo sa odrazilo od kameňa v jej novom prsteni. A zrazu všetko uvidela ostro ako ten záblesk svetla.

Pozrela na list, na obálku a znova na prsteň. A zamračila sa, že jej to vôbec napadlo.

Kapitola 3

Myslela si, že advokátska kancelária bude pôsobivejšia. Kožené kreslá, staré drevené písacie stoly, knižnice plné kníh. Namiesto toho bola na stole brezová dyha, mala podozrenie, že z Ikey, podobnú videla v ponuke v roku 2009, tak ako otáčacie stoličky pred stolom. Knižnica v kúte sa až prehýbala pod ťarchou chaoticky poukladaných sivých šanónov, z ktorých vytŕčali papiere, a pôsobila ako neupravená hliadka v rohu.

Na doske stola boli koliesk od kávy v rozličných odtieňoch hnedej, takže pripomínali olympijské logo, inak bol stôl prázdny, bol na ňom len telefón a veľký poznámkový blok.

Pán Leversedge tam dokonale zapadol, chumáče vlasov mu chaoticky trčali na všetky strany, okuliare mal mierne nakrivo.

Nežne sa usmial na Laurie a naznačil jej, aby si sadla.

„Ďakujem, že ste merali takú cestu. Išlo sa vám dobre?"

„Áno, bolo to fajn. Celkom jednoduché. Vlakom do Eustonu, peši na stanicu Kings Cross, odtiaľ vlakom do Yorku."

„To som rád… cením si, že ste prišli. A úprimnú sústrasť." Chvíľu sa tváril zronene. „Váš strýko mi bude chýbať, bol to jedinečný muž."

„Dobre ste ho poznali?" spýtala sa Laurie sčasti zo zdvorilosti, ale bola aj trochu zmätená.

„Obaja sme si radi raz do mesiaca vypili pivo a zahrali dámu v reštaurácii The Anchor."

Vtedy jej svitlo. „Ron! Vy ste Ron!"

„Presne tak!" potešil sa.

„Spomínam si, ako niekedy odišiel v nedeľu večer, vraj na pivo, vždy hovoril, že si potrebuje oddýchnuť od dám a dať si pánsku jazdu." Pri tej spomienke sa usmiala. Hoci Miles miloval ženy, z času na čas odišiel užiť si s mužmi a vždy sa pritom tváril tak trochu ospravedlňujúco.

„Teší ma, že sa s vami spoznávam, Lauren. Často o vás hovoril… najmä v posledných mesiacoch."

„Naozaj?" Zmraštila tvár. „Hrozne ma mrzí, že som za ním neprišla." Sťažka preglgla a pozrela si do lona. „Bola som… tak trochu sme stratili kontakt. Teraz to vyzerá hlúpo, ale…"

Ron sa predklonil a potľapkal ju po ruke. „Chcete niečo vedieť?"

Zdvihla hlavu, jeho chápavý tón ju utešoval a v bledých modrých očiach sa mu zračil srdečný, vyrovnaný výraz. Ľahko si vedela predstaviť, ako on a jej strýko naprávajú svet. Ron sa tváril rovnako zvedavo, oči mu žiarili, tancovali. Rozmýšľala, či mali rovnakého krajčíra. Ronova excentrická neupravenosť jej pripomínala Milesovo nedbanlivé obliekanie.

„Tešila ho vaša tvrdohlavosť. Hovoril, že je to prejav dobrého charakteru."

Laurie vzdychla. „To naozaj nie. Odmietala som ísť za matkou. Chcel, aby som ju navštívila."

„A dokonale chápal, prečo ste za ňou nechceli ísť. Miles si o vašej matke Celeste nerobil ilúzie. Žiaľ, cítil sa za to veľmi zodpovedný."

Laurie prevrátila oči. Tú hádku viedli viac ráz. „Nebol za to zodpovedný. Viem, že ocko mu pripisoval vinu, ale ja nie. Mama očividne mala svoje dôvody."

Ron pokrútil hlavou. „Aj tak bolo hrozné, čo urobila. Mrzí ma to, moja milá, ale v tom smere sme sa s Milesom zhodli a mal pocit, že on jej nasadil toho chrobáka do hlavy."

Už len pri pomyslení na to, ako sa jej matka rozhodla, mala aj po tých rokoch pocit, akoby jej vrazila päsťou do žalúdka, keď ju odmietla.

„Mama dospela k tomu rozhodnutiu úplne sama." Laurie sa nepáčil ten zatrpknutý tón v jej hlase. Už bola dospelá, teraz na tom nezáleží.

Žalúdok jej skrúcalo od pocitu viny. Miles si nechal pre seba, že bol chorý, a netušila, ako zle je na tom, kým ho nepreviezli do nemocnice. Keď ho tam navštívila, ledva sa s ňou dokázal rozprávať. Teraz to už chápala, nechcel, aby zostala celkom sama, chcel, aby nadviazala kontakt s poslednou žijúcou príbuznou – najmä keď jej pred dvoma rokmi zomrel otec.

Zovrela pery, ale márne, hrča v hrdle bola čoraz väčšia a po tvári sa jej rinuli slzy.

Ron k nej posunul škatuľu s vreckovkami. Dobre jej padla jeho pozornosť, nežný úsmev aj to, že nehovoril otrepané hlúpe frázy. Vyfúkala si nos a konečne sa jej podarilo ovládnuť emócie. „Prepáčte, ja… bolo to hrozne nečakané. Netušila som, že je vážne chorý."

„Obávam sa, že to tak chcel." Ľútostivo sa na ňu usmial. „A poznali ste Milesa, takmer vždy si presadil svoje."

Prikývla. Preto mu nevyšlo nijaké manželstvo. Hoci bol neuveriteľne veľkorysý a zhovorčivý, dokázal udržať pozornosť a uvedomiť si svoje správanie asi ako batoľa. Niekto by možno povedal, že bol hrozne egocentrický – ale to by bolo protivné a úzkoprsé. Jednoducho robil, čo chcel a kedy chcel. Nakoniec mali jeho manželky plné zuby toho, že sčista-jasna zmizol, lebo vyňuchal nejaké auto, bez prípravy usporadúval večierky a vodil domov bezprizorné tvory z celého sveta.

„Ale podarilo sa mu dať svoje záležitosti do poriadku a s potešením vás môžem uistiť, že mimoriadne túžil po tom, aby vám zanechal niečo skutočne hodnotné. Veľmi starostlivo si to premyslel." Ron vytiahol fascikel a v očiach sa mu šibalsky zaiskrilo. „Veľmi starostlivo." Pozrel na hodinky. „Je toho dosť, čo musíme spolu prebrať, než príde pán Matthews."

„Pán Matthews?"

Laurie sa vystrela a po chrbte jej prebehli zimomriavky.

Keby Miles nebol mŕtvy, Cam by bol v pokušení zaškrtiť toho starého darebáka. Pokrútil hlavou a ďalej sa prechádzal pred zatvorenými dverami. Niečo sa mu nepáčilo.

To, že ho predvolali, bola jedna vec, čakal to, príkaz na výplatu bol pripravený. Možno si kľúče vzal predčasne, no bol ochotný zaplatiť a mal dobré úmysly. Ale to, že ho pozvali, aby sa stretol s Laurie… to bolo čosi iné. Najmä keď sa ukázalo, že Laurie je zhodou okolností žena. Keď ho Miles požiadal, aby dohliadol na Laurie, dieťa jeho sestry, Cam predpokladal, že je to chlapec, nie mladá žena. Vzhľadom na to, že Cam poznal Milesovu záľubu dramatizovať, mal si dobre rozmyslieť, čo mu sľúbi. Miles predstavoval riziko a Ron nebol o nič lepší, hral jeho hru. A pritom mal byť zodpovedný. Cam v duchu videl, ako kuli svoje machiaveliovské plány pri partii dámy, a hoci sa obával, čo spolu ukuchtili, na perách sa mu mihol ľútostivý úsmev. Milesovi by sľúbil čokoľvek.

„Ach, Cam, tu ste!" Spoza dverí vykukol Ron. „Poďte ďalej."

Neter už bola tam. Zdala sa mu bledšia než na pohrebe, tvárila sa zachmúrene. Vrhla naňho nepriateľský pohľad. Hneď sa cítil oveľa lepšie. Netušil, prečo je tam, ale nechcel sa na tom zúčastniť. A ona očividne takisto nechcela, aby tam bol.

„Pozval som vás dnes oboch, aby som vám vysvetlil podmienky Milesovej poslednej vôle. Možno by ste si mali obaja sadnúť, lebo tie podmienky sú…" odmlčal sa a zdvihol obočie, akoby potláčal zlomyseľnú radosť, „dosť neortodoxné. Ale sú legálne a Miles si dal nesmierne záležať na tom, aby všetky podmienky boli vykonateľné." Z kufríka vytiahol fascikel a dal si na nos bifokálky.

Ronovi chvíľu trvalo, kým sa dostal k podstate, a kým im to vysvetľoval právnickým žargónom, Cam celý čas skúmal Laurie.

Svetlohnedé vlasy mala prísne stiahnuté do chvosta, čo by možno inej žene nepristalo, ale jej to zvýraznilo úzku bledú tvár a vysoko posadené lícne kosti. Musel uznať, že mala dobrú stavbu kostí, no nenamáhala sa nijako vylepšiť, čo dostala do vienka.

Nebol si istý, či to spôsobilo jej držanie tela alebo otrasný strih toho istého lacného kostýmu, ktorý mala na pohrebe, ale vyzerala v ňom ako tmavomodré vrece zemiakov. Sako bolo hranaté a rukávy krátke, takže chudé zápästia jej z nich vytŕčali ako strašiakovi do maku.

Potom si uvedomil, že ho pristihla, ako na ňu hľadí, a zagánila naňho.

Dobre aj tak.

„A teraz prejdime k detailom…"

Obaja sa obrátili tvárou k Ronovi, ten sa zhlboka nadýchol a vystrel sa, akoby sa chystal do boja, zdvihol poslednú vôľu do výšky ako ochranný štít.

Camovi varovne skrúcalo žalúdok.

„Mojej neteri odkazujem Ferrari GT250..." Viac nepočul.

„Mám tu pre vás list." Ron potisol k Laurie hrubú bielu obálku, vzala ju trasúcou sa rukou.

Cam proti vlastnej vôli zasyčal. Doriti, dofrasa, doparoma! Nie, to nemôže byť pravda. Zalial ho chlad, mrazivý príval hrôzy.

Videl, ako naňho ohromene uprela modré oči.

Ron naňho vyčítavo pozrel ponad okuliare.

Cam naňho zúrivo zagánil, hlavou mu vírili dôsledky, škrípal zubami a nemohol tomu uveriť. Doriti! To čo má byť? Tak sa nedohodli. Miles súhlasil s tou cenou.

„Môžem pokračovať?"

Cam upäto prikývol, rukami zvieral okraj stoličky. Sníval o tom, že bude mať to auto, od prvého dňa, čo sa v ňom viezol s Milesom do Goodwoodu.

„Dostane ho pod podmienkou, že v najbližších troch týždňoch na ňom pôjde do Maranella. Až keď úspešne absolvuje tú cestu predpísanou trasou, stane sa auto jej vlastníctvom a vtedy a len vtedy ho môže predať."

Cam zúril.

„Čože?" Laurie pokrútila hlavou. „Nerozumiem."

Pravdaže nie, doriti! Nedávalo to zmysel!

Ron sa nežne usmial. „Strýko vám odkázal jeden zo svojich veteránov."

Cam hlasno vyprskol. Jeden zo svojich veteránov...? Ten najkrajší veterán.

„Ale prv než sa stane vaším vlastníctvom, musíte na ňom ísť do Talianska." Pozrel na hodinky, akoby naznačoval, že majú málo času. „No... musíte vyraziť v najbližších desiatich dňoch."

„Ale ja... nemôžem." Tvárila sa zhrozene.

Cam prevrátil oči a preklínal Milesa. Čo si ten starý hajzlík myslel, dopekla? Táto baba na to nemá odvahu, rozhodne si nezaslúži to auto, doriti! Veď oň ani nemá záujem, nezaslúži si ho. Nie ako on.

Zachytila jeho pohľad a tvrdo naňho pozrela, potom vystrčila bradu a odvrátila sa. „Čo ak to nechcem urobiť? Načo mi je také auto?"

Cam ju prebodol pohľadom. Je naozaj taká hlúpa? Toto bol veterán Ferrari, Enzov posledný dizajn. Možno, nie, určite to je najlepšie Ferrari, aké kedy vyrobil. Ľudia by zabíjali, aby ho získali.

„Keď absolvujete tú cestu, môžete auto predať."

Zmraštila tvár.

„Ale ja nechcem ísť na tú cestu. Mám prácu, povinnosti. Nemôžem sa len tak zobrať a odísť."

„Potom je to jednoduché, moja milá. Vzdáte sa auta a prípadne niekomu inému."

„Komu? Jemu?" Palcom ukázala na Cama.

Zrazu mu odľahlo, uvoľnil sa. Napätie vyprchalo. Zrejme preto je tu aj on. Jednoduchá transakcia a nemusí za auto ani zaplatiť.

Ron chvíľu počkal, celkom ako principál v cirkuse, na perách mu pohrával úsmev.

„Nie."

Cam sa vystrel.

„Vašej matke."

Lauren stvrdla tvár. „Len cez moju mŕtvolu," vyprskla. „Ak je to tak, pôjdem na ňom hoci aj do Timbuktu." Na chvíľu prižmúrila oči.

„Nemusíte ísť tak ďaleko." Ronovi sa šibalsky zaiskrilo v očiach, akoby ho tešil jej náhly hnev. „Miles vám vyznačil presnú trasu aj miesta a ľudí, ktorých máte navštíviť. Všetko dôkladne naplánoval, rezervoval vám aj ubytovanie cestou. Len čo sa rozhodnete, kedy vyrazíte, urobím všetky potrebné opatrenia."

„Ako budete vedieť, či som urobila, čo chcel?" Vzdorne vystrčila bradu a Cam sa usmial, ale ten úsmev nevydržal dlho. Tá baba musí absolvovať tú cestu, aby od nej mohol kúpiť to auto. Dopekla! Miles mu to veľmi neuľahčil.

„Musíte poslať pohľadnicu z každého určeného mesta." Ron ukázal na mapu Európy za svojím chrbtom, modrou fixkou bola vyznačená cesta z Calais do Talianska. „Dokopy pätnásť. Jednu z každého mesta, ktoré som vyznačil špendlíkom s červenou hlavičkou." Šťastne sa usmial ako vyrastený elf a Cam by sa najradšej rozplakal. Elfovia sú len v knihách, ktoré človek číta svojim nevinným synovcom s rozžiarenými mi očami.

Cam zúrivo, opovržlivo pozrel na mapu a na kľukatú trasu cez Francúzsko a švajčiarske a talianske hory. „Tak načo som tu, doriti?"

Ron sa naňho uškrnul. „Miles mal pocit, že Laurie možno bude potrebovať spolujazdca."

Možno bude potrebovať? Dopekla! Čo to má znamenať? Má sprevádzať Milesovu neter z čírej dobroty srdca. V aute, ktoré mu Miles sľúbil. No keď o tom teraz premýšľal, čo mu vlastne sľúbil? Presne si spomínal na jeho slová. Zaručil mu cenu, keď bude auto na predaj. Lišiak!

Ron k nemu potisol ďalšiu bielu obálku.

„Samozrejme, budete odškodnený."

„Nechcem jeho prachy," zahundral Cam. Peniaze mu nepomôžu. Tie ho nezachránia. Dočerta! Takmer si zaboril hlavu do dlaní. Ako mu to mohol Miles urobiť? Pri pomyslení, že zavolá Nickovi, a pri predstave, ako sa rozhovor bude vyvíjať, cítil ťažobu v žalúdku.

„Čau, starec. Spomínaš na to Ferrari, čo som ti sľúbil ako zlatý klinec našej prehliadky veteránov? Klamal som, napokon to auto nie je moje. A všetky peniaze sponzorov, ktoré sme zohnali, aby sa tá prehliadka mohla uskutočniť, sa vyparia ako dym, takže ti zostanú len veľké dlhy, lebo si sa zaručil svojím domom. A naša povesť bude v háji." Nick bude zúriť. Cam zatvoril oči, matka ho zabije.

Čo to Milesovi napadlo?

Tá biela obálka akoby sa mu vysmievala. Pripadala mu ako urážka. Miles veľmi dobre vedel, že Cam dodrží sľub a dohliadne na jeho neter, hoci ten starý intrigán ho obalamutil, keď ho nechal v domnienke, že Laurie je malý chlapec.

Pravdupovediac, Cam by pre Milesa urobil čokoľvek. Napriek vekovému rozdielu sa spriatelili v ten deň, keď sa stretli nad kapotou parádneho Astona Martina. Cam v tom spore vyhral, ponúkol o niekoľko tisíc viac, aby ho získal pre svojho klienta. Miles vzal klienta aj Cama na obed a predal klientovi Jaguar typu E za dvojnásobnú cenu.

Ron prižmúril oči, Cam chvíľu videl jeho tvrdé odhodlanie a uvedomil si, že právnik je dôstojným zástupcom Milesa. Vzal obálku, strčil si ju do vrecka a zagánil na Rona. Právnik sa len usmial.

Kapitola 4

Ruky sa jej tak triasli, že ledva trafila kľúčom do zámky. Do očí jej vhŕkli slzy... znova. To mala na svedomí plechová poštová schránka.

Koľko pohľadníc začínajúcich sa slovami: *Neter, musíš vidieť toto miesto...* za tie roky padlo do schránky. Miles zbožňoval pohľadnice.

Hoci otca vždy nahnevali, ona sa pri každej usmiala. Ani v posledných pár rokoch, keď Miles údajne spomalil, pohľadnice neprestali prichádzať. Hoci už nechodili tak často, nijaké miesto nebolo preňho malé a nezaujímavé, vždy sa v ňom zastavil a kúpil pohľadnicu. Mala pohľadnice z Empire State Building v New Yorku, z Bellagia v Las Vegas, z Great Orme v Llandudne a z Arthur's Seat v Edinburghu. Dnes Milesov dobre známy netrpezlivý škrabopis a typicky panovačné oslovenie vyvolal prenikavú ľútosť. Už nebudú nijaké pohľadnice. Nikdy.

Nič nebude. Nenamietala proti podmienkam jeho poslednej vôle. Miles ju dobre poznal. Vedel, že mu neodoprie posledné želanie. Zamračene zaškrípala zubami. Povinnosť.

Vždy si vykonávala svoje povinnosti. Zostala pri otcovi, hoci Miles ju opakovane pozýval na návštevu. Otec obviňoval Milesa, že sa mu rozpadlo manželstvo, nechcel si priznať, že sa zrejme nijako nedalo vyhnúť tomu, že ho Celeste opustí. Nikdy sa z toho nespamätal. Preňho to bola vášnivá láska na prvý pohľad. Aspoň z jeho strany. Keďže medzi nimi bol desaťročný vekový rozdiel, usiloval sa byť ten rozumný a držal si ju od tela, čo malo za následok, že rozmaznaná, zanovitá osemnásťročná Celeste bola rozhodnutá vydať sa zaňho.

Dofrasa! List. Nechala ho v igelitke v hale s obálkou, ktorú jej dal Ron. Bolo to priveľmi čerstvé, aby to niekomu povedala. Niekomu? Mala na mysli Roberta. Kto iný tam bol? A čo by povedal?

Jeho auto už stálo na príjazdovej ceste. Vystrela plecia a vošla dnu.

Už tam stál, triasol sa od nedočkavosti.

„Tak čo? Odkázal ti niečo?“

Prikývla. Bola to pravda. Rozhodne jej niečo odkázal.

„Čo?“

Zahryzla si do pery. „Je to zložité.“

Robert sa zamračil. „Prečo?“

Zhodila kabát a chvíľu jej trvalo, kým ho zavesila. „Dovoľ, aby som nám uvarila šálku čaju.“

„Takže ti nič nezanechal?“ spýtal sa Robert namosúrene.

Postavila sa mu zoči-voči. „Ako hovorím, je to zložité. Poď do kuchyne, sadneme si a vysvetlím ti to.“

Držala v ruke šálku čaju, z ktorého sa parilo, akoby to bol nejaký talizman. Rozhodla sa, že bude najlepšie jednoducho to povedať, uvidí, ako sa rozhovor bude vyvíjať.

„Strýko Miles mi nechal jedno zo svojich áut.“

„Ach!" Robert sa zatváril zronene. „To je všetko?" Potom sa podráždene obrátil k nej. „Ale to je absurdné. Ty nejazdíš."

Prstami si prešla po obočí.

„Viem," vzdychla a spomenula si na dočasný vodičský preukaz odložený v zásuvke. Posledných šesť rokov si ho vytrvalo obnovovala, ale mala by znova absolvovať skúšku, no nedokázala sa na ňu prihlásiť. Raz sa k tomu dostane... keď vybledne spomienka na otcov prvý masívny infarkt, keď bola na ceste v autoškole.

„Tak prečo ti nechal auto, dopekla?"

Chvíľu naňho zmätene hľadela, ale on Milesa nepoznal a bol v dome iba na kare.

Chcela sa usmiať, ale ustarostený Robert by si to vysvetlil zle. Tá posledná vôľa bola pre Milesa typická, a ak mala byť úprimná, v hĺbke duše bola trošilinku pobavená a fascinovaná predstavou, že bude jazdiť na takom rýchlom športovom aute, ako je Ferrari, krížom cez Európu. To auto je dobre známe, ale väčšina ľudí by nikdy nečakala, že v ňom bude sedieť niekto taký nudný, ako je Laurie Brownová.

Robert zvesil plecia a znechutene sa zamračil. „Doriti, myslel som si, že ti odkáže niečo slušné... keď si bola jeho pokrvná príbuzná..."

Po chvíli sa spýtal: „Kto dostane ten dom?" V hlase mu znel bojovný tón. „Ten musí mať obrovskú cenu... aspoň štyri milióny na dnešnom trhu. Najmä ak je obklopený takým veľkým pozemkom."

Veľkým pozemkom? Laurie naňho vyjavene pozrela.

„Štyridsať akrov! Vieš si to predstaviť? Polovicu by si mohla predať a ešte vždy by ti zostalo dosť. A je to pozemok ako stvorený na hospodárske využitie." Trpko sa zasmial. „Nehovor mi, že bývalé manželky ho pripravili o všetko. Stavím sa, že bol po uši zadlžený. Samá frajerina, nijaké prachy. Hneď som si to myslel. Mohol som vedieť, že keď si dostala ten list, bolo to pridobré, aby to bola pravda. Ešte šťastie, že neplánujeme veľkú svadbu."

Laurie tuho zovrela šálku a rozmýšľala, či praskne, keď ju stisne silnejšie. Pripadala jej krehká ako porcelán. Žiaľ sa miešal s hnevom, ale bola taká unavená, že sa nezmohla na nič viac. Nečudo, že bol taký chápavý, keď mu vysvetlila, že chce čosi viac než rýchly obrad na obed na matrike.

„Ron o dome nehovoril nič. Netuším, čo sa s ním stane. Hovoril iba o mojom dedičstve."

„Dedičstve? Tak sa tomu teraz hovorí? To je sotva dedičstvo, ak ti odkázal svoje staré auto. Prepáč, láska, ale nie je to žiadna sláva. Koniec koncov už ho nemôže využiť. Zrejme ti nenechal prachy na daň a poistku, čo? Tak aké je to auto? Veď ani nejazdíš. Predpokladám, že ho môžeme streliť a vytĺcť z toho prachy."

Laurie pokrútila hlavou, pri pomyslení na „staré auto" sa jej na perách mihol úsmev. „Je to jeden z jeho veteránov." Miles zbožňoval to auto. „Pomohla som mu ho vypátrať." Hoci jej strýko bol posadnutý dômyselnými prístrojmi, nevedel ich veľmi používať a pomáhala mu vypátrať rodinu Benelliovcov, posledných známych vlastníkov toho konkrétneho modelu.

Robert sa tváril ešte sklamanejšie. „To nemyslíš vážne. Taká zbytočnosť. Nemôžeš si ho nechať."

Laurie pocítila netypickú zlosť a naježila sa. „Prečo?"

„Nebuď hlúpa! Načo by ti bolo?"

Položil jej dlaň na ruku, akoby chcel zmierniť tie slová, ale jej sa to gesto zdalo hrozne panovačné a arogantné. „Jeho údržba by stála celý majetok. Bohvie, koľko by stála poistka, a vieš si predstaviť tie účty za opravy? Nemohli by sme si ho dovoliť. Hoci ak ho predáme, čosi na ňom zarobíme."

Zvláštne, ako rýchlo prešiel k množnému číslu.

„Ide o to..." počula, že jej hlas znie chladne a odmerane, „v poslednej vôli bola podmienka, že ho nemôžem predať..."

„Čože?" Robert tresol šálku na stôl a čaj vyšplechol. „Tak teda dúfam, dočerta, že ti nechal niečo na údržbu. To je na hovno. Taká drzosť!" Nahnevane na ňu pozrel.

Opätovala mu pohľad, vystrčila bradu a prižmúrila oči. Šokovalo ju, aká zúrivosť sa jej zmocnila. Nervy strácajú iní ľudia, tí, čo sa dajú ovládať emóciami a nemyslia na následky ani sa za ne necítia zodpovední. Zhlboka sa nadýchla, aby sa upokojila. „Ak ma necháš dopovedať," hovorila pomaly a cítila, že sa už ovláda, „môžem ti to vysvetliť."

Robert si založil ruky na hrudi, oprel sa na stoličke a zdvihol obočie. Nemienila sa dať zastrašiť jeho povýšeneckým správaním a chvíľu počkala, pozerala mu do očí, kým nespustil ruky.

„Prepáč," zamrmlal namrzene.

„Môžem predať to auto..."

„Práve si povedala, že nemôžeš."

Pripomínal jej nešťastné dieťa, ešte aj spodnú peru mal odutú.

„Tak si to rozmysli."

„Môžem ho predať..." Odmlčala sa. V Ronovej kancelárii rozmýšľala, ako to prijme, no teraz jej to bolo jedno, čo sa na ňu nepodobalo., „Ale najprv musím ísť do Talianska. Miles chcel, aby to auto išlo na posledný výlet do svojho rodiska."

„Ten starý chlap bol strelený."

„Nie!" Vzdychla si. Ako má vysvetliť, aký bol Miles, človeku, ktorý je taký konvenčný ako Robert? Povedať mu, ako

Miles sedel vo svojom ušiaku, ponúkal jej cigary a portské, učil ju vychutnávať si víno, vymieňať zapaľovacie sviečky a leštiť chróm. „Len bol trochu sentimentálny, pokiaľ išlo o jeho autá… a toto bolo jeho najobľúbenejšie."

Robert pokrútil hlavou a predklonil sa. „A ako to podľa neho máme urobiť? Budeme si musieť vziať v práci pár dní voľna a zaplatiť to z našich úspor na dovolenku."

Takže budeme pre zmenu robiť čosi iné, pomyslela si a prechádzala prstom po zrnitom povrchu stola.

„Hádam nečakáš, že všetko odložím, čo? Vieš, aké to je momentálne v práci."

„Nie, pravdaže nie." Laurie si zahryzla do pery, vedela, že teraz to má v práci ťažké. Chudák Robert nenávidel svoju šéfku, ktorú povýšili, lebo sa vyspala s nadriadeným, preskočila ho a teraz si pripisovala zásluhy za prácu, ktorú urobil Robert.

Naklonila sa k nemu a pohladila ho po ruke. To najhoršie ešte len príde.

Robert znechutene pokrútil hlavou. „Čo si tvoj strýko myslel? Nedokážeš prejsť autom ani do susedného mesta, nieto prejsť krížom cez Európu."

Laurie cítila, ako očervenela od hnevu, a znova ho potláčala.

„No čo už. Aj tak je to absurdný nápad. Tieto staré kraksne hltajú benzín. Bude to stáť majland. Za benzín zaplatíme viac, než získame predajom. A mysli na to z praktickej stránky. Budeme musieť platiť ubytovanie v hoteloch, jedlo, trajekt. Čo ak sa cestou pokazí?"

Akoby na to nemyslela, odkedy jej pán Leversedge povedal presné podmienky dedičstva. Desilo ju to. Z praktickej stránky…

Robert pokrútil hlavou. „Nie, to neprichádza do úvahy. Nestálo by to za to. Chápeš, koľko by sme dostali za to auto? Nejaké dva litre."

Pokrčila plecami. „Netuším, ale o to nejde."

„Tak mi to objasni – o čo ide?"

Verila, že nechcel, aby to znelo opovržlivo, keď hovoril tak ticho, nadradene.

„Strýko Miles ma požiadal, aby som to urobila. Keď som bola mladšia, bol ku mne veľmi láskavý."

„Láskavý? To znie pochybne."

„Robert!" vyhŕkla a odtiahla ruku. „Predtým, ako sa moji rodičia rozviedli, to bolo doma hotové peklo. Zázrak, že nerozbili všetky taniere. Keď som počas školských prázdnin chodila do Milesovho domu, mala som od toho pokoj."

Robert pokrčil plecami. Jej detstvo sa mu zdalo zvláštne, ale pochádzal z úctyhodnej normálnej rodiny, jeho rodičia už oslávili striebornú svadbu, mali dve deti, psa a mačku. Zdalo sa jej to dokonalé. A ak niekto obvinil manželov Evansovcov, že občas boli trochu nudní, nebolo to od neho pekné. Je úžasné, ak rodičia vytvoria pre svoje deti stabilný domov.

„Chcel, aby som vzala jeho obľúbené auto na poslednú cestu cez Európu do jeho domova v Taliansku. Povedal, že nikomu inému nemôže dôverovať."

„Nikomu inému nedôveroval?" Robert sa zarehotal. „To je vtip. Sentimentálne blbosti."

„Nie sú to…" začala Laurie rozpálene.

„Hoci by bolo pekné mať dva litre v banke… mali by sme si to porátať," zamyslene prižmúril oči, „ale ak pôjdeme celý deň, ubytujeme sa v lacných moteloch, mohli by sme niečo zarobiť."

Znova množné číslo.

„Stanovil isté podmienky," skočila mu do reči. „Nejde len o to… aby som šla tým autom do Talianska…" Výraz v jej tvári mu zrejme prezradil, že všetko nie je také jednoduché.

„Máš ísť aj niekam inam?" Už vytriezvel. „To je tuším finta na blbých. Mohol som vedieť, že je to pridobré, aby to bola pravda."

„Nie, nie, len musím ísť... konkrétnou trasou a dokončiť cestu za..."

„Ako to myslíš... konkrétnou trasou?" Robert sa zamračil.

„Musím navštíviť isté miesta a..." Teraz jej už venoval pozornosť. Stíšeným hlasom dodala: „Treba cestu absolvovať za tri týždne."

„Ale to nie je možné!" Začal sa prechádzať po kuchynke, tri kroky tam, tri kroky späť. „V nijakom prípade sa mi nepodarí vybaviť si v práci toľko voľna." Znova sa otočil, znova urobil tri kroky. „Aj keby som to vysvetlil Gavinovi... A hovorila si, že v knižnici sa chystá prepúšťanie. Ak sa chceš potulovať po Európe, môžeš sa rozlúčiť so svojou prácou."

Akoby na to nemyslela, odkedy jej Ron vysvetlil presné podmienky poslednej vôle.

Laurie sa bála, že urobí dieru v linoleu, keď sa stále točil na podpätku a chodil hore-dolu... a to mu ešte nepovedala o Cameronovi Matthewsovi.

Obrátil sa tvárou k nej. „Budeš musieť vzniesť námietku proti poslednej vôli. Presne tak. Určite sa s tebou len zahrával. Nemohol čakať, že prejdeme autom celú Európu. To je absurdné. A úprimne povedané dosť divné. Chce ťa ovládať z hrobu. Vôbec sa mi to nepáči. Určite nikto, kto má zdravý rozum, nebude chcieť, aby si ho poslúchla."

„Som si istá, že Miles na to všetko myslel." Zrazu si spomenula, aký bol chorý, keď ho naposledy videla. „Vlastne..." zarazila sa, hľadala správne slová, „objednal... ehm... automechanika, aby... išiel so mnou."

„A ten automechanik to bude robiť... prečo? Z lásky? Aby sa nadýchal čerstvého vzduchu?" Robert krútil hlavou nad jej naivitou.

Niečo na tom bolo. „Nie som si istá... myslím, že mu za to zaplatia. Viem, znie to divne, ale strýko Miles mal dosť času, aby si to celé premyslel, a Ron, pán Leversedge, právnik, mu pomohol napísať tú poslednú vôľu. Myslím, že proti nej nemožno vzniesť námietky."

Robert zamyslene vykrivil ústa, premýšľal o tom z každého uhla.

Po pár minútach vzdychol. „Hm, nie som z toho práve šťastný, ale zrejme máš pravdu. Dostal nás na lopatky, ale za tie peniaze to stojí. Budeš musieť ísť sama. Ak s tebou pôjde ten automechanik, aspoň ťa neošklbú, keď sa ti to auto pokazí. Nemá zmysel, aby som sa vzdal svojho džobu. Tvoja práca veľmi nevynáša, tak ak ju musíme obetovať s vidinou väčšieho zisku, je to hazard, ale stojí to za to... možno ťa vezmú naspäť alebo si môžeš nájsť kancelársku prácu niekde v okolí."

„Ale..." Mala rada svoju prácu a on nenávidel tú svoju. Nezaujíma ho, čo chce ona?

„A tebe nebude prekážať, ak pôjdem bez teba v aute, ktoré má cenu niekoľko tisíc?" Laurie chcela, aby povedal, že to neprichádza do úvahy a vzdá sa svojej práce, aby mohol ísť s ňou.

„Nehovor so mnou takým tónom. Pravdaže sa mi to nepáči. Plat v knižnici nie je na zahodenie. Platia ti dôchodkové poistenie. Ale vzhľadom na znižovanie stavu môžeš dostať odchodné. Rozmýšľam, či by ti nemohli dať študijné voľno alebo ti navrhnúť dobrovoľný odchod pre nadbytočnosť."

Zatvorila oči. Knižnica bola jediné miesto, kde pracovala, pri predstave, že by sa vzdala tej práce, sa jej zmocnila panika.

Odchod z Leighton Buzzardu v nej vyvolával pocit nevoľnosti. Odkedy bola dosť stará, aby nemusela chodiť na povinné návštevy matky do Francúzska, posledných dvanásť rokov nevycestovala z Anglicka.

Pomyslela si na obálku, ktorú jej dal Ron. A to nebola ani polovica problému.

Kapitola 5

Cam zaškrípal zubami a znova trochu pootočil maticu na kolese. Plece ho pekelne bolelo a išiel sa uvariť, ale tričko si nevyzliekol. Dodrží sľub a dnes sa pozrie na Kerrino auto. Bude mať aspoň čisté svedomie, keď Kerry pôjde navštíviť mamu do Birminghamu. S ojazdenou pneumatikou je riziko nehody vysoké. A on ju na to upozornil. Urobil hlúposť, lebo nakoniec sa ponúkol, že jej kúpi novú gumu a nasadí jej ju. No naozaj ju nepotreboval povzbudzovať.

To by malo stačiť. Pokrútil boľavým plecom, zdvihol sa na nohy a utrel si špinavé ruky do džínsov. Hoci si rameno zlomil pred piatimi rokmi, z času na čas stále potvorsky bolelo.

Z domu, ktorý stál vedľa jeho, počul Kerrinho trojročného syna Josha, nešťastne kvílil, lebo bol hladný a ospalý. Nečudo, že stále pôsobila tak unavene. Muselo byť ťažké vychovávať ho sama.

Bolo však čosi iné správať sa ako dobrý sused a hrať sa na otecka. Hoci mu vysielala jasné signály, nemal v úmysle zapliesť sa s ňou. Chvalabohu, že Josh sa vrátil zo škôlky, ten hlboký dekolt bol zrejme určený jemu. Mal Kerry rád, ale chlap ako on nebol nič pre ňu. Netúžil sa usadiť... už nie. Raz to vyskúšal a aha, akou pohromou sa to skončilo. On aj jeho bývalá – Sylvie zostali nešťastní. Kerry potrebuje niekoho, kto pri nej zostane.

Strčil francúzsky kľúč do škatule s náradím a zľahka posunul zdvihák, aby spustil staručký Nissan na zem. Aspoň jej z času na čas mohol poskytnúť automechanické služby. Nie je to eufemizmus?

No nebol podráždený preto, lebo mu chýbal sex, hoci už dávno si ho neužil. Možno by mu pomohlo, keby si trochu zasexoval. Bolo dosť žien, ktoré mohol zbaliť a ktoré boli oveľa kultivovanejšie a nie také nadržané ako mladá Kerry. Možno by mohol niektorej zavolať, urobiť čokoľvek, aby oddialil ten telefonát, ktorý musel vybaviť. Dopekla s Milesom. Akú hru to hral?

Cam sa ľútostivo uškrnul, bol v pokušení vytiahnuť tú bielu obálku, ktorú mal ešte vždy zloženú na štvoro a strčenú v zadnom vrecku džínsov. Jej obsah mu poskytol istú úľavu, ale nebol ani zďaleka spokojný. Celý týždeň rozmýšľal, že zavolá Nickovi a bude ho varovať, že možno nedodrží dohodu, ale ešte mu nechcel volať. Miles si to dobre premyslel. Cam sa musí uistiť, že Laurie prejde celú Európu, kým sa nedostane k továrni v Maranelle, kde sa vyrábali Ferrari. Ak to urobí, bude mať nárok kúpiť auto za dohodnutú cenu. To by bolo dobré, pokiaľ dorazí do Maranella. To bude hračka... ak Laurie auto predá. Hoci to bol predčasný záver, musí sa uistiť. Zatvoril škatuľu s náradím a rýchlo kopol do novej pneumatiky. Dúfal, že Kerry ju vďačne prijme a nebude mu chcieť zaplatiť.

Na tvári sa mu pomaly rozhostil úsmev. Presne to musí urobiť s Laurie. Postarať sa, aby mu bola vďačná a úplne naňho odkázaná, že s ňou prejde cez celú Európu. A že uvidí, aké by bolo nepraktické, keby čo len uvažovala o tom, že si nechá auto, ktoré sa stále kazí, potrebuje údržbu, je v ňom chladno, ťahá v ňom a je hrozne drahé. Nezaškodí, ak na ňu zapôsobí svojím šarmom, aby sa uistil, že na konci výletu ho neodmietne. Jej vzťah s frajerom nevyzeral veľmi radostne. Bol to hlupák – trochu mužskej pozornosti jej zrejme padne dobre. Cam si bol istý, že napriek pochybnému stretnutiu v advokátskej kancelárii môže jej názor zmeniť – koniec koncov v kaplnke pocítili empatiu. Očividne má trochu zmyslu pre humor.

Možno jeho úmysly neboli celkom čestné, ale o čo Milesovi išlo, ak nie o to, aby Cam nakoniec dostal to auto?

Strčil maticový kľúč do kufra, zabuchol dvere a automaticky zamkol. Keď Kerry začula pípanie, zjavila sa vo dverách s uplakaným Joshom na boku.

„Skončil si," žiarivo sa naňho usmiala. „Môžem ťa na znak vďaky pozvať na obed? Varím lazane a je toho viac ako dosť."

Mal by odmietnuť, ale nenapadla mu dobrá výhovorka. Okrem toho by to mohla byť príležitosť, aby jej dal jasne najavo, že netúži po nijakom vzťahu. Alebo by jej mohol ukázať, aký je darebák, a odmietnuť. Keď videl jej nádejný pohľad, roztvoril náručie, aby sa ujal chlapca.

„Podaj mi ho a ja ho zabavím, kým urobíš, čo treba." Možno je darebák, ale nie je krutý a zdalo sa, že chudákovi chlapcovi sa zídu ďalšie ruky. Do stretnutia s Milesovou neterou mu zostávali dve hodiny.

S vďačným úsmevom mu vyhovela a zaviedla ho do domu.

Keď Cam vzal Josha na ruky, chlapec mu strčil do vlasov lepkavé prsty. „Poď, kamoš, nech si mama trochu oddýchne." Zamieril do obývačky a našiel tam veľkú škatuľu plnú angličákov. Chlapček sa o pár minút zachádzal od smiechu, keď mu ukazoval, ako autá pretekajú, jazdia na dvoch kolesách, behal mu nimi po ramenách, narážal jedným do druhého a vydával patričné zvuky.

Dopekla, život je na takejto úrovni oveľa ľahší. Mohol Miles svoju poslednú vôľu viac skomplikovať? Prefíkaný darebák. „Obed je hotový. Prepáč, nemám doma pivo ani nič iné." Kerry na ospravedlnenie pokrčila plecami. Chvíľu rozmýšľal, že skočí domov a vyberie fľašu zo svojej chladničky. Studený ležiak by mu dobre padol, ale mohlo by to zmeniť atmosféru.

„Nemôžem zostať dlho. Mám dohodnuté stretnutie a potom budem pár týždňov mimo, tak musím začať riešiť, čo treba urobiť."

„Je to pracovná cesta?"

„Áno, dalo by sa povedať." Cam urobil grimasu.

„Tuším sa na to veľmi netešíš."

Úprimne povedané, radšej by sa znova oženil. „Je to práca, ktorú ti zaplatia až na záver. A je spojená s rozličnými povinnosťami. Mám radšej džoby, kde si vopred dohodnem plácu, urobím, čo treba, dostanem zaplatené a všetci sme šťastní."

„Nemohol si to odmietnuť? Chápeš…" Očervenela. „Organizuješ tú veľkú prehliadku veteránov, počula som, že sponzori štedro prispeli. Potrebuješ tie peniaze?"

Uškrnul sa, neuviedlo ho to do rozpakov. „V tejto dedine sa nič neudrží v tajnosti."

No Kerry nevie, že všetky sponzorské príspevky dostali na základe toho, že Ferrari bude zlatým klincom prehliadky. To auto by pozdvihlo tú udalosť na vážnu súťaž a pritiahlo by nadšencov. Keby len do toho nezatiahol brata. Keby o všetko prišiel, zostal by mu iba on. On vyžije. Keby však Nick prišiel o dom, bola by to jeho vina.

Už ho nelákali automobilové preteky, ale k autám mal stále blízky vzťah. Eric rád hovoril, že Cam donúti motor spievať, a hoci si nebol istý tým romantickým nábojom, vedel, že pokiaľ ide o autá, vie pekelne dobre obchodovať so solídnymi zástupcami, a to sa rátalo. Peniaze sú peniaze. Býval v tom mizernom jednoposchodovom dome len preto, lebo od rozvodu sa nenamáhal nájsť si slušné bývanie.

„Tak teda,“ nástojila a zastavila Joshovu lyžicu so zemiakovým pyré, ktorou šermoval vo vzduchu, „prečo neodmietneš?“

Lebo to nejde. Potrebuje to auto a Milesovi niečo sľúbil. Povedal, že dohliadne na Laurie. A bodka.

Dom vyzeral presne tak ako v deň pohrebu. Z neznámeho dôvodu čakal, že bude zanedbaný a zaprášený, akoby tam bol naftalín. Zdvihol ťažké klopadlo a na jeho prekvapenie mu otvoril Eric.

„Ach, Cam, teší ma, že vás vidím.“ Eric ho zaviedol dnu ako za starých čias a v hale sa vznášala vôňa pečeného kurčaťa.

Cam potriasol starému mužovi ruku.

„Stále ste tu? Myslel som, že ste šli do penzie a bývate v tom domci.“

„Veď sme tam aj bývali, veru hej. No ukázalo sa, že Miles chcel čosi iné. Požiadal nás, aby sme tu pár mesiacov zostali a viedli tento veľký dom. V domci si môžeme robiť, čo chceme, ale chcel, aby sme dom udržiavali v poriadku.“

A veru ho udržiavali. Vďaka Norah vyzeral, akoby každú chvíľu mohol vojsť Miles.

Cam užasnuto pokrútil hlavou. Typický Miles, zrejme chcel udržať ten dom pri živote, keby prišiel niekto, kto nevedel, že zomrel. Dom bol vždy všetkým otvorený. Nikdy sa nedalo vedieť, kto príde na návštevu. Miles mal eklektickú skupinu priateľov a známych vrátane obchodníkov s vínom, vinohradníkov, someliérov z vychýrených reštaurácií, milovníkov dostihov.

Aj jeho široká rodina bývalých manželiek, ich nových manželov, potomkov a iných príbuzných bola rovnako vítaná.

„Norah bude podávať čaj v salóne. Slečna Laurie by mala prísť každú chvíľu. Ron povedal, že s ňou pôjdete na skúšobnú jazdu. A vy s ňou prejdete celú Európu. Dávajte pozor."

Cam si nebol istý, či Eric hovorí o aute alebo o Laurie.

„Mám pre vás kľúče od garáže, kódy poznáte." Eric mu podal malý zväzok kľúčov. „Viete, kde sú v skrinke všetky kľúče. Ktorým autom pôjdete?"

Cam cítil, ako ho vo vrecku ťažia kľúče od áut. Asi tak je to s trúfalými domnienkami. V ten večer si bol istý, že Ferrari je jeho. Chvíľu zvieral v ruke kľúče od garáže. Niektorí ľudia by kvôli nemu zabíjali. Čo sa stane so zvyškom zbierky? Už vedel, čo sa stane s Ferrari, ale čo ostatné? Ron o nich ani o dome nič nepovedal. Vždy si myslel, že hoci Miles často hovoril, že autá boli navrhnuté na to, aby sa na nich jazdilo, možno jedného dňa zmení toto miesto na múzeum ako Beaulieu.

Bože, ak bol ochotný zveriť najlepšie auto z tej zbierky do rúk úplnej amatérky, veľmi nezmenil svoju filozofiu.

Dúfal, že nezničí motor. Keď súhlasil, že pôjde s ňou, myslel si, že aspoň ju môže naučiť poriadne jazdiť na tej potvorskej mašine... alebo... pomaly sa usmial. Samozrejme, dnes ju môže navždy odradiť od jazdenia. Trochu ju vystrašiť. To zachráni motor a dosiahne tým, že auto predá. Milesova posledná vôľa a jej podmienky boli prinajmenšom nariadením, ale pokiaľ to mohol posúdiť, a starostlivo si ju prečítal, aby sa uistil, nehovorilo sa v nej, že auto musí šoférovať ona. Možno to bol právnický žargón, ale stálo tam doslova, že Laurie musí ísť autom cez celú Európu.

Stačí, ak jej ukáže, ako ťažko sa na tom aute jazdí. A koľko škody človek narobí, ak nejazdí dobre.

Nebolo to celkom nečestné – keby chcel byť ozaj darebák, mohol by použiť kopu špinavých trikov. Zablúdiť na ceste… minúť jedno-dve miesta. Postarať sa, aby zopár pohľadníc neposlala. Tá cesta by mohla byť jeho zásluhou dvojnásobne dlhšia. Mohol by ju donútiť, aby to vzdala.

Ale to by nedokázal. Čosi Milesovi sľúbil, no to ešte neznamená, že nemôže Laurie ukázať, aké nepraktické je vlastniť rýchle športové auto a jazdiť na ňom. Mal podozrenie, že bude prekvapená, ako rýchlo dokáže ísť. Pravdepodobne nikdy nesedela v aute, ktoré malo objem motora väčší ako jedna celá štyri desatiny litra. Znova sa usmial. Dnes ju vezme zajazdiť si na Ferrari, vydesí ju a potom… jeho ústa nadobudli sarkastický výraz… urobí, čo treba. Niekedy nenávidel to otravné svedomie. Navrhne jej, že bude šoférovať do Talianska, a cestou jej ukáže realitu a ťažkosti spojené s vlastníctvom veterána a jazdením na ňom. Musí predať to auto jemu. Nebude mať inú možnosť.

Spokojný so svojím plánom prešiel po chodbe a nevedel sa dočkať, kedy príde do stajne a znova sa zoznámi s Ferrari.

Aj keby nevedela, kam má ísť, dobre známe vrčanie motora ju tam zaviedlo. Burácal ako drak pripravený zaútočiť a ten zvuk sa niesol celým nádvorím.

Priniesol jej spomienky s takou silou, až takmer spadla. Do očí jej vhŕkli slzy.

Cam cúval so strieborným Ferrari na nádvorie. Zaganil na ňu cez otvorené okienko. „Prišli ste skoro.“

Pokrčila plecami. Mala veľké pochybnosti, či vôbec príde. Keď zatelefonovala Ronovi, aby mu oznámila, že prijíma podmienky poslednej vôle, okamžite navrhol, aby sa vybrala do Yorku a stretla sa s Camom, aby sa dohodli na podrobnostiach. Neplánovala absolvovať skúšobnú jazdu. Hoci čo som si myslela? dohovárala si prísne. Že prídem do garáže v Merryview, vezmem kľúče a vyrazím k lamanšskému tunelu?

Hoci to dávalo zmysel, aj tak ju žralo, že Cam sa ujal iniciatívy.

„Tak idete alebo nejdete?"

„Nie," odsekla zamračene.

Nevšímal si ju, naklonil sa a otvoril dvere na strane spolujazdca.

Cez otvorené dvere videla červené kožené sedadlo, palubnú dosku. Cam na ňu vyzývavo pozrel.

Keby zostala stáť, vyzerala by hlúpo.

Motor zaburácal, akoby bol netrpezlivý, že musí čakať, a to burácanie sa nieslo celým nádvorím, odrážalo sa od kosoštvorcových okien a béžových tehlových múrov. Auto sa zaligotalo pred ňou ako strieborná šmuha, videla ho rozmazane.

Oneskorene si spomenula, čo sľúbila Robertovi, vybrala z kabelky mobil a rýchlo auto odfotila.

Prešla na stranu spolujazdca po pravej ruke. Samozrejme, volant bol na ľavej strane, ale nenapadlo jej to. Nešikovne sa usadila, jednu nohu musela strčiť do priestoru na nohy, lebo sedadlo bolo nízko. Chvíľu jej trvalo, kým mala nohy v správnom uhle. Klesla na sedadlo a ťahala druhú nohu za sebou ako zomierajúca labuť. Nebolo možné usadiť sa elegantne. Niežeby po tom túžila. Jej matka bezpochyby vie nasadať do takéhoto auta dokonale graciózne.

„Dobrá práca," zachechtal sa Cam. „Nijaké strachy, je to len otázka praxe."

Zachmúrene naňho pozrela.

„Mám dosť čo robiť, aby som sa naučila iné veci."

Zdvihol obočie.

Očervenela a pozrela na mobil.

„Tak presne ktoré Ferrari je to? Zabudla som."

Cam sa na ňu cynicky zahľadel, akoby tomu nemohol uveriť.

Bolo jej jedno, čo si myslí. Kedysi to vedela.

„GT250 California Spyder, pravdepodobne Enzov najvydarenejší dizajn."

Keď počula, s akou zbožnou úctou to vyslovil, zdvihla pohľad od esemesky, ktorú sa chystala poslať Robertovi. Aj strýko Miles tak hovoril o svojich autách. Odoslala esemesku Robertovi a bola rada, že mu mohla povedať model auta, ktoré viac-menej zdedila. Už to neznelo, akoby stavala vzdušné zámky, bolo to reálnejšie.

„Pás máte zapnutý?" spýtal sa Cam.

Prikývla a prekvapilo ju, keď sa k nej naklonil a skontroloval to. Neverí jej, že to zvládne?

Keď uvoľnil spojku, auto vystrelilo dopredu a mala pocit, že zrýchlilo celkom ako jej srdce. Skúmala interiér. Pôsobil stroho a staromódne, nie ako moderné interiéry áut, na ktoré bola zvyknutá. Auto bolo hlučné a pod nohami cítila vrčanie motora a jemné vibrato piesne prežarujúcej celú karosériu. Vyšúchaná koža na sedadle sa jej zdala pod zadkom príliš hladká, podchvíľou skĺzla dolu a narazila kolenami na palubnú dosku.

Auto bolo zrejme zaujímavejšie zvonku než zvnútra, bolo tam málo miesta, nedalo sa tam ani vystrieť. Hoci hlučné burácanie motora nebránilo v rozhovore, rozhodne ho nepovzbudzovalo, a keď vyrazili po príjazdovej ceste na vidiecku cestu, Laurie mlčala. Keď sedela tak nízko, intenzívnejšie vnímala rýchlosť, kým sa okolo nich mihali hnedé a zelené živé ploty, ale aj tak ju prekvapilo, ako rýchlo Cam ide. Očividne dobre poznal tie cesty.

Rozhodla sa, že mu nedopraje zadosťučinenie, nespýta sa, kam idú, a tak si len hľadela na kolená a usilovala sa nevšímať si zrýchlený pulz. Asi po minúte sa jej začal búriť žalúdok, pocítila nevoľnosť a musela to vzdať a pozrieť cez okienko.

Teraz už išli rýchlejšie a mala problém udržať rovnováhu na sedadle, keď vyberal zákruty a rútil sa po kľukatej vidieckej ceste. Pred nimi sa vynoril traktor, išiel slimačím tempom. Zovrela okraje sedadla, napla sa a zatajila dych.

Cam na ňu vrhol opovržlivý pohľad, preradil rýchlosť a prudko vystrelil okolo traktora, až ju hodilo dozadu silou, ktorá pripomínala výbuch rakety. Ohromene zhíkla, ale nedopriala Camovi zadosťučinenie, nedala nahlas najavo svoj strach. Namiesto toho obrátila hlavu a pozerala cez okienko na strane spolujazdca. Každý by bol vynervovaný. Nemusí na ňu pozerať ako na hlúpu dedinčanku, ktorá nikdy nesedela vo Ferrari. Zaškrípala zubami a usilovala sa ovládnuť hnev. No aj keď zatínala sánku z celej sily, cítila, ako v nej hnev kypí.

Auto spomalilo a počula, ako motor zavrčal, keď Cam preraďoval rýchlosť. Tak veľmi sa sústredila na to, aby ovládla emócie, že si nevšimla, kde sú. Keď teraz zdvihla pohľad, okamžite spoznala okolie.

Auto stálo na začiatku dlhej rovnej asfaltky ťahajúcej sa do diaľky.

„Ste na rade." Cam k nej s úsmevom obrátil hlavu, ale oči sa mu neusmievali. Pripomínal jej žraloka odhadujúceho svoju korisť. „Nebojte sa, je to súkromná cesta. Miesto ako stvorené na to, aby ste sa naučili jazdiť na tejto krásavici. Je to mimoriadne ťažké a zistíte, že je to celkom iné než jazdiť na moderných autách. Svojím spôsobom k nemu treba pristupovať zľahka, ale aj tvrdo." Prísne na ňu pozrel. „Musíte byť sebaistá. Najlepšie je začať tam, kde nemôžete do ničoho vraziť." Jeho formálny úsmev a povýšene zhovievavý tón inštruktora autoškoly ju podráždil. „Môžeme začať pomaly a absolvovať tu zopár hodín, aby ste si na to zvykli. Obávam sa, že to nie je auto pre nováčika… ale uvidíme, ako vám to pôjde."

Zľahka a graciózne, čo bolo v rozpore s jeho dlhými nohami v džínsoch, vykĺzol zo sedadla, motor nechal bežať na voľnobeh. Laurie zagánila. Dofrasa! Vydriapala sa zo svojho sedadla, zabuchla dvere a prešla zozadu okolo auta, kým on jej držal dvere na strane vodiča. Chytil ju za lakeť, aby jej pomohol nastúpiť, a keď na pokožke pocítila jeho veľkú mozoľnatú ruku, ktorou jej zovrel rameno, uvedomila si, aký je vysoký a širokoplecí. Pri tom staromódnom zdvorilom geste náhle pocítila bodavú bolesť. Hoci sa tváril stroho, bol džentlmen. A na to vôbec nebola zvyknutá.

Spurne naňho zagánila, zlostilo ju, že sa pri ňom cítila ako neohrabaná tínedžerka.

Len čo si sadla, nastavila si sedadlo, pozrela do spätného zrkadla a nevšímala si ho, hľadela na cestu.

Dva kilometre. Hladký okruh. Súkromná cesta, ktorá kedysi slúžila ako letisko, ale už dávno ju prestali využívať, dali prednosť novšiemu, žiarivejšiemu letisku kúsok od mesta.

Povrch bol poznačený spálenou gumou, napravo-naľavo svietili ako interpunkčné znamienka stopy áut, ktoré si tu ľudia skúšali. Vykrútila nos, akoby cítila pach zhorenej gumy, a spomenula si, ako praskla pneumatika, znelo to ako výstrel z pištole, až pocítila v krvi adrenalín. Ten príval nečakaných zabudnutých spomienok prišiel tak náhle, až ju to omráčilo.

Kašľať na povýšeneckého Camerona Matthewsa. Zabuchla dvere a prv než si stihol sadnúť na sedadlo spolujazdca, jemne stlačila spojku a zaradila jednotku – celkom zabudla, že rýchlostná páka je tu celkom iná ako prevodovky v moderných autách. Na chvíľu ju to rozptýlilo, ale potom ju svalová pamäť zachránila a pripravila sa na spätný náraz, uvoľnila spojku a dupla na plyn.

Auto vyrazilo dopredu a ona cítila to zrýchlenie v celom tele. V zrkadle zazrela Camovu prekvapenú tvár. Na tvári sa jej mihol úsmev, potom sa sústredila na šoférovanie. Vedela, že sa musí dokonale sústrediť, akoby sedela na vzpínajúcom sa divom koni. Volant sa jej zdal obrovský, mal väčšie rozpätie než ktorékoľvek auto, na ktorom jazdila... ale iba chvíľu. Keď teraz sedela za volantom, presne vedela, kde je tachometer.

Pripadalo jej to ako jazda na bicykli, teda takmer. Tacho-meter mala pred sebou, mohla sledovať aj otáčky motora. Na minimalistickej palubnej doske boli kontrolky hladiny oleja, vody a paliva. Vedela, čo má robiť. No dobre, nie celkom. Bolo to dávno, ale na povrch sa ako predmety vyplavené morom vy-nárali spomienky na veci, na ktoré zabudla a ani to nevedela. Všetko sa jej vrátilo, aj keď mala málo skúseností. Pevne zvie-rala volant, sústredila sa a usilovala sa spomenúť si na všetko, čo jej Miles hovoril, keď sedel presne tam, kam si pred chvíľou chcel sadnúť Cam.

„Vyber zákrutu. Udržuj rýchlosť. Nebrzdi." Počula jeho hlas, v hlave sa jej jasne vynárali jeho pokyny.

S adrenalínom v krvi stisla spojku, zaradila dvojku a pripra-vila sa, že auto poskočí dopredu, a keď auto zrýchlilo, zakrát-ko zaradila trojku. Nešlo to hladko, nebolo to elegantné a dôs-tojné toho auta, ale silná reakcia plynového pedálu ju zlákala. Ľahkovážne dupla na plyn, nevedela odolať volaniu rýchlosti, pulzovala v tlkote jej srdca. Pod nohou cítila chvejúcu sa silu pripravenú reagovať na jej volanie. Stlačila pedál a videla, ako ručička tachometra poskočila dopredu. Pred očami sa jej roz-mazane trblietala cesta a sústredila sa na udržanie smeru. Aj to sa jej zdalo známe. Hoci nebola na ceste desať rokov, poznala ju ako čiary na dlani. So sarkastickým úsmevom sa poddala diab-lovi v krvi. Tak treba Camovi, keď sa správal povýšene. Cítila, ako sa auto vzpína, keď dosiahla stodesiatku, potom zvýšila rýchlosť na stotridsiatku.

„Doriti!" zanadával Cam, keď vyrazila bez neho. Pokrútil hlavou, prekrížil ruky na hrudi a čakal, že keď sa prvý raz pokúsi preradiť rýchlosť, bude poskakovať po dráhe ako zajac. Ak ste neboli zvyknutí jazdiť na veteránoch, museli ste sa pripraviť na to, že sú úplne iné než moderné autá. Zistí, že ovládať spojku je náročné. Pripravil sa, že bude počuť kvílenie motora, keď nezvládne auto, ale napočudovanie jej to nešlo až tak zle. Auto zrýchľovalo. Zrejme preradila na trojku. Nebolo to zlé. Jazdila lepšie, než čakal, a pevne držala auto na ceste. Netušila, čoho je schopné, ale to nič, čoskoro jej to ukáže. Spätne si uvedomil, že s ňou mal prejsť zopár okruhov, prv než jej zveril auto. Teraz Laurie prejde po ceste na trojke a vráti sa celá natešená, spokojná sama so sebou. Dočerta, nemal si dať ujsť príležitosť, aby jej ukázal, že auto potrebuje zdravý rešpekt.

Potom nastražil uši, lebo vrčanie motora sa zmenilo a počul, ako túruje. Dopekla!

„Pomalšie! Pomalšie!" Ostro sa nadýchol. Dočerta, zrýchľovala. A to v nesprávnej chvíli. V polovici rovinky. A stále zrýchľovala. V takej rýchlosti zákrutu nevyberie. Vykročil dopredu, nedokázal odtrhnúť oči od auta, cítil desivé nutkanie, vedel, že každú chvíľu príde do zákruty, stratí kontrolu nad autom a vletí rovno do múra. Doriti, doriti, doriti! Sťažka dýchal a snažil sa ju donútiť silou vôle, aby spomalila. Bože dobrý, prosím ťa!

Miles by mu nikdy neodpustil, keby jeho vinou zahynula neter pri prvom výlete.

Kým sa modlil, počul kvílenie motora. Bože, ďakujem! Auto vletelo do zákruty, no stále sa držalo na ceste. Zrejme znova preradila na trojku. Mala skôr šťastie ako zdravý rozum. Vďakabohu. Pravdepodobne sa aj sama vydesila na smrť. Len počkajte, keď vás dostanem do rúk. Zabijem vás. Na čo sa to hrá, dopekla? Má vôbec predstavu, aké vzácne je to auto?

To čo má byť? Díval sa, ako zrýchlila, keď vyšla zo zákruty. S rastúcou zúrivosťou sledoval, ako vošla do ďalšej zákruty a tentoraz išla ešte rýchlejšie než minule. Postavil sa na cestu a kýval na ňu, aby zastala. Keď bola tristo metrov od neho, uvedomil si, že nemá v úmysle zastať, a uskočil. Auto presvišťalo okolo neho a nechalo za sebou oblak výfukových plynov.

Hľadel za ňou, pevne stisol pery. Kde sa naučila tak jazdiť, dopekla?

Samozrejme, tu. Miles vlastnil tú cestu celé roky. Cam pokrútil hlavou, aký bol hlúpy. Pravdepodobne sa učila jazdiť na tejto ceste. Hoci rozhodne potrebovala trochu cviku, videl, že ju učili dobre. Ha, pravdaže dobre, bola Milesova neter, ale prečo mu ten starý somár nič nepovedal?

Neveselo sa zasmial a strčil ruky do vreciek. Mohla niečo povedať, ale bol taký predpojatý, že jej nedal šancu. No má guráž, to sa musí nechať. Niežeby ju nepokarhal. Takto riskovať v neznámom aute. Neskúsená šoférka. Všeličo sa mohlo stať. Nepoznala to auto. Bolo to hlúpe. Šialené. Nebezpečné. Človek cíti obrovský príval adrenalínu... a on by to mal vedieť. Vedel aj to, ako ľahko človek zle odhadne situáciu a aké krehké je ľudské telo pri nehode vo veľkej rýchlosti. Bola hlúpa, hlúpa, hlúpa! Keď sa tentoraz vynorilo auto, postavil sa na cestu a dával jej jasne najavo, že chce, aby zastala.

Kapitola 6

Keď zastavila auto, videla, že Cam soptí. Zrazu sa jej predstie-
raná odvaha rozplynula, príval adrenalínu náhle ustal a preglgla. Prudko otvoril dvere, vytiahol ju von a otočil si ju tvárou, oči mu horeli. Nohy sa jej triasli a nedokázala nič iné, len naňho nemo hľadela. Srdce jej ešte vždy divo bilo, v nervových zakončeniach prskali posledné zvyšky eufórie. To bolo čosi iné.

„Na čo ste sa hrali, doriti?" precedil cez zuby.

Uvedomila si realitu a doľahlo na ňu vedomie, čo práve urobila. „Vedela som, čo robím," zamrmlala. Ach bože, znelo to, akoby bola odutá tínedžerka.

Cam zdvihol obočie, akoby vravel: „Komu to chcete nahovoriť?" Pokrútila hlavou. Podráždilo ju to.

Tá prvá zákruta prišla oveľa rýchlejšie, než si pamätala, a myslela si, že jej srdce vyletí z hrude. Keď sa usilovala preradiť na trojku, musela zapojiť všetok rozum a silu, ale k tomu sa Camovi nemienila priznať. Ten výraz na jeho tvári, keď ho prvý raz obiehala, stál za to. Nevedel potlačiť prekvapenie. To, že sa nestýka s boháčmi, ešte neznamená, že je hlupaňa, ktorá nestojí za povšimnutie. No druhé kolo bolo božské a neľutovala to.

Pripravila sa, že na ňu nakričí, ale zdalo sa, že sa ovláda.

„Možno si myslíte, že viete, čo robíte," z jeho prísneho výrazu bolo vidieť, že on si to nemyslí, „ale na verejných cestách tak nemôžete jazdiť. Musíte myslieť na stovky iných vecí, nielen predvádzať sa. A nezabúdajte, že volant je naľavo."

Dofrasa, mal pravdu. Musí sa krotiť. Bolo povolené jazdiť s dočasným vodičským preukazom na súkromnej ceste, ale nie na verejnej. Dala sa uniesť. Také čaro malo to auto. To sa stane, keď sa človek dá ovládnuť emóciami. Nechcela riskovať a šoférovať. Plánovala sa hrať na dievča, ktoré nevie šoférovať.

„Prepáčte, máte pravdu. Bolo to nezodpovedné." Pokúšala sa tváriť pokorne, hoci najradšej by mu vyplazila jazyk. „Nerozmýšľala som. Bude to rozhodne iné, keď bude na ceste viac áut."

„Áno, keby ste do niečoho vrazili, nebolo by to dobré." Cam sa tváril veľmi vážne. „Takéto autá sú vyrobené inak než moderné, aj malá zrážka môže spôsobiť obrovskú škodu. A nie ste zvyknutá jazdiť po pravej strane, bude ťažké zorientovať sa."

Tvár jej povädla. Ani na to nepomyslela. Samozrejme, auto by sa pravdepodobne pokrčilo ako plechovka. Nie, ona nebude šoférovať. Na takéto auto určite nedostať náhradné súčiastky. O dôvod viac, aby šoféroval on.

„Cam?"

„Prosím?"

„Možno bude lepšie, ak väčšinu cesty budete šoférovať vy a ja si sadnem za volant iba na krátke úseky. Ak tomu správne rozumiem, nič sa o tom v tej poslednej vôli nepíše… spýtam sa Rona… podľa mňa nemusím šoférovať, nemyslíte?"

V tvári sa mu mihol zvláštny výraz. Takmer akoby sa mu uľavilo… alebo to bol víťazoslávny výraz?

„Mne sa to zdá v poriadku. Na tieto rýchle autá si treba zvyknúť a jazdiť na druhej strane cesty a vyrovnať sa s francúzskymi vodičmi, ani nehovoriac o talianskych, dá človeku zabrať. Myslím, že je to dobrý nápad." Hovoril neuveriteľne sebavedomo. Zvedavo naňho pozrela. Bol to celkom iný postoj, než keď sa tváril, že mu je všetko ukradnuté.

Ale mal pravdu. Zmocnilo sa jej sklamanie, keď si zvykla na spojku a plynový pedál, citlivá reakcia auta ju očarila, bolo úžasné, ako v momente dokázalo zrýchliť, ako ho dokázala ovládať. No bude to tak lepšie, nestihne pred odchodom urobiť skúšku a v nijakom prípade sa pánovi svetaskúsenému nepriznáš, že má len dočasný vodičský preukaz. Túžobne pozrela na kapotu nízkeho auta. Škoda, jazdiť na ňom bol zážitok.

Len čo otvorila vchodové dvere, zjavil sa v hale Robert.

„Aké to bolo? Ako ste spolu vychádzali?"

Laurie sa usmiala, jeho nadšenie ju potešilo. Takmer čakala, že bude ofučaný. „Bolo to super. Samu ma to prekvapilo. To auto sa ťažko šoféruje…"

„Ty si šoférovala?! Myslel som, že on bude šoférovať…"

„Neboj sa," upokojovala ho, „išla som po súkromnej ceste. Strýko Miles vlastnil nepoužívanú cestu. Tak som si to vyskúšala na nej."

„Nechápem, prečo si si dala takú námahu. Veď nemôžeš šoférovať."

„O to ide, zabudla som, že…" Zrejme nemalo zmysel Robertovi vysvetľovať, že strýko Miles ju učil jazdiť ako trinásťročnú a do svojich pätnástich rokov bola pravidelne na tej ceste. Vedela, že by bol zdesený.

„Cam súhlasil, že bude šoférovať."

„Až do Talianska?" Robert sa zatváril skepticky.

Prikývla.

Kútiky úst sa mu skrútili nadol. „To je super, nie?"

„Ako to myslíš?"

„Sotva to urobí, lebo má dobré srdce, nie? Takže tvoj strýko mu musel zaplatiť. Rád by som vedel koľko." Potom sa rozžiaril. „Zrejme to bude stáť za to, keď dorazíte do Talianska."

„Áno." Prešla popri ňom do kuchyne. Zatiaľ sa nevarilo nijaké jedlo.

„To je skvelé." Robert ju schytil do náručia a zatočil sa s ňou. „Vieš, že si úžasná?" Mľaskavo ju pobozkal a potom jej vnikol jazykom do úst.

Jeho náhle nadšenie a to, že jej nečakane zablúdil rukou pod blúzku a do podprsenky, ju zmiatlo. V skutočnosti mal vždy rád zhasnuté svetlá a miloval sa s ňou iba v posteli, a hoci by sa jej niekedy páčilo viac spontánnosti, toto nebolo ono.

Druhou rukou si ju pritiahol.

„Ach, Laurie, hrozne ťa ľúbim," zastonal a pritisol jej nos na krk. „Budeš mi veľmi chýbať."

„Robert," pokúšala sa ho odstrčiť, ale znova ju bozkával na ústa a pritláčal sa k nej lonom tak neodbytne, že zrazu bola chrbtom opretá o kuchynskú linku.

„Ľúbim ťa…" Znova ju pobozkal na pery, oči mu žiarili. „Vezmime sa. Viem, že tá matrika sa ti nepozdávala… ale keď odchádzaš… jednoducho sa vezmime. Život je taký krátky. Nepáči sa mi predstava, že budeš tak ďaleko. Potrebujem vedieť, že sa ku mne vrátiš. Pani Evansová." Chytil jej tvár do dlaní, prstami jej až prisilno zovrel sánku.

Jeho intenzívny pohľad, rozžiarené oči, skôr úzkosť ako radosť… Toto malo byť romantické, neuveriteľne romantické… ale nebolo.

„Čo sa deje, Robert?“

„Nič. Len ma trochu dostalo, že sa za mňa nechceš vydať. Nezniesol by som, keby som ťa stratil.“

„Netáraj hlúposti.“ Usmiala sa, aby to zľahčila, ale správal sa smiešne. Za celý čas, čo spolu chodili, sa nesprával romanticky. Ich vzťah nebol taký. Prečo teraz? A prečo by ju mal stratiť? Bolo to absurdne melodramatické.

„Ak skutočne chceš parádnu svadbu, môžeme ju odbaviť, keď sa vrátiš. Mohli by sme obnoviť svoj sľub. Je dôležité, aby sme si navzájom sľúbili lásku. Vyznali si ju v súkromí len medzi nami.“ Uprel na ňu vážny pohľad. Cítila, ako sa jej v ústach zbierajú sliny, napätá sánka ju bolela.

Zatvorila oči a usilovala sa odtiahnuť od neho. Nechcela ho raniť. Správa sa hrozne protichodne. Po takom vášnivom, zúfalom vyznaní lásky... A to bolo ono. Zúfalé...

To slovo jej zunelo v hlave. Zúfalé. Prečo je zrazu taký zúfalý? Za celého pol druha roka neprejavil záujem oženiť sa. Pred polrokom nadniesla tú tému, a hoci by možno mali daňové úľavy, podľa neho to nemalo zmysel.

„Vážne, Robert, nebuď taký hlúpy.“ Pretisla sa popri ňom a otvorila chladničku. „Chceš omeletu?“ Nečakala na odpoveď a pokračovala: „Okrem toho budem preč len pár týždňov.“ Pokrútila hlavou, potláčala podráždenosť. Tuším má chrobáka v hlave, ale Laurie nedovolí, aby vyvolal hádku.

Nemala rada hádky ani konfrontácie.

„Laurie, miláčik... nechceš sa za mňa vydať?“

Odúval pery, vyzeral smiešne a nevedela, čo má robiť.

Najľahšie by bolo povedať: Netáraj, samozrejme, že ťa ľúbim, ale nedokázala vysloviť tie slová, a tak namiesto toho povedala: „Nebuď smiešny.“

„Tak prečo nie?“

„Čo prečo nie?" Odďaľovala to, vybrala z chladničky škatuľu vajec.

„Vydaj sa za mňa." Úpenlivo na ňu pozrel a zmocnil sa jej pocit viny. Dopekla, prečo mu jednoducho nepovie áno? Nebolo by to ľahšie? Ale nevedela sa k tomu donútiť.

„Robert, pred polrokom si sa nechcel ženiť."

„To som nikdy nepovedal." Vzdorne zatvoril ústa.

„Veru povedal. Rozprávali sme sa o tom."

„Nerozprávali."

„Rozprávali. Povedal si, že by to malo zmysel iba kvôli daňovým úľavám."

„Takže sa za mňa nechceš vydať."

„To som nepovedala." Potlačila svoje zúfalstvo, šikovne rozbila vajcia na okraji jenskej misy, škrupiny odstrčila nabok.

„Rozhodne sa mi nezdá, že by si bola za to." Náhle tresol päsťou do škrupiny a rozdrvil ju.

Uvedomila si, že by mala postupovať opatrne, a rozhodla sa zmeniť prístup. „O to nejde… len sa mi zdá, že to nie je dobre načasované."

„Čo je na tom zlé? Pomyslel som si, že keď si mala ďalšie úmrtie v rodine, bude sa ti páčiť pocit bezpečia, že sa môžeš spoľahnúť na ďalší príjem. Keby si nemala mňa, bola by si úplne odkázaná sama na seba."

Laurie zatvorila oči, sčista-jasna na ňu doľahol neznesiteľný smútok. To, čo hovoril, bolo hrozne logické. Tak o čo ide? Chce byť sama? Tvoria solídny pár. Rozumný.

A dnes zakúsila čosi iné. Nebolo to rozumné. Na chvíľu zazrela iný svet, pocítila príval veselosti a zdalo sa jej, že slobodne lieta.

Kapitola 7

Nepotrebovala počuť zvonenie, aby vedela, že prišiel Cam. Tiché vrčanie vonku jej oznámilo, že je načase odísť.

Z neznámeho dôvodu ju prekvapila jeho presnosť. Robert bol otrokom presného času, žil na sekundu presne. Predpokladala, že Cam príde buď veľmi skoro, alebo veľmi neskoro.

Naposledy sa poobzerala po kuchyni, vzala tašku a náhlila sa k dverám. Prstami sa pohrávala so snubným prsteňom. Bolo by nepekné a prízemné nechať ho na stolíku v hale. Znížila by sa na Robertovu úroveň. Nezdalo sa jej správne odísť bez poriadneho rozlúčenia, ale nedal jej inú možnosť. Keď tam nechá prsteň, bude to symbolické vyhlásenie, ktoré ho zraní. Teraz zrejme potrebovali presne toto – na chvíľu sa od seba oddialiť. Hádka o tom, prečo sa nechce vydať, bola absolútne hlúpa a to, že sa s ňou odvtedy odmietal rozprávať, bolo ešte hlúpejšie.

Rýchlo prešla k dverám a prudko ich otvorila. Nechcela, aby si Cam myslel, že má zajačie úmysly, alebo aby jej videl v tvári nerozhodnosť. Musí ísť kvôli Milesovi a… Robert to musí pochopiť.

Držala si palce a dúfala, že robí správne.

Prešlo štyridsaťosem hodín, odkedy Robert vyslovil posledné ultimátum, a od tej chvíle jej nepovedal ani slovo. Nepáčilo sa jej, že pred odchodom si to nevydiskutovali, ale keď dohodol termín na matrike napriek všetkému, čo povedala, zaťala sa. Bola citovo zranená, vyčerpaná. Po tom, čo posledné dve noci spala sama na manželskej posteli v spálni a Robert v hosťovskej izbe, pričom sa s ňou odmietol rozprávať, keď sa v kuchyni míňali chrbtom k sebe, sa jej veľmi uľavilo, že môže vypadnúť z domu.

Len čo otvorila dvere, doľahlo k nej tiché vrčanie auta a nohy sa jej podlomili, keď si uvedomila, aké veľké dobrodružstvo ju čaká. V prvej chvíli by sa najradšej vrátila do tmavej chodby, poprosila Roberta o odpustenie, zavolala vedúcej knižnice a povedala, že ruší dovolenku, o ktorú požiadala na poslednú chvíľu, nechce dobrovoľne odísť z práce. Potom ju prilákalo vrčanie motora, lákavé ako volanie sirén, vyšla do letného slnka a vzrušenie jej sľubovalo čosi úžasné.

V záhradke tancovali stračonôžky, floxy a lupiny, jednotne knísali hlávkami a naliehali na ňu, akoby sa všetky živly spriahli a posielali ju na cestu.

Cam jej vyšiel na polcestu v ústrety.

„Dobré ráno. S dovolením, vezmem vám to.“ S očakávaním pozrel za ňu. „Toto je všetko?“ spýtal sa a na tvári sa mu mihol zvláštny výraz. Keby mala hádať, povedala by, že bol sklamaný.

Znepokojene prikývla. Nemajú muži radi, keď ženy cestujú naľahko?

Schytil jej tašku a s povzdychom ju vzal za lakeť, akoby ju chcel odviesť k autu čakajúcemu pri bránke, strieborná karoséria sa trblietala v slnečnom svetle. „Vezmem vám aj toto.“

Vzal jej sako a starý béžový sveter, ktorý schmatla v poslednej chvíli. Váhavo sa usmiala. Hoci sa správal čudne, mal dobré maniere a dobre jej padlo, že sa o ňu tak stará.

Dofrasa, typické. Prvá žena, ktorú poznal, čo nepotrebuje mať so sebou celú garderóbu. Úmyselne sa s ňou nerozprával o batožine. Tvrdý kufor by bol beznádejný, človek potreboval niečo, čo sa dá natlačiť do malého úložného priestoru. Či už to bolo šťastie alebo zdravý rozum, urobila dobre. Veru, bol to zdravý rozum, patrí k tým rozumným dievčatám, ktoré nepotrebujú náročnú údržbu... a on na to bol expert. Sylvie nikdy necestovala naľahko, nedokázala odísť z domu bez kabelky plnej kozmetiky. Do Laurinej tašky by sa nezmestili ani len Sylviine módne doplnky, nieto oblečenie na niekoľko týždňov.

No v dôsledku toho padol jeho plán A. Mala mať veľký kufor plný šiat a on by ju nútil zbaliť si veci rovno na prahu do oveľa menšej tašky, pričom by jej ustavične pripomínal, že musia čím skôr vyraziť, inak nestihnú vlak. A jeho vinou by sa v tom chvate zle rozhodovala a zbalila by si nevhodné veci na ten výlet.

Aspoňže som jej uchmatol sveter a sako, pomyslel si so sarkastickým úškrnom, keď kráčali s jej taškou ku kufru auta. Možno oľutuje, že sa ich tak ľahko vzdala.

„Správna taška," zaklamal a zoširoka sa usmial s nádejou, že sa trochu uvoľní. Bude to dlhá cesta a prvý úsek bude pekelne ťažký. Nevšímal si pocit viny, ktorý ho premkol pri pohľade na jej tričko s krátkymi rukávmi. Držal si za chrbtom palce a dúfal, že je stoická, inak by tak hundrala, až by ho rozboleli uši. Nezdalo sa mu, že patrí k zlostným ženám. Nevedel, čo si má o nej myslieť. Zdala sa mu neuveriteľne rezervovaná, neprístupná a zošnurovaná. V tvári sa jej nezračili nijaké emócie.

Ešte aj ústa mala pevne stisnuté, takže pôsobili neutrálne, ani nesúhlasne, ani súhlasne.

Ten vzácny výraz bezstarostného dievčaťa z pretekárskej dráhy zmizol, akoby si ho len predstavoval. Kývla mu hlavou, ale veľa nepovedala. Hlasno si vzdychol, aby dal najavo, že sa mu to nepáči. Zrazu akoby všetku pozornosť upriamila na kabelku a videl, ako nahmatala pas a prihladila kôpku papierov.

„Nemáte nič proti, ak budem šoférovať na prvom úseku? Po tunel?"

Prikývla a rozmýšľal, či sa jej naozaj mihol v tvári výraz úľavy. Nemusela si však robiť obavy, jej šoférovanie bolo viac ako dostatočné. Dopekla, vedela zvládnuť auto. Znova sa ho zmocnilo pobavenie. Kto by si to bol myslel? Hoci vtedy ho na smrť vydesila!

„Už pre mňa nemáte nijaké prekvapenia?" spýtal sa so sarkastickým úsmevom a myslel na to, čo má pre ňu nachystané on.

Vyjavene naňho pozrela. „Nie. Prečo?"

Už znova pôsobila nervózne, v hlase akoby jej znel previnilý tón.

„Len som sa chcel uistiť, že nič neskúsite ako minule."

Pokrútila hlavou, chvost jej lietal sem a tam, pripomínal mu psa, ktorý sa otriasa od vody.

„Máte všetko?" spýtal sa a naštartoval.

Chvíľu videl, že zovrela kabelku ako záchranný pás.

„Áno." Vystrčila bradu, akoby sa rozhodla. „Poďme."

Prvých pár kilometrov sa sústredil na cestu a musel ísť pomerne plynulo. V hrubom svetri mu bolo teplo, ale vydržal, lebo vedel, že len čo pôjde rýchlejšie, bude zaň vďačný.

Len čo prišli na M25 a začali sa rútiť v rýchlom pruhu, teplota v aute začala klesať. Kútikom oka videl, ako sa Laurie skrútila na sedadle, ani čo by sa usilovala uniknúť pred studeným vetrom, ktorý prenikal cez takmer zatvorené okná.

„Prepáčte, okná dobre nedoliehajú ako v modernom aute,“ usiloval sa prekričať kvílenie vetra, ktorý prenikal cez škáry. „Mal som vás vopred varovať,“ zaklamal. Prv než ráno vyrazil, úmyselne otvoril okná na pár milimetrov, aby dnu prenikal vzduch a aby bol v aute taký nepríjemný prievan a hluk, ako bolo možné. Keď teraz išli stodesiatkou, bolo naplno cítiť ten efekt.

„Ste v pohode?“ zakričal a s radosťou pozoroval husiu kožu na jej ramenách.

„Je mi fajn.“

V duchu sa usmial a sústredil sa na cestu, prešiel do vonkajšieho pruhu a začal zrýchľovať. Pri stotridsiatke bolo kvílenie také hrozné, až ho rozboleli uši, ale musí vydržať. Ďalších dvadsať minút sa potrebuje sústrediť. Diaľnica M25 bola hrozná aj za najlepších okolností a často sa stávalo, že nejaký kretén spozoroval značku auta a rozhodol sa s vami pretekať.

Až keď si uvedomil, že má studené ruky, riskoval pohľad na Laurie. Žiaľ, chlad sa na jej tele prejavil tak, že bradavky na jej malých oblých prsiach boli zrazu veľmi výrazné. Priťahovali jeho pohľad ako magnet a Laurie ho pri tom pristihla. Líca jej sčerveneli, prekrížila si ruky na hrudi a odhodlane hľadela cez okienko.

Sťažka preglgol. Dofrasa, nechcel ju uviesť do rozpakov.

„Mám zastaviť? Aby ste si mohli vziať sveter alebo čo?“

„Nie,“ zamrmlala, hlavu mala stále odvrátenú.

Cítil sa ako korunovaný somár, ale odkedy zbadal tie stvrdnuté bradavky, pozoroval ju z profilu, neubránil sa tomu. Nechať ju mrznúť bolo jedno, ponížiť ju bolo čosi iné.

„Nechcete skúsiť, či sa vám niečo nepodarí urobiť s tými okienkami? Niekedy sa počas jazdy ľahšie ovládajú. Možno sa vám podarí zatvoriť ich.“ Tie klamstvá sa zdali trápne aj jemu samému.

Ostro naňho pozrela a rýchlo prstami pokrútila starodávnou kľučkou. Pri tom rýchlom pohybe sklo hladko sadlo na miesto a okamžite zastavilo to hrozné kvílenie studeného vetra.

Pozoroval cestu, ale nemusel sa obrátiť, aby videl jej uprený pohľad. Cítil, ako sa doňho doslova zabára.

„Zaujímavé. Myslíte, že aj na vašej strane sa to môže podariť?“

Zatiahol okienko a cítil sa ako školák, ktorého vyhrešili. Hm, to nedopadlo dobre, ale ešte je pred nimi dlhá cesta a má plán C.

Dúfal, že keď sa nebudú rozprávať a počúvať hudbu, Laurie sa rýchlo začne nudiť a uvedomí si, že vlastniť takéto auto je čosi iné, než je zvyknutá, nie je v ňom tak pohodlne.

Po hodine jazdy si uvedomil, že hoci bola tichá a zamyslená, trochu sa uvoľnila. Pripadala mu ako študentka odhodlaná naučiť sa všetko, čo sa dá, pozorovala ho, ako preraďuje rýchlosť, a skúmala premávku okolo nich. Keď videl tú sústredenosť, usmial sa. Vyzerala ako unesené vtáčatko, hlava sa jej natriasala hore-dolu, spodnú peru si vtiahla medzi zuby a všetko sledovala.

Mobil jej cinkol vo chvíli, keď stúpali na Dartford Bridge. Keď si prečítala esemesku, prsty, ktorými držala mobil, jej obeleli a počul, ako si vzdychla. Počkal, prešiel do stredného pruhu, a kým sledoval rušnú premávku okolo nich, čakal, že zastoná alebo sa posťažuje. Hoci k nej bol nespravodlivý, aj keď mala dôvody sťažovať sa, ani raz to neurobila, a aj keď Cam nerozprával, zdalo sa, že si necháva svoje názory pre seba.

Tie esemesky ju očividne znepokojovali, toto bola už štvrtá od začiatku cesty a Laurie sa tvárila čoraz zachmúrenejšie, ale nepovedala ani slovo. Nie ako jeho bývalá manželka, ktorá mu rada dala najavo každú nuansu emócií a čakala, že on urobí to isté.

Pri tých spomienkach zvraštil tvár. To vytrvalé citové bombardovanie ho tlačilo čoraz viac dozadu, pripadal si ako slimák, ktorý sa uťahuje do bezpečia svojej ulity. Nechcel, aby Sylvie stále preberala jeho emócie, ona to vnímala ako zlyhanie a čím viac sa uťahoval, tým viac potrebovala, aby sa s ňou rozprával.

Laurie čosi očividne znepokojilo, ale rozhodla sa nechať si to pre seba. Alebo nie je „empatický", ako ho pravidelne obviňovala Sylvie?

„Všetko v pohode?" spýtal sa.

„Áno, fajn." Odvrátila hlavu a pozerala cez okienko na svojej strane. Už sa mu zunovalo pozerať stále na jej chvost. Kútikom oka zazrel, ako vystrčila bradu a napla šľachy na krku. Spomenul si, ako sa cítil, keď mu Sylvie nedala pokoj, vzal ju za slovo a sústredil sa na premávku.

Cam očividne často nevyužíval mestskú hromadnú dopravu. Laurie polovicu puberty strávila cestovaním rozheganými starými autobusmi, ktoré sa nevyhnutne pokazili na polceste do Milton Keynes. Ak si myslel, že ju obťažuje slabý prievan, to len dokazovalo, akí sú odlišní. Ženy, na ktoré bol zvyknutý, by bezpochyby prechladli alebo by sa potrebovali zahaliť do kožucha. Vykrivila peru, bola zo seba znechutená, a ak si nedá pozor, stane sa z nej stará frfloška. Hľadela cez okienko a pozorovala sivé rozbúrené vlny Temže pod mostom. Zodpovedali jej nálade, rozháranej a nepokojnej. Nebola nahnevaná ani smutná... len ako na ihlách. Nenávidela ten pocit. Ešte pred pár týždňami bolo všetko v poriadku. Normálne.

Po prečítaní Robertovej esemesky strčila zaťaté ruky pod stehná, skryla ich pred Camom. Veru netúžila prať pred ním svoju špinavú bielizeň.

Takže si odišla, čo? Keď sa vrátiš, možno tu nebudem.
Dúfam, že si šťastná.

Pravdaže nebola šťastná. Nemala v úmysle nahnevať ho, ale nebolo by dobré hrnúť sa do manželstva. Nezdalo sa jej to správne.

Bola to irónia, no jeho detinská esemeska zatlačila do úzadia pocit viny, ktorý v nej rástol, odkedy zatvorila dvere, a utvrdila sa vo svojom rozhodnutí. Vyrazila na túto cestu a aj ju dokončí, či už s tým Robert súhlasí, alebo nesúhlasí.

Keď prišli k Eurotunelu pod Lamanšským prielivom, bola sklamaná. Predstavovala si zívajúcu čiernu dieru viditeľnú na kilometre ďaleko, desivú výzvu, ktorá nie je pre padavky a vyvolávala v nej spomienky na *Hviezdnu bránu*, *Hobita* a *Pána času*. Namiesto toho bol tunel hrozne bezvýrazný, najnudnejšia železničná stanica na svete, ktorú urobil nesmrteľnou priemyselný betón.

Jedinou exotickou vecou bola papierová ceduľka s písmenom G, opretá o palubnú dosku.

Keď prišli na parkovacie miesto v najrušnejšej časti parkoviska, Cam sa obrátil k nej. „Nemôžeme naraz odísť z auta. Budeme sa musieť striedať. Ak nepotrebujete ísť na toaletu, idem kúpiť niečo na pitie. Chcete čaj alebo kávu?"

„Som v pohode. Prosím si čaj s mliekom a jedným cukrom."

Vystúpil z auta, potom sa otočil a zakričal: „Keby ste si chceli vystrieť nohy, môžete vystúpiť, ale zostaňte pri aute. Nebolo by dobré, keby ho poškriabal nejaký chrapúň."

Otočila sa na sedadle a skutočne sa cítila trochu stuhnutá, bude fajn trochu sa zohriať na slnku. Dobre jej to padne po Camovom pokuse o schladenie. Vymotala sa zo sedadla, vystúpila a zistila, že má divákov. Za tých pár minút, čo tam stáli, auto upútalo pozornosť niekoľkých záujemcov. Hľadeli na ňu, potom na auto. Meravo sa na nich usmiala. Pripadalo jej to, akoby sa predvádzala, keď stála pri aute, akoby hovorila – pozrite na mňa a na moje auto. Prestúpila z nohy na nohu, pozrela na dlážku a ľutovala, že si nevzala kabelku. Mohla sa tváriť, že esemeskuje alebo čo.

Podišla k nej nejaká žena, bez slova sa vtlačila medzi Laurie a auto a položila ruku na kapotu. Laurie odstúpila a ohromene sa dívala, ako frajer tej ženy pokojne urobil mobilom zopár fotiek.

„Parádne fáro," prehodil, chytil ženu okolo pliec a odišli.

„Môžem si ho odfotiť?" spýtal sa iný muž. Zhruba štyridsaťpäťročný muž v elegantnom obleku vyzeral, akoby išiel na pracovné stretnutie.

„Nech sa páči," odvetila, potom sarkasticky dodala: „Vy ste sa aspoň spýtali."

„Prepáčte, Ferrari sú moja vášeň. To je dvestopäťdesiatka, však?"

Prikývla, vďačná, že sa nespýtal na niečo zložitejšie. Keby sa začal vypytovať na objem motora, nevedela, čo by mu povedala. Občas pozerala motoristickú reláciu *Top Gear* a vedela, že automobiloví nadšenci sa radi zaujímajú o technické podrobnosti, a hoci pri strýkovi Milesovi sa na ňu čosi nalepilo, bolo to veľmi dávno.

„Smiem sa pozrieť dnu?" K autu pristúpil iný muž.

Pozrela k východu zo stanice. Kde trčí Cam? Ako dlho trvá, kým človek kúpi dva teplé nápoje?

„Nech sa páči," odvetila. Vzápätí sa k autu natlačilo päť--šesť ľudí, ktorí tam dovtedy len postávali, a nakúkali cez okienko.

„Akú maximálnu rýchlosť dosiahne?"

„Ako rýchlo ste na ňom išli?"

Keď ju zasypali otázkami, stuhla. „Ja... ehm... neviem." Všetci tí muži a jedna žena na ňu pozreli tak odsudzujúco, akoby práve oznámila, že jej koníčkom je zabíjanie šteniatok.

Začali sa spolu rozprávať, hádali, akú rýchlosť môže auto dosiahnuť. Laurie odstúpila, nechala ich dohadovať sa a znova úzkostlivo pozrela k východu zo stanice. Čo je s tým Camom?

O desať minút sa konečne zjavil, ležérne kráčal cez parkovisko, čo ju pekelne podráždilo, hoci to bolo absurdné, lebo nemohol vedieť, že keď ju nechá stáť pri aute, to akoby ju hodil vlkom. Alebo to mohol vedieť?

„Všetko v poriadku?" spýtal sa s veselým úškrnom. Podal jej pohár s čajom. „Nech sa páči. Zrejme už vychladol a dá sa piť. Musel som nakúpiť zásoby." Ukázal niekoľko vreciek želé cukríkov pod pazuchou.

„Ďakujem," zamrmlala, nechcela sa pýtať, čo ho tak zdržalo. Váhavo sa napila. Dofrasa, bol vlažný. Hľadela naňho s prižmúrenými očami, ale on bezstarostne popíjal svoju kávu, jednu ruku mal vo vrecku džínsov. Vyzeral priveľmi uvoľnený, nevinný a spokojný sám so sebou.

„Idem na véčko," vyprskla, ale mohla si to ušetriť, ten darebák sa už rozprával so zhromaždenými automobilovými nadšencami.

Dlhými rýchlymi krokmi zamierila cez parkovisko do budovy a náhlivo vošla na toalety. Len čo sa zamkla v kabínke, oprela sa o dvere, bola rada, že má súkromie. Pozrela na hodinky. Teraz by mala byť v knižnici. V práci. Mala by sedieť pri stole, ukladať kopy kníh, ktoré čakali na to, kým ich uložia na police. Gemma by bola rozvalená na stoličke a čítala by najnovšie absurdné klebety o Cheryl Colovej alebo Kim Kardashianovej v časopise *Heat*. Z hrdla sa jej vydral slabý vzlyk a zažmúrila oči. Ten hrozný Miles a jeho hlúpe nápady. Keď žiadala o voľno, musela súhlasiť s dobrovoľným odchodom zo zamestnania. Po návrate domov už možno nebude mať prácu. Ani snúbenca.

Odkedy plač pomáha? Netrpezlivo sa zhlboka nadýchla. Je žena alebo myška? Musí vydržať. Rýchlo si vybavila potrebu a náhlivo vyšla zo záchodov.

V porovnaní s tým, ako sa cítila, všetci ostatní okolo nej akoby mali slávnostnú náladu. Ženy v pekných pastelových šatách si v zrkadle rúžovali pery, kontrolovali pasy v kabelkách, deti sa motali pod nohami, behali od umývadiel k fénom. Pred sebou videla dievčatko v bielych plátenných šatočkách, tancovalo na mieste hore-dolu, vrkoče mu poskakovali, nepodarilo sa mu strčiť ruky do prúdu horúceho vzduchu a očividne privádzalo zúfalú matku do šialenstva.

„Daisy! Stoj! Pozri, aj táto teta si chce osušiť ruky.“

Dievčatko sa zachichotalo a štrbavo sa na Laurie usmialo.

„Mrzí ma to,“ žena sa žiarivo usmiala a vôbec sa nezdalo, že by ju to mrzelo, „len je vzrušená, že ideme na dovolenku.“

„Ideme do Francúzska,“ pochválilo sa dievčatko a s dôrazom vyslovilo „do Francúzska“, pohľad malo vyjavený, akoby to bolo najväčšie dobrodružstvo v živote. „Ideme k moru. Budem každý deň plávať. Ocko hovorí, že môžem mať každý deň zmrzlinu.“

„Aj ja idem do Francúzska," odvetila Laurie a zrazu sa jej pozdvihla nálada.

Keď sa vrátila k autu, videla, že niekoľko ľudí sa nadšene zhovára s Camom. Postávala obďaleč a pozorovala ho, ako čosi vysvetľuje mužovi a jeho malému synovi. O chvíľu otvoril kapotu a všetci sa zhŕkli okolo odhaleného motora ako študenti medicíny okolo pacienta, Cam ako primár.

„Páni, to je…"

„Pozri na to…"

„Koľko…?"

Množstvo otázok splynulo do jednej a Laurie absolútne netušila, o čom sa rozprávajú. Zato Cam odpovedal na každú otázku, videla, ako sa usmieva, ba smeje, všetkým venuje pozornosť, dvíha chlapca na ruky, aby lepšie videl.

Chvíľu pozorovala, ako všetci úctivo prikyvujú, visia na každom jeho slove. Na každú otázku odpovedal uvážlivo, či už sa prihováral chlapčekovi a jemne mu odtískal lepkavé prsty od karosérie, s dvoma rozpačitými pubertiakmi s vyrážkami alebo s otravným mudrákom, ktorý mu stále skákal do reči a oponoval.

Vtedy Cam zdvihol pohľad a pozrel jej do očí ponad hlavy zbožných obdivovateľov. Odvrátil hlavu, ukázal na zapaľovaciu sviečku alebo čo, a potom sa otočil k nej, zoširoka sa uškrnul, rýchlo na ňu sprisahanecky žmurkol a prevrátil oči.

Keď stála v priamom lúči toho nákazlivého úsmevu, mala pocit, akoby zrazu vyšlo slnko. Rýchlo čosi povedal tej malej skupinke, zrejme ju rozpustil. Zabuchol kapotu a naznačil jej, aby podišla bližšie.

„Prepáčte, ľudkovia. Šou sa skončila. Všetci ideme do Talianska."

Keď tak bezstarostne povedal „všetci", zrazu ju to očarilo. Znelo to, akoby ona, Cam a auto boli tím.

Prešiel k nej, znova žmurkol, otvoril dvere na strane spolujazdca, a keď sa poskladala na sedadlo, strčil jej do rúk starý béžový sveter a ospravedlňujúco na ňu pozrel. Zrejme ho vytiahol z kufra, kým bola na toaletách. Zdvorilo zabuchol jej dvere, zakýval na rozlúčku posledným obdivovateľom a nasadol do auta.

Vsunul kľúč do zapaľovania a motor zaburácal. Obrátil sa k nej. „Tak teda sme pripravení. Francúzsko, už ideme!"

„Pripravenejší byť nemôžeme," povedala a strčila si ruky pod stehná, držala si palce. Teraz sa už nemôže vrátiť. Francúzsko. Poobzerala sa po známej anglickej krajine. „Budeme mať každý deň zmrzlinu?" Náhle sa uškrnula.

Camovi sa šibalsky zablyslo v očiach. „Ako chcete... ale neopovážte sa kvicnúť zmrzlinu na sedadlo."

Auto sa rozbehlo a kľučkovali po asfaltovej džungli ciest plných semaforov, kým sa zrazu nedostali k rampe a k čakajúcemu vlaku.

„Hore alebo dolu?" spýtal sa Cam.

„Čože?"

„Vždy hrám túto hru, predpovedám, či budeme vo vlaku na hornej alebo dolnej plošine. Ten, kto prehrá, kúpi prvú zmrzlinu."

„Ani som nevedela, že vo vlaku je horná a dolná plošina." Fascinovane hľadela na dlhé kovové vozne. Pôsobili funkčne a masívne, hoci to zrejme bolo tým, že pôjdu pod morom, čo bola dosť desivá predstava.

Po tridsiatich piatich minútach, keď boli izolovaní vo vozni s dvoma inými autami a kolísavo sa presúvali popod prieliv, zrazu boli znova na rampe a vynorili sa do slabého francúzskeho slnka. Bez okolkov vyšli na cestu a Laurie nemohla uveriť, aké to bolo ľahké. A prvú zmrzlinu kúpi Cam.

Vždy mu chvíľu trvalo, kým si zvykol jazdiť na pravej strane cesty, ale po hodine si mohol vydýchnuť. Miles vybral zaujímavú trasu. Malebnú, kľukatú a dlhú. Prvou oficiálnou zastávkou bolo francúzske prímorské mestečko. Vďakabohu, Laurie nebola urečnená. Spočiatku si robil obavy, že je taká tichá, bál sa, že sa nudí a je namosúrená ako Sylvie na dlhých cestách, ale keď sa jej hlava krútila sem a tam, bolo mu jasné, že si vychutnáva scenériu a vníma kontinentálne odlišnosti krajiny.

Vďakabohu za navigáciu, teraz sa už človek nemusí spoliehať na to, že ho bude navigovať spolujazdec, hoci mal pocit, že Laurie by to celkom dobre zvládla. Pôsobila zdržanlivo a pokojne, ani čo by dokázala čeliť ťažkostiam ako impozantná loď plaviaca sa na mori. Samozrejme, ten pokoj si bolo možné mýliť s ľahostajnosťou, nedostatkom emócií alebo neschopnosťou sympatizovať. Cam si o sebe myslel, že vie dobre odhadnúť charakter, ale z Laurie bol zmätený.

Len čo jej uvidel v tvári ten zronený výraz, keď sa vrátil k autu s čajom a kávou, cítil sa hrozne previnilo. Mal k nej byť ohľaduplnejší. Počas cesty bude mať dosť času ukázať, aké nepraktické je to auto, dnes ráno podcenil jej pocity. Z toho, čo sa po prečítaní poslednej vôle dozvedel od Rona, pochopil, že je to vtáčatko, ktoré ešte nevyletelo z hniezda. Nevedel si predstaviť, že by s tým svojím frajerom veľa cestovala.

A nehovorí sa, že na med sa chytí viac múch ako na ocot? Plán A ani plán B mu nevyšli. Možno by sa s ňou mal spriateliť. Získať ju na svoju stranu. Ak sa jej zapáči, bude ťažké odmietnuť predať mu auto. Podľa jej ticha usúdil, že cestu si celkom užíva.

„Cítite sa dobre? Nemám zastať?"

Pokrútila hlavou.

„Poviete mi… keď budete chcieť ísť na vécko? Alebo si vypiť kávu? Čaj? Dať si gumeného medvedíka?"

„Gumeného medvedíka?" Nečakane milo sa usmiala, akoby ju očarila tá predstava.

Pokrčil plecami, cítil, že očervenel. „Moja slabosť."

Zrazu sa nezbedne zaškerila. „To sa mi páči… hriešny pirát s tajnou slabosťou na maškrty."

Ten nečakaný šibalský úsmev bol ako úder do brucha a silnejšie zovrel volant.

„Pirát?" rýchlo na ňu pozrel.

„To nie je kompliment." Už znova hovorila škrobene, ale jamka v líci ju prezrádzala. Ak sa nemýlil, veľmi sa usilovala potlačiť úsmev.

„Nebral som to tak." Uškrnul sa na ňu, rozhodol sa radikálne zmeniť prístup. „Už ma nazvali všelijako… ale nie pirát," odmlčal sa. „Aspoň nie do očí."

Líca jej zružoveli. „Prepáčte, nechcela som…"

„Neurazil som sa. Máte predstavu, prečo Miles vybral túto trasu? Nie je to práve začiatočnícka cesta. Už ste počuli o Passo dello Stelvio?"

Prečo Miles chcel, aby išli cez ten priesmyk? To nie je nič pre padavky. Ani pre hlupákov. Poznal ľudí, ktorí na tom úseku cesty zahynuli.

Laurie pokrčila plecami. „Mala som o ňom počuť?"

„Nie, pokiaľ nie ste milovníčka rýchlych áut. Tá cesta vedie cez švajčiarsko-taliansku hranicu a je to jedna z najstrmších a najťažších ciest v Európe. Je tam štyridsaťosem ostrých serpentín jedna za druhou. Náročná cesta. Hoci toto je krátky rázvor, takže sa ľahšie manévruje. No na hrboľoch je to peklo.

A takéto výkonné auto nie je vhodné pre neskúsenú vodičku. V tých serpentínach človek musí vedieť, čo robí." Striasol sa. „Ak zle odhadnete zákrutu, vrazíte do zvodidiel a preletíte cez okraj cesty..." Hrôza pomyslieť.

„Tak možno nechám serpentíny na vás," odvetila Laurie. Poklopkala po veľkej obálke na kolene. „Strýko Miles rád ľudí ohromoval... stále mi posielal pohľadnice. Myslím, že chcel, aby som videla niektoré miesta, o ktorých rozprával. Honfleur mi vždy znelo pekne... už len ten názov je krásny, nemyslíte...?" nedopovedala.

Zamrzelo ho, že zrazu posmutnela.

„*Onflér*," zdôraznil francúzsku výslovnosť. „Máte pravdu, skutočne to znie dobre."

Podozrievavo naňho pozrela, akoby si robil psinu.

„Zvláštne, však?" pohľad upieral rovno dopredu. „Väčšina miestnych názvov je vhodná... sedí tým miestam. Alebo myslíte, že je to len preto, lebo si spájame tie miesta s ich názvom?"

„Podľa mňa to prvé. Honfleur znie pekne. Zrejme preto, lebo viem, že fleur je po francúzsky kvet. Znie to, akoby ten názov mal niečo spoločné s kvetom, a podľa pohľadníc, ktoré mi posielal Miles, sa mi zdá, že tam je pekne. Boli ste tam niekedy?"

„Zopár ráz."

„Prepáčte, mala som sa spýtať predtým. Čo presne robíte? Donútili nás ísť spolu, ale nikdy som to celkom nepochopila... Robili ste pre môjho strýka?"

„Boli sme obchodní partneri..." Zmraštil tvár. „Ospravedlňujem sa, znie to trochu pochybne."

Chápavo naňho pozrela. „Nemyslím, že Miles by spolupracoval s darebákom."

„Ďakujem... aj ja si to myslím. Áno, spolupracoval som s Milesom. Pôvodne sme boli rivali, vyhľadávali sme autá, ktoré si ľudia objednali. Vďaka internetu sa po nich dalo pátrať online, ale keď bol starší, uvedomil si, že proti vlastnej vôli musí zveriť riadenie niekomu inému."

Neprestal mi však dávať kopu pokynov, pomyslel si Cam a ľútostivo sa usmial.

„Oslovil ma... a to ostatné je minulosť. Pravidelne jazdím... jazdil som... po Európe, ohodnocoval som autá, presviedčal som majiteľov, aby ich predali... tak nejako..."

„A čo jeho autá, tie, čo sú v garáži... čo toto auto? Pôvodne ich kúpil, aby ich predal?"

Cam sa zasmial, premýšľal o Milesovi. Svojím spôsobom to bol brilantný obchodník, chápal, že ľudia túžia mať autá svojich snov, a na druhej strane bol beznádejný romantik, nevedel sa rozlúčiť so svojimi obľúbencami. A tuším kotol karhá hrniec... Pokiaľ išlo o Ferrari, nebol o nič lepší. Zovrel volant. Už len pár týždňov a auto bude jeho, ak Laurie splní Milesovu úlohu. Nečakajú ho zložité rozhovory s Nickom ani s bankou.

No zvládnuť Laurie bude ťažšie, než si pôvodne myslel. Na základe jej staromódneho oblečenia a Ronových slov, keď ju opísal ako domasedku, predpokladal, že bude tak trochu padavka a bude plniť jeho pokyny. V skutočnosti bola popudlivá, urážlivá a rýchlo dospela k najhorším záverom, najmä keď išlo oňho. Čo by si pomyslela, keby jej ukázal list, ktorý Miles napísal a teraz ho mal v batohu? Zopár ráz zazrel v jej chladných modrých očiach záblesk tvrdosti a rozhodne nebola taká zošnurovaná a rezervovaná, ako si pôvodne myslel.

„Miles bol génius, pokiaľ išlo o spájanie áut s bankovými účtami potenciálnych majiteľov a v mnohých prípadoch záujemcovia svoje účty aj prečerpali, ale Miles sa často nevedel s autami rozlúčiť. Našťastie niekedy sa mu podarilo presvedčiť klientov, aby kúpili úplne iné auto než to, ktoré sme mali na ich žiadosť vyhľadať."

„Šikovné," poznamenala.

„Existujú dva typy kupcov áut – nadšenci a fanatici. Tých prvých možno presvedčiť, tých druhých nikdy," pokrútil hlavou.

„Budem hádať, vy a Miles ste patrili do kategórie ‚nikdy'."

„Presne tak… Preto mal Miles stajňu plnú áut."

„A čo vy? Koľko áut máte?"

Ani sa nepohol, to bola nebezpečná pôda. „Zatiaľ… nemám žiadne." Počkal, či prídu ďalšie otázky.

Nebola zvedavá, iba prikývla. „No dobre. Tak ako dlho nám podľa vás potrvá, kým prídeme do prvého cieľa?"

„Nie dlho. Pätnásť – dvadsať minút. Hoci Honfleur nie je ideálny pre túto mašinu. Je tam priveľa ciest dláždených mačacími hlavami. Pre záves auta to nie je ideálne."

Kým auto uháňalo na juh do Honfleur, rozprávali sa, ak aj nie ako starí priatelia, tak ako noví známi opatrne postupujúci k priateľstvu.

„Tak viete, čo pre nás nachystal?" Cam ukázal na obálku, ktorú si pritískala na hruď ako štít.

„Poznám trasu," zubami si hrýzla peru, „a miesta, ktoré máme navštíviť." Keď videl, ako sa hrbí nad tou obálkou, akoby ju chránila, rozmýšľal, akým démonom budú podľa nej čeliť.

Zdalo sa, že by to mohla byť zaujímavá cesta.

Kapitola 8

Cesta s Camom bola prekvapujúco uvoľnená. Porovnávala ho s Robertom, nevedela sa tomu ubrániť. Mali úplne iný prístup. Robert sa krčil nad volantom ako korytnačka vytŕčajúca hlavu z panciera, držal volant ako v smrteľnom zovretí, takže každý spolucestujúci bol patrične napätý.

Cam mal ruku ležérne položenú na rýchlostnej páke, druhou lenivo krútil volant a jeho nonšalantné správanie ju okamžite upokojilo, hoci to svedčilo o istej úrovni svetaznalosti, ktorá ju znervózňovala.

V duchu sa vrátila k pohrebu. Cam žiaril medzi tými ženami ako drahokam a elegantné šaty a bezchybný výzor tých žien jej pripomínali matku. Cam zapadal do toho sveta. Jej matka by ho bezpochyby obdivovala. No dnes nebude myslieť na matku. Pohodlie išlo na úkor výkonu auta, no vrčanie motora, ktorého vibrácie cítila, pulzovalo do rytmu jej srdca. Každý hrboľ na ceste cítila ako úder priamo do zadku, ale z neznámeho dôvodu sa jej to celkom páčilo. Mala pocit, akoby bola s autom zladená.

Zrazu sa usmiala, oprela sa a poddala sa vzrušeniu, ktoré sa jej šírilo v žilách tak rýchlo, ako išlo auto, a keď sa zastavili na obed v peknom mestečku Honfleur, cítila sa nabitá, ale aj pochabo romantická, no pri pohľade na dokonalú ulicu zaliatu slnkom sa poddala fantazírovaniu. Je na dovolenke, ďaleko od rutiny všedného dňa, s mužom, ktorého pravdepodobne po tomto výlete viac neuvidí.

Uľavilo sa jej, keď sa mohla vystrieť, a hoci kĺby mala zmeravené, páčili sa jej obdivné pohľady ľudí, keď sa s Camom vyhrabávali z malého auta, ktoré v duchu nazývala kokpit. Vzrušovalo ju to. Pred pár hodinami ju také pohľady uvádzali do hrozných rozpakov. Je to preto, lebo sú vo Francúzsku?

„Kávu?" spýtal sa Cam, zatlačil plecia dozadu a pokrútil nimi. Keď bol taký vysoký a širokoplecí, muselo mu byť nepohodlne pri šoférovaní v stiesnenom priestore, ale keď sa mu vyhrnula košeľa a ukázalo sa hladké brucho a chĺpky smerujúce do džínsov, všetky myšlienky na nepohodlie sa vyparili. V ústach jej vyschlo. Zmocnila sa jej absolútne nevhodná a netypická zvedavosť. Aké by to bolo, keby sa dotýkala toho sexi brucha? Celé telo sa jej rozhorúčilo a rýchlo odvrátila pohľad. Určite jej bolo teplo, lebo bol horúci deň. Ona predsa netúži po neznámych chlapoch. To sa stávalo v románoch, nie v skutočnom živote. No ten krátky záblesk pokožky jej pripomínal pikantné obálky kníh v knižnici. Cam mohol stáť ako model pre ktorúkoľvek z nich.

Dúfala, že jej nečíta myšlienky, a schytila kabelku. „Túžim po kole."

Zdvihol obočie a okamžite mala pocit, že jej vidí do žalúdka. „Je tu dosť pekných miest, môžete si vybrať." Kývol hlavou na dláždenú ulicu, na chodníkoch bola pestrá zmes stolíkov so slnečníkmi.

Hoci kaviarne boli pekné, vo všetkých boli vystavené predražené jedálne lístky. Zháčila sa. Ešte šťastie, že Ron jej dal nejaké peniaze na cestu. Nezrátala, koľko eur je v tej obálke, ale bolo tam dosť na pár drinkov.

Keď teraz pozerala na cenu kokakoly v eurách, vyrátala si, že je to takmer päť britských libier, a dúfala, že peniaze jej vystačia.

Hoci naliehala na Rona, aby jej prezradil, koľko dostane zaplatené Cam, prešibaný právnik vyhlásil, že je to Camova vec, či sa jej s tým zdôverí. To bola pravda, ale v skutočnosti potrebovala vedieť, či mu dávajú dosť, aby platil všetky výdavky, alebo ich má platiť ona. Plat, ktorý dostala v knižnici za minulý mesiac, jej nevydrží dlho. Podľa plánu trasy, ktorý navrhol Miles, Ron vopred rezervoval ubytovanie v hoteloch po ceste. Nenapadlo jej, aby sa ho spýtala, či to budú lacné hotely. Má však jeho telefónne číslo, môže mu napísať, keby sa dátumy zmenili.

Sedeli vonku pod veľkým plátenným slnečníkom, pozorovali okoloidúcich a Laurie pozrela na Cama. Hoci bol oblečený neformálne vo vyblednutých džínsoch a vyžehlenej bavlnenej košeli, cez plecia prehodený pulóver, hodinky mal očividne drahé. Dokonca aj ona počula o švajčiarskej značke Breitling. Kožená cestovná taška v kufri auta bola ošúchaná, ale vysoko kvalitná, akú videla v nedeľných prílohách, a rozmýšľala, kto si môže dovoliť zaplatiť takú sumu za tašku.

Pôsobil ako scestovaný muž, a keď ho videla na kare, bolo jej jasné, že to vie so ženami, čo nebolo nič prekvapujúce vzhľadom na to, ako dobre vyzeral. Pravdepodobne ho ženy obletovali od ranej dospelosti.

Vyzeral veľmi kultivovane, tak ju prekvapilo, ako ju upokojuje jeho spoločnosť. Šťastne popíjal kávu a konverzoval len minimálne. Hoci možno preto, lebo sa mu zdala nudná.

Jej matka by sa stále obzerala dookola, pátrala by po niečom zaujímavejšom, novšom, ligotavejšom, žiarivejšom. Komentovala by šaty a výzor iných žien, porovnávala by kvalitu kávy s kávou v inej nóbl kaviarni, povedala by jej názov a miesto, kde sa nachádza.

Keď držal v ruke šáločku, biely porcelán až žiaril pri jeho opálenej pokožke a prekvapujúcich zelených očiach filmovej hviezdy, vyzeral ako celebrita.

Prechádzala prstom po zmyselných líniách fľaše kokakoly... nechcela narušiť ticho.

V skutočnosti bol taký ochotný, až sa jej zdalo, že by s ním mala prebrať trasu.

„Predpokladám, že viete, kam ideme."

Cam sa pomaly usmial.

„Poznám len navrhnutú trasu, nič viac." Odškrtával body prstami. „Z niektorých miest musíme poslať pohľadnice. Miles poveril Rona, aby rezervoval cestou primerané ubytovanie, ktoré by malo zodpovedať požiadavkám cestovného poistenia," odmlčal sa. „Žiaľ, takúto vzácnu hračku nemôžeme nechať v noci na ulici, preto sa musíme držať plánu, ale presné podrobnosti sú vo vašich rukách." Kývol na obálku, ktorú položila na stolík.

Ako je možné, že vôbec nie je zvedavý na trasu? Hovoril, akoby to bolo jednoduché.

„Nemáte obavy?"

„Obavy?" Cam sa zatváril pobavene a nasadil si slnečné okuliare. „Z čoho?"

Uprene naňho hľadela. Kde začne? Cítila takú úzkosť, až si pripadala ako prehnane vypchatý macík, ktorý praská vo švoch, vypchávka už vytŕča spomedzi stehov.

„Verím, že Miles... nenaplánoval nijaký úsek cesty veľmi dlhý."

Vzdychla si. Keby to bolo také jednoduché. Budú ubytovaní v hoteloch, budú tam jesť. Čo sa stane, keď prídu do hotela? Čo ak bude priveľmi drahý? Budú mať izby blízko seba?

Budú spolu večerať, alebo bude Cam chcieť večerať sám niekde vonku? Bude sa cítiť povinný jesť s ňou? Robiť jej spoločnosť? A čo raňajky?

„Ehm… viete, čo urobíme, keď dnes večer dorazíme do hotela?"

Cam sa obrátil k nej a venoval jej úplnú pozornosť, ale keďže mal slnečné okuliare, nevidela jeho výraz, a to len znásobovalo jej úzkosť. „No, ja len… teda… nečakám, že… veď viete…" Odpila si z koly, aby si upokojila nervy.

Zdvihol obočie a vykrivil ústa.

„Navrhujete, že sa so mnou vyspíte?" Na perách mu pohrával úsmev. „Alebo sa podelíte o izbu?"

Z úst jej vyprskla kola a pofŕkala obrus. „Ani jedno, ani druhé. Nezabúdajte, že mám fra… snúbenca."

„Aha," naklonil hlavu nabok, skúmal ju. „Takže iba to vám v tom bráni?"

Tvár jej horela. Keď to takto povedal… Vyspala by sa s ním, keby nemala Roberta? Oblečený pôsobil veľmi dobre. Keď si ho predstavila nahého, zaliala ju horúčava.

Predstierala, že nie je červená ako cvikla, a vystrčila bradu. „Mala som na mysli, že od vás nečakám, aby ste sa cítili povinný tráviť so mnou voľný čas. Takže ak budeme v hoteli, nemusíte so mnou večerať… ani raňajkovať. A počas prestávok nemusíme spolu piť kávu."

„Možno si spomínate, že nie ste moja šéfka." Cam sa zaklonil na stoličke, tvár mal nepreniknuteľnú, len naľavo od úst sa mu zjavila jamka.

Znova očervenela, zlostilo ju, že to vyznelo, akoby sa hrala na šéfku. Ani v práci sa jej šéfovanie nepáčilo.

Zamerala sa na tú jamku. Bola rozkošná a nesedela mu. Jamky hovorili, že človek je milý, srdečný a priateľský. Z Cama vyžarovalo nebezpečenstvo. Také nebezpečenstvo, ktoré ženy rozochvieva. Najmä ženy, ktoré čítali priveľa romancí.

„Vy máte sklony robiť si obavy, však?" zatiahol a prehodil si rameno cez operadlo stoličky, akoby mohol vysedávať v tieni celé popoludnie. „Ešte sme len na začiatku. Čo keby ste na to jednoducho zabudli a dali sa unášať prúdom? A uvidíme, čo sa stane."

Keď nonšalantne pokrčil plecami, cítila sa neohrabaná, hlúpa a veľmi zraniteľná, sediac v žiare slnka, kde sa nemala za čo skryť.

Najradšej by mu strhla tie nemožné okuliare, aby zistila, či sa z nej vysmieva. Nemohla ísť s prúdom. Mala danú trasu, stanovený počet dní a isté poslanie.

„Netuším, čo sa môže stať, preto sa pokúšam stanoviť základné pravidlá." Usilovala sa vystrčiť bradu ako svetáčka, ale zrejme vyzerala ako žirafa, čo utiekla zo zoo.

„Základné pravidlá?" Znova vyzeral pobavene.

Potláčala podráždenie, že je preňho takým skvelým terčom posmechu, a pokračovala: „Áno, aby sme obaja presne vedeli, na čom sme." Aj jej to znelo upäto a hrozne vážne.

„Zlatko, sme v Honfleur v severnom Francúzsku a máme pred sebou tisíctristokilometrovú cestu. Povedal by som, že máme celkom dobrú predstavu, kde sme. Okrem toho vieme, že ideme do Maranella, takže máme rovnako dobrú predstavu, kam smerujeme. To, čo sa stane medzitým, môžeme považovať za dobrodružstvo. Ak sa budete stresovať, čo sa môže stať, prv než tam dorazíme, nebudete mať čas vychutnať si ten okamih a využiť príležitosť. Už nikdy nebudete mať znova šancu jazdiť na takejto parádnej hračke."

„Ja sa nestresujem…"

„Tak to teda veľmi dobre napodobňujete."

„Nenapodobňujem to," precedila cez zuby a zahanbene očervenela ako vždy, keď nevedela klamať. „No dobre, tak sa stresujem. Ale toto všetko ma dosť... zaskočilo. Nezvyknem bývať v hoteloch, chodiť na dovolenky do zahraničia a normálne ne..." včas sa zarazila, „večer sa neparádim."

„Nikto od vás nechce, aby ste sa parádili." Už znova ten krivý úsmev. „Lauren, je to len výlet. Užite si každý deň. Nikam sa neponáhľame, tak čo keby ste si to vychutnali? Vychutnajte si slnko, vidiek, auto... Keby ste chceli, dovolím vám šoférovať." Zdvihol okuliare a hravo na ňu žmurkol.

„No dobre," odvetila, nevedela odolať jeho šarmu. Už pochopila, že je rovnako zaľúbený do toho auta, ako bol strýko Miles.

Ešte dobre, že nevie, že by nemala viesť to auto... dúfala, že to tak vydrží celú cestu.

Pozorovala dvojicu, ktorá prechádzala okolo kaviarne. Muž vyzeral tak trochu ako Cam a žena bola ohromujúco krásna. „Ste ženatý?" spýtala sa, keď sa dvojica pobozkala a študovala jedálny lístok v susednej kaviarni.

Camovi sa vykrivil kútik, predstieral pobavenie a sledoval jej pohľad.

„Nie... už nie."

Nechcela vyzvedať, tak sa viac nepýtala, ale on bez vyzvania pokračoval: „Bol som ženatý. So Sylvie. Brali sme sa veľmi mladí. A nevychádzal som s jej matkou."

Nezdal sa jej starý. „Koľko ste mali rokov?"

„Dvadsaťdva. Bol som mladý a hlúpy. Rozviedli sme sa, keď som mal dvadsaťšesť."

„Ach," vzdychla Laurie súcitne.

„Nedopadlo to dobre. Mal som to zvládnuť lepšie... Keď sme sa so Sylvie zoznámili, robil som pre pretekársky tím Jordan. Kopa peňazí, veľa cestovania. Páčili sa jej tie pôžitky, čo z toho plynuli... vysvitlo, že sa jej páčili viac než ja. Osamostatnil som sa, založil som si vlastný biznis, zostal som na voľnej nohe. Nepáčila sa jej tá neistota, keď sme nevedeli, kedy príde ďalší šek."

„To poznám," prikývla Laurie. S Robertom išli každý mesiac na doraz, presne vedeli, koľko môžu minúť. „A ona nepracovala?" Laurie si nevedela predstaviť, že by nepracovala a nemala vlastnú finančnú istotu.

„Odkedy ma stretla, tak nie. Pravdupovediac, vzdala sa svojej práce, aby mohla cestovať so mnou, inak by sme sa veľmi nevideli. To bola prvá chyba."

„A druhá?" spýtala sa Laurie fascinovane.

„Druhá, tretia, štvrtá, piata a tak ďalej, a tak ďalej." Pokrútil hlavou. „Možno by to nedopadlo zle, keby sa do toho nezamiešala jej matka. Vždy keď sme sa pohádali a Sylvie nedostala, čo chcela, ihneď zatelefonovala matke, ale tá jej nepovedala, aby dospela, správala sa ako dobrá manželka a vydržala, namiesto toho s ňou cítila a súhlasila, že som darebák."

„Boli ste darebák?" spýtala sa Laurie. Nevedela si predstaviť, že by hovorila čosi také osobné rodičom.

Cam sa zahľadel do diaľky, mierne zvesil plecia. „Áno… niekedy som možno bol. Bola krehká, potrebovala oporu. Ja som bol nezrelý, nebol som pre ňu správny muž. Mohol som byť láskavejší," urobil grimasu, „mal som byť láskavejší. Teraz to ľutujem. Ale Sylvie je už v pohode… utiekla s mojím bohatým zákazníkom." Zasmial sa, akoby sa znevažoval. „Ja som mu predal Ferrari, on dostal moju manželku. Pravdepodobne je s ním oveľa šťastnejšia. Ako ste sa zoznámili s Robertom? A ako dlho ste zasnúbení?"

Keď náhle zmenil tému, pochopila, že skončil s rozprávaním o bývalej manželke.

„Zoznámili sme sa v knižnici, kde pracujem. Vošiel dnu, dali sme sa do reči." Pokrčila plecami. Znelo to hrozne nudne.

„Ako dlho ste spolu?"

„Čosi vyše dvoch rokov."

„A kedy vás požiadal o ruku? Na kare vás nepredstavil ako snúbenicu."

Z neznámeho dôvodu zaujala obranný postoj. „Pred pár týždňami."

„Zaujímavo si to načasoval." Camovi sa šibalsky blyslo v očiach.

„Čo tým chcete povedať?" Laurie sa nepáčil jeho tón, hoci aj jej sa myšlienky niekedy uberali tým smerom. Čo spôsobilo, že Robert ju tak náhle a vášnivo požiadal o ruku?

„Nič. Len som trochu staromódny. Za starých čias ľudia počkali istý čas, kým smútili, to je všetko." Pokrčil plecami.

„Môj otec zomrel takmer pred dvoma rokmi a potom Miles. Robert mal pocit, že sa mi bude páčiť pocit istoty, ktorý človeku dáva manželstvo."

„A čo vaša matka?"

Laurie sa zasmiala. „Nie je veľmi materinská."

Cam sa jej chvíľu díval do očí. „Kedy ste ju naposledy videli?"

Laurie pokrčila plecami. „Ani si nespomínam," zaklamala. „Zaplatíme?"

Diskrétne privolal čašníčku, tá k nim priletela ako riadená strela.

„Dobrý deň, *monsieur*, želáte si zaplatiť?" Keď Cam počul jej zastretý hlas a slušnú angličtinu s francúzskym prízvukom, uznanlivo na ňu pozrel. Laurie sa pri tej elegantnej mladej žene cítila ako veľký ovčiarsky pes. Prečo mnohé Francúzky vyzerajú ako príbuzné Audrey Tautouovej? A Cam sa na ňu šarmantne usmial. Každú chvíľu jej začne bozkávať prsty, okato jej prejavovať náklonnosť.

„Áno, prosím…" Pozrel na menovku na hrudi. „Monique."

Lauren nenávistne usúdila, že menovka bola koketne pripnutá tak, aby upriamila pozornosť na vystavený dekolt, a Cam si dlho vychutnával pohľad na odhalenú krémovú hruď.

„Ste tu na dovolenke?" Očarujúco sa usmiala. „Ste ubytovaní v Honfleur?" Povedala to hlasom plným zvodného francúzskeho prísľubu, takže Lauren zmraštila tvár, jej pokusy boli trápne.

„Žiaľ, nie, len prechádzame mestom." Cam sa šarmantne ľútostivo usmial.

„Škoda," zamrmlala Francúzka. „Je to veľmi pekné mesto."

„Možno inokedy," odvetil Cam.

Monique sa začervenala a na lícach jej naskočili jamky.

Laurie si úmyselne nevšímala ich rozhovor a sústredila sa na esemesku, ktorú Robertovi nepošle, no aspoň vyzerala zaneprázdnená a ľahostajná. Cam bol slobodný človek, bolo jej jedno, s kým flirtuje, ale potešilo by ju, keby to nerobil tak okato pred ňou.

„Pripravená, Laurie?" Jeho vecný tón znel celkom inak ako tón, ktorým sa rozprával s Monique. Niežeby na tom záležalo.

Druhý úsek cesty sa začal dobre, Laurie sa rozhodla, že sa bude ku Camovi správať chladno, ale priateľsky. Nakrátko sa jej otvoril a čakala ich spolu dlhá cesta, musia spolu dobre vychádzať, ale mala by mať na pamäti, že využíva svoj nepopierateľný šarm, keď mu to vyhovuje. Severne od ich cieľa sa dostali do hroznej zápchy a Cam úzkostlivo sledoval kontrolku teploty.

Iróniou osudu kúrenie muselo isť naplno, lebo sa bál, že motor by sa mohol prehriať, čo znamenalo, že veru nepotrebuje sveter ani flísovú mikinu, ktorú mala pri sebe. Do prvého hotela dorazili neskoro večer a Laurie sa cítila neupravená, lepkavá a rozhorúčená. Camovi sa biela bavlnená košeľa prilepila na chrbát, vlasy nad čelom mal vlhké.

V nóbl foyeri sa cítila ako tuláčka, ktorá tam nepatrí, a keď pristúpila k recepcii, kradmo sa obzerala po cenníku izieb, ale v tom diskrétnom zariadení neverili na čosi také.

Recepčná s úhľadným uzlom, v snehobielej blúzke a s čiernou šatkou na krku zdvihla pohľad a okamžite namierila na Cama tisíckilowattový úsmev, akoby Laurie neexistovala.

„*Bonjour, monsieur, madame.* Ako vám poslúžim?"

„Chceli by sme dve izby, *s'il vous plait.*" Cam sa pohotovo usmial a hodil si tašku k nohám. „Podľa možnosti so studenou sprchou a s pivom." Rozopol si horný gombík, pričom odhalil silný krk, a ovieval sa. Recepčná naňho pozrela s veľkým záujmom. Naklonil sa k nej a zastretým hlasom povedal: „Mám za sebou veľmi dlhý deň."

Laurie naňho podozrievavo pozrela. Čo tým mal na mysli? Zdala sa mu jej spoločnosť taká nepríjemná?

„Určite vám môžeme poskytnúť všetko, čo si želáte, *monsieur.*" Čosi sa jej zalesklo v očiach a reč jej tela zrazu naznačovala oveľa viac. Vystrela chrbát, vytrčila prsia a hlas jej klesol o oktávu.

Cam sa naklonil k nej ako smädný kôň k vode, opálené predlaktia si oprel o pult a tváril sa ako doma. Recepčná k nemu naklonila hlavu. „Sme hrdí na to, že poskytujeme skvelé služby."

„To verím."

Laurie by ho najradšej z celej sily kopla do členka.

„Máte rezervované ubytovanie, *monsieur*?"

„Áno, dve izby," vyprskla Laurie, podráždilo ju, že ju to jeduje. Cam by flirtoval s kýmkoľvek. Rezolútne odmietala naňho pozrieť, hoci zrazu cítila, že do nej zaboril pohľad.

Recepčná na chvíľu akoby sa vyľakala, potom znova nasadila profesionálnu masku. „Mená, prosím."

„Slečna Brownová a pán Matthews." Hovorila ako fúria, ale bolo jej to jedno.

„Izby číslo stojeden a stodva. Dám vám kľúče. Mohli by ste vyplniť tieto formuláre, prosím?“

Zmizla.

„To malo byť čo, dopekla?“ spýtal sa Cam.

„Určite vám môžeme poskytnúť všetko, čo si želáte, *monsieur*,“ ironicky zatiahla Laurie. „Stavím sa, že to rada poskytne. Je to v cene, *monsieur*.“

Prv než Cam stihol odpovedať, recepčná sa vrátila s dvoma veľkými kľúčmi so zlatými strapcami. Laurie si jeden vzala, poťažkala ho v ruke. Vyzeral honosne ako všetko ostatné. Pôsobilo to veľmi draho.

„Žiaľ, reštaurácia je dnes večer celkom obsadená, ale môžete si objednať jedlo do izby, keby ste chceli jesť u nás.“

Laurie sa obrátila na Cama, zrazu si nebola istá. Keď sa s Robertom niekedy ubytovali v penzióne, išli do McDonaldu alebo niekam inam. Nikdy predtým nemusela riešiť, či chce jedlo do izby.

„Tak poďme, Laurie.“ Hoci Cam sa tváril ľahostajne, vedela, že ho urazila. „Musím si ísť zabehať.“ Pokrútil krkom, vystrel plecia a počula slabé cvaknutie.

Vzal svoj kľúč a poďakoval sa recepčnej plynulo po francúzsky, na čo rýchlo vypálila pár viet, potom mu zaželala *bonne nuit* a znova sa koketne usmiala.

Laurie podráždene zafučala.

Cam na ňu zazrel, vykročil popredu a zamieril k izbám. Videla, ako si šúcha plece, a pobehla, aby s ním držala krok. Sedieť skrčený za volantom dlhé hodiny muselo byť pre jeho vysokú postavu dosť náročné. Preto má zrazu takú zlú náladu?

Zároveň to vysvetľovalo, prečo bola trasa, ktorú Miles naplánoval, taká rozťahaná na kratšie úseky.

Cam poťažkal v ruke svoj kľúč.

„Tak teda dobrú noc. Raňajky sú o pol ôsmej. To mi práve povedala tá mladá dáma na recepcii. Zrejme bude najlepšie vyraziť zavčasu, kým nebude veľmi horúco. A len mimochodom, bol som iba priateľský."

Otvoril si dvere do susednej izby a zabuchol, ani sa nestihla nadýchnuť.

Hľadela na tie zavreté dvere, zubami si poťahovala peru. Teraz vyzerá ako strelená. Mal pravdu. Už len pri pohľade na jeho krásnu tvár cítila na chrbte šteklenie, nemôže sa sťažovať, že ho cíti aj iná žena. Niežeby Cam vyhľadával pozornosť. Znova si spomenula na kar. Správal sa šarmantne, pozorne a priateľsky k mnohým ženám, ktoré vyhľadali jeho spoločnosť, ale ak mala byť úprimná, správal sa k nim iba zdvorilo.

Dofrasa, teraz sa musí Camovi ospravedlniť. Pozrela na zavreté dvere. Bude lepšie počkať do rána.

Okrem toho najprv sa musí ospravedlniť Robertovi. Vždy sa nakoniec udobrili, len to chcelo dosť ponižovania. Nečudovala sa, keď pevnú linku doma nikto nedvíhal. Keď počula zo záznamníka vlastný nahratý hlas, zložila, nemalo zmysel nechávať odkaz. Robert je tam, len odmieta odpovedať. Skúsila jeho mobil. Zazvonil dva razy, potom ju zrušil.

Poslala mu esemesku.

Práve sme skončili prvý úsek. Všetko ide dobre.
S láskou L.

Jedlo, ktoré jej priniesli do izby, jednoduchý tuniakový šalát Nicoise, bol plný čiernych olív a mal zvláštnu chemickú pachuť, ktorá len znásobila jej pocit sklamania.

Cítila sa podvedená. Konečne sa rozhodla užiť si dobrodružstvo a táto nudná, hoci drahá izba sa jej zdala nezaujímavá.

Mohla byť kdekoľvek. Chvíľu sa prechádzala po izbe, skúsila sedieť a čítať, ale to ticho ju ohlušovalo. Okná s dvojitými sklami v nej vyvolávali pocit, akoby bola hermeticky uzavretá pred svetom, nepočula hluk, necítila vône ani teplotu. Pripadala si izolovaná, mimo reality.

Kde je Cam? Už si bol zabehať? Vrátil sa? Teraz sa zrejme sprchuje.

A na to nemala myslieť.

Vyložila podnos s nedojedeným šalátom pred dvere a zamierila do postele, na mobile si nastavila budík. Celý deň sedieť v aute a nič nerobiť bolo vyčerpávajúce.

Po tom, čo si nervózne nacvičila ospravedlnenie, si sadla k raňajkám, Cam už mal zjedenú polovicu *croissantu*.

„Mrzí ma ten včerajší večer. Mali ste pravdu. Bola som k vám nespravodlivá. Nemala som…" Keď videla jeho pobavený úškrn, zmĺkla.

„Laurie, bol som unavený a uhundraný. Len ste nechtiac priliali olej do ohňa. Zabudnime na to. Teraz nás čaká pár dní ľahkej jazdy. Kam by ste chceli ísť?"

A bolo to. Keď sa nedíval, pokukovala naňho, či je naozaj v pohode, ale zdalo sa jej, že je dokonale šťastný, keď s ňou diskutoval o možných cestách do najbližšej destinácie.

V priebehu ďalších dvoch dní zamierili na juh do Le Mans a potom na východ do Orléansu a Laurie sa zatiaľ podarilo vyhnúť šoférovaniu. Niežeby to bolo ťažké, Cam si očividne vychutnával jazdu na Ferrari a cesty do destinácií, ktoré im vybral Miles, boli pomerne krátke.

Keď písala Ronovi pohľadnice, spočiatku bola mierne rozpačitá. Nepoznala ho dobre, ale zdalo by sa jej nepekné, keby nenapísala aj niečo osobné. Očividne bol strýkovým dobrým priateľom a spomínala si, ako ju vždy potešilo, keď od neho dostala pohľadnicu.

V Le Mans kúpila pohľadnicu, na ktorej bol pohľad na mesto od rieky, na starých kamenných budovách sa vynímali okrúhle vežičky. Na pohľadnicu z Honfleur napísala, ako je tam pekne, nemohla na túto druhú napísať to isté. A tak spomenula, že cesta prebieha dobre a aký záujem vyvoláva auto všade, kam prídu.

V Orléans vybrala pohľadnicu s katedrálou a vysvetlila Ronovi, ako si Jana z Arku, Panna Orleánska, mesto podrobila. Okrem toho sa mu poďakovala za rezervácie a za to, že všetko vopred pripravil. Veľmi jej odľahlo, keď si uvedomila, že Ron zaplatil za ich ubytovanie vopred, takže si mohla vydýchnuť.

Zistila, že tráviť s Camom v aute nekonečné hodiny nie je až také zlé. Na jednom úseku trval na tom, že urobia odbočku, aby sa pozreli na slávnu rouenskú katedrálu, lebo sa mu zmienila, ako veľmi sa jej páčil román Kena Folletta *Piliere zeme*.

Prekvapilo ju, že je vášnivý čitateľ, hoci ich vkus sa veľmi líšil. On mal rád trilery Leeho Childa a Marka Thorna, no na rozdiel od Roberta si nerobil posmech z toho, že ona obľubuje historické romány a romance.

Rozprávať sa v aute nebolo vo vrčaní motora ľahké, ale krásne júnové počasie ich lákalo robiť si často prestávky. Cam vyhlásil, že je to potrebné, aby sa auto neprehrialo. V každej dedinke či mestečku trval na tom, že sa prevezú dookola, aby zistili, kde sídlia miestni automechanici, keby sa na ďalšom úseku auto pokazilo. Na každej zastávke otvoril kapotu a hmkal nad motorom ako úzkostlivá matka. Laurie netušila, na čo sa díva, ale ani na okamih jej nenapadlo, že by si naozaj robil obavy o auto. Len sa rád zamilovane pozeral na ten úžasný motor.

Po tom, čo v treťom meste Cam strávil niekoľko hodín tým, že sa tváril znepokojene, ale neurobil nič viac, len si podiškuroval s majiteľom autoservisu, sa Laurie rozhodla, že nebude zabíjať čas a znudene čakať, radšej si vychutná, že je tam. A tak v ďalších mestečkách Cama nechávala samého a chodila po rušných trhoch, miestnych galériách a kostolíkoch.

Na obed si zvyčajne kúpili čerstvú bagetu a miestny syr. Keďže naposledy bola v cudzine ako malé dieťa, pestrý výber jedál ju prekvapoval a páčili sa jej rušné trhoviská a miestna architektúra. Keď počula naokolo francúzštinu, starý život sa jej zdal na tisícky kilometrov vzdialený, nepripadalo jej, že je to len pár dní cesty.

Cam bol príjemný spoločník, a hoci od čoraz sentimentálnejšieho Roberta jej chodili dôrazné esemesky, keď odchádzali z orléanskeho hotela, uvedomila si, že si to skutočne užíva.

Dnešná esemeska vyznievala žalostne a Laurie sa naňho začínala hnevať.

Teraz sme už mohli byť päť dní manželia.

Odpovede si vyžadovali veľa energie. Pokúšala sa mu dovolať, ale Robert nedvíhal. A tak mu posielala diplomatické odpovede, nevedela sa donútiť, aby mu napísala „odpusť mi".

Mrzí ma, ak som zranila Tvoje city.

Zo zalesneného kopca v údolí Loiry vyčnievali špicaté vežičky rozprávkového zámku. Tomu dokonalému zámku chýbali len hradby. Laurie sa zhlboka nadýchla a hľadela na cimburie vynímajúce sa na obzore. Poťahovala si chvost, obmotala si pramene vlasov okolo zápästia a robila to znova a znova. Bola napätá ako lano povrazolezca.

Stretli tam nových ľudí. Milesových priateľov. Navrhol, aby ich navštívili. Nerezervoval im tam hotel, prichýlili ich v zámku. Spomenula si na elegantné, trblietavé ženy na jeho pohrebe a cítila sa ako podvodníčka oblečená v pohodlných džínsoch z Nextu a v nadmernom sivom tričku.

Gróf a grófka. Vedela si tú grófku predstaviť. Bude mať oblečené bezchybné čierne šaty, na hlave šik uzol. Laurie by najradšej utiekla do najbližšieho mesta a našla si hotel. Určite postačí pohľadnica z toho mesta.

„Nijaké strachy." Do myšlienok jej prenikol Camov hlas. „Prestaňte si robiť obavy, čo si o vás pomyslia. Možno aj oni budú nervózni, že sa s vami stretnú."

„Čože? Prečo by mali byť zo mňa nervózni?"

Pokrčil plecami. „Presne tak. A pravdepodobne sa aj oni boja, že budete nervózna zo stretnutia s nimi. Sú to Milesovi dobrí priatelia, tešia sa, že sa stretnú s jeho rodinou."

Urobila grimasu a vyplazila mu jazyk, keď sa tváril tak pyšne. „Neznášam, keď to robíte."

„Čo robím?"

„Keď hovoríte tak rozumne a triezvo."

„Mám na to talent."

„Hm," zafučala Laurie a pohodila chvostom.

Kapitola 9

„Krásne, však?" Cam zastal na okraji cesty pri údolí.

„Muselo byť ťažké postaviť ho na kopci."

Jej poznámka Cama pobavila, zasmial sa. „Vy tuším nie ste romantička, čo? Vždy všetko vidíte z praktickej stránky. V tých časoch to zrejme bolo nevyhnutné. Dobrá obranná pozícia. Nikto sa nemohol prikradnúť, keď na každej veži stála hliadka. Lukostrelci boli pravdepodobne vždy pripravení a čakali, tak ako vrelý olej, ktorý by vyliali z hradieb."

Zrazu sa naňho pobavene uškrnula. „Mrzí ma, že vás sklamem, ale nie je taký starý."

„Ako to myslíte?"

„Pochádza z viktoriánskych čias. V podstate kópia gotiky." V knižnici má človek dosť času čítať. Poznala veľa rozličných faktov a toto nebol stredoveký zámok. „Len naoko je stredoveký."

Cam sa zatváril podozrievavo, akoby si ho doberala.

„Zámok výrazne rozšírili v deväťdesiatych rokoch devätnásteho storočia, keď tieto pozemky automaticky zdedila rodina Beaulieovcov, ktorá zarobila peniaze na tabaku, nie na víne." Kde sa vzala táto informácia? Určite sa to nedozvedela v knižnici. A bolo toho viac. Blúdilo jej to hlavou ako stará pieseň, ktorú počula v rádiu a pamätala si každé slovo. „Povráva sa, že majiteľ zavraždil svojich bratov, aby sa nemusel deliť o dedičstvo."

„Vy ste hltali turistického sprievodcu alebo čo?"

„Jednoducho mi to vyskočilo v hlave. Myslím, že mi to povedal Miles pri ochutnávke... už si nespomínam, kde sme boli." Nejasne si pamätala, že boli v nejakej vínnej pivnici.

„Koľko ste mali rokov?"

„Možno štrnásť, ale pamätám si to preto, lebo to bolo asi najlepšie víno, aké som v živote ochutnala."

„Dobrý vek na zaúčanie do ochutnávania."

„To nemyslíte vážne! Bolo to hrozné. Odvtedy mi nič iné nechutilo. Zvykla som si na drahé nápoje. Raz som si objednala v bare červené víno. Takmer som ho vyprskla. Robert si myslel, že sa hrám na dôležitú."

„A hrali ste sa?"

„Nie, zvykla som si na lacné drinky... ale ešte vždy rozoznám dobré víno." Pri tej spomienke sa usmiala. „Tak ako na Milesovom kare."

Uškrnul sa na ňu. „No, Miles nám to naplánoval do programu, tak uvidíme, či máte ešte vždy taký vyberavý jazýček. Chcete, aby sme sa niekde zastavili a ochutnali nejaké víno, prv než sa predstavíme grófovi?"

Bez vyzvania sa jej v hlave vynorila sýta chuť bobúľ a tá spomienka na chvíľu vytlačila všetko ostatné. Na jazyku cítila omamné vône a taníny, ten pocit bol veľmi silný. A keď si uvedomila, že jej nič nebráni povedať áno, zaplavil ju príval veselosti a slobody. Nemá nijaké povinnosti, nemusí brať ohľady na nikoho iného, nemusí byť inde, nie je časovo obmedzená. A to pomyslenie bolo zrazu šíre ako vesmír.

Chvíľu sa jej zdalo, že je v bezváhovom stave a môže odplávať preč, nič ju nedrží na zemi. To pomyslenie bolo také opojné, až ju to vydesilo. Potrebuje smer, cieľ, povinnosť. Povinnosť? To sa kde vzalo? Tak dlho bola viazaná povinnosťami, až sa jej zdalo, že je to jej železná košeľa. Je to zvyk? Alebo svedomie?

„Zem volá Laurie."

Uprene naňho pozrela, zrazu sa cítila ohromená tým náhlym pohľadom do svojho sveta. Bolo to ako svetelný lúč, ktorý zvýraznil niektoré veci. Akoby prišla z ostrého slnka do šerej miestnosti a postupne sa všetko znova vyjasnilo. Akoby dlho bola v tme.

Cesta sa kľukatila po úbočí, viedla cez mostík ponad rieku a potom hore po miernom svahu. Po oboch stranách úzkej cesty sa ťahali rady viníc, úhľadne pristrihnutých, na konci každého radu sa vynímali ružové kry ako bodky.

V hlave sa jej vynorila ďalšia spomienka. Ruže? Spomínala si na ich sladkú vôňu a na to, ako skackala popri viniči vyššom ako ona, nad hlavou sa jej zelenel baldachýn čerstvo ostrihaného lístia. Ruže, ktoré poznala, neslúžili len na ozdobu. Tie ruže ukazovali, či viniču nehrozí nejaká nákaza. Na ružiach sa vždy prejavila najprv a vinohradník mohol niečo včas urobiť.

Tie vedomosti mala uložené v hlave, ale pri pohľade na kvety a vinohrady vyskočili na povrch. Čím viac sa usilovala spomenúť si, odkiaľ to všetko vie, tým viac to ustupovalo do úzadia, až napokon presvedčila samu seba, že to musela kedysi dávno vidieť v televízii.

„Bonjour, madam." Gróf elegantným pohybom, ktorý pôsobil celkom prirodzene, chytil Laurine prsty, zdvihol si ich k perám a prešiel jej nimi po hánkach. Potom sa obrátil ku Ca-

movi. „Pane, vitajte v Château de La Miroir." Pozrel na auto. „Čakali sme vás. Miles tu bol pravidelný návštevník a sľúbil, že sem pošle svoju neter. Úprimnú sústrasť. Veľmi nám tu v Château bude chýbať. Bol to džentlmen, však?" V očiach sa mu pobavene zaiskrilo a zdvihol obočie, akoby to nebola pravda.

„Ďakujem," zamrmlala Laurie. Čosi z toho, čo povedal, ju vykoľajilo, ale nevedela čo. Bola by rada, keby v Milesových poznámkach bolo viac detailov.

Francúz ju chvíľu skúmal, hlavu naklonil nabok a čakal, potom sa znova šibalsky usmial. „Ach, vy si na mňa nespomínate, však? Vtedy ste boli malé dievčatko. Prvý raz ste sem prišli s rodičmi. Boli ste samá ruka, samá noha, na hlave vrkoče, pobehovali ste hore-dolu a donekonečna ste sa vypytovali. Chceli ste vedieť, ako čo funguje. Ja som Philippe."

Ohromene naňho pozrela. „Ja skutočne ne... ne..." Nechcela ho uraziť, že si ho nepamätá, ale nemala tušenie, kto je, a povedal, že prvý raz... Nespomínala si, že by jej rodičia niekedy boli spolu tu, a už vôbec nie, že tu boli spolu s ňou ako rodina. Keby sa jej na to niekto spýtal, bola by prisahala, že nikdy neboli spolu na dovolenke. Niečo také by si určite pamätala, nie? A naznačil, že tam bola aj druhý raz na návšteve.

V skutočnosti si vôbec nespomínala, že by všetci žili spolu v dome, v ktorom neskôr bývala s otcom. Tie časy po maminom odchode si jasne pamätala. Jedávala s otcom, chodili na prázdniny do Weymouthu. A chodila s ním aj do práce, aby sa zaučila v poisťovníctve. Na rodičovské združenia chodil vždy otec. Aj na mnohé iné akcie. Jej matka mala nový nóbl život, dôležitého bohatého manžela a chodila z večierka na večierok. Netúžila po tom, aby jej pokazilo život nepekné štrnásťročné dievča so strojčekom na zuboch a s mastnými vlasmi.

Do jej nepríjemných myšlienok prenikol grófov smiech, chytil ju za lakeť a viedol ju cez masívne dubové gotické dvere do chladnej kamennej vínnej pivnice. „Nijaké strachy, Laurie. Teraz ste tu a sme šťastní, že vás tu znova máme. Dúfame, že dnes večer zostanete u nás v zámku. Moja manželka aj syn vás radi opäť uvidia, hoci možno ani syn sa na vás nebude pamätať. Ste rovnako starí. Marie mala Milesa veľmi rada. Vždy jej nosil z Británie darčeky a nehorázne jej lichotil."

„Ja… ehm…" Vyjavene pozrela na Cama.

Veľmi jej nepomohol.

„Ste si… istý… že…"

„Trvám na tom. *Absolutement.*"

Vtedy sa obrátil a podal ruku Camovi. „*Excusez-moi,* vy musíte byť *monsieur* Matthews. Teší ma, že vás spoznávam. Miles sa o vás vždy vyjadroval veľmi pochvalne," už znova sa mu šibalsky zalesklo v očiach, „hoci o vašich chuťových bunkách nemal vysokú mienku."

Cam mu úsmev opätoval. „To ste povedali veľmi zdvorilo. Stavím sa, že podľa neho som bol ignorant, pokiaľ išlo o víno."

Philippe prikývol. „Tak nejako, hoci pripustil, že ste schopný oceniť dobré veci, keď vás na ne upozornia." Laurie cítila v tých slovách slabý podtón, ale Cama to nevyviedlo z miery.

Philippe sa znova uhladene usmial. „Dúfam, že pri večeri aj po nej budeme môcť vaše chuťové bunky viac skultivovať."

Cam pokrčil plecami. „Nikdy neodmietnem fľašu dobrého vína."

Laurie si spomenula na kar a vyčítavo naňho pozrela. Vedel toho o víne dosť, aby ocenil kvalitnú sortu.

„Nechcete prísť autom bližšie k domu? Jean vám ukáže, kde ho môžete zaparkovať, a potom vás môžeme zaviesť do vašich izieb."

Laurie očervenela. „Určite vám nebude prekážať, ak tu zostaneme?" Zdalo sa jej, že ich hrozne využívajú, koniec koncov boli úplne neznámi, hoci gróf sa správal veľmi priateľsky. Ani si nespomínala, kedy naposledy nocovala v cudzom dome s výnimkou Milesovho domu, ale tam vedela, kde čo je, a poznala zabehaný rytmus života.

Zmocnila sa jej panika. Čo ak sa znemožní?

„Nezmysel. Izby máte pripravené. Nechcem ani počuť, že by ste odmietli pozvanie." Rázne pokrútil hlavou. *„Non, non, non. Poďte."*

Laurie si vymenila pohľad s Camom. Vôbec jej nepomohol, iba lakonicky pokrčil plecami. Zamračila sa naňho, pohľadom ho žiadala o pomoc.

Len sa zasmial. „Priveziem auto k zámku, vy môžete ísť s Philippom hore."

Vybral tašky z malého kufra auta. Nebolo to najhoršie miesto na prenocovanie. Už bol ubytovaný aj v horších domoch, možno aj v lepších. Hoci by mal počkať a zistiť, čo leží za tými dverami. Neraz videl miesta na pohľad veľkolepé, ale bola to iba fasáda a vnútri bolo vidieť, akú dieru vo vreckách majiteľov spôsobili dane z dedičstva a údržba starej budovy. Hoci tento zámok vyzeral dobre udržiavaný a podľa diplomov na stenách vo vínnej pivnici a podľa Milesovho priaznivého ohodnotenia mal pocit, že Château de La Miroir nemá finančné problémy.

A koľko ďalších prekvapení im Miles cestou pripravil? Nie-žeby sa sťažoval. Rád nechá veciam voľný priebeh, no Laurie sotva. Bola dosť citlivá. Nevedel ju čítať. Sylvie by skočila po príležitosti zostať v takomto rozprávkovom zámku. Z jeho hľadiska bola najväčšia výhoda v tom, že si nemusí robiť obavy o garážovanie. Mal podozrenie, že súčasťou tohto džobu, ako to v duchu nazýval, je postrážiť auto a niektoré noci si možno schrupne na sklopenom sedadle.

Laurie mu prekazila väčšinu plánov. Auto bežalo hladko ako po masle, takže sa nemohol vyhovárať, že je nevyspytateľné a ťažko zvládnuteľné. Aj jeho pokusy využiť náznaky úzkosti zlyhali. Rýchlo ju začalo nudiť nekonečné chodenie po miestnych autoservisoch, vybrala sa na potulky po pamiatkach a vracala sa so šťastným úsmevom, akoby ju tešila provinčná všednosť miest, ktorými prechádzali. Pravdupovediac mal plné zuby toho, že trávil celé dni so severofrancúzskymi automechanikmi.

Zdalo sa mu, že sa jej bude musieť zapáčiť, aby ani nepomyslela na to, že mu auto nepredá, a keď ju teraz lepšie poznal, nepripadalo mu to ťažké.

Dvojkrídlové sklené dvere na vrchole kamenného schodišťa, ktoré zdobilo elegantné zábradlie z tepaného železa, otvoril mladý muž.

„*Bonjour,* ja som Jean." Spýtavo sa poobzeral.

„Laurie išla hore s vaším otcom." Ten mladý muž akoby otcovi z oka vypadol.

„*Bon. Entrez.* Mali ste dobrú cestu?" Túžobne pozrel na auto.

„Akoby nie, keď som viedol takúto krásavicu? Chcete sa pozrieť bližšie?"

Sprisahanecky sa na seba usmiali a o pár minút už Jean sedel za volantom.

Keď sa zjavili Laurie a Philippe, zahĺbení do rozhovoru, ešte ani nestihol vojsť do domu.

Philippe prevrátil oči, keď videl syna s hlavou pod kapotou Ferrari, ale urobil len pár krokov a pripojil sa k nemu. Všetci traja muži mali teraz hlavy pod kapotou.

Laurie sa chcela zatváriť netrpezlivo, ale ich chlapčenské nadšenie z parádneho motora a auta ju fascinovalo. Už začínala vidieť, čo ich vzrušuje.

Kedy začala tak naliehavo túžiť, aby položila ruky na volant? Mala podozrenie, že už sa aj ona zaľúbila do toho auta. Keď dnes sedela na sedadle spolujazdca, jej číru radosť znásobilo Camovo opatrné ovládanie auta. Nie, slovo opatrné naznačuje ostražitosť a to nebola pravda, na rovných vidieckych cestách išli stodvadsiatkou.

Musela si pripomínať, že je to len auto. Navyše staré auto.

Ospalé, zvodné oči reflektorov na dlhej kapote na ňu hľadeli, akoby ju vyzývali. No dobre, nebolo to hocijaké staré auto.

Ferrari. Koľko ľudí mohlo povedať, že vlastní Ferrari? Srdce jej zvláštne poskočilo. Čo by povedali jej spolužiaci? Ľudia, ktorí odišli z Leighton Buzzardu a pohli sa ďalej? Knihovníčka Laurie je majiteľkou Ferrari. To sa jej celkom páčilo.

Pohľadom blúdila po ladných líniách. Bolo naozaj krásne. Mala by ho viesť, nemala by to nechať na Cama. Toto bola jedinečná životná príležitosť. A mala by ju využiť, najmä keď táto cesta tak rozladila Roberta a pravdepodobne ju bude stáť miesto. Túžobne pozrela na auto. Aká je šanca, že ich zastavia policajti? A budú si pýtať jej vodičský preukaz? Dlane ju šteklili. Nie, musí byť rozumná. Nechá šoférovať Cama.

Zrazu si nebola istá, či to dokáže. Až doteraz potláčala túžbu jazdiť. Bola šťastná na sedadle spolujazdca. No tak ako vždy ozval sa slabý hlások. Zahryzla si do pery a potlačila tú nevítanú myšlienku.

Podráždene si odkašľala a všetky hlavy sa prekvapene zdvihli ako tri surikaty. Skromne sa usmiala. „Ehm…"

„Prepáčte, poďte." Philippe vystrel ruku a naznačil jej, aby šla do zámku popredu.

Vnútri bolo chladno, ale žiarivo jasne, vysoký strop bol biely a odrážal sa od zrkadiel, ktoré pokrývali steny od zeme až po strop. Zrazu sa jej v hlave vynorila spomienka a užasnuto pristúpila bližšie, jej pohľad upútalo najväčšie zrkadlo v zlatom ráme nad bielym mramorovým vyrezávaným kozubom a ozdobnou kozubovou rímsou.

„Zrkadlová sieň," zamrmlala a obracala sa na mieste, aby si prezrela všetky zrkadlá na stenách. Myslela si, že táto sieň sa jej len prisnila, že si ju len predstavovala podľa rozprávok. V hlave sa jej vynoril obraz usmiateho dievčatka. Bola to ona. Tu v tejto sieni. Bežala hore schodmi, schádzala dolu na večeru a predstierala, že je francúzska šľachtičná v krinolíne, videla sa v každom zarámovanom zrkadle, tie zrkadlá pôsobili na stenách ako okná.

Keď otočila hlavu, zachytila svoj odraz. Pocítila ostrú bolesť a odvrátila sa. Kam sa stratilo to vysmiate, bezstarostné dievčatko?

„Na to si treba zvyknúť," poznamenal Cam, očividne bol nesvoj.

Francúzi na seba ľútostivo pozreli. „Tak si môj predok predstavoval oddeľovanie zrna od pliev," vysvetlil Philippe. „Jeho prvá manželka bola neuveriteľne márnomyseľná a výzor bol pre ňu nadovšetko. A obklopovala sa rovnako márnomyseľnými ľuďmi, ktorí ju zbožňovali pre jej krásu, nikto z nich ju nedokázal kritizovať. Márnivosť ju doviedla k tomu, že si kúpila žrebca, ktorého nedokázala ovládnuť, ale vyzerala na ňom dobre. Pri svojej prvej jazde spadla a dolámala si väzy, takže jej deti zostali bez matky. Gróf sa rozhodol, že ak sa znova ožení, nevezme si márnivú ženu, preto dal zavesiť do siene zrkadlá, aby videl reakciu žien, ktoré sem prišli. Tie, ktoré sa v nich obdivovali alebo sa pozreli do viac než troch zrkadiel, považoval za márnomyseľné."

Ten príbeh je dosť poučný, premýšľala Laurie zatrpknuto. Prezrádza, aká nebezpečná je márnivosť. Ako tínedžerka sa cestou dolu schodmi pozrela do každého zrkadla. Ako sa odvtedy všetko zmenilo. Teraz mala iba jedny šaty a Ron jej dosť energicky prikázal, aby si ich zbalila. Boli čierne, ľahko sa prali a sedeli jej.

Cam si cestou dolu schodmi zapínal gombíky na čistej košeli. Už býval v priebehu rokov v mnohých oveľa pôsobivejších izbách, ale táto ho očarila – na policiach stáli staré knihy v tvrdej väzbe, boli tam nachystané veľmi mäkučké uteráky, aj keď každý inej farby, a starodávna skriňa na jednej strane podložená kamennou tehlou.

Keďže bol dlho skrčený v aute, potreboval si vystrieť nohy a okolo zámku sa rozkladali veľké pozemky. Samozrejme, skontroloval auto, aby sa uistil, že má dosť oleja a tlak v pneumatikách je v poriadku, to však boli základné záležitosti. Hoci pred Laurie si robil starosti, vedel, že auto je v bezchybnom stave. Starali sa oň ako o dostihového plnokrvníka, ale to nepotrebovala vedieť. Zajtra sa znova pokúsi znepokojiť ju a vyhlási, že ten zvláštny klopot možno svedčí o problémoch s tesnením hlavy motora. Samozrejme, keby to pokračovalo, zdržalo by ich to o niekoľko dní.

Záhrady okolo zámku boli bezchybné, ale nevedel oceniť dokonalosť živých buxusových plotov, štrkových chodníčkov ani dômyselne umiestnených fontán. Namiesto toho sa vybral do nedotknutého lesa po cestičke vedúcej hore kopcom. Keď celý deň počul vrčanie motora, privítal podvečer pokoj a harmóniu lesa. Bol zvyknutý byť súčasťou dvojčlenného tímu, či už pri jazde alebo navigácii. To bol jeho život, a keď trávil časť dňa osamote, bolo to čosi ako protiliek na to, že bol celý deň v tesnej blízkosti niekoho iného.

No byť v aute s Laurie bolo čosi iné. V minulosti on a jeho spolujazdec mali spoločný cieľ – vyhrať preteky alebo doraziť do cieľa, a nech to bolo jedno či druhé, čakala ich odmena v podobe slávy alebo peňazí. Hoci nebol zištný človek, tak si zarábal na živobytie.

Nebol k nej celkom úprimný. Malo by zmysel povedať jej pravdu? Bola by ešte nervóznejšia z výdavkov. Milesova posledná vôľa bola aj tak dosť zložitá, bolo v nej viac zákrut než v Passo dello Stelvio.

Očividne to preňho bolo dôležité. Cam sa čudoval, že Laurie je taká naivná. Vedela, že za tento výlet nedostane Cam zaplatené? Nikdy nepočula slová – nič nie je zadarmo?

Keď už boli na ceste, mal pocit, že zameškal príležitosť povedať jej, že Miles mu sľúbil auto, ak ho ona odmietne. Bol zaťatý. Dráždilo ho, že ho vníma ako nejakého medzinárodného plejboja, a keby jej povedal, že Miles mu sľúbil, že bude mať právo kúpiť auto za výhodnú cenu, len by ju to utvrdilo v negatívnych pocitoch voči nemu. Potrebuje, aby sa jej páčil a bola naklonená myšlienke, že predá auto jemu.

Nerád to priznával, ale nepáčilo sa mu, ako k nemu ľudia pristupovali s podozrením. No a čo, že jeho manželstvo so Sylvie sa neskončilo dobre? Aj tak nie je zlý človek. Nikdy ľudí nezavádzal, vždy k nim bol úprimný. Lenže teraz od neho nebolo celkom úprimné, keď Laurie nepovedal, akú cenovú dohodu uzavrel s Milesom.

Keď sa konečne vrátil do zrkadlovej siene, takmer bol čas večere. Vybral sa dlhou chodbou a načúval, či mu hlasy prezradia, kde môžu byť jeho hostitelia. Z jednej miestnosti sa ozývalo mrmlanie a štrngot príborov a tanierov. Žeby niekto prestieral stôl?

Kútikom oka zachytil pohyb na vrchole schodišťa – na hornom schode nerozhodne postávala zamyslená Laurie. Nezbadala ho. Pozoroval, ako sa rozhodla urobiť prvý krok. Beztvaré čierne šaty, ktoré si obliekla, na nej voľne viseli a dokonale zakrývali jej obliny. Lem jej siahal pod kolená a šaty pôsobili ako ovisnutá zástava. Keďže s ňou strávil v aute v tesnej blízkosti dlhé hodiny, vedel, že má dlhé nohy. Ale teraz by si to veru nemyslel, šaty mali dĺžku, ktorá jej nepristala. Dojem z pekne tvarovaných lýtok a útlych členkov kazili škaredé čierne sandále na nízkych podpätkoch.

Prvý raz si nechala vlasy medovej farby rozpustené, nezviazala si ich prísne do chvosta, pri ktorom jej trochu vytŕčali uši. Padali jej vo vlnách na plecia a hneď vyzerala celkom inak. Jemnejšie, prístupnejšie. Preblesklo mu mysľou, ako vyzerá jej telo pod tými nemožnými šatami. Určite je štíhla. Ramená mala chudé, takmer priveľmi chudé, zápästia útle a pod šatami nebolo vidieť nepekné pneumatiky. Šaty na nej voľne viseli a skrývali jej línie. Aké má prsia? V mysli sa mu vynorili tie stvrdnuté bradavky. Kde sa vzala tá myšlienka, dopekla? Aké by bolo objímať ju?

Schádzala po schodoch, akoby sa chystala predstúpiť pred popravnú čatu, tvár odvracala od zrkadiel. Prišlo mu ľúto, že sa cíti nesvoja, a chcel ju uistiť.

Dofrasa, v nijakom prípade ju nemôže očariť. Nie je jeho úlohou dozerať na ňu. Nepáčilo sa mu, akým smerom sa uberajú jeho myšlienky. Je celkom možné, že je príťažlivá žena s veľkým potenciálom, o ktorom ani nevie, ale on potrebuje získať to Ferrari a nesmie dopustiť, aby ho zviedli z cesty nejaké pocity. Bola milá, ale musí mať na pamäti, že Laurie je len prostriedok na dosiahnutie cieľa – okrem toho nebola jeho typ. Chcela by priveľa. Na začiatok vernosť, záväzok, plány, aby bol rozumný a robil to, čo je správne. Spomenul si na bývalú manželku a takmer počul jej nesúhlas. Nikdy neskrývala svoj názor na vkus iných žien.

Klopot Lauriných sandálov na bielych mramorových schodoch ho vytrhol z rozjímania a pokročil dopredu. Pozrela mu do očí a takmer sa zasmial, keď vytrčila bradu a majestátne ju držala zdvihnutú celou cestou dolu. Možno na ňu netreba dozerať, ako si myslel.

Keď zišla dolu, zastala na poslednom schode a zvierala ozdobné železné zábradlie, akoby sa povzbudzovala, aby opustila jeho bezpečie a vykročila, aby zistila, aký hlboký je bazén.

Ale možno to už vedela.

Kapitola 10

Urobil šesť rýchlych krokov a nastavil jej rameno.

„S dovolením." Pozrela naňho so zábleskom vďačnosti, ale rýchlo pohasol, akoby prezradila priveľa. „Máte krásne vlasy." Zámerne prebehol pohľadom po jej vlnách.

„Tuším by som sa vám mala poďakovať." Cynicky zdvihla obočie. „Tomu sa hovorí kritika chválou."

„Mám radšej klamať? Tie šaty sú ohavné, kde ste ich kúpili, dopekla?"

„Už vidím, prečo ste medzi dámami taký obľúbený," pery sa jej vykrivili nadol, ale v očiach jej tancovali šibalské ohohníky.

„Prepáčte, to nebolo veľmi galantné a väčšina dám by mi vylepila. Ospravedlňujem sa."

Pokrčila plecami. „Nie som odborníčka na obliekanie. Ale aspoňže mám šaty."

„Mmm." Vyzerali skôr ako vrece na recyklovaný odpad. „Urazil som iba šaty, pod nimi určite…" Páni, kam smeruje?

Zľutovala sa nad ním, chytila ho pod pazuchu a vykročila dopredu. Zacítil jemnú vôňu ruží, staromódnu, ale večnú; mohol si myslieť, že také čosi sa jej páči.

Keď kráčali po chodbe k salónu, kam ich nasmeroval Philippe, držala s ním krok.

„Ach, Laurie, Cam. Toto je moja manželka Marie."

Z ozdobnej pohovky čalúnenej lesklým hodvábom vyskočila žena. Philippovi siahala ledva po plecia. S neskrývanou zvedavosťou skúmala tmavými očami Laurie, hlavu nakláňala nabok ako krehká baletka, prezerala si ju od hlavy po päty.

Hoci on pred pár minútami urobil presne to isté, okamžite sa postavil bližšie k Laurie. Keď sa Marie priateľsky usmiala, naskočili jej v lícach jamky, potom pristúpila bližšie, položila Laurie na plecia obe ruky a pobozkala ju na líca.

„Vitajte, *cherie*. Tuším ste sa podali na mamu."

Laurie zmeravela.

Potom sa Marie šibalsky usmiala a iba Cam si všimol, ako rýchlo prebehla očami Laurine vrecovité čierne šaty. „Ale možno nemáte jej povahu."

Cam pozrel Laurie do tváre. Jej zdvorilý výraz sa nezmenil, hoci Marie tak trochu kritizovala jej matku. Aký príbeh skrýva? Laurie rozprávala s láskou o otcovi, ale o matke ani slovo. V cestovnom pláne bola aj návšteva matkinho domu na druhej strane Francúzska, no ani jeden z nich sa o tom nezmienil, bola to chúlostivá záležitosť. Čo cíti k matke?

„Ďakujem, že ste ma sem pozvali, bolo to od vás veľmi láskavé." Grófka zamietavo mávla rukou a okamžite ju zaviedla k mramorovej kozubovej rímse pokrytej striebornými fotorámikmi.

„Nemáte za čo. Miles bol náš drahý priateľ." Expresívne oči jej zaliali slzy, ale naďalej sa usmievala a ukázala na fotku, na ktorej bol Miles medzi ňou a jej manželom. „Sme mu nesmierne zaviazaní. Keby nám pred rokmi nebol pomohol… museli by sme zámok predať."

„Takže by sme si mali pripiť na Milesa." Philippe objal manželku a aj jemu sa leskli v očiach slzy.

O chvíľu prešiel cez vzdušný salón k stolu vo výklenku a zručne odstránil staniol z vínovej fľaše. Marie sa k nemu pridala a postavila na stôl päť krištáľových vínových pohárov.

Laurie Camovi pripomínala bociana, stála na jednej, potom na druhej nohe, prekrížila si ich, potom ich vyrovnala. Očividne bola nesvoja z tých silných emócií a z toho, že je stredobodom pozornosti. Zvláštne, bol s ňou na ceste len krátko, ale už vnímal nuansy jej osobnosti.

Philippe každému štedro nalial rubínovočervené víno. Štrngli si a zamrmlali: „Na Milesa."

„Nech odpočíva v pokoji," dodal Philippe a usiloval sa tváriť vážne. „Ale pochybujem, že odpočíva v pokoji. Nech je kdekoľvek, roznecuje vášne. Hrozne rád sa do všetkého miešal, niekedy sa do toho aj zaplietol."

„A my sme mu za to vďační," skočila mu do reči Marie a vyčítavo naňho pozrela. „Vzal naše víno a postaral sa, aby ho ochutnali mnohí významní ľudia, tí si ho objednali a teraz ho každý rok vypredáme do poslednej fľaše. Koľko vinohradníkov to v dnešných časoch môže povedať?"

Cam si ležérne odpil z vína a takmer ho omráčila intenzita chuti. Toto nebola len taká hocijaká značka. Nebol expert, ale u Milesa ochutnal dosť dobrého vína a vedel, že toto víno je naozaj dobré. Pozrel na Laurie, či je taká znalkyňa, ako sa tvárila na Milesovom kare. Oči mala privreté a na tvári zasnený úsmev. Taký expresívny výraz u nej ešte nevidel.

„Ročník deväťdesiatsedem," vyhlásila, otvorila oči a sama bola prekvapená, že to vie.

„Skvelé. Myslel som si, že ste možno zabudli. Ale Miles vás dobre vyškolil."

„Ja… ehm…" pokrčila plecami, „netuším, ako to viem. Jednoducho to viem." Zmätene zvraštila čelo.

„Máte dobrú pamäť. Keď ste tu boli, mali ste štrnásť rokov. Ochutnali sme päťdesiat vín. Aj vtedy ste si pozoruhodne pamätali chute."

„Naozaj?" Nespomínala si, že bola schopná degustovať víno. Hoci vedela, čo jej chutilo, a vždy to bol tak trochu zábavný kúsok, keď dokázala pomenovať jednotlivé druhy vína. Niežeby bola na mnohých večierkoch, kde sa podávalo také víno. V skutočnosti ju to uvádzalo do rozpakov. Raz Robert vyhral poukaz do nóbl reštaurácie a ona objednala víno. Keď im ho priniesli, zistila, že to nie je víno, ktoré objednala, a požiadala čašníka, aby jej ukázal etiketu na fľaši zakrytú obrúskom, čo sa Robertovi zdalo hrozne trápne. Čašník sa zahanbil, keď sa ukázalo, že to skutočne bolo lacnejšie víno.

Marie zatlieskala. „Veru áno, veru áno. Myslím, že po večeri by sme mali zájsť do vínnej pivnice. Čo povieš, Philippe? Mohli by sme vziať ročník deväťdesiatšesť… aj dvetisícjeden a…"

Laurie sa vyplašila. „To netreba, nechcem…"

„Skvelý nápad," rozžiaril sa Philippe. „Áno, áno. Jean, choď povedať Albertovi, aby pripravil vínnu pivnicu na ochutnávku."

Laurie ustarostene pozrela na Cama. Žmurkol na ňu.

Marie už súrila Philippa, aby šiel do jedálne, chcela sa poponáhľať.

„Netvárte sa tak vyplašene," zašepkal jej Cam, keď ich nasledovali. „Užívajú si to. Očividne Milesa zbožňovali…"

„Áno, Milesa, ale nie mňa. Bol zaujímavý, zábavný…" Skrútila ústa, akoby sa cítila menejcenná.

„No a…? Buďte sama sebou."

„To sa vám ľahko povie." Pohodila hlavou a prevrátila oči.

„Prečo?"

„No tak. Chcete povedať, že ste sa nevideli v tých zrkadlách? Chodiaci sex. Ja som asi taká krásna ako…"

Keď sa náhle zarazila, zatvárila sa zdesene a to ho pobavilo väčšmi než jej slová.

„Myslím… hoci si nie som celkom istý… že by som sa mal cítiť polichotený, hoci zrejme ste mi nemienili lichotiť." Spomenul si na to, ako predtým neohrabane zalichotil on jej.

Zastal, strčil si ruky do vreciek na džínsoch a naklonil hlavu nabok. „Takže chodiaci sex, hmm."

Tvár jej rozkošne očervenela.

„Alebo možno ste to mali v úmysle, " doberal si ju.

Vyjavene naňho pozrela.

Ten nevinný, jasný pohľad naňho tak zapôsobil, že ním nečakane prebehla túžba a stvrdlo mu lono.

Prvý raz v živote stúpil na neznámu pôdu a netušil, čo má robiť. Inštinkt mu hovoril, že keby ju teraz pobozkal, dopustil by sa vážnej chyby. Potvrdil by všetko, čo si o ňom myslela, a skutočne potreboval, aby sa jej zapáčil.

Vďaka Marinmu temperamentu, Philippovmu šarmu a Jeanovej veselej konverzácii bola večera veľmi živá a Laurie sa podarilo uvoľniť, fascinovalo ju, že sa očividne mali veľmi radi. Prestala myslieť na… nie, nebude tomu venovať pozornosť, ani len chvíľu…

Vzdychla. Kradmo pozrela na Cama, ten sa rozprával so Jeanom o pneumatikách, a musela mu hľadieť na pery, neubránila sa tomu, spomínala si na šteklenie, ktoré cítila, keď si myslela, že ju možno pobozká. Spamätaj sa! Zrejme stále bozkáva dievčatá. Nič to neznamenalo, je načase prestať myslieť na to, aké by to mohlo byť… váhavý dotyk… jemná pokožka… zrýchlený pulz a túžba.

Chcela potlačiť tú myšlienku. Nevšímať si pocity medzi nohami.

Bolo to čosi nové. Hormóny. Normálna telesná reakcia. To je všetko. Celé roky ju nepobozkal nikto iný, iba Robert, nič to neznamenalo. A čo Robert? Pohádali sa. Keby sa jej s ním podarilo porozprávať pred odchodom... vyriešiť to... Rozhodol sa hrať na kreténa, nedvíhal mobil, neodpovedal na jej telefonáty a esemesky. Typický Robert, zanovitý, detinský. Raz ho to prejde... keď sa mu najmenej desaťkrát ospravedlní.

„Laurie?"

„Prosím?"

„Pýtala som sa, či si dáte kávu, alebo pôjdeme teraz do vínnej pivnice. Možno budete potrebovať *châle*." Marie pozrela na manžela, ako sa to povie po anglicky, a rýchlo naňho pálila po francúzsky.

„Budete potrebovať šatku cez plecia alebo sveter," preložil Philippe s úsmevom. „Dolu je poriadne chladno."

Laurie zachytila Camov pohľad. Šatku? Sveter? Mala len starú flísovú mikinu a rozstrapkaný béžový sveter, v ktorom by popri neuveriteľne elegantnej grófke vyzerala ako bezdomovkyňa.

„Marie, mohli by ste Laurie niečo požičať?" Cam sa naklonil nad stôl a pokrútil hlavou. „Obávam sa, že som jej prísne kázal zbaliť sa naľahko." Usmial sa, akoby to neschvaľoval.

„Samozrejme. Prepáčte." Marie vyskočila, a kým sa náhlila z jedálne, zakričala na Philippa: „Nie aby si kúpil takéto hlúpe malé auto."

Laurie sa pri pohľade na pobúrených mužov zasmiala.

„Svätokrádež," zamrmlal Cam a jeho hostiteľ dôrazne prikyvoval.

Laurie prižmúrila oči, nebola si istá, či sa jej páči jeho zásah. Zachránil ju, ale myslel si, že nemá nič vhodné. Najhoršie bolo, že usúdil správne. Zagánila naňho a vypla plecia. Očividne mal bohaté skúsenosti s náročnými ženami.

Aj keby sa nebol priatelil s Milesom, Cam mal šťastie, že sa pohyboval v kruhoch, v ktorých je kvalitné víno prioritou. Možno o ňom nevie veľa a, pravdupovediac, nemal o to záujem, len vedel vychutnať dobré víno a to bolo asi tak všetko.

Philippe ich s nadšením a vášňou štedro pohostil a vyťahoval jednu kvalitnú fľašu za druhou. Cama najväčšmi fascinovala Laurie. Nevedel od nej odtrhnúť oči. Bola ako vymenená.

Philippe priniesol šesť fliaš a okolo všetkých rozložil vysoké poháre na krátkej stopke. O každej z nich niečo povedal, nabádal ich, aby ochutnali, porovnali chute a diskutovali o nich. Cam ho prestal vnímať, popíjal z jedného pohára a sústredil sa na Laurie.

Jej prístup mu pripomínal jazdca formuly jeden, prv než sadol do monopostu. Vzala do ruky každý pohár, zvraštila čelo, pokrútila vínom, aby sa uvoľnili aromatické látky, a podržala ho proti svetlu, aby videla oblúky, ktoré sa v tekutine vytvorili, a ako steká po stenách pohára. Potom s prižmúrenými očami privoňala k vínu, a keď vdýchla jeho vôňu, slabučko sa usmiala.

A potom ho ochutnala. Videl jej na tvári potešenie, blaženosť, a keď si ho vychutnávala, priložila si ruku na srdce. Pozoroval ju ako závislák.

Keď vytrvalo striedala vína a rozprávala sa s Philippom a so Jeanom, Cam ju len sledoval. Zrazu akoby ožila a rozprávala aj rukami, expresívne pohybovala štíhlymi prstami ako baletka.

V tom šere pôsobilo jej telo graciózne, keď išla od fľaše k fľaši. Cam pristúpil bližšie, aby počul, čo hovorí.

Konečne prišla k poslednému stolu a súdiac podľa Philippovho a Jeanovho zatajeného dychu, napäto čakali, čo povie na toto víno.

Dopriala si čas, krútila pohárom v ruke, držala ho vysoko. Cam sledoval očami ten pohyb, prstami pevne zvierala stopku. V očakávaní otvorila ústa. Chvíľu vyzerala úplne bezprostredne, nespútane. Zatvorila oči, a keď ochutnala to víno, ticho rozkošnícky zastonala, preglgla a ohryzok jej poskočil.

Cam sa musel odvrátiť. Vyzerala by takto aj pri milovaní? Keď si ju predstavil pod sebou, vyrazilo mu to dych, akoby ho úder túžby zasiahol do brucha.

Nervózne zovrel pohár v ruke a dopil víno na jeden dúšok. Čo je to s ním, dopekla? Laurie nie je jeho typ. Okrem toho je zasnúbená. Okrem toho nepatrí k ženám, ktoré si užívajú romániky. Okrem toho sa mu celkom páči. Okrem toho keby sa s ňou vyspal, do konca tejto cesty by skalil vodu. Päť dobrých dôvodov, aby tam nezachádzal. Žiaden z nich však nezabral na jeho erekciu, úd sa mu nepríjemne tlačil na zips džínsov.

Kapitola 11

Keď na druhé ráno odchádzali, dostali štedrú nádielku fliaš Château Miroir, ktoré vtlačili do každého voľného miestečka v kufri auta. Laurie bolela hlava – niežeby mala ozajstnú opicu, no tá večerná ochutnávka na nej zanechala následky. Ešte vždy cítila na jazyku to kvalitné víno.

Kým kráčali k autu, ani jeden z nich neprehovoril. Laurie sa dívala, ako Cam vylovil kľúče zo zadného vrecka na tesných džínsoch a upierala tam pohľad trochu dlhšie. Robert nenosil džínsy, a keby si ich obliekol, nesedeli by mu tak ako Camovi. Tá džínsovina mu pekne obopínala zadok a pútala pozornosť na dlhé štíhle stehná, ktoré budú do konca dňa kúsok od jej ruky. V ústach jej vyschlo. Nosil tie džínsy veľmi prirodzene ako správny muž. Pôsobil mužne. Previnilo uprela pohľad na zem. Robert nosil plátenné nohavice a na tom nebolo nič zlé.

Nedívala sa, kam kráča, a zrazila sa s Camom. Zacítila z neho sviežu citrusovú vôňu. Spomenula si, ako ju včera večer takmer pobozkal. Bolo by krásne nakloniť sa k nemu a prebehnúť perami po miernom strnisku na jeho sánke. Žalúdok jej skrúcalo od túžby, hadila sa dolu medzi stehná.

Prekvapene zhíkla a len sa modlila, aby nevedel čítať myšlienky.

„Ste v pohode?" spýtal sa.

„Narazila som si nos," vyhovorila sa rýchlo.

Modré oči upriamil na jej nos. „Snívali ste za bieleho dňa? Práve som vám chcel dať kľúče… teraz neviem." Oči sa mu pobavene zablysli.

Cítila, ako jej do tváre stúpla červeň a telom jej prebehla horúčosť. Sklonila hlavu a nevšímala si jeho vystreté ruky. „Nebudem šoférovať," zahundrala a s dupotom prešla na stranu spolujazdca.

O krok ustúpil a zdvihol ruky. „No dobre."

Zdalo sa jej, že by sa mala ospravedlniť, no namiesto toho sa pokúsila trasúcimi sa prstami otvoriť dvere. Boli zamknuté a musela počkať, kým Cam nastúpi a nakloní sa k jej dverám, aby ich odomkol. To auto vyrobili v časoch, keď ešte nepoznali centrálne zamykanie.

Keď schádzali dolu kopcom, tvár sa jej ochladila a znova získala rovnováhu.

Mávala si pred tvárou pohľadnicou, ktorú jej dal Philippe. V zámockom obchodíku predávali viac druhov pohľadníc a na tejto bol zámok a orosené vinice v rannom slnku.

„Mali by sme sa zastaviť v dedine, aby som to poslala. Potrebujem známku."

„Nijaké strachy," Cam na ňu pozrel, „bude tam trafika. Mohli by ste kúpiť viac známok. Koľko pohľadníc ešte máte poslať?"

Laurie otvorila fascikel a skúmala trasu, ktorú jej dal Ron, na fotokópii mapy Európy vo formáte A3. Teraz sa mali vrátiť do Paríža. Už poslala pohľadnice z Calais, Honfleur, Le Mans a Orléans.

„Dve z Paríža z oboch brehov rieky. A ešte z Troyes, Chaumontu, Besançonu, Bazileja, Zürichu, Monsteinu, Bormia a Maranella."

„Miles rozhodne zvolil spletitú cestu, nechápem prečo…"

„Ja to chápem," precedila cez zuby Laurie a vzdychla. Netešila sa na cestu do Besançonu.

Cam na ňu pozrel, ale na nič sa nepýtal, čo bolo preňho typické. Mal záhadnú schopnosť vedieť, kedy nemá naliehať. Na rozdiel od Roberta, ktorý ešte vždy nezavolal, hoci od neho dostala ďalšiu esemesku.

Z kuchynského kohútika kvapká voda, treba zavolať inštalatéra. Je to tvoj dom, ty mu zavolaj.

A ten somár jej poslal číslo na inštalatéra.

V tej dedinke, ktorou viedla len jedna cesta a po oboch stranách stálo zopár domov a obchodov, bolo ľahké nájsť trafiku. Zakrátko už smerovali na severovýchod do Paríža. Na obed sa zastavili v peknej kaviarni pri ceste, ktorá vyzerala sľubne, lebo parkovisko bolo plné. Laurie urazila čašníka, keď si objednala dobre prepečený steak a hranolčeky, zato Camovi čašník pochvalne kývol hlavou, keď si vybral *moules marinières.* Marinované mušle.

Mali dosť času na cestu do Paríža, hoci Cam pozeral na hodinky – nechcel sa na *Périphérique* dostať do zápchy. Bola tam rušná premávka aj v najlepšom čase, nieto počas špičky.

Ako slnko putovalo po oblohe, popoludnie bolo čoraz horúcejšie. Cam spustil okienko, aby do auta prenikol čerstvý vzduch. Laurie tá horúčava netrápila, vyzerala dokonale spokojná v rozgajdanom tričku a džínsoch, čo bola jej uniforma.

Z neznámeho dôvodu sa mu cesta zdala ťažšia, v početných zákrutách sa mu dvíhal žalúdok, a keď vybral ďalšiu, prišlo mu nevoľno.

Citroën za nimi zúrivo zatrúbil, a len čo boli na rovinke, vodič dupol na plyn a prefrčal okolo nich.

„Idiot! Aký mal problém?"

„Ste v pohode, Cam?" spýtala sa Laurie a kútikom oka videl, ako naňho úzkostlivo pokukuje. Mal také oťažené viečka, že na ňu nevedel poriadne pozrieť.

„Jasné, prečo?" zamrmlal apaticky.

„Len som rozmýšľala, prečo idete na tejto ceste päťdesiatkou."

„Chcete si zajazdiť?" vyprskol a pokúšal sa premôcť dvíhanie žalúdka.

„Nie, nechcem." Odvrátila hlavu a hľadela cez okno – teraz už vedel, že to je znamenie, že je nahnevaná. Niežeby to niekedy povedala.

Cítil, ako auto vybralo ďalšiu zákrutu. „Kriste," zamrmlal, keď jeho žalúdok zúrivo protestoval a zmocnili sa ho kŕče. V živote pri jazde netrpel nevoľnosťou. Táto cesta tomu nasadila korunu. Keď sa mu žalúdok znova kŕčovito zovrel, zvraštil tvár a odtiahol nohu z plynového pedálu. Auto trhane poskočilo, motor protestne zakvílil. Dočerta, nepreradil na nižšiu rýchlosť. Na akej rýchlosti teraz ide?

Zo sedadla spolujazdca počul nespokojný vzdych.

„Skúste si sadnúť na toto sedadlo, madam, prv než začnete frflať," zahundral.

„Cam, spomalili ste na dvadsiatku."

Zalial ho chlad, potom horúčava, až mu na čele naskočili kropaje potu. Cítil, ako mu pot steká po líci.

Z diaľky počul, ako sa ho pýta: „Je vám zle?" Jej hlas sa strácal v šumení v pozadí. Zaplavovali ho vlny nevoľnosti a cítil, ako zatína sánky.

„Cam!" zvolala, keď zamieril k trávnatej priekope. „Zastavte! Zastavte!"

Zastavil na štvorke. Motor nahnevane namietal, ale okamžite sa zastavil.

„Prep…" pokúšal sa vysloviť a pritom hmatkal po kľučke.

Otvoril dvere a takmer z nich vypadol. Tackal sa na roztrasených nohách k trávnatej priekope a potom cítil, ako sa mu vzpiera celé telo, ani čo by ho vsával cyklón. Nevedel potlačiť vracanie, ktoré sa z neho valilo ako cunami, a v žalúdku cítil kŕčovité bolesti. Už dlhšie nedokázal stáť na nohách, padol na kolená a žalúdok sa mu znova nadvihol, všetko z neho vyšlo von. V ústach cítil kyslú pachuť, potom sa žalúdok upokojil. Zhlboka sa nadýchol a uvedomil si, že mu vyrazilo dych. No len čo sa mu do pľúc dostal vzduch, v žalúdku pocítil novú vlnu nevoľnosti.

Znova sa povracal. A znova.

Bol taký slabý, až sa triasol, a prestal sa pokúšať stáť vzpriamene, naklonil sa doprava mimo vývratkov a len dúfal, že už v žalúdku nič nezostalo. Ešte vždy v ňom cítil bolestné kŕče a v ústach odpornú pachuť.

„Cam," do mysle mu prenikol jej rozpačitý hlas, no ledva ho vnímal.

„Nech sa páči." Cítil, ako mu zdvihla hlavu a priložila k perám fľašu s vodou. „Vypláchnite si ústa. Nepreglgnite ju." Na čele pocítil čosi chladivé, ale mal také ťažké viečka, že nedokázal udržať otvorené oči, túžil si tam ľahnúť a zomrieť. Fľašu mu nástojčivo držala pri ústach. Pokúsil sa ju odtisnúť, ale ktosi mu zovrel zápästie tak silno, že sa nedokázal brániť. Voda mu tiekla cez suché pery, no nedokázal nič urobiť. V ústach cítil chladivú sviežu chuť, ticho zavrčal a ruky, čo mu silno držali hlavu ako vo zveráku, mu ju obrátili, takže chvalabohu voda z neho znova vyšla von. Telo mal ochabnuté a opäť pocítil tú fľašu na ústach. Zasa voda. Nemôžu ho nechať na pokoji? Nech tam môže zomrieť. Najradšej by sa prepadol pod zem.

„Cam," opäť počul ten hlas. „Cam."

Tie ruky ho neúspešne ťahali, nohy sa mu nepríjemne vykrútili. Podarilo sa mu otvoriť jedno oko, ale videl len trávu a ženskú topánku. Veľmi škaredý čierny sandál.

Vtedy upadol do milosrdného bezvedomia.

Cam ležal schúlený dolu tvárou v trávnatej priekope. Laurie počula bzukot včiel na neďalekom živom plote a štebot vtáka pod modrou oblohou, ale nič viac. Rozhodne nie iné autá. Nijaké známky civilizácie, nijaké traktory, kostolné zvony. Odkedy tam zastali, nikto okolo nich neprešiel.

Čelo mal spotené a tričko pri krku skrútené. Pozrela na auto a odhadovala vzdialenosť. Pravdepodobne by ho tam dotiahla, no usadiť ho na to nízke sedadlo bolo čosi iné. Neúspešne ho ťahala za plecia, dúfala, že sa preberie, ale bola to poriadna záťaž a očividne bol mimo.

Pozrela na cestu, no nič nevidela – nijaké gazdovstvo ani roľníka na neďalekom poli. A mobil tu nefungoval.

Pozrela mu na popolavú tvár.

Nikto ich nezachráni a ona nevedela po francúzsky natoľko, aby odpovedala na otázky, keby zavolala prvú pomoc. Predovšetkým ho musí dostať do auta. V kufri videla celtovinu. To by mohlo pomôcť. Využila ju ako deku a tlačila Camovo nevládne telo doprava-doľava, kým neležal na nej. Potom využila hladkú spodnú stranu a dotiahla ho ku dverám spolujazdca.

Hoci sedadlo bolo nízko, takže ho nemusela zdvihnúť vysoko, aj tak ho tam sama nedostane.

„Zobuďte sa, Cam. Musíte sa prebrať." Jemne ho potľapkala po líci a strčila mu do úst fľašu s vodou.

Zaprskal, nahnevane jej odtisol ruku a na chvíľu sa prebral.

„Cam, musíte mi pomôcť," vyhlásila rázne. Unavene otvoril oko. Chytila ho pod pazuchy a zdvihla ho k autu. Hoci bol pri vedomí, bolo to ťažké. Dovtedy ho ťahala a strkala, až sa jej napokon podarilo dostať ho na sedadlo. Ďalších päť minút mu zapínala bezpečnostný pás.

Čupla si a po tvári jej stekal pot. Zvládla to. Dostala ho do auta, hoci jej to trvalo dobrú hodinu. Keď sa jej podarilo dosiahnuť ten medzník, mala pocit, akoby vystúpila na vysokú horu. To však bol len začiatok. Odmietala myslieť na čosi iné. Krok za krokom.

Keďže Cam ležal zvalený na sedadle spolujazdca, mohla si sadnúť iba na jedno miesto. Vkĺzla na sedadlo vodiča, opatrne položila ruky na volant. Pozrela na Cama a potom na všetky kontrolky na palubnej doske. *Olio, acqua, benzina.* Olej, voda, benzín. Poobzerala sa dookola. Cesta bola prázdna. Nikto neuvidí, že poskakuje ako zajac. Na súkromnej ceste, kde neboli nijakí iní vodiči ani prekážky, to bolo iné, no teraz bude musieť jazdiť po pravej strane vozovky na neznámom mieste. Boh mi pomáhaj, povedala si.

Znova pozrela na zvalené Camovo telo na susednom sedadle. Tvár popolavá, pulz slabý. Skutočne nevyzeral dobre.

Krok za krokom. Navigácia bola naprogramovaná k hotelu, Miles vybavil aj parkovača áut. Logické bolo zamieriť do Paríža a len čo tam dorazia, požiadať v hoteli, aby zavolali lekára. Mohla by šoférovať... len keby ju zastavili, musela by to vysvetliť... ale možno by od nej nechceli vodičský preukaz. A keby aj chceli, vedeli by francúzski policajti, že má len dočasný preukaz?

Každý hlupák by však videl, že je to naliehavý prípad. Cam mal teraz voskovú pokožku sfarbenú dozelena.

Ruky sa jej triasli. Sťažka preglgla, chytila kľúč a ostro ho otočila v zapaľovaní. Cam ticho zastonal a prestala váhať. Keď sa motor prebral k životu, mierne sa strhla, pod sedadlom cítila vibrácie.

Dokážem to, dokážem to, hovorila si a silno zovrela volant. Zhlboka sa nadýchla a usilovala sa spomenúť si na Milesove pokyny, keď sa učila jazdiť. Stisnúť spojku, povoliť ručnú brzdu, uvoľniť spojku.

Spojka vyskočila ako katapultovaná, noha jej z nej skĺzla a auto poskočilo dopredu ako dementný klokan, vzápätí zastalo a motor pobúrene zakvílil.

Dofrasa, tento zázrak je tuším živý. Pozrela na pedále s väčšou úctou. Tak teda jemnejšie. Hoci na testovacej dráhe machrovala, byť na skutočnej ceste bolo tisícnásobne desivejšie. Vtedy ju poháňal adrenalín a hrdosť.

Znova naštartovala, tentoraz bola pripravená na spojku a rýchlo zaradila jednotku. Rýchlostná páka sa trhla, akoby každú sekundu mohla skočiť dozadu, potom opatrne, ale rázne púšťala spojku. Potešilo ju, že auto sa pohlo dopredu a išlo ďalej, kým sa neocitla na druhej strane cesty. Doparoma! Volant. Celkom naň zabudla. Zovrela ho, ale prehnala to a takmer skončila v priekope, potom si uvedomila, že nevie, na ktorej strane cesty má byť.

A kým sa s tým vyrovnávala, protestné kvílenie motora jej prezrádzalo, že by mala preradiť rýchlosť. Mala čo robiť, aby pohla rýchlostnou pákou, takže minula dvojku, preradila rovno na štvorku a auto s trhnutím zastalo. Rýchlo to napravila a auto znova poskočilo.

Pozrela na Cama, zvalil sa dopredu. Páni moji! Zaškrípala zubami, zovrela rýchlostnú páku a zaradila trojku.

Cam sa znova zvalil dozadu, a hoci sa zrejme necítil dobre, nezdalo sa, že by sa cítil zle.

Aspoňže nevidel, ako mizerne šoféruje, hoci sa do toho pomaly dostávala. Tak. Už jej to ide lepšie. Pozrela na kontrolky pred sebou a videla, že ide iba rýchlosťou 35 km/h. Prečo má pocit, že ide oveľa rýchlejšie?

Rozhodla sa vydržať pri tejto rýchlosti. Zdalo sa jej, že je pre ňu dobrá.

Postupne zrýchľovala a už vedela sledovať tabule pri ceste a smerovky. Všetko ukazovalo do Paríža, možno bude najlepšie držať sa tých smeroviek.

Už nemôže byť nerozhodná, musí sa sústrediť na šoférovanie. Tabuľa upozorňujúca na obmedzenie rýchlosti jej prezradila, že sa blíži k nejakému mestu, ale keď prišla na predmestie, rýchlo zistila, že v tom mestečku nie je nič, čo by jej pomohlo. Chvíľu váhala, pozerala hore-dolu po ulici. Nikde nijaký hotel. Cam sa poslednú štvrťhodinu ani nepohol, a hoci ešte vždy bol popolavý, občas zastonal a zdalo sa, že spí. A navigácia ju posielala ďalej.

Dofrasa, bude sa jej držať.

I keď mala plecia stuhnuté od napätia a krk ju bolel od toho, ako sa predkláňala, keď si zvykla na šoférovanie, nebolo to až také zlé. V skutočnosti takmer nevnímala okolitú premávku, taká bola sústredená. Hoci už prešli roky od čias, čo viedla auto na ceste, a ruky sa jej neisto triasli, v duchu cítila uspokojenie, vždy keď sa jej podarilo preradiť rýchlosť. Občas sa auto myklo a ozval sa hrozný praskot, keď včas nezdvihla nohu zo spojky, a zakaždým pri pohľade na Cama bola tak trochu rada, že je v bezvedomí.

Jazda na *Périphérique,* mestskom okruhu okolo Paríža, bola presne taká hrozná, ako počula. Celkom ako jazda na M25 umocnená na desiatu vrátane francúzskeho dramatizovania a šialenstva. Autá fičali sem a tam, až sa jej krútila hlava, keď sa snažila pozerať do oboch bočných zrkadiel aj spätného zrkadla.

Hodinu zvierala volant ako štít a prebíjala sa rušnou premávkou. Usilovala sa udržiavať nízku rýchlosť a držala rýchlostnú páku ako meč, keď preraďovala z jednotky na dvojku a nazad.

Keď navigácia konečne oznámila „cieľ je o päťsto metrov ďalej", sťažka si vydýchla a konečne odbočila z hlavnej cesty.

Bola v polovici ulice, keď zazrela hotel a takmer sa zvalila na sedadle od úľavy. Misia splnená. Ruky ju boleli od toho, ako silno zvierala volant, a zdalo sa jej, akoby mala zadok privarený k sedadlu. Ako to Cam dokázal vydržať? Bol od nej oveľa vyšší, ale ani raz sa nesťažoval na stiesnené podmienky. Teraz už vedela, prečo si tak často robili prestávky.

Zastala pred hotelom a vydýchla si. Dokázala to! Počas poslednej polhodiny jej vstávali vlasy dupkom, až bola celá bledá. Keď dorazila do cieľa, v duchu cítila uspokojenie, hoci Cam netušil, čo práve prekonala. Nohy sa jej triasli a pulz mala závratne rýchly.

Chvíľu len sedela, zbierala energiu, aby vystrčila nohy z auta, a skúmala vchod do hotela. Veľká markíza nad cestou chránila autá hostí a od vchodu viedli schodíky.

Cam ešte vždy tvrdo spal alebo bol v bezvedomí... Bol neupravený a pôsobil unavene. Zľutuje sa nad nimi ten *concierge* v bezchybnej čierno-sivej livreji a pomôže Camovi do izby?

Dúfala, že jej stredoškolská francúzština postačí, aby vysvetlila, že *mon ami est mauvais,* dúfala, že hotelový personál si nebude myslieť, že má opicu. *Conciergeovi* sa v tvári zračili zmiešané pocity – obdivoval auto a robil si obavy o pasažiera zvaleného na sedadle.

Vyčarila svoj najlepší úsmev a ľutovala, že nemá francúzsko-anglický slovník, aby našla správny výraz pre otravu jedlom. Hlavou jej chodilo len *mal de mer.* Možno keby to povedala a napodobnila jedenie, pochopili by to.

„*Bonjour, monsieur.*"

„*Bonjour, mademoiselle. Bienvenue a L'Hotel du Leine.*" *Concierge* sa tváril podlízavo, ale zároveň obdivne.

„*Mon ami…*" ukázala na Cama na sedadle spolujazdca. „*Il est mort.*"

Kapitola 12

„*Mort!*" Francúz ohromene zdvihol obočie. „*Mon Dieu!*" Zakričal na kolegu. „*Pierre, vien ici. Il est mort!*"

Okolo auta sa zhromaždil dav a rýchlo si uvedomila, že jej francúzština výrazne zlyhala.

Dofrasa, *mort* znamená mŕtvy, nie?

Aspoňže auto jej dodalo dôveryhodnosť.

„*Non, non. Pardonez moi. Il est mal.*" Všetci na ňu neprítomne civeli. „*Mal de mer.*" Ukázala si na brucho. Stále civeli. Ach bože, musí napodobniť vracanie.

Zatvorila oči, najradšej by bola niekde inde, chytila sa za brucho a napodobnila napínanie.

Ten nemožný *concierge* na ňu len vyvaľoval oči, potom uprel pohľad na ľudí.

„Bolo mu zle. Vracal."

Concierge okamžite pochopil a ukázal na Cama.

„*Il?*"

„*Oui.*" Prikývla.

„*Ah, je comprends.*" Rýchlo niečo vychrlil po francúzsky na zhromaždených ľudí a všetci sa rozišli zdanlivo náhodnými smermi. O pár sekúnd sa znovu zišli a tvárili sa odhodlane. K dverám na strane spolujazdca dotlačila dáma invalidný vozíček s červenou dekou a dvaja statní lokaji vytiahli Cama z auta a uložili do vozíčka, zastrčili mu po bokoch červenú deku, aby sa nezošuchol. Laurie náhlivo vzala z auta Camovu tašku a položila mu ju na kolená.

Keď sa zjavil *concierge* a nastavil ruku, aby mu podala kľúče, odložila svoju tašku na chodník a bez rozmýšľania poslúchla.

„Nebojte sa, o všetko sa postarám," uistil ju *concierge*. A tak nechala tašku aj kľúče uňho a nasledovala bizarný sprievod do hotelovej haly.

Na recepcii ich čakal manažér vystretý ako pravítko a pozoroval každý krok tej nesúrodej skupinky. Ohrnul nos a vykrivil ústa, čo jej prezrádzalo, že tam nie je vítaná a mala by si dávať pozor, lebo ju môže poslať preč. Jeho výraz ju tak podráždil, že vystrčila bradu a pripravila sa na boj.

„Môj spoločník dostal nepríjemnú otravu jedlom. Mám tu rezerváciu pre mňa, môjho spoločníka a moje auto." Pozrela naňho zvysoka a zdôraznila slová „moje auto". V zrkadle za manažérom videla, že *concierge* mu čosi zúfalo naznačuje. Význam bol jasný: „Mali by ste vidieť to auto!"

Nevšímala si, čo sa v tej chvíli deje za ňou, patrične povýšene a majestátne zdvihla hlavu a netrpezlivo čakala, že manažér ju primerane ocení.

„Rezervácia je na meno Leversedge, právnika môjho strýka Milesa…" Nemusela dopovedať jeho meno. Manažér si okamžite uvedomil, o koho ide, a zrazu bol na druhej strane pultu.

„*Mais, certainment, mademoiselle.* Prijmite moje ospravedlnenie, prosím. Nech sa páči, poďte za mnou." Luskol prstami na personál. Všetci sa vrátili na svoje miesta a venovali sa svojej práci.

Manažér ju priviedol k výťahu, Cama tlačili vo vozíčku pár metrov za ňou, hlava mu klinkala.

„Môj spoločník je veľmi chorý. Potrebuje doktora. Mohli by ste sa postarať, aby sa okamžite naňho niekto prišiel pozrieť, prosím vás?"

„*Oui*, samozrejme."

„Má otravu jedlom. Mušľami." Stále sa správala panovačne, hoci vnútri ochabla. Bola v cudzine s veľmi chorým mužom, neovládala jazyk… tak si zábavu nepredstavovala.

Keď pozrela na Camovu popolavú tvár, aj jej prišlo zle. Potrebuje doktora? V akom bode si má robiť obavy? Mala by zohnať nejaké lieky? Vyhľadať lekárske rady? Vedela, že chorí ľudia potrebujú veľa tekutín, ale treba sa vyhýbať mliečnym výrobkom a veľmi pomaly zaraďovať do stravy ryžu, varené kura a biely chlieb. Mala podozrenie, že Cam má ďaleko k tomu, aby mohol niečo jesť.

V prvom rade si musím vypočuť verdikt doktora, hovorila si, keď výťah stúpal hore. Boli tam s ňou dvaja lokaji, čo tlačili Camov vozík, v ktorom bol zvalený ako nejaký starec. Keby len otvoril oči, premýšľala. Aby som vedela, že nie je tak blízko smrti, ako sa zdá.

Pri každom otrase vozíčka mu videla v tvári bolestný kŕč. To znamenalo, že je pri vedomí.

Konečne stáli pred jeho izbou. Strčila kľúč do zámky, a keď otvorila dvere, uľavilo sa jej pri pohľade na veľkú posteľ. Keď do nej dostane Cama, hneď sa bude cítiť oveľa lepšie.

Obaja lokaji postávali vo dverách.

„Preboha," zamrmlala. Čakajú tringelt? Čo teraz? Vzdychla, zložila si kabelku z pleca a hodila ju na konferenčný stolík. Potom prešla k posteli, odhrnula prikrývku a dala im jasne najavo, že kým nepreložia Cama z vozíka na posteľ, nebude nijaký tringelt.

To dlhotrvajúce vracanie ho očividne vyčerpalo, lebo len čo položil hlavu na vankúš, upadol do hlbokého spánku. Dívala sa, ako zhlboka, pravidelne dýcha. Bol úplne mimo. Tvár mal popolavú a za tú chvíľku, odkedy prišli, sa mu vrásky prehĺbili.

Pozrela na jeho oblečenie. Džínsy mal špinavé, hlavne od trávy, na ktorú spadol, a jeho zvyčajne snehobiele tričko bolo mimoriadne zafúľané. Bože dobrý, nemôže ho v takom oblečení uložiť na bielu plachtu. Musí ho vyzliecť.

Najprv tričko, potom nazbiera odvahu a vyzlečie mu džínsy. Nedá sa nič robiť. Zdravotné sestry to robia stále.

Chytila tričko naspodku, zdvihla ho a strčila mu ruku pod chrbát, aby uvoľnila pokrčenú látku. Jeho ramená akoby vážili tonu, ale podarilo sa jej ich zdvihnúť. Zavrtel sa, zamrmlal, trochu sa bránil, bol však príliš slabý, aby sa zmohol na viac, a nepodarilo sa mu ani len otvoriť oči.

Sústredila sa na tričko, nie na nádherný trup pod ním, a hodila ho do hotelového vreca na bielizeň. Bolo by zvrátené pozerať na bezbranného muža. Nesprávne. Úplne nesprávne. Robert by... Robert by nič neurobil, lebo by si ju nevedel predstaviť v takejto situácii. Ani sama si nepredstavovala seba v takejto situácii.

Hoci vedela, že by to nemala robiť, ale mohla, hľadela na Camovo nehybné telo. V ústach jej vyschlo. Treba podotknúť, že si nikdy nemyslela, že sa ocitne na dosah takéhoto tela. Zdalo sa jej, že je to vysnívaný muž, hotová filmová hviezda. Na zlatej pokožke na štíhlej hrudi mal tmavé chĺpky, ktoré smerovali dolu cez vypracované svaly na bruchu do priliehavých džínsov.

Zobudí sa, keď sa dotkne jeho pokožky? Alebo keď mu pohladí prstami kľúčnu kosť? Nikdy necítila takúto silnú túžbu a nevedela sa nasýtiť pohľadu naňho. Aké by to bolo, keby mu prešla jazykom po tmavých bradavkách a chĺpkoch na hrudi? Keby mu prešla prstami po rebrách a potom po pevných prsných svaloch, keby sa dotýkala tej saténovohladkej pokožky? Keby pohládzala palcami bedrové kosti nad pásom džínsov?

Pocítila príval horúčosti a na chvíľu sa jej zakrútila hlava, prsty priam túžili po tom dotyku. Namiesto toho sa donútila venovať pozornosť opasku na džínsoch. Musí ho čím skôr vyzliecť a zakryť prikrývkou. *Pronto.*

Nešikovne mu rozopla opasok, nepozrela mu do tváre a stiahla mu zips. Keď mu sťahovala džínsy cez boky, nebolo možné nedotknúť sa jeho nahej pokožky. Bola chladná a mierne lepkavá, tak mu rýchlo stiahla džínsy z bokov a odhalila čierne spodky. Veľmi sa usilovala nepozerať na ne. Dala mu dolu ponožky a vyzliekla džínsy.

Zastonal, prevalil sa, rukou sa chytil za brucho.

„Cam?"

Znova zastonal, ale neodpovedal.

Prehodila cez neho paplón a zapravila mu ho. Líca mal sivé, na lepkavej tvári prilepené vlhké vlasy.

Chvíľu opatrne sedela na okraji postele a skúmala mu silnú mužnú sánku. Bol to pravý muž, to bolo jasné, spodnú peru mal plnšiu, lícne kosti výrazné. No mala by sa hanbiť, ten muž je chorý, a ona naňho vrhá zamilované pohľady. Čo je to s ňou?

Ak ho bude pozorovať, ako spí, ďaleko sa nedostane. Dúfala, že recepčný čím skôr pošle doktora.

Odišla od neho, obrátila sa a poriadne si obzrela izbu. Bol to skôr apartmán, pri konferenčnom stolíku stáli dve pohovky a veľmi veľký televízor s plochou obrazovkou. Keď prišla k oknu, zistila, že dvojkrídlové sklené dvere vedú na balkónik, ktorému dominoval barový stolík a dve stoličky.

Ešte aj koberec pod jej nohami bol huňatejší, než kedy videla. Túžila si prezrieť všetko, a keď nakukla do kúpeľne, vzdychla. Kúpeľňa bola dokonalá – v sprchovacom kúte bolo zo desať rozličných hlavíc, dve umývadlá, tlmené osvetlenie a dlhá vaňa s vírivkou.

Aspoňže bude mať pohodlie, kým bude Cam spať.

Túžila vyskúšať sprchu a zmyť špinu z cesty a začala sa vyzliekať. Kde má tašku?

Dofrasa. Znova si natiahla tričko a šla do obývačky. Kde je?

Concierge ju zrejme zabudol vyniesť hore.

Vystlala odpadkový kôš pod oknom igelitovým vrecom na bielizeň a položila ho k posteli. Nechala tam aj uterák a odkaz, že sa skoro vráti, hoci keď naňho pozrela, veľmi pochybovala, že sa v najbližšom čase zobudí.

Concierge sa povýšene zamračil, akoby pošpinila jeho česť. „*Monsieur* mal tašku na kolenách. To bola jediná taška, ktorú som videl.“

„Nie, aj ja som mala tašku. Nechala som ju u vás, keď som vám dala kľúče od auta.“

„Kde?“

„Vonku na chodníku. Položila som ju na chodník.“ Nieee! Potiahla si retiazku na krku. Určite ju vzal. V tej taške mala všetko oblečenie, čisté nohavičky, zubnú kefku aj čierne šaty. No dobre, tých nebude veľká škoda, ale nemôže stráviť zvyšok cesty v týchto džínsoch.

„Vonku?“

„*Oui.*“ Nechápala, prečo prešla na francúzštinu. Zdalo sa, že jej rozumie dobre. Žiaľ.

„Na chodníku?“

„*Oui.*“

„*Non,* vzal som kľúče od toho krásneho auta…“ Na tvári sa mu mihol záblesk hrôzy. „*Madam, pardon.*“

Prebehol cez halu, zišiel po schodoch na rušný chodník. Laurie bežala pár krokov za ním a videla, ako úzkostlivo pozerá hore-dolu po ulici.

Keď ju uvidel, vychrlil príval francúzskych slov prerušovaných mnohými *pardon.*

Dýchaj! hovorila si. Nie je to koniec sveta. Zvládne to. Pas, peňaženku s peniazmi a čítačku Kindle má v kabelke. Nič nie je nenahraditeľné. Môže si nakúpiť spodnú bielizeň, tričká aj džínsy.

Hoci možno by to mala povedať *conciergeovi,* lebo tak divoko gestikuloval a chrlil francúzske slová, až jej to pripomínalo bizarnú kombináciu seriálov *Hotelík* a *Monty Python.*

Privolali manažéra, zástupcu *conciergea* a hlavného recepčného. Zišli sa v hale, kde čakala Laurie, ale nerozumela ani slovo.

Neubránila sa pocitu, že to nie je ničia vina, len chyba v komunikácii. Dalo sa povedať, že tašku nechala bez dozoru. Dalo sa povedať, že *concierge* pozrel na auto a zabudol na všetko ostatné. Jedno za osemnásť, druhé bez dvoch za dvadsať. Hoci netušila, ako by to preložila do francúzštiny.

Manažér, ktorý *conciergea* prebodával ostrými pohľadmi, dospel k záveru, že Laurie by si mala uplatniť nárok na cestovné poistenie. Hotel nezodpovedá za batožinu ponechanú vonku, iba za batožinu, ktorú hostia nechajú na starosť *conciergeovi* v hoteli.

Po všetkom, čo sa v ten deň stalo, Laurie nemala energiu hádať sa. Má vôbec cestovné poistenie? Mala by si to overiť u Rona.

Rýchlo zavolala právnikovi do Anglicka, ale veľmi jej to nepomohlo, lebo Ron tam nebol. Nechala mu odkaz u pani Laceyovej, vysvetlila jej situáciu a požiadala, aby jej zavolal, len čo sa vráti do kancelárie.

Malo to tú výhodu, že manažér sľúbil, že rýchlo privolá doktora.

Medzičasom si Laurie musí večer vyprať nohavičky v kúpeľni a dúfať, že sa do rána ususia.

V nóbl lekárni si nástojčivo uvedomila, aká je špinavá, neumytá. Na prvý pohľad sa jej zdalo, že tam majú iba drahé pleťové krémy a parfumy, ale potom si všimla skrinky plné pekne balených lacnejších krémov. Lekárnička v bielom plášti, ktorá sa tam vynorila, bola bezchybne namaľovaná a už len pri pohľade na ňu sa Laurie cítila vo svojom ošumelom cestovnom oblečení špinavá.

Očervenela a rozmýšľala, či vyzerá veľmi zle.

„Čo si želáte?" spýtala sa Francúzka dokonalou angličtinou. Páni, ako to robia? Ako zistia jej národnosť? Pozrela na svoje pokrčené tričko, ošúchané džínsy a príliš veľké sandále, a potom na jemné pančuchy, ligotavé lodičky a snehobiely plášť. Husté červenohnedé vlasy mala lekárnička úhľadne zopnuté sponkou, neunikol z nej ani jeden vlások.

„Môj priateľ je chorý. Dostal otravu jedlom a doktor hovoril, aby som mu zohnala…" prečítala názov lieku, ktorý jej doktor načmáral.

Lekárnička mávla rukou, akoby zamietala doktorove rady. „Ako dlho je chorý?"

„Od obeda."

Potom jej položila rad otázok o jeho stave, ako dlho vracal a potom uzavrela s priateľským úsmevom: „Najlepšie urobíte, ak ho necháte vyspať. Tak sa telo zotaví."

Jej angličtina bola rovnako bezchybná ako jej rada. Presne to povedal aj doktor.

„Mali by ste mu dať dostatok tekutín. Toto je špeciálny hydratačný roztok, ten mu pomôže."

Keď Laurie skončila, mala plnú tašku liečivých prostriedkov, ako aj zbierku pleťových krémov, telových mliek a liečivých nápojov, väčšina z toho boli bezplatné vzorky, ktoré jej lekárnička vnútila, keď jej Laurie povedala o stratenej cestovnej taške.

Ľahko prekonali jazykovú bariéru a lekárničkine podrobné rady jej pomohli oveľa viac než rady doktora, ktorý len krčil plecami. Teraz sa môže hrať na zdravotnú sestru s pocitom sebaistoty.

Pri návrate do hotela prechádzala okolo rušného trhu plného ľudí so sieťovkami, ktorí chodili z jedného konca na druhý, rozprávali sa a ukazovali na lahodné čerstvé výrobky.

Nevedela odolať korenistým vôňam šíriacim sa z lahôdkarstva a prerušila cestu do hotela. Päť minút navyše ju nezabije, fascinovali ju vystavené gurmánske dobroty. Bolo tam všetko od bieleho mäsa po krvavočervené a v tom stánku mali najväčší výber mäsových výrobkov a paštét, aký kedy videla. Mohla by niečo nakúpiť na večeru. Už prešla okolo pekárne lákajúcej vôňou čerstvého chleba, v inom stánku ponúkali syry, ktoré vyzerali úžasne, a v ďalšom čerstvé ovocie a zeleninu. Dužinaté broskyne vyzerali neodolateľne.

Bolo to čosi iné než ponuka v supermarkete. Možno by mala nakúpiť zásoby do izby, aby nemusela nechať Cama znova samého.

Keď mala igelitky plné bagiet, syrov a ovocia, zrazu si uvedomila, že prešlo ďalších dvadsať minút. Mala by sa poponáhľať.

* * *

Keď sa vrátila do hotelovej izby, odľahlo jej, ale aj ju trochu podráždilo, že Cam ešte vždy spal. Po tom, čo pobudla na slnku na rušnom trhovisku plnom vôní, sa jej izba zdala dusná a tmavá.

Otvorila sklené dvere, aby vpustila dnu čerstvý vzduch, a vyšla na balkónik. Keď počula zvuky z ulice, hneď sa necítila tak sama.

Aspoňže Cam už viac nevracal.

Spomenula si na stratenú tašku, vyprala si nohavičky a čo najlepšie ich vyžmýkala. V kúpeľni nechala rozsvietené. Keby sa Cam zobudil a potreboval by ísť na záchod, nebude tam tma.

Usadila sa k stolu s bagetou, so syrom a s vínom a zrazu si spomenula na fľaše vína, ktoré im nabalil Philippe. Jedna bola v Camovej taške.

Keď otvorila tú fľašu a naliala si pohár svetložltého Sancerre, cítila sa neuveriteľne dekadentne. To víno chutilo presne tak dobre, ako si pamätala. Nevedela prestať popíjať.

O ôsmej takmer dopila fľašu. Zdalo sa jej, že by bola škoda nechať ten zvyšok tak, hoci keď si ho naliala, pohár bol až po okraj plný.

Cam sa stále neprebral. V priebehu večera niekoľko ráz prešla k posteli, aby sa uistila, že dýcha. Hopla, potkla sa o nohu stola. Vždy tam bola? Izba sa s ňou trochu krútila, ale podarilo sa jej prejsť tých dvadsať krokov. Farbu mal lepšiu, hoci tvár mal akúsi rozmazanú... no možno ona videla rozmazane. Všetko sa jej zrazu zdalo trochu nejasné.

Ale víno bolo lahodné. Škoda, že Cam nemal v taške dve fľaše.

Taška. Musí nahradiť svoju tašku a nakúpiť. Kde môže v Paríži nakupovať? Nejasne si spomenula na svoj Kindle Fire. Interweb. Mohla by si vygúgliť, „kde nakúpiť v Paríži, keď vám všetko oblečenie šlohol nejaký darebák". Z neznámeho dôvodu mal displej vlastný rozum a nevedela vyťukať slová v správnom poradí. Prestala vyhľadávať a vzala do ruky hotelový časopis.

Nákupy s osobnou módnou poradkyňou v Galeries Lafayette. To znelo dobre. Nech tú otrockú prácu urobí niekto iný. Nemala rada nákupy. Bolo to priveľmi zložité, bol priveľký výber a nikdy nevedela, čo jej pristane. To sa stáva, keď vás vychováva otec, ktorý nič nevie o dievčenskom oblečení. Toto bude super.

Zdvihla slúchadlo a zavolala na recepciu.

Kapitola 13

Keď jej oťaželi viečka, pozrela na posteľ. Zdalo sa jej, že sa trochu pohybuje, ale Camovi to očividne neprekážalo. Ledva sa pohol, a keby ho stále nekontrolovala… prv než sa s ňou izba začala krútiť… ľahko by ju niekto presvedčil, že je mŕtvy. A to bolo dobre, lebo by nevedel, že leží v posteli s ním. Ticho sa zachichotala. No nič to, bude spať v župane. To bude… čosi. Hoci keď o tom premýšľala, nezistil by, keby sa mu prehrabala v taške a vzala si niektoré jeho pekné biele tričko. Účel posväcuje prostriedky. Hrubý uzol na župane by bol nepohodlný. Omámene mu rozzipsovala tašku a vybrala úhľadne zložené tričko.

A keď už bola pri tom, vzala aj jeho kozmetickú taštičku a zaniesla ju do kúpeľne. Chvíľu nerozhodne postávala pred zrkadlom, jej odraz sa zvláštne nakláňal. Naozaj, naozaj, naozaj si nemôže požičať jeho zubnú kefku, ale môže si ukradnúť trochu pasty a prstami si vyčistiť zuby. Čo ešte si môže požičať? Ráno si požičia dezodorant.

Unavene vkĺzla pod chladivú prikrývku a dala pozor, aby sa neotriasol matrac a aby nezobudila Cama.

Ľahla si a hľadela na plafón, meravé ramená mala po bokoch. Je v posteli s iným mužom. Nie s Robertom. Prevalila sa nabok a hľadela na Cama. Nikdy nebola v posteli s iným mužom, iba s Robertom. Mala by si to vychutnať. Ticho sa zachichotala, uvedomovala si, že to nedáva zmysel. Mal krásnu hruď. Skutočne nádhernú. A bol len kúsok od nej.

Cam sa v spánku obrátil k nej a prikrývka z neho skĺzla. Zažmurkala, zrazu si uvedomila jeho blízkosť, spamätala sa. Jej libido treba preplieskať. Obrátila sa mu chrbtom a rázne zhasla svetlo.

Spánok dlho neprichádzal, ale nakoniec si prestala uvedomovať cudzie telo v posteli a zaspala.

Prebudil ju dlhý tichý ston. V šere videla vedľa seba Cama, držal sa za brucho, celý skrútený.

Keď ho chytila za plece, pozrel na ňu, bielu tvár mal napätú.

Netušila, ako to vie, no bolo jej jasné, že ho musí dostať do kúpeľne. Rýchlo vyskočila z postele, prebehla na jeho stranu a ťahala ho do kúpeľne.

Dychčiac sa potkýnal za ňou.

„Už je dobre, Cam," viedla ho cez dvere, v tlmenom svetle svietila sanitárna keramika. Usadila ho na dlážku vedľa záchodovej misy.

Keď videla, ako sa mu kŕčovito zvierajú vyrysované brušné svaly, strčila mu hlavu k mise, a keď ten chudák znova a znova vracal, bola rada, že je tam šero.

Zdalo sa, že to trvá večne, telo sa mu triaslo od tej námahy, keď sa žalúdok usiloval vyprázdniť. A ona mu celý čas odhŕňala vlasy z tváre, vlhké a lepkavé.

Nakoniec si položil čelo na sedadlo a sťažka dýchal, akoby bol načisto vyčerpaný. Oprela ho, vstala, namočila uteráčik do teplej vody a do pohára na čistenie zubov napustila studenú vodu.

„Chlipnite si a vypľujte to, neprehltnite to," zamrmlala, hoci si nebola istá, či je to najlepšia rada. Keď si odpil, jemne mu utrela tvár uteráčikom a prešla ním aj po zvlhnutej šiji.

„Ďakujem," zašepkal chrapľavo.

Znova ho oprela o vaňu. Hlava sa mu zaklonila dozadu. Vyzeral vyčerpaný. Pomasírovala mu plecia, neubránila sa tomu.

Naklonil sa k nej, akoby si to vychutnával. Objala ho okolo pliec, hlavu si zložil na jej hruď. Dlhé tmavé kučery ju trochu šteklili, odhrnula ich, prsty mu zaborila do jemných vlasov a masírovala mu hlavu. Vzdychol, telo akoby mu zvláčnelo a pritúlil sa k nej. Srdce jej prekypovalo citmi, keď si uvedomovala, že utešuje Cama, keď je taký zraniteľný. Túžila sa oňho postarať, opatrovať ho ako matka. Ďalej mu jemne pohládzala vlasy, v tme a tichu si to vychutnávala. Po líci jej stiekla osamelá slza. Držala ju niekedy takto jej matka? Nespomínala si na to. Zato otec jej dával malinovku, čítal knihy, masíroval chrbát a maznal sa s ňou, keď sa cítila zle.

Cam mal zrejme najhoršie za sebou, ale ďalej ho držala a nevšímala si chlad dlaždičiek na zadku a nohách vystretých pred sebou. Zdalo sa jej, že Cam sa cíti pohodlne.

Zdvihol hlavu a pozrel na ňu kalnými očami. „Sylvie?" spýtal sa zmätene. „Nie, Laurie." Tvár mal tak blízko jej tváre, že videla, ako ťažko zaostruje pohľad a padajú mu viečka.

„Áno, ja som Laurie a mali by sme vás dostať do postele."

„Do postele," zamrmlal.

„Tak poďte, musíte mi pomôcť."

Vstala celá zmeravená a chytila ho za obe ruky. S vypätím všetkých síl ho postavila na nohy.

„Laurie," zamrmlal. „Jasné." Keď konečne vstal, zatackal sa. „Laurie."

Len čo ho priviedla k posteli, zvalil sa na chrbát a chvalabohu takmer okamžite zaspal.

Niekto mu drvil hlavu medzi mlynskými kameňmi a zmangľoval mu žalúdok. Útroby mu bolestne skrúcalo, a keď sa prebral, ústa mu volali po ovlažení. V noci mu niekto zlepil viečka a mačka sa mu vyšpinila do úst, potom mu do nich nahádzala podstielku. Ak zomiera, nech to má čím skôr za sebou. Znova sa pokúsil otvoriť viečka a tentoraz cez ne preniklo rozmazané svetlo. Pred ním stála postava obklopená svätožiarou, musel to byť anjel, lebo ruky, ktoré mu držali hlavu, boli veľmi nežné a jemné, keď mu ponúkali vodu.

Tá voda mu pretekala ústami a zmývala nepríjemnú pachuť na podnebí. Vysalo to z neho všetku energiu a znova klesol na vankúše. Chcel zomrieť. Naozaj.

Upokojujúce ruky mu odhŕňali vlasy z tváre zachytené v strnisku. Neznáma posteľ bola pohodlná a najradšej by v nej ležal večne, ale čosi mu nedalo pokoj, ako blikajúce svetielko na budíku. Mal by niečo robiť. Trápilo ho to a znásobovalo to búšenie v hlave.

Pomaly, pokojne sa mu prihováral nejaký hlas, ale nevedel, komu patrí. Tie chladivé prsty mu už znova prechádzali po čele, chcel, aby tam zostali. Keď sa odtiahli z tváre, zastonal. Vrátili sa a on sa znova uvoľnil na matraci. Jeho anjel stál pri ňom.

„Cam?" Ten hlas nepoznal a usiloval sa vynoriť z dusna, do ktorého upadol. Sústredil pohľad na milú, nenamaľovanú tvár. Presne tak si predstavoval anjela. Ani náznak šminiek. Poznal ju, a predsa nepoznal.

* * *

Cam spal dobre a ráno mal oveľa lepšiu farbu. Laurie chcela niečo robiť, aby mohla odísť z izby. Človek sa môže skláňať k chorému a uisťovať sa, že dýcha, len do istého času, než sa chorý zobudí a pristihne ho pri tom.

Vďaka bezplatnej wi-fi prešla na Camovom laptope celý Paríž. Videla všetky miesta, ktoré túžila vidieť v skutočnosti, a celý čas čakala, kým sa zobudí.

Tikanie hodín ju rušilo. Hoci museli byť pokazené, lebo vždy keď na ne pozrela, prešla iba minúta. Pokúsila sa hrať hru sama so sebou a nepozrieť na hodiny, kým neuplynie celých desať minút.

Ani nová kniha na čítačke neupútala jej pozornosť natoľko, aby si nevšímala otravné tikanie hodín. Napokon čítačku odložila a znova zagánila na Cama. Podľa Milesovho itinerára mali navštíviť Musée Marmottan o štyri domy ďalej. To bol kúsok. Cam by pravdepodobne nezistil, že je preč.

Veď nie je jeho matka, priateľka ani frajerka. Okrem toho možno bude v rozpakoch, keď sa preberie, alebo bude chcieť byť sám.

Dofrasa, podľa hodín stále bolo len päť minút po desiatej. Aj keby sa Cam prebral, nikam by nešiel a zrejme by privítal, keby mal pokoj. Nechá mu odkaz, fľašu vody a pre istotu odpadkový kôš, keby mu prišlo zle.

Vonku svietilo slnko a prenikalo cez baldachýn stromov po oboch stranách ulice. Keď vyšla z tieňa hotela, napätie v hrudi, ktoré trvalo celých dvadsaťštyri hodín, poľavilo a zhlboka sa nadýchla. Bolo úžasné byť vonku, hoci vzduch nebol taký čerstvý a počula hukot z *Périphérique* o pár ulíc ďalej. Previnilo pozrela nahor a premýšľala, či mala Camovi nechať otvorené okno.

Múzeum bolo doslova na skok a podľa Milesových poznámok v ňom bolo zopár Monetových obrazov. Ako dvanásťročná navštívila výstavu impresionistov v Sheffielde a odvtedy ju fascinovali. Keď mala teraz Moneta tak blízko, nemohla si dať ujsť tú príležitosť, najmä keď bola sama.

Na vrchole kamenného schodišťa zastala, obdivovala halu a otvorila obálku od Rona s peniazmi na zaplatenie vstupenky. Vybrala bankovku... 500 eur! To bolo vyše 400 libier. A bolo ich tam... čo najdiskrétnejšie sa v nich prehŕňala... jedna, dve... dvadsať! Vyše 10 000 eur v 500-eurových bankovkách, ani nehovoriac o mnohých iných menách. Dopekla! A ona sa bála, či bude mať čím zaplatiť jedlo a nápoje! Toto bolo viac, než môže minúť za rok.

Keď sa jej pulz upokojil, strčila obálku na samý spodok kabelky a dala sa uniesť prúdom návštevníkov. V jednote je sila, pomyslela si. Chvíľu sa držala pri skupinke návštevníkov, kým ju neodlákal obraz vo výklenku nad ozdobným stolom. Chvíľu ho skúmala a rozmýšľala, ako vyzerala tá budova za starých čias.

Nakoniec prišla k širokým bielym schodom, tie ostré hrany výrazne kontrastovali so zvyškom budovy v štýle z konca devätnásteho storočia. Keď schádzala dolu, zvuky tlmilo šumenie klimatizácie. Schody sa ostro stočili a pred ňou sa otvoril žiarivo osvetlený priestor.

Prekvapene zažmurkala a srdce jej poskočilo od radosti. V tej miestnosti viseli na stenách Monetove plátna. Tie obrovské žiarivé farebné šmuhy boli vystavené bez náznaku domýšľavosti.

Chvíľu tam len stála a usmievala sa. Potom začala chodiť po sále, študovala a nasávala krásu každého obrazu, stála čo najbližšie, pozerala na farby a ťahy štetca, občas trochu odstúpila, aby videla tie diela z diaľky, takže farby sa zliali a vytvorili slávne rozmazané obrazy, ktoré splývali do konkrétneho výjavu.

Znova a znova sa vracala k jednému obrazu. Bolo na ňom lekno. Uchvátili ju tie prekvapujúce fialové a modré farby. Klesla na lavičku a hľadela na obraz. Tie farby boli úžasné. Už len pri pohľade na ne pookriala a chcela si navždy vtlačiť tú krásu do mozgu.

Nebolo by úžasné, keby všetko v živote bolo presýtené takými farbami a čarom? V duchu sa vrátila do toho dňa v sheffieldskej galérii, keď jej svet sľuboval toľko možností.

Kedy sa jej svet stal taký sivý, bezfarebný? Tá prenikavá myšlienka sa jej vryla do mozgu a priniesla fyzickú bolesť, keď si uvedomila pravdu. Čo sa jej stalo? Čo uhasilo ten prísľub a vzrušenie z budúcnosti?

Vrazil do nej iný turista, a keď zdvorilo povedal *pardon*, prebrala sa z rozjímania. Musí sa vrátiť ku Camovi a zistiť, ako sa má.

Keď odchádzala z múzea, váhavo sa obzrela a sľúbila si, že sa tam vráti. Veď Paríž nie je až tak ďaleko. Mohla by sem prísť s Robertom na predĺžený víkend. Hoci on nebol fanúšik galérií a múzeí.

Cam zmenil polohu a teraz ležal na bruchu. Fľaša vody bola dopoly vypitá a farbu mal oveľa lepšiu. Dokonca mierne chrápal. To bolo dobré znamenie, nie? Laurie sa nikdy predtým nemusela starať o chorého človeka. Otec dostal prvý raz infarkt v ten deň, keď mala ísť na skúšobnú jazdu, a hoci ju to hrozne šokovalo, pozoruhodne rýchlo sa zotavil. Pomerne ľahko sa mu vrátila dobrá kondícia, preto to bol veľký otras, keď o desať rokov dostal masívny srdcový infarkt, ktorý ho zabil.

Hlavou sa jej mihli spomienky na hroznú osamelosť po jeho smrti, a potom sa zrazu rozplynuli a v hrudi pocítila hrejivé teplo. Sú to len spomienky. Ona prežila a teraz mala pocit, akoby jej sňali z pliec ťarchu. Dnešné predpoludnie bolo úžasné. A strávila ho sama. Keď sa vráti domov, mala by navštíviť viac galérií. Zájsť do Londýna, do Tate Gallery, do National Portrait Gallery, do Courtauld Institute. Žiť podľa svojich predstáv.

Tá myšlienka jej skrsla v hlave ako bublina, ktorá sa rozletela na tisícky farebných čriepkov. Kde sa to vzalo? Nebolo by krásne žiť sama, mať vlastný priestor a čas? Robert sa k nej nasťahoval krátko po otcovej smrti, takže nemala možnosť vychutnať si samotu prázdneho domu. Premkol ju pocit viny. Robert. Vzdychla si. Od včerajšieho rána ani nepozrela na mobil. Udialo sa toho tak veľa.

Mala od Roberta tri zmeškané hovory. A dve esemesky.

Prepáč. Bol som magor. Odpusť mi, prosím. Ľúbim ťa. Veľmi mi chýbaš. Keď sa vrátiš domov, naplánujeme si poriadnu svadbu.

Laurie sa hneď cítila previnilo, lebo si bola istá, že on jej nechýba, ale bola ďaleko, robila všeličo možné. To bolo celkom normálne. On doma žil bez nej zabehaným spôsobom, musí to byť iné. Mala by mu zavolať a vyriešiť to. Musí sa cítiť zle, lebo sa nikdy neospravedlňoval, pokiaľ ona nevyvinula mimoriadne úsilie, aby ho potešila.

Druhá esemeska dala prvú do kontextu.

Rozprával som sa s mamou a sfúkla ma. Vraj si mala pravdu a bola by nešťastná, keby sme ju nepozvali. Zavolaj mi. Ľúbim ťa.

Tretia esemeska prišla z neznámeho čísla.

Nezabudnite na stretnutie s osobnou módnou poradkyňou Mandy v Galeries Lafayette o 14.30.

Kapitola 14

Dofrasa, celkom zabudla na svoj včerajší impulzívny telefonát na recepciu. Prehnala to so Sancerre. V tom čase sa jej to zdal skvelý nápad. Dokonalé riešenie stratenej batožiny. Zahryzla si do pery a pozrela na hodinky. Bolo by nespôsobné zrušiť to hodinu pred termínom.

Pozrela na Cama, ešte vždy spal. Nebude mu chýbať. Možno by tam mala ísť. Koniec koncov potrebuje niečo na seba, nemôže ďalej kradnúť Camove tričká. Vlastne by mu mala nejaké kúpiť.

Keby Laurie bola vedela, ako elegantne vyzerajú Galeries Lafayette zvnútra, možno by nenabrala odvahu vstúpiť dnu, a už vôbec nie vyhľadať svoju osobnú módnu poradkyňu. Veľký obchodný dom žiaril svetlom z nádhernej kupoly, okolo ktorej boli poschodia s balkónmi s výhľadom na prízemie. Celkový efekt bol honosný, majestátny a trochu zastrašujúci, čo Laurie veľmi nepomohlo, lebo sa nerada cítila zastrašovaná.

Vo vzduchu sa vznášali stovky parfumov z obchodov s kozmetikou hlboko dolu.

„Zdravím, ja som Mandy," predstavilo sa dievča, keď Laurie našla správne oddelenie. „Predpokladám, že nosíte britskú veľkosť osem." Chodila okolo Laurie a odhadovala ju z každého uhla, keď jej Laurie vysvetlila, čo sa stalo s jej cestovnou taškou. „To je vo Francúzsku tridsaťosem." Zdanlivo radostne zatlieskala, čo Laurie vyplašilo.

„Nie, nosím desiatku. Niekedy dvanástku."

„V Británii je to veľkosť číslo desať, v Spojených štátoch osem, v Taliansku štyridsaťdva a v Nemecku tridsaťšesť." Mladá Američanka sa usmiala, aj keby nehovorila so sekaným newyorským prízvukom, zuby by prezradili, odkiaľ pochádza. „Som odborníčka na veľkosti šiat. A," stíšila hlas, „neobliekam veľa žien s vašou veľkosťou. Zvyčajne skôr bohaté dámy, ktorých pás prezrádza, že si rady pochutnajú na dobrom jedle. S vami by to mohla byť zábava. Máte skvelú postavu. Vám pristane všetko. Máte krásny štíhly krk. Pekné plecia. Pás nie je výrazný, ale boky máte útle, no a tie nohy, páni moji! Akú máte veľkosť? Tridsaťosem? Tridsaťdeväť?"

Bola z toho nesvoja. Džínsy, tričká, podprsenka, nohavičky, ponožky. To je všetko, čo potrebuje.

„V Británii nosím šestku, čo je tuším tridsaťdeviatka."

„Skvelé. A čo farebná škála? Čo hľadáte?"

Farebná škála. To čo má byť, dofrasa? Pokrčila plecami. „Nie som si istá. Pozrite, chcem niečo, v čom budem môcť pár týždňov cestovať. Zhustený šatník. Kufor auta je malý. Mala som zbalené len dvoje džínsov, nejaké tričká, flísové mikiny a šaty. Jedny sandále a toto," ukázala na svoje fialové conversy, čo bola najmódnejšia vec, ktorú mala. Ktosi ich zabudol v knižnici, úplne nové, v škatuli, a pol roka si ich nikto neprišiel vyzdvihnúť. Len tak na okraj, dala desať libier do kasičky miestnej nemocnice. Chvalabohu, neboli v taške, ale v kufri auta.

„Ach, ja mám rada výzvy!" Mandy sa usmiala ešte širšie, ak to vôbec bolo možné. Laurie premýšľala, či nie je klonom Pollyanny, ktorá je stelesnením dobrej nálady. Túto mladú ženu nič nezastrašilo. „Nechajte to na mňa. S vašou farbou vlasov sa s oblečením dá pohrať…" vzdychla si a na čele jej naskočila vráska, takže Laurie sa cítila previnilo, „máte krásnu farbu vlasov."

Laurie cítila, že príde „ale".

„… no na účese treba zapracovať. Ten vám veľmi nelichotí. Bože, chcela by som mať také vlasy." Prešla prstami cez chvost, potriasla ním. „Husté, vlnité…"

Tancovala za Laurie, postavila ju pred zrkadlo a rýchlym pohybom prstov jej nadvihla vlasy na oboch stranách. „Pozrite, vidíte? Keď sa zostrihajú stupňovito, rozjasní sa vám tvár. Momentálne sú také ťažké, že vám kazia výraz. Ste trochu ako Morticia z rodiny Addamsovcov. Vyzeráte priveľmi prísne. Mohli by ste pôsobiť ženskejšie a zvýrazniť si tvár. Skryť uši." Mandy sa súcitne usmiala a dodala: „Máte famózne lícne kosti."

Jej nadšené slová spôsobili, že netaktné poznámky nevyzneli urážlivo.

„Hm, mám skvelý nápad. Počkajte tu."

Mandy odbehla k blízkemu pultu a zdvihla telefón.

O pár sekúnd sa vrátila so širokým úsmevom.

„Máte šťastie, vybavila som to. Marc je voľný. Takmer nikdy voľný nie je. Špičkový kaderník. Normálne treba na termín k nemu čakať mesiace. Potom vám nájdeme nejaké slušné oblečenie. Vidím, že ste si museli požičať tie džínsy aj podprsenku. Chúďa moje. Ešte šťastie, že vám niekto požičal slušné tričko. Vyzeráte hrozne, ale nijaké strachy. Máte tu Mandy."

„Čože?" Laurie sa začala cítiť ako Alenka v krajine zázrakov, keď spadla do zajačej nory. Zrejme je neskoro priznať, že tie džínsy aj podprsenka sú jej. Samozrejme, tričko si „požičala" od Cama.

„Marc vám upraví vlasy… a potom," Mandy sa rozžiarila, akoby boli Vianoce, „keď sa sem vrátite, dobre sa spolu zabavíme. Myslím, že vám sekne modrá, možno koralová." Znova si obzrela Laurie od hlavy po päty, čierne oči jej behali sem a tam, akoby odhadovala každý uhol Laurinho tela.

„Ale…"

„Nijaké strachy, neďakujte mi, kým neuvidíte výsledok Marcovej práce. Je to absolútny génius."

„Ja…" Mala pocit, akoby sa bránila pred demolačnou guľou, hoci sa jej zdalo, akoby do nej už vrazila a bola ako postavička z kresleného filmu prilepená na bok tej gule, musela ísť tam, kam ju odniesla.

„Tak poďte, šup-šup."

Laurie sa ocitla vo výťahu a o pár minút už sedela vo veľkom koženom kresle pred zrkadlom, drobný Marc jej dvíhal vlasy sem a tam, mrmlal si po francúzsky. Po každom boku mu stálo jedno dievča, obe mali rovnaké dokonalé účesy, viseli na každom jeho slove, prikyvovali ako malé psíky. Jedna jej už česala vlasy.

Toto musí prestať, nepotrebuje ostrihať vlasy. Páčili sa jej také, aké boli. Mala úhľadný, praktický účes a nedá sa komandovať nejakou primadonou, ani obskakovať francúzskym kaderníkom v priliehavých kožených nohaviciach a v tričku s absurdne hlbokým výstrihom, v ktorom sa mu vynímala veľmi chlpatá hruď. Pripadal jej ako kombinácia porotcu talentovej súťaže Simona Cowella a Napoleona.

„Chcem len trochu podstrihnúť, nič viac." Zdôraznila tie slová, aby mu to bolo jasné.

Marc mávnutím ruky poslal dievčatá preč, pritiahol si neďalekú stoličku, sadol si na ňu obkročmo, takže operadlo mal pred sebou a ležérne si oň oprel lakte.

„Ako sa voláte?" spýtal sa a už to neznelo žženštene.

„Laurie," odvetila, zmiatla ju náhla zmena jeho správania.

„Vy ste moja klientka. Som tu na to, aby som urobil, čo chcete. Sú to vaše vlasy. Nikto by nemal mať pocit, že ho do niečoho nútia. Nie je nič horšie ako strih vlasov, ktorý sa vám nepáči." Usmial sa na ňu. Tmavohnedé oči mal také veľké a číre, až jej pripomínal kokeršpaniela. „Chcem, aby každá žena odchádzala z môjho salóna s pocitom, že vyzerá krásne. Ak hovoríte, že chcete len trochu podstrihnúť, tak to aj urobím."

Keď počula, ako vážne hovorí, rozmýšľala, či nebola trochu škrobená a smiešna, keď si sadla do koženého kresla maslovej farby.

„Ak chcete nový strih, aj to môžem urobiť. Som tu preto, aby som vás uspokojil. Chcem, aby si ženy uvedomili svoju skutočnú krásu, a poviem vám, Laurie… smiem vám hovoriť Laurie?… máte krásne vlasy. Rozhodne nedopustím, aby ste sa necítili dokonale šťastná, keď odtiaľto budete odchádzať. Ale urobil by som vám medvediu službu, keby som vám nedal profesionálnu radu, že vaše vlasy by vyzerali oveľa lepšie, keby som vám ich stupňovito zostrihal tu," ukázal na boky, „a tu. Tak by vaše vlasy vyzerali nadýchanejšie a oživilo by ich to, ako si zaslúžia."

Laurie pozrela na seba do zrkadla. Takéto vlasy mala odjakživa. Vlasy dorastú, nie?

„No dobre… môžete ich… podstrihnúť, ale nie veľmi nakrátko."

„Nakrátko?" zvolal Marc zhrozene. „Nikdy. Podstrihnem ich len trošku," ukázal prstami. „Ale hneď to bude iné.

Bude sa vám to páčiť, sľubujem." Vyskočil zo stoličky, znova sa zmenil na malé dynamo a začal štekať pokyny tým dvom dievčatám.

Laurie si pod dlhou čiernou pláštenkou držala palce. Vlasy vždy dorastú.

„Páni, vyzeráte úžasne!"

Laurie sa usmiala, hrialo ju pri srdci. Hlavu mala akúsi ľahšiu a pri chôdzi nadskakovala, takže aj jej kučery nadskakovali a podchvíľou si ich našuchorila prstami. Kto mohol vedieť, aký rozdiel urobí dobrý strih? Keď si vlasy prvý raz umyje, možno to dopadne hrozne, ale v tejto chvíli sa jej to absolútne páčilo. Nikdy predtým nemala rada svoje vlasy. Jednoducho tam boli.

„Hovorila som vám, že je génius," zaškerila sa Mandy, keď Laurie stála v kabínke. Slovo génius bolo slabé. Keď skončil, takmer sa rozplakala. „Tak teda tu máte pestrý výber nohavíc, podprseniek, ponožiek. Topánky sú tu a ostatné veci tu. Prichystala som vám oblečenie, ktoré si môžete vyskúšať, a priebežne vás budeme prikrášľovať."

Prikrášľovať? Laurie zachytila v zrkadle nový účes a takmer sa nespoznala. Vyzeral pekne žensky, pôsobil štýlovo, takto vždy vyzerali Milesove manželky, keď bola tínedžerka. Spomenula si, aké boli šik na pohrebe v nádherných šatách dúhových farieb… a ona v praktickom modrom kostýme.

Na tyči v kabínke viselo zopár kúskov oblečenia. Čakala, že Mandy sa do toho vrhne a zaplní kabínku obrovským množstvom šiat. Ale na tyči viselo len zo desať vešiakov.

„V prvom rade si vyskúšajte tie biele plátenné nohavice. Sú z pevného materiálu, ktorý sa v aute nebude veľmi krčiť, zachová svoj tvar, ale zostane pekný a chladivý. A k tomu táto veľmi pekná nevädzovomodrá blúzka s trojštvrťovými rukávmi, s hlbokým výstrihom a na zapínanie." Mandy sa šibalsky usmiala. „Môžete si ju zapnúť, ako chcete, alebo si pod ňu dať top a gombíky nechať rozopnuté. Hneď to bude iné."

Iná bola cena. Tridsaťpäť eur za jednu blúzku. To bolo tridsať libier!

No aj tak urobila, ako jej Mandy radila, a vyzliekla si Camovo biele tričko. Len čo si obliekla nohavice a blúzku, mala pocit, akoby boli stvorené pre ňu. Nevädzovomodrá bola ideálna farba, a keď jej Mandy uviazala okolo krku jemnú bavlnenú modro-bielo-zelenú šatku, hneď to vyzeralo inak. A limetkovozelené balerínky, na ktoré by Laurie ani nepozrela, a už vôbec by si ich nekúpila, pozdvihli oblečenie na novú úroveň. Potom ju Mandy presvedčila, aby si vyskúšala krémové topánky s otvorenou pätou a na tenkých nízkych podpätkoch, a boli to najúžasnejšie topánky, aké kedy mala obuté.

Keď na seba pozrela do zrkadla, nemohla uveriť, že je to ona. Ako oblečenie dokáže zmeniť ženu! Možno to bola zásluha toho šampónu, ktorý Marc použil. Netušila, čo tá paráda bude stáť, ale nech to para tlačí. Bolo jej to jedno. Vezme všetko, aj tie limetkovozelené balerínky a krémové topánky. Určite tie limetkovozelené balerínky… veď si to môže dovoliť.

„Tak teda, poďme na vec," vyhlásila a znova sa vyzliekla.

Mandy sa vyznala vo svojej práci, a keď ju presvedčila, aby si kúpila čierne trojštvrťové nohavice, plátenné nohavice, šortky, tri tričká, červený sveter, limetkovozelený sveter, zopár iných šatiek a ďalšie dva páry topánok, Laurie by ju najradšej vyobjímala. Nakupovanie sa jej nikdy nezdalo také zábavné a bezstarostné. Mandy bola taká dobrá, že Laurie sa rozhodla vziať všetko.

„Toto je úžasné." Zakrútila sa pred zrkadlom. „Všetko sa mi páči."

Hoci keď videla tú cenu, mierne preglgla. 844 eur. Mandy jej však vysvetlila, že keď si to rozráta na jeden kus, v skutočnosti to vyšlo na 38 eur. A to nebolo zlé, okrem toho tá suma veľmi neuberie z kopy eur, ktorými ju vybavil Ron.

Mandy pre ňu našla aj bavlnené nohavičky a podprsenky, ako aj dve súpravy podprseniek a nohavičiek, ktoré rozhodne patrili do kategórie luxusnej bielizne. Bola v pokušení odmietnuť ich, zdali sa jej nepraktické, ale keď sa dotýkala toho jemného saténu a čipky, zostala stratená. Musí ich mať.

Posledným kúskom boli krásne priliehavé červené šaty, na ktoré by sa ani nepozrela, ale Mandy ju presvedčila, aby si ich vyskúšala. Sedeli jej ako druhá koža a pri každom kroku sa zaleskli. Boli neuveriteľne pekné a cítila sa v nich žensky a zvodne. S čiernymi semišovými topánkami na vysokých podpätkoch vyzerali úžasne a vedela, že musí mať jedno i druhé.

Koniec koncov ktovie, čo ju na tomto výlete čaká. S tým nákladom šiat sa cítila pripravená na všetko a najlepšie na tom bolo, že to nabalí do koženej cestovnej tašky, ktorú si vybrala z Mandinej pestrej ponuky. Presne takú tašku mal aj Cam.

Keď Laurie v novom oblečení popíjala kávu na piatom poschodí, mala pocit, že zapadá medzi elegantné Parížanky. Kto mohol vedieť, že skúšanie oblečenia je také zábavné? Hoci s osobnou módnou poradkyňou to bolo iné ako skúšať šaty v Nexte. Neuveriteľné, akú zmenu dokáže urobiť drahý strih vlasov.

Keď nakrátko zavítala do suterénneho obchodu s kozmetikou, pri odchode žmurkala a mala pocit, akoby jej niekto premiešal mozog. Vyhodila majland – jedine tak sa to dalo označiť – za maskaru Clarins, očné tiene a červeň na líca Clinique a Touche Éclat od Yvesa Saint Laurenta, o ktorom čítala aj tisíc ráz, ale nikdy ho nevyskúšala. Mandy zavolala predavačke v oddelení Clarins a tá už Laurie čakala, okrem toho ju odporúčala iným predavačkám v rozličných oddeleniach kozmetiky a tie jej vnútili rozličné bezplatné vzorky. Yvette, predavačka v Clarins, ju naučila používať očné tiene a mejkap prirodzených farieb, takže ho ani nebolo vidieť.

Keď už raz začala, nevedela prestať, a keď odchádzala z Galeries Lafayette a vynorila sa do žiarivého slnka, najradšej by sa nahlas smiala. Bolo to absurdné, ale cítila sa vyššia. Všetko sa jej zdalo jasnejšie. Kráčala svižne. Zachytila pohľad okoloidúceho muža, a kým predtým by len sklonila hlavu, uprene sa naňho zahľadela a usmiala sa, mala pocit, akoby ten úsmev vychádzal z hlbín jej duše a šíril sa v nej. Ten muž jej úsmev opätoval a usmiala sa ešte širšie.

Impulzívne sa obrátila a zamierila na juh k Seine, potom náhle zastala. Mala by sa vrátiť za Camom. Pozrela dozadu, odkiaľ prišla. V Paríži toho bolo veľa, čo stálo za pozretie. A potrebovala pohľadnice z oboch strán Seiny. A zmrzlinu. Pozrela na hodinky. Odišla od neho pred štyrmi hodinami.

Ak pôjde rýchlo, trochu dlhšia cesta nazad jej nepotrvá dlho a mohla by vidieť dosť veľa. Odhodlane vyrazila vpred. Široké bulváre lemovali impozantné budovy, celkom iné než jej dom s vikiermi. Leighton Buzzard akoby bol na druhom konci sveta. Aj Robert.

Čo si pomyslí o jej novom oblečení?

Rýchlo zahla za roh a zazrela Eiffelovku. Rada by vyšla hore. Možno inokedy. Vykrúcala krk, aby videla čo najviac, a náhlila sa po chodníku, potom zastala a kúpila pohľadnicu pre Rona. Možno by mala poslať pohľadnicu aj Robertovi… alebo by tým len rozjatrila jeho rany?

Nevedela si predstaviť Roberta v Paríži, tak ako si nevedela predstaviť, že by sa mu páčilo jej nové oblečenie. Bude v jej skrini vytŕčať. Tie farby budú kontrastovať s prevládajúcou tmavomodrou a čiernou, bielou a krémovou. Zastala. Nevedela si predstaviť Roberta ani vo svojej izbe. Zapáčila sa jej predstava, že bude žiť sama.

Cítila sa otupene. Čo má robiť? Teraz naňho nedokázala myslieť. Bolo to zbabelé, ale zatlačila tie myšlienky do úzadia.

Zrazu jej cinkol mobil, tú esemesku akoby privolala.

Ľúbim ťa. Dúfam, že si užívaš ten výlet. Trochu som si o tom naštudoval, tak čo, má to auto krátky alebo dlhý rázvor?

Strčila mobil do vrecka. Odpovie mu neskôr.

Privítal ho štebot vtákov a vzdialený hukot premávky. Chvíľu si myslel, že leží vo svojej posteli, ibaže táto bola oveľa pohodlnejšia. Doma mal hrboľatý matrac zo starej postele, ktorý si vzal z domu, kde býval so Sylvie – prv než utiekla k inému mužovi, ktorý uspokojí jej citové potreby.

Zvalil sa do príjemného objatia vankúšov. Hlavu mal ako kolkovú guľu a krk ho pekelne bolel, ako sa ju pokúšal udržať. Čo sa stalo, dofrasa? Ako sa sem dostal? Pomaly sa mu to vynáralo. Zaliala ho horúčosť. Doparoma! Vracal na kraji cesty. Bolestne mu skrúcalo žalúdok. Ležal v trávnatej priekope a túžil zomrieť? To bolo doslova posledné, čo si pamätal. Len si predstavoval Laurine nežné ruky a tichý hlas, keď ho nabádala, aby sa ešte napil vody? Kútikom oka videl na nočnom stolíku vedľa seba fľašu s vodou. Vystrel ruku ťažkú ako z olova, váhavo ju vzal a priložil si ju k suchým perám. Cítil sa hrozne. Jeho žalúdok sa bránil vode, ktorú vypil. Postupne sa mu pred očami vynárala izba okolo neho. Štandardná hotelová izba. Lampy po oboch stranách veľkej dvojlôžkovej postele. Snehobiela posteľná bielizeň. Funkčný nábytok. Čalúnené kreslo a závesy rovnakej farby. Vládla tam anonymita. Mohol byť kdekoľvek na svete, ale spomenul si, že je vo Francúzsku s Milesovou neterou.

Lepšie otvoril oči a skúmal izbu. Po nej nikde ani stopy. Je v kúpeľni? Dvere boli otvorené. Zdvihol sa z postele, uvedomil si, že musí ísť na potrebu.

„Laurie?" zachripel zastretým hlasom, lebo dlho nehovoril. „Laurie?" skúsil znova.

Vstať na nohy si vyžadovalo veľkú námahu. Dofrasa, je slabší, než si myslel. Izba sa s ním zakrútila a musel sa zachytiť postele, aby nespadol. Chvíľu zbieral energiu. Nič. Mlel z posledného. Ruky aj nohy akoby sa mu od rána zmenili na špagety. Tuším to bolo dnes ráno, keď odchádzali zo Château Le Miroir, nie? Teraz mu to pripadalo ako pred sto rokmi.

Cez napoly zatiahnuté závesy presvitalo slnko a hluk premávky mu prezrádzal, že je deň. Ako dlho je tu? Niekoľko hodín? Zastavili sa na obed. Musí byť podvečer. Netušil. Matne si spomínal, ako ho Laurie nabádala, aby pil vodu. Kde je teraz?

Určite by ho nenechala samého. Pohľad mu padol na kôpku prázdnych vreciek pri fľaši s vodou. Lieky? Vzal jedno vrecko a študoval ho. Samozrejme. Išla von doplniť zásoby. Vedel si ju živo predstaviť. S vážnou tvárou sa pokúša dorozumieť svojou stredoškolskou francúzštinou.

Vstal a mal pocit, že zem sa mu hojdá pod nohami. Čoraz silnejšie cítil potrebu ísť na záchod a váhavo prešiel obrovskú vzdialenosť do kúpeľne. Bolo to asi pol druha metra.

Keď si uľavil, zachytil svoj odraz v zrkadle a zarazil sa. Doparoma! Aký je dnes deň? Nikto nevyzerá tak zle po tom, čo mu bolo deň nanič. Líca mal vycivené, na brade strnisko a pokožku mal popolavú ako zombie. Vyzeral, akoby ho obchádzala smrtka, vzdala to a nechala ho zhniť.

Nečudo, že sa cíti tak mizerne. Desil sa vstúpiť do sprchovacieho kúta, ale dúfal, že príval vody mu dodá energiu alebo aspoň odstráni dusno, ktoré mal v hlave.

Keď stál pod prúdom vody, vyžadovalo si to veľké úsilie, presne ako sa obával, ba možno aj väčšie. Konečne sa vyutieral osuškou, sadol si na záchodovú dosku a bolelo ho celé telo. No v hlave sa mu trochu vyjasnilo. Dosť na to, aby si uvedomil, že keď bol naposledy pri vedomí, bol oblečený. Keď prišiel pod sprchu, stačilo si vyzliecť len spodky. Potom si všimol, že v kúpeľni je len jedna kozmetická taštička.

Poobzeral sa a nikde nenašiel ani stopy po Laurie.

Ha! Somár! Sotva by s ním spala v jednej izbe.

Keď zdvihol slúchadlo a zavolal na recepciu, nebol o nič múdrejší. Na meno Matthews alebo Brownová bola rezervovaná iba jedna izba. Táto. Tak kde trčí, dopekla? Kde má veci?

V izbe po nej nebolo ani stopy. Nič, čo by jej patrilo. Citlivý žalúdok mu znova začalo skrúcať. Utiekla?

Nie, určite nie. Kam by bez neho išla? Laurie bola rozumná, nesadla by do auta bez neho. Nebola ako Sylvie, tá by bola schopná utiecť v aute celá uplakaná. Hoci by ho pravdepodobne po kilometri totálne zničila. Žeby Laurie vycúvala? Neprekonala prvú prekážku, tak sa vrátila domov? Hotelový recepčný jej mohol bez problémov vybaviť letenky a odvoz na Letisko Charla de Gaulla.

Zvalil sa na posteľ, už nedokázal udržať hlavu hore a zatvoril oči. Určite nešla domov. Pokúsil sa sústrediť. Nie, ona by to neurobila. Usiloval sa znova otvoriť oči a vynoril sa mu jej obraz, ako vzdorne dvíha bradu a v očiach sa jej blýska. Nie, ona by sa nevzdala. Nie bez boja.

Ležal na posteli, počúval tikanie hodín a hlavou mu vírili rozličné možnosti, čo sa stalo.

Kapitola 15

Keď prechádzala cez foyer v hoteli, nohy ju boleli a toľko ráz si prehodila tašky z ruky do ruky, až mala v dlaniach bolestivé ryhy, ale aj tak sa zoširoka usmievala. Počas cesty nazad videla Eiffelovku, prešla cez Tuileries, žmúrila oči pred slnkom, ktoré sa odrážalo od bieleho štrku, a potom rýchlo prefrnkla popri Seine, takmer zarovno s veľkými výletnými loďami so sklenenou klenbou.

Na recepcii sa ledva nadýchla a objednala jedlo do izby, vypýtala si k nemu bagetu. V ďalších dňoch bude pre Cama najlepšie nevarené jednoduché jedlo.

Zamierila k výťahu a držala si palce, hoci vedela, že je to hlúposť. Ak sa ešte neprebral, nevedela, čo urobí. Čo ak znova vracal, kým bola preč? Stislo jej srdce. Dofrasa, je bezcitná krava, že ho nechala tak dlho samého.

Rýchlo a ticho otvorila dvere do izby a okamžite zacítila dráždivo sviežu vôňu citrusu. Odľahlo jej. Tá vôňa a vlhký vzduch svedčili o tom, že sa nedávno sprchoval. Ak to dokázal, musí sa cítiť oveľa lepšie. Keby stále spal, nevedela by, čo si počať.

Náhlivo vošla do spálne a našla ho opretého o vankúše, opálená holá hruď ostro kontrastovala s bielou bavlnenou prikrývkou. Keď prechádzala zrakom po tmavých chĺpkoch na hrudi strácajúcich sa pod prikrývkou, v ústach jej vyschlo. Chvíľu sa cítila hlúpo, že tak naňho zíza.

„Už vám je lep…" nedopovedala. V zelených očiach sa mu zračil hnev. Žalúdok jej zovrelo a stuhla na mieste. Prvý raz od stretnutia na Milesovom kare prejavil nejaké emócie. Až teraz si uvedomila, že sa správal neprístupne a… neprirodzene. Úplne banálne.

„Kde ste trčali, dopekla?" zahundral, odhodil prikrývku a vstal.

Cítila sa ako posadnutá. Upnutá na jeho hruď, brucho, nohy a… páni, nepozeraj sa tam! Mierne dychčala a zatvorila oči, dúfala, že si to nevšimol. Bože! Bol jednoducho úžasný, aj keď sa tváril protivne a odcudzene.

Knísala sa na mieste, jazyk jej v ústach ochabol, zúfalo sa usilovala udržať pohľad na jeho tvári.

„Hrozne som sa bál…" Prižmúril oči na jej nákupné tašky. „Mohol som to vedieť, dofrasa. Nestrácali ste drahocenný čas v Paríži. Tak kde ste ubytovaná? V hoteli Juraj Piaty?"

„Čože?" Vyjavene naňho pozrela.

„No, očividne ste ma tu opustili… a potom ste šli do riti…"

„Zostala som tu." Nepáčilo sa jej, ako defenzívne to znie, veď neurobila nič zlé.

„V tomto hoteli ste nezostali. Overil som si to… pretože som bol," zamračene si zahryzol do jazyka, „no nič. Volal som na recepciu. Povedali mi, že toto je jediná izba, ktorú ste rezervovali."

Keď vyprskol tie slová, videla mu v očiach obavy, boli vryté do vrások na pokožke.

Premkol ju pocit viny. Hoci zúril, knísal sa na mieste, akoby mohol každú chvíľu omdlieť.

Doparoma! Jasné znamenie, že mu ešte nie je dobre. Podišla k nemu a jemne ho dotlačila na posteľ. „Presne tak." Počkala, kým sa usadil. „V tom stave som vás nemohla nechať samého."

Neveriacky zdvihol obočie. „Tak čo sa zmenilo? Očividne ste celé popoludnie nakupovali. Neboli ste práve ideálna Florence Nightingalová."

Takže si nespomína na dlhé hodiny, ktoré včera večer strávil na chladnej dlažbe v kúpeľni. Len klopanie na dvere jej zabránilo ovaliť ho po hlave taškou. Mizerák!

Zvrtla sa na päte, nos vytrčila tak vysoko do vzduchu, ako to len šlo, a pobrala sa k dverám prijať obsluhu v izbe.

Čašník so sebou priniesol príjemnú vôňu pečeného kurčaťa. V žalúdku jej zaškvŕkalo a uvedomila si, že celkom zabudla jesť.

Čašník dal veľký podnos na malý stolík, položil naň obrúsky a príbor, a keď mu strčila do ruky dve eurá, konečne odišiel.

„Pomyslela som si, že ste možno pripravený najesť sa. Nejedli ste celých tridsať hodín. Musíte byť hladný. Lekárnička mi odporúčala, aby som vám dala kuracie *consommé*. To má zrejme najbližšie k slepačiemu vývaru."

Vzala misku a lyžicu, k tomu bagetu a preniesla to k posteli. Camovi zaškvŕkalo v žalúdku.

„Tridsať hodín?" Prižmúril oči.

„Je streda večer." Laurie sa usilovala netváriť pyšne, keď držala v ruke misku. „Prišli sme sem včera popoludní."

Camovi sa mihli v tvári rozličné emócie, vzal si od nej lyžicu a iba svätica by nedala najavo, že je jej dlžníkom.

Laurie nebola svätica. „Bolo vám zle takmer celú utorkovú noc a dnes ste spali celý deň. Lekárnička povedala, že sa potrebujete poriadne vyspať."

Consommé bolo presne to, čo potreboval, hoci zjedol iba polovicu. Kým držala misku, pri jedení mal čas premýšľať a trochu sa mu rozjasnilo v hlave. Začali sa mu vynárať spomienky, hoci boli dosť náhodné a ešte vždy zostalo dosť nevyjasneného.

Spomínal si, že šoféroval. Prišlo mu zle. Veľmi, veľmi zle. Potom bol v kúpeľni. Ležal na studenej dlažbe, s hlavou na záchodovej doske. Laurie ho utierala uteráčikom. Bolo mu veľmi zle, túžil zomrieť a žalúdok ho bolel, akoby mu ho rozryli bagrom.

Laurie ho ťahala do postele, opieral sa o ňu. Zapravila mu prikrývku.

Zatvoril oči. Dočerta! Úplne sa zhovädil.

Mäkký vankúš mu urobil dobre, mal čo robiť, aby sa nezvíjal od hanby. A práve na ňu nakričal, že bola na nákupoch.

Deň a pol bol mimo. Páni, nečudo, že sa cíti taký vyžmýkaný. Hoci polievka mu prospela.

Všimol si, že kým jedol, nepovedala ani slovo, len povzbudivo prikyvovala, bezvýrazne ho pozorovala, keď si naberal polievku lyžicou. Keď lyžicu odložil, nepokúšala sa ho presvedčiť, aby jedol ďalej. Len vzala misku, odložila ju nabok a potisla k nemu fľašu s vodou.

Zatvoril oči, vďačný, že sa správa tak pokojne, nenachádzal energiu, aby sa čo len pohol. Vytiahla mu prikrývku na plecia, materinsky nežne mu odhrnula vlasy z čela a potom cítil, že vstala z postele. Ležal a počúval, ako príbor štrngá o porcelán, keď jedla svoje jedlo, potom ticho prešla cez izbu. Zvonka prenikalo hrkútanie holubov a vzdialený hukot premávky.

Nezaspal, uvedomoval si jej prítomnosť. V jednej chvíli začul šťuknutie lampy.

Priniesla so sebou pocit pokoja a bolo ľahké len tam ležať a dať sa unášať k spánku alebo bezvedomiu. Hoci mu bolo hrozne, nespomínal si, kedy naposledy sa cítil tak spokojne. Páčila sa mu jeho spoločnosť a ona bola očividne spokojná so svojou spoločnosťou. Nič od neho nežiadala. Nechala ho na pokoji.

Keď otvoril oči, videl ju schúlenú v kresle pri okne, ponorenú do čítačky. Pootvorenými očami pozoroval, ako podchvíľou pozrela naňho, akoby sa uisťovala, že mu je dobre. Vyzerala akosi ináč.

Hoci bol ospalý, spánok ho obchádzal, ale bol rád, že tam môže ležať a rozmýšľať, prečo vyzerá ináč. Až keď zhasla svetlo, počul, že pustila vodu a sprchuje sa, svitlo mu. Držala hlavu, akoby jej sňali z pliec ťarchu.

Keď cítil, že posteľ vedľa neho sa prevážila, znova sa prebral. Zdalo sa mu to pre Laurie netypické. Rýchlo si to rozmyslel, keď si uvedomil, že sa usiluje byť čo najpokojnejšia, keď vkĺzla pod prikrývku vedľa neho, úmyselne sa pohybovala pomaly.

Bola k nemu veľmi láskavá a on na ňu nahučal.

„Laurie," zašepkal.

Prevrátila sa tvárou k nemu a zacítil vôňu citróna, svojho sprchovacieho gélu. V kúpeľni sa ešte svietilo a videl jej tvár, vo veľkých očiach sa zračila neistota.

„Ďakujem, že ste sa o mňa postarali." Stisol jej rameno. „Prepáčte, že som bol nevďačný."

„To nič. Mrzí ma, že ste si robili obavy. Musela som ísť von…"

„Pst, nemusíte mi nič vysvetľovať. Bolo to od vás veľmi pekné, že ste na mňa dohliadli, ale…"

„Nie, vy to nechápete." Zvraštila čelo. „Ukradli mi batožinu. Musela som si nakúpiť zopár vecí." Na perách jej pohrával tajnostkársky úsmev.

„Všetko?"

„Áno."

„Tak preto ste mi ukradli sprchovací gél," doberal si ju.

„Prepáčte," usmiala sa, ale netvárila sa veľmi ospravedlňujúco. „Akosi som sa nedostala k tomu, aby som si nakúpila hygienické potreby."

„Bože, dúfam, že ste si znova nekúpili také hrozné čierne šaty."

„Cam!" Hravo ho plesla po hrudi. „To bolo fakt protivné."

Jej úsmev prezradil, že to nemyslí vážne.

„Povedal som, že tie šaty boli hrozné, nie vy." Bez rozmýšľania ju chytil za ruku a pritisol pery na vnútornú stranu zápästia, akoby sa ospravedlňoval. Jej jemná saténová pokožka voňala sviežou čistotou. Spomenul si, ako ho včera večer držala a upokojovala.

Chcel ju držať, chcel jej to opätovať – ak mal byť úprimný, chcel znova cítiť tú istotu, bezpečie. Laurin vážny výraz a pokoj mu dávali príjemný pocit. Inštinktívne si položil jej ruku na hruď a položil na ňu svoju ruku. „Ďakujem, že ste sa o mňa včera postarali."

„Vy si na to spomínate?"

Znehybnela a pohládzal jej zápästie.

Zatvoril oči, rytmický pohyb jeho ruky a dotyk jej ramena na jeho hrudi ho uspali.

Keď sa prebudila, opatrne sa vystrela, zdvihla hlavu a okamžite si uvedomila, že vedľa nej v posteli nikto neleží. Po Camovi ani stopy. Hm, dobre aj tak. Tá tichá nežná medzihra, prv než včera večer zaspal, mala za následok, že bola hore celé hodiny. Keď mala tak blízko jeho nádherné polonahé telo, vyvolalo to zvláštne erotické sny. Bola zmätená, medzi nohami cítila sexuálnu túžbu. Aké by to bolo, keby sa s ním vyspala? Také telo stálo za hriech. So sexom začínala neskoro, čomu nepomohol fakt, že jej otec vedel, akí sú mladí muži, a často ich odháňal. Výsledkom toho bolo, že sa vyspala iba s Robertom. Cam bol skúsený milenec, bolo to na ňom vidieť.

Znova klesla na vankúš. Spamätaj sa, dievča. Keby sa s Camom vydala tou cestou, koledovala by si o problémy. Nie je jeho typ. Jemu sa páčili dievčatá, aké videla na kare. Cam mal rád plnokrvníky, ako bolo to dievča.

Zahryzla si do pery a pevne verila, že Robert sa nikdy nedozvie, že spala v jednej posteli s Camom. Hoci to bolo celkom nevinné, nemal by pre to pochopenie. To, čo sa nedozvie, mu neuškodí.

Kde je Cam? Nastražila uši, ale nič nepočula. V izbe ani v kúpeľni nebol. Uvoľnila sa, vzala kôpku nového oblečenia a všetko vzala do priestrannej kúpeľne.

Dopriala si čas a znova použila jeho hygienické prípravky, a keď si prstom čistila zuby jeho zubnou pastou, ľutovala, že si zabudla kúpiť zubnú kefku. Vzala do ruky svoju novú jednoduchú spodnú bielizeň a nevšímala si luxusné súpravy. Potom v zrkadle zazrela svoju skormútenú tvár. To je hlúposť! Prečo si to odopiera? Odhodila jednoduchú bielu podprsenku nabok a dala si saténovú a čipkovú konfekciu. Jej prsiam dodala nové obrysy, ale úmyselne sa neobdivovala v zrkadle.

Buchli dvere, a keď si uvedomila, že Cam sa vrátil, rýchlo sa obliekla a vybehla z kúpeľne. Nechcela, aby si Cam myslel, že… čo? Že sa veľmi usiluje.

„Raňajky!" oznámil Cam, prešiel k balkónovým dverám a ani na ňu nepozrel. „*Croissant* a káva. Pre vás *pain au chocolat.*"

Vyšla za ním na slnečný balkón, otvoril vrecká z pekárne a odhalil ligotavý *croissant*.

„Som absolútne…" Jeho zaváhanie v nej vyvolalo horúci pocit spokojnosti. „Páni, vyzeráte…" preglgol a pozrel jej na hruď, „… dosť odhalená."

„Čože?" pozrela dolu. Dofrasa, zabudla si zapnúť modrú blúzku. Nechtiac vystavila na obdiv svoje prsia, kostice ich pozdvihli.

Očervenela ako cvikla a rýchlo sa odvrátila, aby si zapla gombíky.

„Prepáčte."

„Neospravedlňujte sa mi, zlatko." Šibalsky sa usmial a v očiach sa mu roztancovali ohníky. „Viem oceniť pekný pohľad."

To slovo „zlatko" jej pripomenulo, že je iná liga. Nevšímala si jeho koketný tón a sadla si k stolíku.

„Viem si predstaviť," odvetila milo.

„Pekná farba, sekne vám… ale to zrejme viete."

„Čo to má znamenať? Mali by ste si dať pozor na to, čo hovoríte."

„Chcete povedať, že ste si nevybrali tú farbu, lebo sa vám hodí k očiam?"

„Vážne?" To mal byť kompliment alebo urážka?

„Vážne." Tak seriózne prikývol, až ju to vyviedlo z konceptu.

„Tak myslím, že ďakujem. Ja som si ju nevybrala, to…" Keby povedala, že jej to poradila osobná módna poradkyňa, vyznelo by to hrozne dekadentne. „Ďakujem za túto dobrotu," kývla hlavou na *pain au chocolat*. „Ako sa cítite? Môžete jesť?" Výhľad z balkóna jej umožnil nepozerať mu priamo do tváre. Určite sa z nej ešte vždy smeje.

„Mám pocit, akoby mi žalúdok rozryl bager. Som hladný ako vlk, ale som nervózny z toho, čo jem. Nie som si istý, či by som mal piť kávu, ale…" Opatrne si chlipol a v tvári sa mu rozhostil blažený výraz. „Tak to je hneď lepšie."

„Mali by ste jesť jednoduché jedlo," poznamenala Laurie. „Niečo ľahké."

„*Croissant* sa neráta?" Načiahol sa za ním.

Pokrčila plecami. „Nie som si istá, ale dvadsaťštyri hodín ste nevracali, tak myslím, že budete v poriadku." Do tváre sa mu vrátila farba a musel niečo jesť, hoci pravdepodobne sa cítil oveľa horšie, než dával najavo. To, ako sa okamžite zvalil na stoličku, dokazovalo, že tá krátka prechádzka ho unavila.

„Tak kedy chcete vyraziť?"

„Čože? Dnes?" Pozrel sa do zrkadla?

„O dva dni máme byť v Château Descours. Ak nevyrazíme dnes, budeme musieť ťahať v kuse. Po cestách s mýtom. Z bodu A do bodu B. Nuda. A vždy sa nájdu chlapi, ktorí nás budú chcieť predbiehať."

Žalúdok jej skrúcala panika, ale zachovala si bezvýraznú tvár a hrala sa s kúskom čokolády, ktorý vytŕčal z jej pečiva. Takmer zabudla na prísny režim. A Cam naň napriek chorobe očividne nezabudol. Milé od neho, vzhľadom na to, že ona sa bude musieť vzdať auta, ak nezvládne cestu.

„Ešte vždy tam môžeme zavolať a vysvetliť, že prídeme neskôr." Hovorila ako ofučaná tínedžerka, a aj sa tak cítila. „Hlavne, aby sme prišli načas do Maranella."

„Nebude vás čakať matka? Ron sa s ňou zrejme spojil." Cam hovoril pokojne, akoby ho to vôbec nezaujímalo, ale podľa jeho pozorného výrazu usúdila, že vie, ako to je.

„Myslím, že dnes vám nie je tak dobre, aby ste mohli šoférovať. Potrebujete nazbierať silu. Momentálne vyzeráte, že by vás premohol aj päťročný chlapec s rukami zviazanými za chrbtom." A to k nemu bola milá.

„A vy sa sťažujete na moje komplimenty."

„To nebol kompliment."

„Mohli by ste šoférovať vy," navrhol Cam rezignovane.

Keď počula, ako bez nadšenia to povedal, usmiala sa a zdvihla obočie.

Pokrčil plecami. „Podarilo sa vám dostať ma sem."

„Iba preto, lebo ste boli mimo a nevideli ste, ako šoférujem."

„Čo ak vám sľúbim, že nič nepoviem?"

„Je to možné?" Keď videla jeho ubolený výraz, prestala sa usmievať. Hoci teraz by to pravdepodobne bolo lepšie, keď je pri zmysloch. Okrem toho aká je šanca, že ich zastavia? Napokon v aute bude aj iný dospelý. Laurie vie šoférovať… ibaže nemá papier, ktorý by potvrdzoval, že prešla skúškou. „Myslíte, že to dokážete?"

„Pravdepodobne nie," šarmantne sa usmial, „ale urobím, čo bude v mojich silách."

„Hm." Keď naprší a uschne. „Jedno slovo. Stačí povedať jedno slovo a bleskovo sa vzdám volantu."

„Čestné skautské slovo."

„Akoby vás prijali medzi skautov," vyprskla a vychutnávala si diabolský lesk v jeho očiach. „Mimochodom, už by sme si mali prestať vykať."

Kapitola 16

„Chceš ďalej šoférovať?" spýtal sa Cam, keď odchádzali z kaviarne pri ceste, kde sa zastavili na obed.

„Vydržíš to?"

Chvíľu o tom premýšľal, potom vyčaril ten svoj úsmev, pri ktorom jej skrúcalo žalúdok.

„Nejde ti to zle. Možno máš niekedy na spojke ťažkú nohu… ale nie je to zlé."

Štuchla ho lakťom do rebier.

„Na to, že si dievča, je to celkom dobré."

To bola z Camových úst veľká chvála, najmä keď neveril, že niekto iný dokáže šoférovať tak dobre ako on.

Hoci ho prebodla pohľadom, zasmial sa. Ten radostný výbuch jej vyčaril úsmev na perách, nevyzvala ho na súboj, ako pôvodne chcela. V kútiku duše túžila znova šoférovať, aj keď ju obchádzala bolesť hlavy, ale nebude viac pokúšať osud.

Ferrari upútalo pozornosť ako vždy. Keď sa blížili k autu, videli, ako si ho fotí muž so synom. Pri tom pohľade sa usmiala a srdce sa jej zachvelo od radosti. Jej auto.

Pri šoférovaní toho auta bolo potrebné sústrediť sa. Zvládnuť ho. Nereagovať automaticky. A jazda po *Périphérique* bola v tejto predpoludňajšej premávke ťažká.

Cam už vyzeral oveľa lepšie, hoci apetít sa mu ešte nevrátil a ráno odmietol gumené medvedíky. Laurie sa postarala, aby si dal plnú misku cibuľovej polievky a kus chrumkavej bagety, a sama bola prekvapená, ako panovačne sa k nemu správa a ako ju poslúcha. Ďalšie znamenie, že nejde naplno.

„Cítiš sa na to?" Z kabelky vylovila kľúče a nebola si istá, či mu ich má dať.

Jeho smiech teraz znel triezvejšie. Prikývol.

„Vydýchni si. Zrejme to potrebuješ." Zdvihol ruku. „Nie preto, lebo si dievča. Táto krásavica si vyžaduje dosť práce a ty na to nie si zvyknutá. To je všetko."

„Tak teda choď do toho." Podvolila sa bolesti hlavy a podala mu kľúče.

Pozorovať ho, ako šoféruje, nebolo ťažké.

Zacúval a vyšiel z bočnej uličky. Predierali sa ulicami, kým neprišli na hlavnú cestu z mesta a hladko napredovali.

Laurie sa oprela na sedadle, napokon bola rada, že si urobila prestávku. Pri jeho šoférovaní išlo všetko hladko a rýchlo, ale jazdil s vervou a arogantným sebavedomím, takže stopercentne verila jeho schopnostiam. Pozrela mu do tváre – zdalo sa, že je sústredený na cestu. Mala by mu povedať, že nemá právoplatný vodičský preukaz.

„Tak čo ten nový účes?"

Jeho otázka ju prekvapila. Predtým nič nepovedal a už si myslela, že si to nevšimol.

„Nahovorili ma na to." Bránila sa pokušeniu spýtať sa, či sa mu to páči.

„Pristane ti," poznamenal Cam.

„Ďakujem." Nebola to prehnaná pochvala.

„Čokoľvek by bolo lepšie než ten pôvodný účes."

Prudko otočila hlavu a videla, ako mu zmizla jamka z líca. Jasné znamenie, že mal na perách úsmev, ktorý mal taký smrtiaci účinok.

„Tvoje výroky sú čoraz horšie."

„Len som bol úprimný. Bola by si radšej, keby som ti klamal?"

„Nie. Mala by som byť vďačná, že na mňa neskúšaš svoje triky."

„Triky? Čo som podľa teba? Nejaký plejboj?"

Prekrížila si ruky.

Obrátil hlavu a pozrel na ňu.

„Maj oči na ceste. Nechcem, aby si rozbil *moje* auto."

„Ty si vážne myslíš, že som…? Fakt?"

Jeho dotknutý tón ju neoklamal. Uškrnula sa. „Cam, si sukničkár. Ešte aj na tom kare ťa obklopili ženy. ‚Ach, Cam, dlho som ťa nevidela. Tento rok si mi chýbal v Monte Carle. Brnkneš mi?'" Keď nasadila ten sladký tón, Cam zdvihol husté obočie.

„Tania je priateľka. Dobrá priateľka."

„To mi je jasné." Jedovalo ju, že hovorí tak uštipačne. A je taká malicherná. Cam žil vo svete, v ktorom boli jeho priateľky nevyhnutne krásne, vyparádené v značkových šatách a svetaskúsené. Tak ako jej matka. Pozrela na hodinky.

„Žiarliš?"

„To určite," vyhŕkla až priveľmi rýchlo a vzápätí to oľutovala. Teraz to vyznelo, akoby skutočne žiarlila. „Ty si iná liga." On patril vo svete randenia do extraligy, ona do tretej divízie.

„To je pravda." Ten darebák nemal byť taký nespôsobný a súhlasiť s ňou, na chvíľu zaťala päste. Keby nešoféroval kovový zázrak v hodnote tisícov libier, bola by v pokušení vraziť mu.

Úmyselne hľadela cez okienko na svojej strane a obrátila sa mu čo najviac chrbtom, ako sa v tom stiesnenom priestore dalo. Bolo to užitočné, musí sa prebudiť. O pár hodín ju čaká tvrdá realita. Stretnutie s matkou. Toto jej ho pripomenulo.

„Urazil som ťa?" spýtal sa Cam prekvapene.

„Vôbec nie." Laurie vyslovila tie slová falošne sladko. „Len si úprimný. Očividne si lepší…"

„Laurie! Prestaň! Mal som na mysli, že keď je reč o lige, si lepší človek. Páni, ty o mne fakt nemáš vysokú mienku, čo?"

„Prepáč," odvetila slabým hláskom.

Polhodinu sa viezli v tichu, potom zastali pred reštauráciou pri ceste.

„Chceš, aby som chvíľku šoférovala?" spýtala sa Laurie. Videla, ako pokrútil plecami, keď vstávali od stola, a zdalo sa jej, že by mu to mala vynahradiť. „Predpokladám, že sa necítiš veľmi dobre."

„Je mi fajn. Som zvyknutý jazdiť sám." Usmial sa. „Hoci je to oveľa príjemnejšie, keď mám spoločnosť." V zelených očiach sa mu zaiskrilo, šarmantne na ňu pozrel. Musela uznať, že nie je urážlivý – na rozdiel od Roberta, ktorý jej ráno poslal ďalšiu esemesku.

„Stavím sa, že to hovoríš všetkým dievčatám." Zošpúlila pery.

„Iba veľmi pekným." Uškrnul sa, zdvihol obočie a zakvačil si palce do vreciek na džínsoch. Vykročil a ona ho obdivovala zozadu.

„Nechceš zmrzlinu?" zakričal ponad plece.

S dlhými vlasmi povievajúcimi vo vánku, s dlhými štíhlymi nohami v pokluse a s pevným zadkom vyzeral ako moderný rytier pripravený vrhnúť sa do ďalšieho súboja.

Musí prestať s týmito nezmyslami. Toto je obchodný vzťah, ide len o to, aby sa dostala do Maranella. Nie je jej romantický hrdina a nikdy ním nebude. Doma na ňu čaká snúbenec, keby ho chcela. V hlave sa jej vynorila Robertova tvár. Robert bol solídny, spoľahlivý. Je všetko, čo chce... aspoň kedysi si to myslela. No už si nebola istá. Stavila by sa, že teraz pred domom umýva auto, listuje v *Daily Mail,* pripravuje si veci na zajtrajší zápas, nakupuje v supermarkete a objednáva si feferónkovú pizzu, lebo Laurie nie je doma. A ešte vždy je nešťastný, že sa nechcela zaňho vydať. Ako to prijme, keď mu oznámi, že už s ním nechce žiť? Myslela na jeho rannú esemesku.

Hrozne mi chýbaš. Vydáš sa za mňa?

Zdvihla ruku a pošúchala si čelo. Cítila napätie. To nebude veľmi príjemný rozhovor, ale už sa rozhodla. Robert vyletí z kože.

Pri spätnom pohľade si uvedomila, že spolu začali žiť veľmi skoro. Bola taká užialená, že sa nevedela rozumne rozhodnúť. Robert sa viac-menej ujal vedenia. Ale sama si za to mohla, dovolila mu to.

Nemysli na to, hovorila si. A aj to urobí. Rozhodla sa zatlačiť Roberta do úzadia a poobzerala sa dookola. S novým účesom, novým oblečením a pocitom ľahkosti bytia sa cítila ako nový človek. Cam sa opieral o auto, čakal na ňu s dvoma zmrzlinami v rukách. Usmiala sa. Za chrbtom mal farebnú mozaiku, tmavozelený listnatý les, pieskové múry stredovekých mestských hradieb a dlhý most vedúci ponad striebristú rieku. Na hladine tancovalo slnečné svetlo. Cítila sa ako na dovolenke, na vlasoch, tvári a holých ramenách ju hrialo slnko, do nosa jej prenikala jemná vôňa borovíc dolu v údolí. Najradšej by Camovi navrhla, aby tam zostali dlhšie, dojedli zmrzlinu, objednali si druhú kávu a sadli si na nízky múrik, aby si vychutnali ten výhľad a strávili tam zvyšok dňa.

V duchu sa bránila tejto rozmarnej náhlej túžbe správať sa spontánne, hovorila si, že len otáľa.

Pevne stisla pery a nešťastne si vzdychla. Radšej nech to má za sebou. Keby Miles nebol mŕtvy, najradšej by ho zahrdúsila... Prečo jej zasahoval do života? Čo chcel dosiahnuť, keď ju vyslal na tento výlet? Určite si musel uvedomiť, že ju uvrhne do citového pekla.

Fascinovalo ho pozorovať výrazy na jej tvári. Odkedy ráno vyrazili na cestu, Laurie vyzerala ako neľútostný bojovník pripravený vrhnúť sa do boja. Vie vôbec, akú má expresívnu tvár? Často sa jej v nej zrkadlili myšlienky. Už videl, že podľa nej je sukničkár, a ak sa pozrel na svoj ľúbostný život jej očami, zrejme to tak bolo. Išlo o to, že tie ženy presne vedeli, do čoho idú. Ona mala zvláštne zmiešanú povahu, všetko držala v sebe a nehovorila, čo cíti, ale emócie jej vyžarovali z očí. Bola ľahko čitateľná.

V Paríži sa s ňou čosi stalo. Akoby ožila. Včera prenocovali v Troyes, kde ju fascinovali vysoké stredoveké hrazdené domy. Spoločná večera bola zábavná, tak trochu flirtovali. Bolo by skvelé, keby si udržali tento zábavný vzťah a spečatili svoje priateľstvo. Keď šoférovala, takmer prskala od vzrušenia z jazdy po širokých vidieckych cestách. Bavilo ho pozorovať ju za volantom, široké ústa v tajnostkárskom úsmeve, chrbát vystretý ako hrdá panovníčka pred svojimi poddanými. Vždy tak pôsobila, keď sedela za volantom.

Od dnešnej zastávky na kávu sa mu zdalo, akoby sa čas vrátil dozadu. Čosi ju rozhodne žralo. Ústa stískala, akoby jej hlavou blúdili nepríjemné myšlienky, a sánku mala napätú, bradu mierne vystrčenú dopredu. Niekto, kto pri nej nesedel v kuse štyridsaťosem hodín, by si to možno nevšimol, ale on cítil, ako z nej v tom stiesnenom priestore auta vyžarujú vlny napätia.

To dievča, ktoré sa vynorilo počas jeho choroby, sa znova stiahlo do ulity. Aj vyzerala inak. Vlasy mala úhľadne stiahnuté do chvosta, neuvoľnil sa jej ani pramienok. Ježko znova vystrčil pichliače.

Keď vkĺzla za volant, na chvíľu sa zvalila na operadlo a zdalo sa mu, že ústa sa jej vykrivili nadol. Nevšímal si svoj inštinkt nič nepovedať a spýtal sa: „Si v pohode?"

Pozrela naňho a v jej očiach videl bezútešný výraz, ktorý tam predtým nebol. Svedčilo to o nejakej komplikácii, hoci sa mu nezdala komplikovaná.

„Nie... áno... je mi fajn." Pokrútila hlavou a vystrela sa, akoby sa utvrdila v rozhodnutí, strčila kľúč do zapaľovania a naštartovala. Keď trochu prehnane túrovala motor, zdalo sa mu, že zamrmlala: „Tak do toho."

Dvojhodinová cesta prebehla v tichu. Cam študoval mapy, pozeral, kam povedie ďalší úsek cesty, prv než zamieria do Švajčiarska a potom do Talianska. Nechcel rušiť Lauren, keď ju niečo žralo, nech to bolo čokoľvek. Šoférovala s čoraz menej radostným výrazom.

Konečne im navigácia oznámila, že majú odbočiť z hlavnej cesty, a Laurie sa držala chladných pokynov, viedla auto po čoraz užších cestách, až nakoniec zastala pred bránou.

Interkom na stĺpe niekoho upozornil, že sú tam, veľká čierna brána sa desivo ticho otvorila dokorán, akoby ju ťahali neviditeľné čarovné vlákna. Laurie zastala na začiatku príjazdovej cesty, hánky jej obeleli.

Cam jej položil dlaň na ruku zvierajúcu rýchlostnú páku a rýchlo jej ju stisol, dúfal, že jej poskytne morálnu podporu. Nech ju trápilo čokoľvek, nechcela o tom hovoriť.

Príjazdová cesta ich doviedla na nádvorie pred veľkolepým vidieckym sídlom. Nádvorie bolo plné iných áut – BMW, Mercedesov, Range Roverov, ale bolo tam aj Maserati a Lamborghini. Cam si so záujmom prezrel to posledné auto, rozmýšľal, či tam bude niekoho poznať. Očividne sa tam zišla veľká spoločnosť, čo bola škoda, lebo Laurie zrejme potrebovala stráviť čas s matkou osamote. Zdalo sa mu zvláštne, ako chladno sa správa, a pripisoval to nervozite, pretože ju dlho nevidela. Čudné, že neprišla na bratov pohreb.

Laurie zaparkovala efektívne ako vždy.

„Paráda!" poznamenal.

Rýchlo sa naňho vďačne usmiala a chvíľu sa znova spolu cítili príjemne. „Prepáč, som trochu napätá. Nestretávam sa s matkou ani…" odmlčala sa, „veľmi často."

Spôsob, akým to vyslovila, mu spustil v hlave varovné zvony a vyvolal jeho zvedavosť. „Ako často?"

Chvíľu sa tvárila zdržanlivo. „Raz za posledné tri roky. Stretli sme sa na obede v Londýne. Krátko po ockovej smrti. V tomto dome som nikdy nebola, neprespala som u nej."

Usiloval sa nedať najavo prekvapenie a povedal: „Miles si očividne myslel, že je to dobrý nápad. Možno je načase, aby si ju navštívila. Musíš jej chýbať." Nebolo dňa, aby Sylvie netelefonovala s matkou. Jeho matka sa nikdy nesťažovala, že k nej nechodí často, ale vždy, keď prišiel, dala jasne najavo, ako rada ho vidí.

„Pochybujem." Odvrátila hlavu a pozerala cez okienko na svojej strane. Z jej výrazu ani z jej hlasu nič nevyčítal. Akoby parný valec vyhladil všetky stopy emócií, takže z nich nič nezostalo.

Napokon sa k nemu obrátila tvárou. „Divné, čo?" Hľadela mu do očí, akoby sa z nich pokúšala vyčítať jeho reakciu. Jej pocit viny, vzdoru a smútku bol v jednom balíčku a miatol ho. Laurie inokedy pôsobila tak rozvážne, pokojne, normálne... Teraz akoby bola zastrašená.

Keď vystúpili z auta, vzal z kufra ich tašky a voľnou rukou ju objal okolo pliec, pritiahol si ju bližšie a rýchlo ju pobozkal na hlavu. „Poďme na to."

Rukou jej prešiel na zátylok. „Aj na toto." Rýchlo jej stiahol z chvosta gumičku, takže čerstvo zostrihané vlasy sa rozpustili z tesného zovretia. „Hneď je to lepšie, vyzeráš uvoľnenejšie, nie akoby si chcela vziať útokom celý dom."

Chvíľu váhala, potom ho rýchlo slabučko objala. „Ďakujem, Cam."

Pridala do kroku a odpochodovala k dverám so zdvihnutou bradou. Usmial sa, aj tak vyzerala, akoby chcela vziať dom útokom. Ale mala guráž, to jej musel uznať. Nech pred ňou stála akákoľvek výzva, vrhla sa do nej. Nikdy sa nevyhýbala povinnosti alebo úlohe. Bola čestná, úctyhodná. Taká bola Laurie. Podľa neho dokonalá. Pokiaľ išlo o predaj auta, cítil v kostiach, že ho predá jemu. Mal by jej povedať, ako sa s Milesom dohodli, ale čosi mu v tom bránilo. Spočiatku bol proti nej zaujatý a zlostilo ho, že si myslí, že je platený za to, aby ju vzal na výlet po Európe, akoby bol zištný človek. Nebol taký a ona robila unáhlené závery.

Teraz jej rozumel lepšie, videl, že je to žena s hlboko zakorenenými zásadami a mal by ju obdivovať. Musí jej povedať o podmienkach Milesovej poslednej vôle a o tom, aký z nej mal mať prospech, pokiaľ išlo o Ferrari. Len čo odtiaľto odídu, povie jej to.

Pristihol sa pri tom, ako ju skúma, keď zdvihla ruku, aby rázne potiahla za starodávny zvonec pri dvojkrídlových drevených dverách. Stála na mieste vystretá ako pravítko uprostred dverí.

„Dobrý deň."

„Dobrý deň. Som Lauren Brownová a prišla som navštíviť matku."

Majordómus v čiernom zdvihol obočie, ale to bolo jediné znamenie, že ho vyviedla z rovnováhy. „Nech sa páči, poďte ďalej, oznámim madam Harvieuovej, že ste prišli."

Kapitola 17

„Lauren moja drahá, konečne si tu." Jej matka klopkala podpätkami po mramorovej dlažbe v hale, vyzerala presne tak, ako keď ju Laurie videla naposledy. Bezchybne oblečená v čiernych nohaviciach, v topánkach na vysokých podpätkoch, v hodvábnej blúzke a s dokonale hladkou mladistvou pleťou, na ktorú si naniesla len trochu drahého mejkapu.

„Ahoj… mama." Keď ju matka chytila a pobozkala na obe líca, ako je vo Francúzsku zvykom, Laurie nevedela, čo s rukami. Objať matku sa jej nezdalo správne.

„Ale no toto! Vyzeráš úžasne! Konečne si sa naučila pekne obliekať."

Čo na to mohla povedať? Ďakujem?

„Tá farba ti pristane. Rada ťa vidím, nechápem, prečo sme sa tak dlho nestretli."

Pretože žiješ na druhom konci Francúzska a ja žijem v Anglicku, pomyslela si Laurie a škrípala zubami, aby nič nepovedala. *A vždy si bola veľmi zaneprázdnená.* Ešte tu nebola ani päť minút a cítila sa ako malé dieťa, nenávidela ten pocit.

„Mala si dobrú cestu? Dúfam, že si sa dobre postarala o auto." Matka sa pri tých slovách koketne usmiala.

Laurie sa zmocnilo napätie. Nezabudla, že auto pripadne jej matke, ak nedokončí cestu. Čo o tom matka vie?

„Cestu sme mali dobrú, ďakujem. Ako sa máš? A ako sa má Siena?"

„A Harry?" dodala matka a prižmúrila oči.

„Prepáč... a Harry." Preboha, veď ani poriadne nepozná toho muža. Ľutovala, že nemá odvahu povedať, čo si v skutočnosti myslí. Prečo matka verí, že je pre ňu dôležitý? Laurie chcela vedieť niečo o Siene.

„Odložte si tašky sem, Jackson ich vynesie do vašich izieb." Laurie videla, ako si ju matka pri tých slovách obzerá, a ľutovala, že sa trochu nenamaľovala a neučesala. Aj v tom oblečení a s novým účesom si pripadala ako kríženec pri čistokrvnom psovi.

„Laurie nás očividne nepredstaví. Ja som jej matka Celeste." Laurie by najradšej do niečoho udrela. Ako to matka robí, že ju vždy vyvedie z rovnováhy?

„Veľmi ma to mrzí, Cam, som hrozne nespôsobná." Laurie sa naňho sladko usmiala. „Mala som vás predstaviť. Cam, toto je moja mama Celeste Harvieuová. Mama, toto je Cam."

Mame sa rozšírili nozdry, iba tak dala najavo, že Laurie trafila do čierneho. Matka sa povzniesla nad Laurino podpichnutie, nespýtala sa Cama, kto je, ale očividne sa jej páčil, lebo ho pozdravila so spokojným úsmevom mačky, ktorá vylízala smotanu. „Zdravím, Cam. Teší ma, že vás spoznávam. Vitajte. Poďte ďalej, práve sme sa chystali dať si čaj." Ukázala na chodbu, a keď šiel popredu, významne na Laurie pozrela.

„Správny chlap, čo? To by som od teba nečakala," zamrmlala a zamyslene si obzerala Cama, potom pozrela na Lauren, akoby hovorila, že v nej musí byť viac, než vidieť na prvý pohľad.

Lauren by sa najradšej pod zem prepadla pri matkiných neskrývaných poznámkach. Usúdila však, že to bola jej chyba, keď ho nepredstavila poriadne, a nemalo zmysel napraviť matkin dohad, že Cam je jej milenec. Potom by musela vysvetliť situáciu, a tam nechcela zachádzať. Bolo to priveľmi osobné. Matke sa zdôverovala čo najmenej, hlavne preto, lebo o ňu nemala záujem. Vedela udržať pozornosť maximálne milisekundu.

Camovi musela uznať, že pri ich rozhovore sa tváril pôsobivo bezvýrazne, hoci musel zaznamenať spodný prúd.

Veľký salón, kam ich zaviedli, Laurie pripomenul panské sídlo. Uprostred miestnosti bol rozostavený malý, nepraktický dobový nábytok, mramorovo-ónyxovú kozubovú rímsu zdobil anjel.

Laurie kráčala veľmi opatrne, medzi tým krehkým nábytkom sa cítila veľká a ťažkopádna. Nebola si istá, či si má sadnúť alebo stáť. Nič v salóne nesvedčilo o tom, že by sa to používalo aj na niečo iné než na predvádzanie. Ešte aj jemný čajový servis pripravený na konferenčnom stolíku vyzeral priveľmi krehký. Camovi sa palce pravdepodobne nezmestia do drobného uška na šálke.

„Sadnite si. Tak teda, Cam, dáte si čaj alebo radšej niečo silnejšie?"

„Prosím si čaj. Ďakujem."

„Laurie?"

„Aj ja si dám čaj."

„Dokonale ste si načasovali návštevu. Momentálne máme plný dom." Usmiala sa na Camerona. „V tomto ročnom období k nám chodí veľa návštev, zastavia sa tu cestou do Cannes. Ešte šťastie, že pre vás máme voľnú izbu. Škoda, že ste tu neboli minulý týždeň. Mali sme tu Georgea Claudina a Elisabeth Jenningsovú... poznáte toho režiséra, nie? A ju vždy obsadzuje do hlavnej roly. A minulý mesiac tu boli na večeri Nick Faldo a Sam Torrance, Harry hral na turnaji s celebritami." Veselo sa zasmiala ako mladé dievča. „Niežeby Harry bol ozajstná celebrita, ale veď viete..."

Zmenila tému a zaútočila ako jastrab. „Tak ako to vyzerá s tým autom? Pán Leversedge bol dosť vyhýbavý." Nespokojne zvraštila tvár a lícne kosti sa jej zaleskli, akoby koža na nich bola priveľmi napätá. „Vždy bol strohý a hrubý. Neviem, aký má problém."

„Naozaj?" Laurie sa zatvárila prekvapene. „Ku mne bol veľmi milý."

Celeste si nevšímala jej poznámku a naliala si ďalšiu šálku čaju. „Tak teda... auto. Ten darebák mi povedal len to, že na ňom pôjdeš do Talianska." Laurie rýchlo vrhla pohľad na Cama, ľutovala, že ho neupozornila, aby nepovedal nič o ich skutočnom poslaní. Vedela, že v istom bode príde reč na Milesovo dedičstvo, ale dúfala, že to bude môcť čo najdlhšie odkladať.

„Miles chcel, aby to auto naposledy prešlo celou Európou, a poveril tým mňa."

„Vždy to bol sentimentálny hlupák. Harry bude zúriť. To je absurdné, že také cenné auto musí absolvovať stovky kilometrov."

Laurie to podráždilo. Čo s tým má spoločné Harry?

„A vy v tom hráte akú úlohu, Cam?"

„Ja som... dalo by sa povedať, že som automechanik."

„Aha." Prižmúrila oči a obrátila sa na Laurie s ustarosteným výrazom. „Iste si uvedomuješ, Laurie, že je to mimoriadne vzácne auto."

Laurie sa usmiala popod nos, keď videla, ako sa Cam zrazu zaujíma o svoj čaj. Laurie by sa najradšej zasmiala – ibaže to nebolo zábavné, bolo to trápne.

„Cam je veľmi skromný, nie je len automechanik. Je... je... no, má niečo spoločné s veteránmi."

„Ach, Milesov protežant, prečo si to nepovedala hneď? Poznali ste sa s mojím bratom? Aby som nezabudla, Laurie, aký bol pohreb? Bola by som rada prišla, ale v Paríži sa konal Týždeň módy a nepodarilo by sa mi stihnúť jedno i druhé." Znova sa dievčensky zasmiala a Cameronovi povedala: „Miles by si to určite nevšimol."

Cam sa tváril uzavreto a Laurie nevedela nič prečítať z jeho zdvorilej masky.

„Boli tam všetky jeho manželky? Stavím sa, že rozmýšľali, ktorá z nich dostane dom. Už bola posledná vôľa overená? Zatiaľ som nič nepočula a právnik bol veľmi vyhýbavý, ale tunajšia pošta je hrozná." Tvrdo pozrela na Laurie, v tmavých očiach mala ostražitý, hrabivý pohľad. „Alebo preto si tu? Priniesla si mi pozdrav... zo záhrobia?"

Laurie na chvíľu oblial chlad. A to tam neboli ani pol hodiny.

„Tak kto dostal dom?"

„Nikto."

„Nikto? Určite? Niekto ho musel dostať." V matkinom hlase znela prenikavá hrôza.

Laurie pokrčila plecami. „O dome nikto nič nevie. Je súčasťou nejakého zvláštneho fondu a právnik to ešte len administratívne rieši."

„A čo auto?"

Laurie cítila, ako sa jej do tváre nahrnula krv a žalúdok jej skrúcalo od hanby. Toto bola chvíľa, keď bude musieť priznať, ako je to s autom. Rýchlo pozrela na Cama. Tváril sa nečitateľne.

„Ja... ehm... neviem. Je to GT250..."

Jej matka kývla hlavou a v tvári sa jej zračila hrabivosť.

Slová Laurie zamrzli na jazyku. „... bude..." Pozrela na Cama.

„Keď Laurie príde do Maranella, auto predá."

Laurie by najradšej Cama vybozkávala, že ju dostal z kaše. Hoci, pravdupovediac, vybozkávala by ho bez problémov... ale tam nechcela zachádzať.

Matka položila šálku na tanierik, hlasno pritom cinkla. „To je čudné. Myslela som, že zostane v rodine. Harrymu by sa krásne hodilo do zbierky. Škoda, ale predá sa za obrovskú sumu. Harry hovorí, že cena väčšiny Ferrari v posledných rokoch štvornásobne narástla."

Keby Laurie v tej chvíli nepozorovala Cama, pravdepodobne by si nebola všimla, ako zmeravel a zatváril sa previnilo, keď mu lyžička zahrmotala na tanieriku.

„Rozmýšľala som, že Miles možno chcel, aby sa dom zmenil na múzeum, kde by boli vystavené všetky jeho autá."

„To je pre tvojho strýka typické. Bol hrozne romantický." Jej tón naznačoval, že to nebolo nič dobré.

Zaujímavé, ako sa z jej brata Milesa zrazu stal „tvoj strýko".

„Stačí sa pozrieť, koľko ráz bol ženatý... niet nad starého blázna. Minul na tie autá majland. Takže nezanechal nijaké peniaze? Myslela som si, že čosi zanechá aspoň rodine. Okrem nás nemá pokrvných príbuzných... teda, aj teba. Myslela som si, že niečo zanechá Siene. Koniec koncov tvoj otec jej nezanechal nič. Stále tomu nemôžem uveriť. Ten dom ste si mali rozdeliť so Sienou." Zošpúlila pery a jej žiarivý rúž prenikol do hlbokých vrások, zatrpknutý výraz prezrádzal, že si spomína, ako sa Laurie odmietla podpísať na vyznačené miesto. Dramatický obed, ktorý potom nasledoval, plný citového vydierania a prehovárania, v nej zanechal pocit viny, z ktorého mala Laurie doteraz depresiu. Zopár krátkych dní si pochabo myslela, že matka sa na ňu príde pozrieť po tom, čo jej zomrel otec, pozve ju do Francúzska, povie jej, že tam vždy nájde domov.

Laurie zatvorila oči. Už to určite prekonala. Prosím ťa, mama, nepretriasaj to pred Camom. Ona však pokračovala.

„Neuveriteľné! Aký otec urobí čosi také?"

Cam sa predklonil, jasnými očami pozeral z Laurie na jej matku. „Kto je Siena?" naznačil jej ústami. Laurie mierne pokrútila hlavou.

Matka silno stisla pery, akoby sa bránila možnej nepríjemnosti.

„Miles ma hrozne sklamal. Predpokladám, že zanechal platnú poslednú vôľu. Iste si si to preverila. Možno som na to mala prísť dozrieť." Rozprávala sa skôr sama so sebou než s Laurie, oprášila si kolená elegantných čiernych nohavíc, celý čas krútila hlavou.

„Možno poverím svojho právnika, aby sa na to pozrel. Veď vieš, ako je to so staršími ľuďmi. Majú zvláštne nápady."

Laurie sťažka preglgla. Matka udrela klinec po hlavičke. Čo by si myslela, keby jej Laurie povedala, že sem prišla na strýkov príkaz?

„Myslím, že Miles vedel, čo robí," skočil jej do reči Cam. „Mal dosť času, aby všetko pripravil. Povedal by som, že všetko pekne naplánoval."

„Ach." Laurina matka zmĺkla a Laurie sa naňho vďačne usmiala. Nepoznala veľa ľudí, ktorí dokázali umlčať jej matku.

Nemlčala však dlho. „Keď dopijete čaj, poverím Jacksona, aby vás zaviedol hore. A budem vás musieť nechať, lebo musím všetko pripraviť na dnešný večer. Prídu Rossiterovci aj gróf Rothman s Caroline Linklaterovou... tá sa zasnúbila s nejakým dánskym princom... alebo možno so švédskym, už si nespomínam." ZmÍkla a prezrela si Laurie od hlavy po päty. „Predpokladám, že si si nepriniesla nič na oblečenie. Zdá sa, že máš rovnakú veľkosť ako Siena. Pozriem sa, či v jej skrini nenájdem niečo pre teba. Od siedmej budeme v modrom salóne podávať šampanské a o deviatej bude v jedálni večera. Keby ste medzitým niečo potrebovali, požiadajte o to môj personál. Ale teraz už musím ísť, mám kopu práce. Včera prišlo dosť ľudí a išli von na obed. Onedlho sa vrátia. Rada mám doma hostí, ale je to fuška."

Mávla rukami, akoby naznačovala, aká je zaneprázdnená. Bezchybné nechty nalakované naružovo prezrádzali, že všetku prácu robia iní. „Ospravedlňte ma. Dopite čaj."

A odišla klopkajúc podpätkami, pritom volala: „Jackson, Jackson."

Laurie si sťažka vzdychla.

Cameron pomaly zažmurkal, zhlboka sa nadýchol, obzrel sa ponad plece, potom povedal: „To bolo zaujímavé. Predpokladám, že Harry je tvoj... nevlastný otec?"

„Tak by som ho nenazvala, stretla som sa s ním len zopár ráz. Vždy, keď mama prišla do Londýna, veľkolepo ma pozvala na obed. On je jej posledný manžel... číslo tri. Sú spolu asi päť rokov."

„A ako dlho tu žijú?"

„Zhruba rovnako dlho. Harry je gróf alebo také čosi. Je to dom jeho predkov. V skutočnosti sa nevolá Harry, je to prezývka odvodená od priezviska Harvieu."

„Takže si vyrastala s..."

Tvár jej povädla. „S ockom... v posledných rokoch jeho života. Nikdy nepochopím, prečo sa oni dvaja vôbec vzali." Tento veľkolepý dom mal ďaleko od milého domčeka v radovej zástavbe, kde bývala s Robertom.

Cam ju pozoroval a cítila, ako očervenela. Zatiaľ sa vyhýbala zmienke o Siene. Bolo by únavné vysvetľovať to a nechcela, aby ju ľutoval. Dráždilo ju to, lebo nikdy nemala odvahu povedať niečo matke.

Zrazu sa cítila nevýslovne unavená a najradšej by bola doma. Chcela sa vrátiť do čias, prv než sa toto všetko začalo. Prv než sa konal pohreb, čítanie poslednej vôle. Keď to medzi ňou a Robertom bolo pekné a jednoduché. Keď v jej živote neboli zákruty, len rovná cesta. Chápala, o čo išlo Milesovi, nech mu je zem ľahká. Chcel jej ukázať, o čo prišla. Chcel, aby cestovala, užívala si život, ale ona to nepotrebovala. Možno dnes večer bude môcť zostať vo svojej izbe a vyhnúť sa matkinej nóbl spoločnosti.

Určite tam bude množstvo ľudí, s ktorými nemá nič spoločné a nemá im čo povedať. Zato Cam medzi tých ľudí ľahko zapadne.

„Si v pohode?" Cam na ňu láskavo pozrel a chvíľu jej hľadel do očí. Bola v pokušení povedať: „Nie, nie som v pohode, vezmi ma odtiaľto." Ale to by nebolo fér. Už to bolo dosť zlé, že musí byť svedkom takéhoto čohosi a vydržať tu dvadsaťštyri hodín, nemôže ho zaťažovať svojimi problémami.

„Jasné, je mi fajn. Sú to len záležitosti medzi matkou a dcérou."

Cynicky zdvihol obočie, čím dal najavo, že jej neverí ani sekundu.

„Zavediem vás do vašej izby."

Vo dverách sa zjavil majordómus s prísnou tvárou a pripomenul mu, kedy naposledy pil čaj zo šáločky. Aj vtedy bol s Laurie, v Milesovom dome, prv než sa to všetko začalo.

Keby bol vedel, do čoho ho Miles zatiahne, možno by to bol odmietol. No teraz prišiel do Popoluškinho čarovného zámku a všetci zúčastnení boli pomotaní. Laurina matka bola asi najegocentrickejšia osoba, akú kedy stretol. Mal dočinenia s mnohými rozmaznanými ženami, ale ona nemala konkurenciu.

Toto všetko dobre poznal – peniaze, samoľúbosť, šplhanie po spoločenskom rebríčku patrilo k tomu. Na každého ozajstného milovníka veteránov pripadlo desať zberateľov trofejí, ktorí chceli rýchle autá spolu s mladšími, dobre udržiavanými manželkami. Dnešná večera nebude preňho nič nové, zopár ľudí možno bude poznať. Okruh bohatých a bohatších bol pomerne malý.

Chuderka Laurie, pripomínala mu mačiatko, ktoré sa postavilo pred leva a čakalo, že bude milý. Zvraštil tvár. Zrejme bude jeho úlohou chrániť ju.

„Povedal do izby?" zašepkala Laurie a štuchla ho do chrbta, keď nasledoval vystretého majordóma ku schodom. Veľkolepé schodište bolo rozvetvené na dve krídla, točilo sa pozdĺž dlhých balkónov a bolo lemované kovovými ozdobami.

„Netuším," zamrmlal. Páni, tento výlet je hotová fraška. Ak sa Miles pozerá zhora, zrejme ide puknúť od smiechu, hoci ten starý darebák si zaslúži byť v pekle za to, že naňho toto našil. Cam stisol pery. Chcel iba príjemný, nekomplikovaný život a vysnívané Ferrari. Keď získa ten zázrak, bude to zaslúžené.

Zrazu bolo počuť klopkanie podpätkov na mramorovej dlažbe v hale a vysoká, štíhla blondínka prudko zastala a prekvapene hľadela naňho a na Laurie.

„Tu si!" Zružovela. Zato Laurie stuhla, hlava akoby jej zamrzla na mieste.

Tie dve na seba chvíľu hľadeli, prvá sa trhane pohybovala a ledva potláčala vzrušenie, druhá bola ostražitá, akoby uviazla v pasci.

„S-Siena?" dostala zo seba Laurie a uprene hľadela na druhé dievča.

Nech bola Siena ktokoľvek, vlnité vlasy mala oveľa svetlejšie ako Laurie, siahali jej po pás. Bola pekná, dokonale uhladená, skrášlená ako ženy, ktoré vídať v lyžiarskych strediskách, ako je Verbier, alebo na palubách jácht v St. Tropez. Vôbec nebola Camov typ, ale poznal také ženy. Bohaté dievčatá so zvereneckými fondmi, ktoré vyzerali a hovorili rovnako a každé sa mohlo uchádzať o rolu v seriáli o blahobytných deťoch *Made in Chelsea*.

„Áno," zašepkalo dievča.

„Siena!" zakričal ženský hlas. Keď dievča začulo Celestino imperatívne volanie, úzkostlivo sa obzrelo na miesto, odkiaľ prišlo.

„Musím ísť." V tvári sa mu zablysli dokonalé biele zuby a odbehlo.

„Kto to bol, dopekla?" spýtal sa Cam podráždene.

„Moja sestra."

Cam túžil Jacksona zahlušiť, keď pomaly stúpal po schodoch, neponáhľal sa. Najradšej by sa Laurie spýtal, čo to má znamenať. Pátral v pamäti, ale nie, bol si istý, že sestru nespomínala.

Tá barbina, s ktorou sa práve zoznámil, bola bezpochyby nevlastná sestra, preto sa pozdravili tak nepriateľsky.

Cam a Laurie kráčali spolu po chodbe vystlanej plyšovým kobercom, po oboch stranách boli vysoké dvere so širokými zárubňami. Spýtavo na ňu pozeral, ale odmietala sa naňho dívať a mierne odvrátila hlavu, akoby obdivovala čerstvé kvety vo vázach na stolíkoch na nekonečných chodbách. Ľahko sa mohol cítiť ako v hoteli – na stenách viselo množstvo obrazov a kde-tu náhodne stáli kusy nábytku, ktoré akoby len čakali, aby do nich nepozorní návštevníci vrazili. Tento dom bol rozhodne stvorený na zábavu.

Na konci chodby Jackson zastal a otvoril im dvere.

Laurie vošla dnu prvá, Cam ju nasledoval.

Zastala a vzdychla. „My nie sme… nemáte ešte inú izbu?"

Jackson bol chvíľu nesvoj, akoby nebol zvyknutý, že niečo nebolo v poriadku.

„Veľmi ma to mrzí, madam, ale toto je jediná voľná izba. Dom je úplne obsadený. Mohol by som sa spýtať niektorého pána, či by bol ochotný podeliť sa o izbu." Znelo to, akoby to bola herkulovská úloha s neistým výsledkom.

Laurie očervenela.

Cam sa chcel spýtať majordóma, či sa to nedá vyriešiť ináč, ale Jackson sa už rýchlo vzďaľoval po chodbe.

„Prepáč." Laurie zvraštila tvár. „Je to hrozné klišé. Nemôžem uveriť, že matka si myslela, že… veď vieš."

Cam cynicky zdvihol obočie, na chvíľu ho očarila jej neohrabaná nevinnosť. V takomto dome to pôsobilo skutočne milo.

„Nijaké strachy," odvetil, „zvládneme to." Rýchlo sa na ňu usmial. „Verím ti. Minule si sa na mňa nevrhla."

Zagánila naňho a vystrčila bradu ako boxer pripravený na boj. „Nebolo to také ťažké."

Nechcela s ním bojovať. Čelo mala zvraštené a videl, že poslednú polhodinu zatínala päste.

„Si v pohode?" Rozmýšľal, či má podľahnúť nutkaniu schytiť ju do náručia a masírovať jej zhrbené plecia.

Keď ticho povedala: „Nie," v očiach sa jej zračil taký bezútešný výraz, až ho to načisto vyviedlo z miery. Prešiel cez izbu a objal ju. Pritúlila sa k nemu ako dieťa a sťažka vzdychla. Svaly na chrbte mala stuhnuté a napäté, tak jej ich začal masírovať do rytmu jej dychu.

Slová boli zbytočné, veď čo mohol povedať? Laurie nadelil osud mizerné karty.

„Tak ako je to so Sienou?" spýtal sa a cítil, ako sa jej zdvihla hruď, keď sa zhlboka nadýchla.

„Keď sa moji rodičia rozviedli, rozdelili si korisť napoly. Každý dostal jednu dcéru." Laurin monotónny hlas prezrádzal, že ju to veľmi zranilo. Nečudo, dofrasa.

„Vážne?" Odtiahol sa a pozrel na jej smutnú tvár.

Zdvihla plecia a pozrela do diaľky ponad jeho plece. Nemusel si predstavovať jej bolesť – videl jej ju v očiach. Privinul si ju na hruď.

Znova sa ozvalo tiché klopanie na dvere. Prvý raz bolo také jemné, až si myslel, že si to len predstavoval. Laurie naňho pozrela a on ju zovrel, aby ju utešil, potom ju pustil a šiel otvoriť dvere.

Siena sa vrátila, zastala vo dverách, akoby vedela, že zárubňa ju dokonale rámuje, ale tvárila sa neisto. Chvíľu tam postála, váhala, či má vstúpiť. Cam si pomyslel, že to veľa vypovedá o jej neistote.

„Zdravím. Môžem vojsť dnu?" spýtala sa rozpačito.

Laurie prikývla, v očiach sa jej zračil smútok.

Siena vošla dnu, zastala pred Laurie, bola trochu vyššia vďaka topánkam na pätnásťcentimetrových podpätkoch na drobných nohách. Modré oči mala zvýraznené čiernou linkou, na mihalniciach čiernu maskaru a na perách lesk, takže dosť kontrastovala so sestrou.

Cam bol nesvoj, keď videl, ako sa tie dve sestry odhadujú, zrejme nepotrebovali divákov, ale Siena bola na domácej pôde a Laurie outsiderka. To pomyslenie ho zabolelo, lebo si uvedomil, aká je Laurie zraniteľná, a rozhodol sa zostať, pokiaľ ho nepožiadajú, aby odišiel.

„Zrejme som sa zmenila. Pamätáš sa na mňa?"

„Trochu," odvetila Laurie a ťažko nachádzala spojitosť medzi touto dospelou atraktívnou mladou ženou a drobným plavovlasým dievčatkom v červenej károvanej školskej rovnošate na starých školských fotkách. Pravdupovediac všetky jej spomienky na sestru sa viazali na fotky a otec väčšinu z nich odložil, lebo to bol bolestný pohľad. Spomína si Siena na ich otca?

„Hm, veľmi sa nepodobáme, čo?"

Prešla okolo nej a obzerala si ju od hlavy po päty.

Čo má robiť, keď stojí zoči-voči sestre, ktorú nevidela desať rokov? Má jej podať ruku? Poslať vzdušný bozk? Siena nepôsobila zastrašene.

„No, ako vieš, ja som Laurie."

Siena prekvapene zdvihla hlavu. „Nikdy som na teba nemyslela ako na Laurie. Pre mňa si vždy bola Lauren, ale vyzeráš skôr ako Laurie než ako Lauren. Je to príjemnejšie. Lauren znie dosť vznešene."

Čo na to povedať?

Siena sa zoširoka usmiala a odhalila dokonalé zuby americkej roztlieskavačky, podišla bližšie a graciózne vyslala vzdušný bozk na Laurine líca.

Siena vyzerala vynikajúco, určite na svoju vizáž minula tisíce. Blond vlasy mala odborne melírované, čo zvýraznilo ich zlatý odtieň, ktorý žiaril vo svetle lustra, v šatách sa jej vynímal dokonalý dekolt a osí pás. Siahali jej kúsok nad kolená, takže bolo vidieť ohromujúco dlhé nohy, na ktorých mala zlaté gladiátorské sandále na vysokých podpätkoch. Všetko na nej svedčilo o bohatstve a uhladenosti.

„Vždy som rozmýšľala, aké by to bolo mať sestru. Teší ma, že sa s tebou konečne stretávam…" Pozrela ponad Laurino plece a zrazu zbadala Cama.

„Zdravím." Zrazu jej v hlase znelo nadšenie a Laurie by najradšej prevrátila oči. Typické.

„Zdravím," pristúpil bližšie a formálne jej potriasol ruku. „Ja som Cameron."

Laurie sa usmiala, keď úmyselne použil oficiálne meno, čím naznačil, že Siene na to neskočí.

„Teší ma, že vás spoznávam." Oči uprela do jeho očí.

Siena sa znova obrátila k Laurie, usmiala sa širšie a tvár jej znežnela.

„Prepáč, že vyrušujem. Len som si pomyslela, že si možno nečakala, že sa tu bude konať večierok, možno so sebou nemáš potrebné veci a mohla by som ti pomôcť upraviť sa, niečo ti požičať… vieš… možno?" Zrazu akoby sa celkom zmenila. Jej slová zasiahli Laurie ako vodopád obáv, vo veľkých očiach sa jej zračilo neisté očakávanie.

To len dokazovalo, ako sa môže mýliť a aká je potvora. Bude sa musieť zbaviť pocitu, že sa k nej nezachovali spravodlivo a že nie je taká dobrá ako ostatní. Hoci Siena bola dokonale zušľachtená, pravdepodobne bola rovnako nervózna a zúfalo sa usilovala… čo? Prelomiť ľady? Kajať sa? Siena nemohla za to, že ich matka si vybrala ju. Laurie bola staršia, možno si mala dať námahu a Sienu vypátrať. Keď pred ňou stála jej sestra a túžila jej urobiť radosť, Laurie sa cítila previnilo. Mala sa pokúsiť nájsť sestru. Ak mala byť celkom úprimná, nenávidela sestru za to, že Celeste si vybrala práve ju, hoci bolo hrozné priznať si to.

Po čase bolo jednoduchšie pre ich rozbitú rodinu zachovať si odstup, tak neboli tie citové búrky také dramatické.

„Aj mňa teší, že sa s tebou stretávam, a dobre, to by bolo fajn." Dofrasa, o čom sa bude so Sienou rozprávať? „Mám pekné červené šaty a čierne topánky, tak keby si mi mohla niečo požičať, čím by som to mohla doplniť, potešilo by ma to."

„Na večeru sa vyžaduje formálne oblečenie. Radšej smoking a dlhé spoločenské šaty než frak a večerná róba, ale… pekné červené šaty… nie." Siena rázne pokrútila hlavou. „Neboj sa, mám kopu značkových šiat. Za chvíľu ťa dáme do parády a ja ťa premením." Laurie takmer čakala, že vypne hruď. „Len počkaj." Na tvári jej zažiaril šibalský úsmev. „Ja móde rozumiem. Urobím ti dokonalý mejkap, hneď budeš vyzerať inak."

Laurie na ňu chvíľu hľadela, bola to zvláštna zmes ženy a dievčaťa. Hoci bola pekne upravená, mala len dvadsaťdva rokov.

„No…" Bezradne pozrela na Cama, veľmi jej nepomohol.

„Myslím, že to je dobrý nápad." Cam sa potmehúdsky usmial a žmurkol na Laurie. „Budete môcť dobehnúť zameškané. Mne bude dobre. Chcem si pozrieť maily. Pokojne choď, Laurie."

„Ach, bude to zábavné," zvýskla Siena, chytila Laurie za ruku a zrazu sa jej ostýchavosť vytratila.

„Ale… ja…"

„Všetko ti môžem požičať. Tak poď, musíme sa pustiť do práce, máme na to len tri hodiny." Ťahala Laurie z miestnosti a zakývala Camovi.

„Vrátim vám Popolušku o siedmej. Nebudete veriť vlastným očiam."

Tri hodiny! Laurie zamrelo srdce. Páni, čo plánuje robiť? V hlave sa jej vynoril film *Pomáda* a pieseň *Beuaty School Drop Out*, potom zdrvujúca predstava morčaťa s ružovými natáčkami.

Keď sa za nimi zatvorili dvere, Cam si vzdychol. Bál sa pomyslieť, čo plánuje tá pôsobivá mladá dáma urobiť s Laurie. Vzal do kúpeľne svoju kozmetickú taštičku a vybral holiace potreby. Dúfal, že to nebude hrozne prehnané, ale mal podozrenie, že bude. Siena vyzerala, akoby patrila do školy maximalistov. Hoci keď videl Laurin previnilý výraz, usúdil, že urobí čokoľvek, aby potešila mladšiu sestru. Nevedel si predstaviť, že by on a Nick žili tak odlúčene. Nepokúsil by sa udržať kontakt? Ktovie, aké to je v iných rodinách?

Musí mať na pamäti, že nie je Laurin opatrovník. Zubnú kefku strčil do pohára na poličke nad umývadlom. Nemá s ňou nič spoločné. Hoci keby to bolo na ňom, schytil by ju, naložil do auta a utiekol ďaleko, ďaleko odtiaľto. Odporná ženská. Laurie by mu pravdepodobne neverila, ale tá žena jej zrejme urobila láskavosť, keď ju opustila, hoci rozdeliť sestry bolo neuveriteľne kruté nielen pre obe dievčatá, ale aj pre ich otca. Dnes večer sa bude držať v jej blízkosti, chrániť ju pred supmi a postará sa, aby ju jej matka nedostala do svojich pazúrov. V zrkadle zachytil svoj zúrivý odraz. Ach bože, už znova to robí! Laurie nepotrebuje, aby ju zachránil. Nemiešaj sa do toho, hovoril svojmu odrazu. Už sa to mohol naučiť. Stačí sa pozrieť, ako hrozne to dopadlo so Sylvie. Pokúšal sa zachrániť ju. Dozerať na ňu. No nedokázal to dotiahnuť do konca. Nebol na to stavaný.

Musí sa držať plánu. Dostať sa s Laurie do Maranella. Kúpiť auto, začať nový život a nikdy viac ju nevidieť. Tak prečo sa nevie zbaviť tej hrozivej vidiny, že bude mať na očiach priveľa mejkapu, na perách sýtočervený rúž, natupírované vlasy a šaty nevhodnej farby? A odkedy je odborník na to, aká farba jej pristane?

Tuším sa zmenil na jej staršieho brata. Robí si o ňu obavy. Pokrútil hlavou. To už zažil. Nebude sa cítiť zodpovedný za Laurie. Nepotrebuje to a nepoďakovala by sa mu za to. Nie je veľa žien, ktoré sú nezávislejšie ako ona – veď má prácu, vlastný dom a frajera, čo ju čaká pri kozube. O pár dní sa vráti domov, zosobášia sa, budú mať deti a veľmi peknú finančnú rezervu vďaka jeho bankovému manažérovi. Tento výlet nebude v jej spomienkach nič viac ako záblesk.

Medzičasom zíde dolu, skontroluje auto a v tomto dome je určite biliardová herňa alebo knižnica, kde môže prečkať, kým nebude čas vyzdvihnúť Popolušku. Bude mať možnosť rozhliadnuť sa, ako to tu chodí, hoci situácia sa mu zdala dosť známa. Smotánka je všade rovnaká. Všetci zapadnú do zvyčajných stereotypov.

Keď vyšiel z izby, zamieril dolu schodmi a vyšiel ku garážam za domom. Ferrari sa tam lesklo v podvečernom slnku. Čoskoro bude jeho. Parádne autíčko! To, že ho mohol viesť, bolo darom z neba, hoci Laurie už bola sebaistejšia, už jej nemusel dávať lekcie. Ešte šťastie, že jej to išlo tak dobre, inak by to boli muky.

„Pekné auto," ozval sa apatický hlas a ten muž vyfúkol oblak dymu.

Cam zdvihol pohľad, vdýchol dym a uvedomil si, že už roky nefajčil a ani po tom netúžil. Fajčiar sa odtisol od neďalekého múrika a postavil sa ku Camovi. „Vaše?"

„Žiaľ, nie."

Laurie bola pri rozhovore s matkou veľmi opatrná, tak nechcel nič prezradiť. Znova mal pocit, akoby bola jahniatko medzi supmi.

„Má veľkú cenu, čo?"

Cam prižmúril oči. Ten mladý muž vyzeral ako jeden z mnohých rozmaznaných faganov. Bolo to vidieť na jeho účese a nonšalantnej elegancii, s akou tu postával. To auto malo obrovskú cenu, ale iba hlupák by myslel na peniaze pri pohľade na toto majstrovské dielo. Ten chlap bol somár.

„To bola otázka alebo postreh?"

„Oboje?"

Cam nevedel odolať pokušeniu predviesť sa, hoci vedel, že by to nemal robiť. Takíto chlapíci ho nekonečne dráždili. „Zrejme má väčšiu cenu, ako je hodnota vášho zvereneckého fondu."

Mladý muž zdvihol obočie a zachechtal sa. „Na vašom mieste by som si tým nebol taký istý."

Kapitola 18

Sienina izba pôsobila domáckejšie než spálňa a salón, ktoré Laurie zatiaľ videla a pripomínali jej hotel, ale mala ďaleko k jej tínedžerskej spálni. Nikde nevidela nijaký plagát a nábytok bol zladený. Bola by to pekná izba, keby dlážka nebola pokrytá šatami a toaletný stolík mejkapom. Pri jednej stene boli skrine, z ktorých vykúkali dúhové farby.

Siena očividne nevedela nič o poriadku.

Rýchlymi pohybmi uvoľnila zamatovú stoličku s vysokým operadlom a preložila haldu oblečenia na posteľ.

„Sadni si sem," povedala a oči sa jej dychtivo rozžiarili.

Sadla si na posteľ a nedbala na šaty pod svojimi prekríženými nohami, vyzerala ako duch, ktorý práve vyskočil z Aladinovej lampy.

„Je to tvoj frajer?" Siena sa so živým záujmom predklonila, akoby plánovala dozvedieť sa o sestre v najbližších troch hodinách všetko, čo sa dá.

Laurie sa zasmiala, keď počula jej vážny tón. „Prepáč, nie, sme len… priatelia." Pomyslela si, že nie sú nič iné.

Siene povädla tvár. „Je úžasný. Ty po ňom vôbec netúžiš?"

Laurie sa znova zasmiala, nemienila o tom ani uvažovať. Videla Cama polonahého, mala blízko tie jeho nádherné zelené oči. Skutočne bol úžasný, lenže bol iná liga, a to nemienila priznať, lebo jej mladšia sestra tak trochu dávala najavo, že zbožňuje Laurie.

„No tak, musíš po ňom túžiť. Vyzerá ako filmová hviezda."

„Sme len priatelia. Doma mám frajera."

„Aký je? Vyzerá lepšie ako Cameron?"

Laurie stisla pery, aby sa nerozosmiala. Nikto nevyzeral lepšie ako Cameron. Páčilo sa jej, že sestra si myslela, že je skvelá. Nechcela klamať, a tak len pokrčila plecami.

„Koľko má rokov? Ako sa volá?"

„Volá sa Robert, má tridsať a pracuje v obchode s počítačmi."

Siena vyvalila oči. „Páni, takže nemá zverenecký fond." Tie dospelé slová nezodpovedali jej mladistvému elánu.

„Žiaľ, nie. A čo ty? Máš frajera?"

„Nie, hoci Edouard má o mňa záujem, ale je," Siena bezstarostne zdvihla plecia, „trochu nudný a nevie lyžovať."

Laurie vážne prikývla, akoby súhlasila, že to je vážny nedostatok.

„Maman ma chce dať dokopy s Yvom, majetky jeho rodiny susedia s našimi. Pravdepodobne to jedného dňa urobím."

Laurie sa to zdalo smutné, hoci Sienu to nevyviedlo z miery.

„Takže študuješ na vysokej škole? Na univerzite?"

Siene sa na chvíľu zastrela tvár. „Chcela som študovať módu, ale na St. Martins v Londýne boli dosť nároční. Chceli odo mňa portfólio, bakalársky titul alebo aspoň maturitné vysvedčenie. A chceli, aby som tam bola celý čas, čo sa mi zdalo divné. Chápeš, baba potrebuje pár týždňov stráviť v Miláne, v Paríži, v Londýne, ale aj v New Yorku. Ako môžem študovať módu, ak nepôjdem na všetky prehliadky?"

Laurie prikývla, očarila ju sestrina naivita. Zdalo sa jej to rozumné.

„A maman povedala, že by som zmeškala lyžiarsku sezónu. Nemalo to zmysel. Kde lyžuješ ty?"

„Nelyžujem." Laurie zmiernila svoju odpoveď úsmevom, nechcela zahanbiť sestru. „Som zamestnaná a v práci nemajú radi, ak si niekto vezme voľno na celú lyžiarsku sezónu."

„To je otravné." Siena nadskočila na posteli. „Maman hovorí, že pracuješ v knižnici. To je veľmi odvážne."

Laurie sa zamračila, nechápala, prečo by mala byť práca v knižnici odvážna. Čo sa deje v knižniciach vo Francúzsku?

Zrazu sa videla, ako stráži dvere v knižnici v Leighton Buzzarde v brnení a s mečom v ruke, pred sebou drží veľký okrúhly štít.

„Musí tam byť veľa baktérií."

„Baktérií?"

„Veď vieš, tých kníh sa dotýka veľa ľudí a potom sa ich musíš dotýkať ty." Siena sa mierne striasla.

„To je pravda." Laurie prikývla a potláčala úsmev. Také čosi jej nikdy nenapadlo.

Zrazu Siena zvýskla a vyskočila. „Pozri, koľko je hodín!" Začala sa prehŕňať v kope šiat na posteli, potom víťazosláve vytiahla čiernu podprsenku. „Vedela som, že je niekde tu." Priložila si ju na hruď, potľapkala sa a pozrela sa do zrkadla. „Áno, to je ono! Tak teda, dnešná večera bude dosť formálna. Bude na nej zopár korunných princov a iných príslušníkov kráľovských rodín, možno aj Mick, veď vieš, Jagger z Rolling Stones, ale aj jeden-dvaja priemyselní magnáti, tí sú vždy najnudnejší. Tak myslím, že by sme mohli zvýrazniť tvoju klasickú anglickú ružovú krásu. Si celkom ako Kate Winsletová."

Tie slová zneli veľmi dospelo, akoby opakovala niečo, čo počula v hre alebo vo filme.

Kým Siena rozprávala, krúžila okolo nej. Potom sa predklonila, vzala do ruky Laurine vlasy a odhalila jej krk. „Dobrý strih, kde ti to robili? Môj kaderník ma už trochu otravuje."

Laurie bezstarostne odpovedala, akoby bežne chodila ku kaderníkovi do Paríža. Nevedela tomu odolať. „Marc v Galeries…"

„Marc! Páni, to nemyslíš vážne! K nemu nie je možné dostať termín." Zošpúlila pery. „Len počkaj, keď to poviem maman."

Vyzerala taká rozladená, až sa jej Laurie takmer ospravedlnila. No potom prešla na inú tému, bola ako motýľ, ktorý lieta z kvetu na kvet.

„Páni, máš krásne lícne kosti a nemáš môj nemožný nos."

Laurie zdvihla obočie, Siena mala nos ako bábika, zdal sa jej dokonalý.

„Je hrozne malý. Vyzerám ako elfka." Znechutene zvraštila problematický nos. „Ak baba vyzerá ako elfka, nikto ju neberie vážne."

„Aha." Laurie sa usilovala stráviť všetky tie informácie, ale začala sa jej krútiť hlava. Siena často skákala z témy na tému.

„Máš to tu pekné," povedala Laurie hlúpo, zrazu si uvedomila, že by sa mala so sestrou rozprávať. „Takže žiješ tu… stále?"

Siena vyvalila oči. „Jasné, len občas bývame v parížskom apartmáne alebo v lyžiarskej chate vo Verbier. Kde inde by som žila?"

Laurie pokrčila plecami. Zdalo sa jej protivné povedať, že niektoré jej rovesníčky žijú s priateľmi a majú zamestnanie. Siena zmätene zvraštila pekné čelo a pokrútila hlavou. „Nie, žijem tu s maman a s Harrym. To je jej posledný manžel. Je veľmi milý."

Laurie potlačila prekvapený smiech. Znelo to tak normálne, akoby ich matka menila manželov pravidelne.

„Tie džínsy sú hrozné. Kde si ich kúpila?" Siena prekvapujúco rýchlo menila témy.

„V Nexte," odvetila Laurie, sestrina priamosť ju tak šokovala, že sa nebránila jej hrubosti. Z neznámeho dôvodu si dnes ráno neobliekla krásne nové biele nohavice.

„Nie sú veľmi lichotivé. Máš celkom dobré nohy, ale tento strih sa ti nehodí. Ja si vždy kupujem džínsy značky Diesel, sadnú mi ako uliate. Máme rovnakú postavu, mala by si si ich vyskúšať." Tvár sa jej rozžiarila, a keď odbehla, pripomínala nevyspytateľnú vílu.

Prehrabala sa v kope na dlážke v skrini, vytiahla džínsy a víťazoslávne nimi zamávala ako trofejou. „Tu máš, vyskúšaj si ich, kým ti nájdem šaty na dnešný večer."

„Čože? Teraz?"

„Áno." Siena nadšene potiahla zips.

„Počkaj, ja to zvládnem." Laurie odstrčila Sienine prsty.

Siena zvraštila tvár, vo veľkých očiach sa jej zračila ľútosť. „Prepáč… som trochu… priveľmi…"

Laurie cítila so Sienou. „Si dobrá. Ale viem si rozopnúť džínsy aj sama. Vážne."

„Tak teda švihaj. Neviem sa dočkať, kedy ťa uvidím v slušných džínsoch. Tamtie sú fakt…"

Laurie na ňu prísne pozrela.

„Prepáč, sestrička. Vyzeráš dosť hrozivo." Siena sa zachichotala.

Laurie sa roztápalo srdce. Siena sa veľmi usilovala urobiť jej radosť.

„A teraz topánky na dnešný večer. Akú máš veľkosť?"

„Šestku… niekedy päť a pol."

Siena sa zatvárila zdrvene.

„To nie je možné. Si si istá?"

Laurie zdvihla obočie.

Siena sa zachichotala. „Prepáč. Dofrasa, ja mám len päťku." Potom sa jej rozjasnila tvár. „Už viem! Maman má správnu veľkosť. Hneď som späť. A ty si obleč toto."

Keď vybehla z izby, Laurie sa nadýchla. Bola vyčerpaná. Siena bola ako veselý kolibrík, stále poletovala.

Vrátila sa s kopou škatúľ, boli naukladané tak dovysoka, že jej videla len nohy a ruku na vrchu tej kopy. Ohromene pozerala na meno na jednej škatuli. Nikdy v živote nevidela topánky od Jimmyho Chooa, a už vôbec si nijaké nevyskúšala.

O dve hodiny bola Laurie vymydlená, učesaná a upravená, až vtedy bola Siena konečne spokojná s výsledkom a dovolila jej pozrieť sa do zrkadla. V tom čase už bola Laurie zaľúbená do svojej sestry a rozhodla sa, že s ňou musí tráviť viac času. Bola plná elánu, štedrá, dokonale nevinná, rozmaznaná, ale ani trochu protivná. Nemohla uveriť, že ju vychovávala Celeste a že si nespomína na otca. Mal ju veľmi rád. Laurie zaplavila vlna bolesti pri pomyslení, o čo prišiel. Možno preto sa po prvých rokoch veľmi neusiloval. Celeste mu neuľahčila práva na návštevu. Bolo jednoduchšie nechať to tak, než stále cítiť stratu. Časom to bolo ľahšie, keď boli v dome len oni dvaja s otcom, svojím spôsobom sa jej to tak páčilo.

„Tradá!" Siena jej dovolila obrátiť sa a pozrieť do zrkadla. Laurie uprela pohľad na sestrinu úzkostlivú tvár, Siena poskakovala v zrkadle v pozadí. Obrátila sa k nej, prekypujúc láskou, a objala ju. Cítila, ako krehké kosti sestrinho hrudníka praskajú, keď jej sestra opätovala objatie dvojnásobne silne. Chvíľu tak postáli.

„Ďakujem, Siena. Dnešné popoludnie sa mi veľmi páčilo," zašepkala Laurie.

„Rado sa stalo, sestrička," odvetila Siena rozžiarene. „A teraz sa pozri na moje dielo." Otočila ju k zrkadlu.

Ten pohľad ju ohromil. Siene sa podaril zázrak. Vďaka rozumnému tieňovaniu vyzerali jej oči ešte väčšie, mali dymovú farbu a pôsobili zmyselne. Lícne kosti poprášené rozjasňovačom jej žiarili, rozjasňovač jej zvýrazňoval črty tváre a vlasy hore zopnuté jej vzadu padali vo vlnách. Pohadzovala hlavou zboka-nabok, fascinovaná tým neznámym obrazom.

Mandy dosiahla, že vyzerala lepšie, ale Siena ju prekonala. Laurie nemohla uveriť, že tá tvár v zrkadle je ona. Prvý raz v živote sa necítila menejcenná. Pery sa jej zvlnili v úsmeve. Keď vyzerá takto, rozhodne má nádej na úspech. Vystrela sa a znova sa obdivovala.

„Páni," vzdychla. Nechcela narušiť ilúziu, že táto očarujúca bytosť je skutočne ona.

V sestriných šatách vyzerala krásne. Tie značkové tmavomodré puzdrové šaty jej padli ako uliate, zvýrazňovali všetky kontúry jej postavy aj dlhé nohy, takže vyzerala vysoká a štíhla. Dekolt bol hlbší, než by si sama vybrala, a chvíľu si véčkový výstrih šiat ukradomky poťahovala vyššie, ale napokon to vzdala. Ironicky na seba pozrela v zrkadle. Podľa bežnej normy to nebolo až také zlé a určite tam budú ženy s hlbším dekoltom.

Laurie si zahryzla do pery. Čo si pomyslí Cam?

Žalúdok jej nervózne skrúcalo. Bol zvyknutý na pekne upravené krásne ženy. Všimne si to vôbec? Keď si to uvedomila, pocítila bodavú bolesť. Chcela, aby si to všimol.

Siena vyzerala so sebou veľmi spokojná.

„No dobre, teraz som ja na rade. Musím sa pripraviť."

„Chceš, aby som tu zostala a pomohla ti?" spýtala sa Laurie, cítila sa so sestrou viac spriaznená. Bolo od nej milé, že obetovala svoj čas, aby ju upravila, chcela, aby vyzerala dobre, a nezačala sa chystať sama.

Siena sa zachichotala. „Nie, ja to zvládnem. Uvidíme sa neskôr."

Laurie mala pocit, že ju prepustila, a tak zamierila do svojej izby a rozmýšľala, či tam bude Cam.

Džínsy pohodené na jednej strane postele, boxerky na dlážke a tmavé ponožky na kresle čalúnenom hodvábom prezrádzali, že sa už prezliekol. Má so sebou večerný oblek? Dosť o tom pochybovala. Hoci pri Camovi nebolo podstatné, čo má oblečené.

Zrkadlo v kúpeľni bolo na okrajoch ešte vždy orosené, čo svedčilo o tom, že v nej nedávno niekto bol. Vlhký vzduch bol presiaknutý vôňou citrusu a žalúdok jej skrúcalo od túžby. Sprchovací gél ĽOccitane. Ten použila v Paríži. Bez rozmýšľania prešla k fľaštičke a zasnene k nej privoňala. Tá známa vôňa jej pripomenula, koľko hodín strávili v aute v tesnej blízkosti.

Netrpezlivo odstrčila fľaštičku. Jednoducho sa jej páčila tá vôňa. Čistá, svieža, citrusová – rozhodne si taký gél musí kúpiť. Robert nemal rád čosi také. Vraj je to len drahý švindeľ. Mydlo vydrží oveľa dlhšie a urobí tú istú službu za zlomok tej ceny.

Ale mydlo nevonia takto dobre. Nie, kúpi si ten gél. Každý sa môže trochu rozmaznávať. Páčilo sa jej, ako ju Siena zušľachtila, hoci mnohé z veľkého radu kozmetických a vlasových výrobkov v parádnych obaloch nepoznala. Značky šiat jej boli známe, hoci doteraz ich poznala iba z časopisov. Na

Gemmu by to veľmi zapôsobilo. Laurie musela priznať – človek dostane, za čo zaplatí. Nevedela sa donútiť, aby sa znova pozrela na cenovku na džínsoch značky Diesel, ktoré jej Siena nanútila, vraj si ich má nechať, ale boli krásne a Robert nemusí vedieť, koľko stáli. Bože, ten by bol zdesený! A prečo sa jej stále vtiera do myšlienok?

Čo si o nich pomyslí Cam? On by s tým nemal problémy. Koľko minie na džínsy? Nevedela si predstaviť, že by ho to rozhodilo. Ak mu sadnú, kúpi si ich, netrápi ho cenovka ani značka.

Zamyslela sa nad tým. Vyzerá v džínsoch svetovo, to je fakt. Nemala by o tom uvažovať, ale ak bol nejaký muž stvorený na džínsy, bol to on. V ústach jej vyschlo. Aj s dierami na kolenách vyzeral hrozne sexi.

A mysleli si to všetky ženy.

Aspoňže dnes Laurie nebude vďaka Sieninmu majstrovstvu pri ňom vyzerať nevhodne.

Bola rada, keď Cam súhlasil, že po ňu príde, keď bude čas zísť dolu na drink pred večerou. Formálne pokyny v nej vyvolávali pocit, že je skôr v hoteli než v súkromnom dome. Ani hotel v Paríži nebol takýto veľkolepý. V živote nevidela toľko zlata, saténu a hodvábu na jednom mieste. Na posteli boli navŕšené vankúše potiahnuté lesklým hodvábom a nadýchaná saténová prikrývka svetlomodrej farby s aplikáciami ladila so závesmi s volánikmi siahajúcimi po zem, ktoré viseli na vysokých sťahovacích oknách. Závesy boli pripevnené na stenu, akoby mohli každú chvíľu uletieť, v strede boli prichytené hrubými brokátovými stuhami.

Keď si obula požičané topánky, elegantné z tmavomodrého saténu s remienkami vykladanými diamantmi, podpätky sa jej zabárali do huňatého plyšového koberca a nechávali tam drobné odtlačky.

Zo zrkadla na ňu hľadela neznáma žena a neveselo sa usmiala. S vyčesanými vlasmi a poriadnym mejkapom vyzerala vyrovnane a elegantne, akoby tam patrila. Naklonila hlavu, zdvihla bradu a kriticky sa obzerala. Šperky mala jednoduché, len zlatú retiazku a zlaté napichovacie náušnice. Dlhé štíhle ramená nemala ozdobené, ale to iba priťahovalo pozornosť na jednoduchý strih šiat, v ktorých sa jej vynímala postava. Prikývla, bola spokojná s tým, čo videla. Aspoňže nikto nevidel, ako jej pod povrchom skrúca žalúdok.

Stretnutia s novými ľuďmi sa nebála. Práca v knižnici ju pripravila na rozličné typy. Usmiala sa, keď si spomenula na zvláštnych návštevníkov, s ktorými mala dočinenia. Skôr ju trápilo, koľko z prítomných ľudí bude vedieť, že je dcéra domácej panej. Rozprávala niekedy matka o nej? Laurie veľmi nehovorila o matke ani o Siene.

Cam zaklopal na dvere presne o päť minút sedem a ona mu otvorila. V ústach jej vyschlo a prekvapene zaochkala. Nikdy predtým ho nevidela v takom formálnom oblečení. Čierny smoking mu sedel na širokých pleciach ako uliaty a v bielej košeli sa vynímalo jeho opálenie. Výnimočne nemal strnisko, takže výraznú bradu mal hladkú a zvodnú a cítila jeho vodu po holení. Kým jej hlavou vírili tieto myšlienky, uvedomila si, že sa kníše na mieste, hypnotizovaná jeho výzorom. Najradšej by sa k nemu naklonila a ovoňala ho, prebehla rukou po hladkej mužnej sánke. Vyrazil jej dych a pulz mala rýchly ako dostihový kôň, ktorý vyštartoval na pretekoch. Zažmurkala a mlčky stála vo dverách, vyjavene naňho hľadela ako hlupaňa.

Našťastie aj on na ňu vyvalil oči, dúhovky mu potemneli. Všimla si, ako prestúpil z nohy na nohu a na krku mu poskočil ohryzok, keď naprázdno preglgol.

Hrial ju pocit spokojnosti, v zmyselnom pohľade sa mu zračil obdiv, hoci ju to trochu uviedlo do rozpakov, lebo nikdy na ňu nikto tak nepozeral.

„Vyzeráš dobre," vyhŕkla. A to boli slabé slová.

Ani to formálne oblečenie nezmenilo výzor piráta, a keď si ju obzeral od hlavy po päty, usmial sa na ňu ako šelma. „Aj ty. Fakt veľmi dobre."

Jeho dymové oči hovorili oveľa viac.

Očervenela a srdce jej urobilo salto.

„Ideme?" Nastavil jej rameno.

Chytila ho pod pazuchu a zdalo sa jej to prirodzené. Vykročila zarovno s ním a rozmýšľala, či cíti cez látku smokingu jej divý pulz. Prstami sa mu dotýkala pevného bicepsu.

„Ďakujem."

Prekvapene sa k nej obrátil. „Za čo?"

„Že si po mňa prišiel a odvedieš ma dolu."

„To patrí k veci," usmial sa a na chvíľu vytriezvela, spomenula si, prečo tam Cam je.

Keď sa blížili k salónu, ozýval sa tam smiech a žiarili svetlá. Zo stropu visel obrovský luster, krištáľ sa trblietal v striebristom svetle. Lauren mala pocit, akoby vstúpila na scénu filmu, nezdalo sa jej to skutočné. Miestnosť bola plná veľmi elegantných, bezchybne upravených hostí. Všetci muži do jedného mali rovnaké čierne smokingy a štíhle ženy krásne, apartné šaty. Lauren bola Siene neuveriteľne vďačná, že ju upravila, navonok sa cítila, akoby tam patrila, hoci vnútri nie.

Cam akoby vedel, čo treba robiť, lebo ju viedol na opačný koniec salóna, kde sa premávali čašníci s veľkými striebornými podnosmi s vysokými krištáľovými pohármi so šampanským. Skúseným pohybom vzal dva poháre a jeden jej podal.

„Vyzeráš krásne, ale iba ja viem, že sa cítiš ako kura v líščej nore.“

Prekvapene naňho spýtavo pozrela. Presne tak sa cítila, no sklamalo ju, že jej vyrovnaná fasáda ho neoklamala.

Naklonil sa k nej a na krku ju hrial jeho teplý dych, až ju šteklilo v žalúdku. „Tak silno si mi zvierala rameno, až som si myslel, že mi doň prestane prúdiť krv a budú mi ho musieť amputovať,“ doberal si ju šeptom. „Ale nijaké strachy. Vyzeráš… krásne je hrozne obyčajné slovo… elegantne, nie veľmi krikľavo.“

„Ach,“ ospravedlňujúco sa usmiala. „Prepáč, som trochu nervózna.“

Pozrel na hostí a komusi na druhej strane kývol.

„Poznáš ho?“ spýtala sa Laurie, srdce jej zamrelo, dúfala, že ju neopustí.

„Uhm.“ Camov hlas nezodpovedal bezvýraznej tvári. „Vidíš tu niekde svoju matku?“

„Zatiaľ nie.“

Usmial sa. „Všetko dobre dopadne. Môžeme odísť, kedykoľvek budeš chcieť. Už sme si vybavili povinnosť. Neviem, čo mal Miles za lubom, ale očividne mal dôvod, aby ťa sem poslal, no je na tebe, ako dlho tu zostaneš. Keď v dedine kúpime pohľadnicu a pošleme ju Ronovi, si v suchu.“

Vďačne sa usmiala, že jej to pripomenul. Samozrejme, môže odísť, ale potom sa bude musieť rozlúčiť so Sienou.

Jej sestra sa dnes popoludní tak veľmi usilovala urobiť jej radosť, strávili spolu príjemné chvíle. Bolo od nej milé, že si dala takú námahu, aby Laurie dobre vyzerala. Pri nikom sa necítila tak výnimočne, nikto ju tak nerozmaznával, nevenoval sa jej tak.

„Ach, Lauren, tu si!“ Zrazu sa pri nej zjavila matka, potom sa zatvárila zdržanlivo. „A Cam, pozrime sa, aký ste fešák.

Vyzeráte úžasne." V tvári sa jej mihol roztúžený výraz. „Boli by ste taký milý a priniesli by ste mi šampus?" Takmer ho postrčila k čašníkovi na druhej strane miestnosti.

„Si veľká neznáma," poznamenala Celeste a pozorovala, ako Cam graciózne odchádza. Vzdychla si. „Fešák, pripomína mi tvojho otca."

Laurie znechutene prevrátila oči a zhrozene si uvedomila, že matka ju pri tom pristihla.

„Vieš, kedysi som ho naozaj milovala." Celeste znežnela tvár a chytila Laurie za rameno.

Jej drobná ruka hriala Laurie na pokožke. „Len sme sa k sebe nehodili. Nie, ja som sa k nemu nehodila. A on to vedel. Áno, bol úžasný, vedel to. Ale mne to nikdy nepovedal." Prsty zovrela silnejšie. „Myslela som si, že láska stačí. V osemnástich rokoch som o tom nemala ani potuchy. Greg," oči sa jej na chvíľku zarosili.

Laurie ju prvý raz počula hovoriť o otcovi tak nežne. „Ľúbil ma. Dosť na to, aby sa pokúšal odradiť ma. Bol starší a múdrejší, ale čím viac sa usiloval, tým viac som mu chcela dokázať, že sa mýli." Kútiky úst sa jej vykrivili nadol a neveselo, nešťastne sa zasmiala. „A mal pravdu, hoci nemyslím, že ho tešilo, keď mohol povedať: Hovoril som ti to. Bol to dobrý muž."

„Tak prečo si ho opustila?" Laurie znela v hlase prenikavá naliehavosť a obzrela sa, dúfala, že ju nikto nepočul.

„Pretože som nebola dobrá žena." Celeste sa tvárila zamyslene, hľadela do diaľky, akoby bola ponorená do spomienok. Potom ľútostivo stisla pery. „Vydať sa z lásky nie je také, ako sa hovorí. Nepovzbudzovala by som žiadnu svoju dcéru, aby sa vydala z lásky. Najmä keď obe strany vedia byť neuveriteľne tvrdohlavé." Jej hlas znel tvrdo, oči mala zastreté a Laurie prvý raz napadlo, že matke zostali na srdci jazvy.

Rozmýšľala, či má v tejto chvíli nesúhlasiť, ale nevedela sa donútiť, aby vyslovila tie slová, aj keby to bolo len klišé. Našťastie vtedy sa vrátil Cam.

„Nech sa páči, Celeste." Mimoriadne hrejivo sa usmial na Laurie a mala pocit, že sa ponáhľal, aby nezostala dlho bez ochrany. Úmyselne sa jej dotkol prstov, keď druhou rukou podával matke šampanské, akoby hovoril: Tu som. Pocítila príval vďačnosti. Bez neho by toto utrpenie bolo oveľa horšie.

„Práve som hovorila Laurie, že mi pripomínate jej otca." Celeste sa už znova tvárila koketne a šarmantne, krátka chvíľa úprimnosti pominula.

Laurie na matku zagánila.

Celeste sa zvonivo zasmiala, akoby si zrazu uvedomila, že o sebe odhalila priveľa.

Lauren na ňu vyrovnane pozrela, akoby ju vyzývala, aby pokračovala.

„Ach, hádam stále necítiš nevraživosť. Vážne," jej matka sa zoširoka usmiala na Cama, „keď som sa rozišla s Gregom, čo bolo neuveriteľne ťažké rozhodnutie, musela som vziať Sienu so sebou. Musíte chápať, že vychovávať dve deti sama… no," zdvihla plecia ako pravá Francúzka, „to bolo jednoducho nemožné. A Laurie bola v ťažkom veku."

Laurie zaťala ruky do pästí, skryla ich za stehnami. Matka nebola sama, rozdávala si to s multimilionárom, ktorý jej platil opatrovateľky a gazdiné, chodila s ním na dovolenky po celom svete, mal apartmány v troch hlavných mestách na tejto strane Atlantiku.

„Okrem toho Siena bola ešte malá."

A krajšia, rozkošnejšia a nehádala sa, pomyslela si Laurie uštipačne. Dala si výdatný dúšok šampanského, takmer dopila pohár.

„Siena vníma Georgea ako otca. Bolo to tak jednoduchšie. Vedela som, že tebe bude u otca dobre." Celeste nasadila smutnú tvár, no Laurie veľmi dobre vedela, že sa tak tvári len kvôli Camovi. „A teba sme stále pozývali na návštevu. Bolo od neho protivné, že ti nedovolil, aby si s nami šla na Barbados alebo k jazeru Tahoe či stráviť leto vo Francúzsku."

Odôvodňovala to ako veľa ráz predtým a Laurie vedela, že nemá zmysel vysvetľovať matke, prečo nemohla prísť, no nemienila dopustiť, aby to Celeste prešlo pred Camom.

„Bolo to len preto, lebo v to leto, keď si ma pozvala na Barbados, som maturovala, výlet k jazeru Tahoe kolidoval s prijímačkami na univerzitu, a keď si ma pozvala stráviť leto vo Francúzsku, práve som nastúpila do práce. A mám len štyri týždne dovolenky do roka, žiaľ, nie tri mesiace."

Celeste podráždene pohodila hlavou, až sa jej zatriasol dokonalý uzol. „Ponuka platila. Tvoj otec len robil problémy. Vedel byť hrozne tvrdohlavý. Ach, tu je Siena. Nie je krásna?"

Laurie hľadela na matku a rozmýšľala, či si ten rozhovor pred chvíľou len nevyfantazírovala. Jej rodičia sa očividne krátko milovali, hoci sa jej to zdalo neuveriteľné.

Pozrela na Sienu, bola ešte úžasnejšia ako predtým. Jej šaty, vodopád žiarivého fuksiového hodvábu, boli oveľa efektnejšie a vzrušujúcejšie ako Laurine, ale Laurie by nikdy nemala odvahu obliecť si šaty s odhaleným plecom. Siena si vyčesala vlasy dohora a pripla si zložito upravené kučery sponami s umelými drahokamami – nie, pravdepodobne to boli diamanty, ktoré krásne žiarili v jej blond vlasoch. Ešte aj rúž sa jej trblietal, akoby poprášený perlovým práškom.

Siena sa usmiala. „Čo si o tom myslíš, maman?" Roztiahla ruky. „Otoč sa, Laurie, nech to maman vidí v plnom svetle."

„Ďalší triumf, miláčik. Si hotová profesionálka v úprave mejkapu a vlasov." Celeste dobrosrdečne prevrátila oči. „A je to príjemná zmena, už sa nemusíme spoliehať na personál, vďakabohu. Bolo hrozne otravné, keď som musela hľadať topánky u slúžok a zachraňovať ich."

Siene sa mihlo v očiach sklamanie. Laurie sa k nej naklonila a dotkla sa jej ruky.

„Odviedla si fantastickú prácu. Som ti fakt vďačná."

„No tak, máš dobré gény, len to chce trochu času a námahy." Celeste stisla pery.

Laurie zdvihla pohár a dopila šampanské.

„Aha, pozri! Tamto sú François a Belle." Siena sa pri pohľade na plnú miestnosť šťastne usmiala. „Mám rada večierky." Mávla rukou, odplávala a vrhla sa do boja. Keď ju privítala skupina rovnako rozžiarených ľudí, bolo počuť jej radostný smiech.

Jej matka sa za ňou dívala s nehou, potom sa obrátila k Laurie, zrazu sa tvárila mrazivejšie.

„Musím povedať, vyzeráš lepšie. Mala by som sa ti poďakovať, že si jej dala možnosť nejako sa zamestnať. Nudí sa tu, chuderka. V Paríži má viac čo robiť, ale Harry rád trávi leto tu."

Laurie sťažka preglgla hroznú hrču, ktorú mala v hrdle.

„Som jej vďačná, že mi dnes popoludní venovala čas. Bolo to od nej veľmi milé."

Matka mykla plecom. „Zrejme."

Hrča sa usadila Laurie v bruchu.

„Ale už musím ísť a venovať sa hosťom. Príjemnú zábavu."

Laurie za ňou hľadela, keď so zvonivým smiechom zmizla v dave.

„Si v pohode?" spýtal sa Cam.

Mdlo prikývla, cítila sa hlúpo. Naozaj bola pre sestru len rozptýlením?

„Prinesiem ti ďalší drink? Mohla by si si vychutnať ten šampus." Cam kývol na čašníkov v čiernom, ktorí chodili dookola s podnosmi s krištáľovými pohármi so šumivým nápojom. „Ak sa nemýlim, je to Dom Perignon. Vieš niečo o šampuse?"

Pokrútila hlavou, mala ju akúsi ťažkú. Všetka eufória sa vyparila.

„Tak teraz sa o ňom niečo dozvieš. Poď." Chytil ju za ruku a viedol ju po okraji miestnosti.

Vďakabohu za Cama, vždy vedel povedať v správnom čase správne slová. Vzhľadom na to, že bol podľa jej predpokladov strohý a málovravný, bol úžasne milý. A uvedomila si, že je prirodzene milý.

Šampanské bolo naozaj kvalitné a pri rozhovore s Camom sa uvoľnila. Striehla na Sienu, ale jej sestra sa ani na chvíľu nezastavila, chodila od skupinky ku skupinke, žiarivo sa usmievala, bezstarostne sa smiala.

„Poznáš tu niekoho?" Bol veľmi scestovaný, neverila, že nikoho nepozná.

„Niežeby som ich poznal, len som o niektorých počul. Zvyčajná spoločnosť príživníkov a vyžieračov." Ukázal na troch hlučných a príťažlivých mladých mužov. „Motajú sa na pretekárskych okruhoch. Majú rýchle autá a veľké zverenecké fondy."

Postupne sa začali začleňovať do niektorých skupiniek, ale až keď Cam odišiel na toalety, uvedomila si, že za celý večer ju ani na chvíľu neopustil. Usmiala sa. Keď ju vodil po miestnosti, pripomínal jej nezbedného newfoundlandského psa.

Chvíľu skúmala atraktívnu spoločnosť.

„Madam." Zastal pred ňou vysoký príťažlivý muž, blond vlasy mu padali do oka. „Som Christophe Baudelaire." Hovoril zastretým hlasom s výrazným prízvukom, vetu dokončil s kadenciou, akoby čakal, že bude vedieť, kto je. „Odkiaľsi vás poznám." Pozrel jej hlboko do očí a chytil ju za ruku.

Laurie musela stisnúť pery, aby sa nerozosmiala. Zdalo sa jej, že by si dnes večer zaslúžil odmenu za vycerené zuby.

„Nemyslím," odvetila Laurie čo najzdvorilejšie. „Vás by som si určite pamätala."

„Určite sme sa stretli, *ma chère*. Ako by človek mohol zabudnúť na takú krásnu ženu, ako ste vy?" Jeho hlas s výrazným prízvukom mal znieť šarmantne, žiaľ, Laurie myslela len na to, že to, čo povedal, bolo absurdné.

Ale nevzdal sa ľahko. Teraz jej pohládzal zápästie, správal sa k nej ako k nejakej *femme fatale*, keď bola iba obyčajná Laurie Brownová z Leighton Buzzardu, ktorá sa vyparádila len na jeden večer. Myslí si, že je to zmyselné alebo čo? Akurát sa cítila divne.

„*Chèrie*," zašepkal jej do ucha, cítila jeho teplý dych. Ošívala sa.

„Ach, tu si, Laurie. Hľadal som ťa." Cam jej pozrel do očí. Usmiala sa, tešilo ju, že ho vidí, hoci v očiach sa mu zračilo pohŕdanie. Nespokojne zagánil na Christopha. Hádam si nemyslel, že toho mladého muža povzbudzovala.

„Aha, šofér," vyhlásil Francúz, objal Laurie okolo pliec a nonšalantne sa k nej naklonil.

Cam zdvihol obočie.

„Ach, on nie je… teda, to auto je moje… viac-menej…"

Christophe sa na ňu huncútsky usmial. „Vy ste majiteľka toho auta! Musíte mi o ňom porozprávať."

Laurie zdvihla plecia. „No…"

Cam na ňu zagánil a prv než stihla povedať ďalšie slovo, zvrtol sa a zmizol v dave, ktorý sa pred ním rozostúpil.

„V skutočnosti šoférujeme obaja." Hľadela za ním. Hádam sa len neurazil, že si ho pomýlili s najatým pomocníkom. Taký svetaskúsený muž by sa určite nesprával tak absurdne.

„Takže to auto… je vaše? Za koľko by ste ho predali?"

„Predala?"

„Áno, je to krásne auto, ale…" pokrčil plecami, „nie je to auto *ordinaire*. Je to auto pre zberateľov. A vy nie ste… ten typ."

„Typ?" Možno to bolo tým, že angličtina nebola jeho rodný jazyk, alebo Laurie stúplo do hlavy šampanské, no zrazu sa pristihla, ako hovorí: „Nepoznáme sa dosť dlho, aby ste vedeli, aký som typ. Nie som si istá, ako ste prišli k tomu záveru."

Chvíľu mu trvalo, kým si v duchu preložil jej slová, potom sa mu na tvári mihol čarovne zmätený výraz. „*Mademoiselle*, prosím vás, rozprával som sa s vašou sestrou Sienou."

Laurie sa usmiala, potešilo ju, že sa jej právom inštinktívne nepáči. Klamal, keď predstieral, že nevie, kto je. Ozajstný pätolízač.

„Hovorila, že v Anglicku máte veľmi nudný život. Pracujete v nudnej *bibliothèque*. Neviem si predstaviť, že by ste jazdili do práce takým autom. To auto má závratnú cenu. Už by ste nemuseli robiť tú nudnú prácu. Mohli by ste žiť ako vaša sestra." Ukázal pohárom na honosný salón, ešte vždy sa usmieval ako krúžiaci sup.

Laurie dopila šampanské jedným dúškom, bublinky ju šteklili v nose. „Neviem si predstaviť, čo o mne viete."

Keď pochopil jej slová, už sa neusmieval, akoby bol spokojný sám so sebou. Na chlapčenskej tvári sa mu zračil zmätok, očividne nebol zvyknutý, že by mu ľudia niečo odmietli.

Laurie od neho odišla. Kedy mu to Siena povedala? Zaškrípala zubami a bránila sa čiernej diere sklamania a hlúposti, ktorá hrozila, že ju pohltí. Nemohla uveriť, že by mu Siena povedala čosi také protivné. Zrejme si to zle preložil. Ako sa Christophe Baudelaire opovažuje tváriť, že vie niečo o jej živote? A ako sa opovažuje predpokladať, že je priveľmi obyčajná, aby chcela jazdiť na takom aute?

Zmocnila sa jej škodoradostná hrdosť a vyvolala v nej pocit protivného uspokojenia. To auto patrí jej. A nepredá mu ho, ani keby zostal jediný na svete.

Vzala si ďalší pohár šampanského a zamierila k dvojkrídlovým dverám na terasu.

„Prepáč, že som ťa nechal samu. Musel som odísť, inak by som tomu hajzlíkovi vrazil."

Pozrela doľava a uvidela, že Cam sa opiera o zábradlie, v ruke má krígeľ so zlatistým ležiakom. Vyzliekol si smoking, rozviazal motýlik a teraz s tými strapatými vlasmi bol znova sám sebou.

„Celkom by ma potešilo, keby si to bol urobil," odvetila so skrúšeným úsmevom.

„Prečo?" Vystrel sa, akoby bol pripravený brániť ju.

„Pretože je to úskočný chlap. Chce kúpiť moje auto. Podľa všetkého sa nehodí k môjmu životnému štýlu."

„Také auto sa nehodí k životnému štýlu žiadneho človeka. To auto ťa vlastní." Oprel sa o zábradlie. Pridala sa k nemu a obzerala sa dookola.

„Celeste si tu žije celkom pekne," vzdychla. „Predstav si, že by si tu žil." Zamyslene popíjala, potom pozrela na bledú tekutinu s bublinkami stúpajúcimi na hladinu. Malo to veľmi ďaleko k jej domovu. „Nečudo, že opustila ocka. Toto je rozhodne lepšie než štvorizbový dom v radovej zástavbe, ten by sa celý zmestil na túto terasu."

„Čo sa stalo?"

„Ocko bol poisťovacím agentom strýka Milesa, vyzeral veľmi dobre, bol vyrovnaný a rozumný. Miles hovoril, že spočiatku sa veľmi ľúbili, ale keď sme prišli na svet ja a Siena, unavovala ju tá otročina v porovnaní s tým, čo mal jej brat. Fantastický životný štýl, fascinujúci priatelia, celebrity a Merryview. Trávila tam čoraz viac času. Ja som chodila do školy, ale Siena nechodila, tak ju brávala so sebou a tam sa zoznámila s Georgeom, ten bol jej manželom pred Harvieum. Nebol taký bohatý, ale bohatší ako ocko."

„Tak s ním utiekla."

„Presne tak."

„A prečo vás so Sienou rozdelili?"

Jeho priamosť ju ohromila. „Normálne sa na to ľudia pýtajú vyhýbavejšie. Nechcela si žiť s matkou? Tak nejako."

„Nezabúdaj, že vediem nebezpečný život," povedal so šarmantným úsmevom.

Jeho úprimnosť bola po rafinovaných kľučkách pri rozhovore so Celeste ako balzam na rany.

„Ako vravím, chodila som do školy, bola som doma usadená, zabývaná, Siena bola malá, brala ju ako doplnok."

„Ale otec určite chcel vás obe."

„Chcel." Zahryzla si do pery. „Ale Celeste mu dala ultimátum. Jedna alebo žiadna."

„Čože?"

„Vyhlásila, že ak jej nedovolí vziať si Sienu, bude sa s ním súdiť o zverenie do opatery nás oboch. Chudák ocko, nevedel, čo bude najlepšie. Keďže som chodila do školy a Siena bola často preč so Celeste, nakoniec dospel k záveru, že malej Siene by viac chýbala mama než on. Ale bol zdrvený."

„Chuderka Siena."

„Chuderka Siena," Laurie sa rozhliadla po honosnom dome.

„Áno, musí sa tu dosť nudiť."

„Nudiť?" zopakovala neveriacky.

„Niet tu čo robiť. Parádne izby a veľký dom nie sú dobrá spoločnosť. Je to hrozne formálne. Neviem si predstaviť, že by som tu žil, cítil by som sa tu ako v hoteli. Určite by som si nemohol vyložiť nohy na gauč. Najbližšie mesto je celé kilometre odtiaľto, nikde nijakí susedia. Nečudo, že tvoja sestra šalie od nudy. Žije v zlatej klietke. Títo ľudia sú banda príživníkov. Z tohto večierka pôjdu na ďalší. Keby ťa sem matka vzala, nebola by si šťastná."

V tej chvíli Cama nenávidela, nepáčil sa jej jeho pohľad.

Najradšej by vykríkla ako malé dieťa: „Veru bola!" a s dupotom by odišla. Napäto zaťala sánku, potláčala zúrivosť. Nechcela, aby jeho bystrý postreh obrátil hore nohami všetko, čomu celé roky verila.

Cam jej chytil tvár do dlane. „Mohla si ju za tie roky kedykoľvek navštíviť. Ale rozhodla si sa, že to neurobíš. Prečo?" Jeho kruté slová boli v rozpore s tým nežným dotykom.

Zaťala svaly, jeho postreh ju tvrdo zasiahol. Do očí jej vhŕkli slzy, ale nedopraje mu to zadosťučinenie. Ako sa opovažuje? Zovrela prsty, cítila, ako sa jej hánky napli.

Celé tie roky si bola taká istá. Celkom istá. Matka sa k nej správala neférovo. Opustila ju. Namiesto nej si vzala sestru. Ten pohľad ju formoval. Určoval spôsob, ako žila. Ona konala správne. Nikoho neopustila. Neriskovala.

A Cam teraz všetko spochybnil.

Bez rozmýšľania mu vychrstla šampanské do tváre.

Kapitola 19

Vyriešil to diplomaticky. Nevybral sa za ňou do preplnenej plesovej sály, zbehol po schodoch z terasy a prešiel okolo domu dozadu na nádvorie. Dlhé, nízke Ferrari sa ligotalo vo svetle mesiaca. Vybral z vrecka kľúče a vkĺzol dnu. Vystrel sa na koženom sedadle a hľadel cez predné okno na mesiac. Bola jasná noc.

Bol v pokušení nevrátiť sa do izby a prespať tu, ale urobí lepšie, ak pár hodín počká, nech sa Laurie upokojí. Dúfal, že zaspí, až potom sa vráti. Teraz ho už mrzelo, že bol taký úprimný, ale videl, že medzi Laurie a jej matkou nikdy nebude nijaký vzťah. Myslel na svoju matku. Bola trochu vyšinutá, stále niečo strácala, bola panovačná a požadovačná, najmä keď jej aspoň raz do týždňa neposlal esemesku, aby vedela, že ešte žije. Uškrnul sa. Nebola dokonalá, v skutočnosti často strelená, ale mal ju rád a vedel, že ona má rada jeho. A to bolo dôležité, nie? Celeste nikdy nebude mať rada nikoho iného, len seba.

„Miles, Miles. Čo si to vymyslel, starec?" Pokrútil hlavou, aké je to všetko absurdné, chvíľu čakal na odpoveď. „Viem, že si zrejme chcel urovnať spory… ale myslím, že si to len zhoršil." Odhrnul si vlasy z tváre. Hrozná šlamastika!

Musel Laurie uznať, že väčšinu ťažkostí zvláda. Odhliadnuc od toho, že mu vychrstla do tváre šampanské, nesprávala sa teatrálne, pokojne sa so všetkým zmierila.

Tu sa však dostala do hlbokej vody. Celeste by sa jej najradšej zbavila, len čo na ňu pozrela, a hoci Siena bola celkom milá, nemala veľa kladov, len peknú tváričku. Keď dnes večer skrášlila Laurie, dodala jej sebavedomie. Len škoda, že si Laurie neuvedomila, že táto smotánka nespozná jej klady, ktorých má viac než dosť. Čestnosť, lojálnosť a zmysel pre povinnosť.

Keď sa vrátil, v spálni bola tma, ale v mesačnom svetle presvitajúcom cez vysoké okná videl na pravej strane postele obrys Laurie. Zostal vonku čo najdlhšie, dúfal, že keď príde, bude hlboko spať. Dom bol plný hostí, a keďže ho trochu bolelo plece od šoférovania, netúžil nájsť si niekde pohovku a vyspať sa na nej. Sú dospelí ľudia, okrem toho už spali v jednej posteli. A ak mu pamäť slúži, už videla všetko, čo sa dalo.

Vkradol sa do kúpeľne a rýchlo sa vyzliekol, nechal si len spodky a vzal si tričko. Keď chvíľu počúval jej dýchanie, dospel k záveru, že nespí, len to predstiera. Bude najlepšie nechať ju tak a predstierať, že spí.

Vkĺzol pod prikrývku. Posteľ bola dosť veľká, hoci cítil teplo jej tela, kde vyhriala posteľ. Spomenul si na časy, keď bol ženatý. Bolo príjemné vrátiť sa domov k teplému telu. Nešlo o sex, ale o pokojné teplo uprostred noci, vedomie, že niekto je tam. Prekvapene si uvedomil, že hoci mu nechýba Sylvie, chýba mu spoločnosť manželky. Príťažlivosť Laurinho tepla spôsobila, že zatúžil po niečom, čo ani nevedel, že potrebuje.

Ale koho chcel oklamať? Nepotrebuje v živote také komplikácie a rozhodne nie niekoho ako Laurie. Ak poznal nejakú ženu, ktorá túžila zostať doma a udržiavať teplo rodinného kozuba, bola to ona.

Pohla sa a cítil, ako sa posunula na matraci. Bolo mu jasné, že nespí. Nedýchala pravidelne. Neodfukovala. Napriek všetkému rozmýšľal, ako sa cíti. Páni, musela to mať ťažké. Celeste bola mrazivá ako cencúľ a aký to musel byť pocit, keď videla sestru usadenú ako princeznú v rozprávkovom zámku, zatiaľ čo ona dlhé roky drhla doma dlážku? Aj keď tam mala teplo domova. Mal pocit, že Laurie to tak nevníma.

Laurie znova vzdychla. Meravo ležala vedľa Camerona a hlavou jej vírili myšlienky. Teraz už zrejme spí. Opatrne sa obrátila k nočnému stolíku a pozrela na hodiny. Tri hodiny desať minút, prešlo iba pätnásť minút odvtedy, čo sa dívala naposledy. Znova vzdychla. Mala pocit, akoby naháňala prchavé pramienky spánku, ale tie boli stále o krok popredu. Boli nepolapiteľné ako jej matka a sestra. Zmocnila sa jej zatrpknutosť, ktorú cez deň dokázala zatlačiť do úzadia. Teraz ju v skorých ranných hodinách zahltili. Čo také zlé urobila, že ju opustili? Dnes mala chvíľu pocit, že tam zapadne, ale v priebehu večera tá ilúzia vyprchala. Dala sa očariť tou ilúziou, lebo chcela, aby to bola pravda. V požičaných šatách a doplnkoch sa cítila ako chudobná príbuzná.

Znova zavzdychala nad svojou hlúposťou a po líci jej stiekla ľútostivá slza. Zasmrkala a netrpezlivo ju zotrela.

Chytila ju teplá ruka a ťažkú dlaň položila na jej ruku. „Ako ti je?"

Strhla sa. „Prepáč, zobudila som ťa?" Veľmi sa usilovala ležať nehybne.

„Nie... teda, nie celkom." Jeho hlas znel pobavene. „Tak čo ti je? Prečo tak vzdycháš?"

„Len mi chodia hlavou hlúpe myšlienky. Ľutujem sa. Prepáč... že som na teba vychrstla ten šampus. Mala som ho vychrstnúť do ksichtu tomu hroznému Christophovi."

„Odpúšťam ti, že si premrhala ten dobrý šampus, a mrzí ma, že som ťa rozladil. Nemal som to v úmysle."

„Viem. Mrzí ma to... jednoducho to..."

„Nechceš mi o tom porozprávať?"

„Ani nie." Teraz sa nezhovárala s Camom, len hovorila nahlas. Keď s ním bola potme, oveľa ľahšie sa jej rozprávalo, akoby šero skrylo jej rozpaky.

„Ak poviem nahlas... čo cítim... len dokážem, aká som hlúpa." Chvíľu mlčala a potom sa z nej začali valiť slová. „Nemala som sem prísť. Vedela som, že to takto dopadne. Vedela som, že nezapadnem. Preto ma matka nevzala so sebou." Nepodarilo sa jej preglgnúť vzlyk.

„No tak." Cam si ju teplou rukou pritiahol k sebe.

Jeho nežný pohyb pretrhol hrádzu a po tvári jej stekali horúce slzy. Za jeden krátky týždeň jej prejavil viac citov, než keď prejavila matka. A keď si to uvedomila, rozplakala sa ešte usedavejšie.

„Matka ma opustila. Vzala so sebou Sienu... a prečo by nie? Sienna nemôže za to, že matka ju ľúbila viac. Ale zdá sa mi to hrozne neférové. Ona má toto všetko a ja sem nezapadám. Viem, že je to plytké a nemalo by mi na tom záležať. Zostala som pri ockovi a urobila som správne... viem to. Mala by som sa cítiť morálne nadradená. Lepšia. Viem, že som..." vzdychla, „ale vieš čo? Nie je to dobrý pocit. Je to hlúpe klišé ako z rozprávky. Ibaže nie som taká bezmocná a nie som obeť. Nemala by som sa cítiť zle, lebo... toto všetko nie je dôležité. Je to povrchné, plytké... ale cítim sa zle... a nenávidím sa, že mi na tom záleží. Najhoršie je, že som si myslela, že keď som strávila nejaký čas so Sienou, spoznala som ju. Nadviazala som s ňou vzťah, ale potom sa ukázalo, že je znudená a robí to so všetkými. So mnou to nemalo nič spoločné, bola som len ďalší pokusný králik."

Cam sa zasmial.

Ten darebák sa nahlas smial, hoci jej stisol ruku, aby mu odpustila.

„Tak to je prehnané. Kriste, Laurie. Dopraj si pokoj. Osud ti nadelil zlé karty. Tvoja matka je chladná žena. Vypočítavá, egocentrická. Podľa mňa môžeš byť rada, že si jej unikla. Aspoňže si mala otca. S ním si si vytvorila poriadny vzťah. Mala si Milesa. Možno by si mala Sienu poľutovať. Áno, kozmetické úpravy sú možno jej koníčkom. Venuje sa tomu. Ale myslím, že s tebou rada strávila čas. Pokiaľ som videl, dala si naozaj záležať… mohla ťa obliecť a namaľovať ako Barbie, ale v skutočnosti si bola sama sebou. Buď ten mejkap a oblečenie zvolila veľmi dobre, alebo sa jej podarilo pochopiť, aká si a čo sa ti páči. Vyzerala si sebaisto, prirodzene. Nebuď taká tvrdá na seba ani na ňu. Myslím, že Siena má talent…"

Laurie sa zasmiala.

„Nie, naozaj… a skvelo ho využila. Pretože ti chcela urobiť radosť. Strávila s tebou čas, pochopila, čo sa ti páči, aká si. Musela to pochopiť. Všetko sa k tebe hodilo… šaty, mejkap, účes… bola si to ty."

„To čo má byť? Stal sa z teba módny guru?" Laurie sa trpko zasmiala, hoci si uvedomila, že má pravdu. Sienine šaty boli nápadné, žiarivé a dokonale sa k nej hodili. Mnohé šaty na tom večierku boli priveľmi krikľavé a okaté na Laurin vkus, ale Siene sa podarilo vybrať také šaty, aké by si vybrala sama, keby mala peniaze a čas hľadať ich. Ešte aj farba jej vyhovovala. A hoci mala poznámky k jej džínsom, nepokúšala sa jej vnútiť nič priveľmi žiarivé, krátke alebo tesné.

Cam sa zasmial. „Vieš čo? Čo-to viem o ženskej móde… Nezabúdaj, že som medzinárodný plejboj. Takže viem, o čom hovorím."

Laurie ležala, premýšľala o jeho slovách a v tme sa usmievala.

Potom sa obrátila. „Ďakujem, Cam," zašepkala a prevrátila sa na bok, aby ho rýchlo pobozkala.

V tej istej chvíli sa aj on pohol, vo vlasoch cítila šepot jeho dychu a inštinktívne zdvihla hlavu hore. Potme videla len obrys jeho hlavy.

Nebola si istá, kto koho pobozkal prvý, ale nesmelý dotyk jeho pier na jej perách ju celkom prebral. Akoby jej ožili všetky nervové zakončenia, premkla ju radosť a vzrušenie. Keď hrozilo, že jej pocity vybuchnú, ticho zastonala.

Ďalej sa nežne bozkávali a Cam prechádzal rukou po jej tvári, perami ju skúmal. Pod jeho príjemným náporom klesla na vankúš. Bol taký nežný, veľmi nežný! Aha, niekto ju potrebuje. Poddala sa jeho bozkom, jazykom mu prechádzala po perách. Cítila, ako prekvapene stuhol, potom zastonal a začal ju bozkávať náruživejšie, jazykom sa dotýkal jej jazyka. Vzrušenie cítila až v žalúdku.

Srdce jej zamrelo a medzi nohami cítila intenzívnu bolesť.

Keď sa odtiahol, vyrazilo jej dych a slepo si ho privinula, zmierala túžbou. Zdalo sa jej, že je to správny muž.

Jemne ju odtisol.

Pichlo ju pri srdci. Neznesie ďalšie odmietnutie. Teraz nie.

„Laurie," vzdychol, keď ho zadržala. Znova sklonil hlavu a hryzkal jej pery. Klesla na matrac, stiahla ho k sebe, rozhodnutá poddať sa mu. Celým telom sa pritláčal na jej telo. Cítila jeho stoporený úd a zdvihla k nemu boky.

„Laurie," naliehavo na ňu hľadel. „Nemali by sme to robiť."

Zatvorila oči, chcela zabudnúť na jeho oči. V tej tme sa naliehavo pokúšali priviesť ju k rozumu, ale jej libido nepočúvalo.

„Laurie," zašepkal znova s náznakom zúfalstva, čelo sklonil k jej čelu. Cítila ten dotyk a na chvíľu obaja znehybneli, spojení v okamihu ticha. Uvedomovala si teplo a ťarchu jeho tela na svojom tele, zahalil ju ako ochranná prikrývka.

Jeho teplo ju lákalo, nechcela sa ho vzdať. Vychutnávala si dotyk jeho čela na svojom čele, pocit blízkosti. Zostali tak, kým im obom neprestalo búšiť srdce a ich dych sa uvoľnil.

„Prosím ťa, neopúšťaj ma."

Znova ju pobozkal, tentoraz na nos, prevalil sa na bok a vzal ju so sebou, ramenom vkĺzol pod ňu. Len ju držal a ani jeden z nich nič nepovedal. Zrejme ju vyčerpal ten príval sĺz, lebo napočudovanie sa uvoľnila, cítila, ako zaspáva v Camovom náručí.

Prebudila sa s pocitom radosti i strachu a zažmúrila oči, akoby jej to mohlo zabrániť čeliť dňu a následkom včerajšej noci. Čo to urobila?

Bozkávanie s Camom bolo božské, ale nesprávne. Ešte vždy sa mierne chvela od rozkoše pri pomyslení na tie krásne bozky, jeho pohyblivé pery a silné, tvrdé telo.

Vedľa seba necítila pohyb, a tak otvorila oči, aby pozrela na Cama. Srdce jej na chvíľu zamrelo, keď sa jej v pamäti vynorili žiarivé spomienky. Vyzeral nádherne, tvrdo spal, čierne kučery mal rozhodené po vankúši, rameno za hlavou. Bol ako jej osobný padlý anjel. Keď sa doňho vpíjala pohľadom, zmocnila sa jej túžba, ale okamžite ju zatlačil pocit hanby.

Teraz nebol vhodný čas priznať si tú silnú príťažlivosť, ktorú pocítila, keď ho videla v kostole. Vtedy ju chránilo vedomie, že je to nemožné. Muž ako on by nevstúpil do jej sfér. Teraz sa všetko zmenilo a nemohla poprieť, že ju fascinuje.

Nikdy v živote nebola v pokušení byť Robertovi neverná. Ani jej to nenapadlo. Nikdy si nemyslela, že by toho bola schopná. A včera v noci sa takmer dopustila nevery, cítila zovretie zakázaného šťastia. Keby to Cam nebol zastavil, presne vedela, čo by sa stalo.

Pri spomienke na Roberta ju zaplavila hanba. Musí sa rozhodnúť, pokiaľ ide oňho. Keby ho mala naozaj rada a cítila, že ho bude mať rada navždy, nebola by v posteli s iným mužom. Určite by s takou radosťou nebozkávala iného muža.

„Ak budeš rozmýšľať hlasnejšie, odletí strecha," poznamenal Cam a strhla sa, keď si uvedomila, že ju skúma tými zelenými očami a tvári sa pobavene ako zvyčajne.

Pocítila ostych a do tváre jej vystúpila horúčosť. No super, teraz zrejme vyzerá ako hlupaňa. Cam pravdepodobne robí takéto čosi bežne, nečudo, že sa tváril uvoľnene. Mohol mať každú ženu, ktorú si zmyslel.

Nemala potuchy, ako sa správať po jednej noci bozkávania, pretože nič viac to nebolo, ale Cam vyzeral skúsený. A jej nezostáva iné, len správať sa rovnako bezstarostne ako on a predstierať, že sa nestalo nič mimoriadne. Nechcela, aby videl, že nemá skúsenosti. Musí sa tváriť akoby nič. Predstierať, že to je normálne a zvládne to.

„Pekne sa červenáš," povedal zastretým hlasom, pretiahol sa, obrátil sa na bok a oprel sa o lakeť.

Uprene naňho hľadela, neubránila sa tomu, fascinovaná ospalou túžbou a prísľubom v tých úprimných zelených očiach, keď s úsmevom pozeral na jej červenú tvár a strapaté vlasy. Bože, určite vyzerá hrozne, oči opuchnuté, všade rozmazaný mejkap.

Nezmohla sa na slovo, nevedela odtrhnúť pohľad od jeho očí.

„Si v pohode?"

Prikývla a sťažka preglgla. Dokáže to. Bude sa správať ako dospelá, svetaskúsená žena. On to pravdepodobne robí bežne.

Slovo spontánna však nemala v slovníku. Normálne si všetko naplánovala. Keď s Robertom prvý raz strávili spolu noc, naplánovali to niekoľko týždňov vopred. Jeho spoločnosť mala večierok v hoteli a patrila k tomu izba. Spomenula si, aký bol Robert formálny, spýtal sa jej, či jej nebude prekážať, ak prespia v jednej izbe. A pritom už spolu chodili pol roka a ešte spolu nespali. A Cama nepozná ani celý týždeň, a keby to nebol zastavil, s radosťou by sa s ním milovala do bezvedomia. Ten výraz sa jej celkom páčil. Pravdupovediac, ešte vždy bola pri pohľade naňho vzrušená.

Bola to len chémia. Rozbúrené hormóny ju zviedli z cesty.

Aké by to bolo milovať sa s Camom? Hlavou jej chodila tá neodbytná myšlienka. Toto je možno jediná šanca, aby to zistila. Čo bude ľutovať viac, že sa s ním vyspala alebo nevyspala?

Hruď mal zľahka poprášenú chĺpkami, svaly vypracované, pokožku opálenú dohneda. Chĺpky mu viedli po bruchu dolu. V ústach jej vyschlo a začervenala sa, keď si uvedomila, že ju pozorne sleduje.

Najrozumnejšie by bolo odhodiť prikrývku, vstať a nonšalantne prejsť do kúpeľne so slovami: „Idem sa osprchovať." Namiesto toho sa naklonila k nemu a nežne pritisla pery na jeho pery.

Bol zlý, skutočne zlý. Využil Laurie, keď bola očividne zmätená a nešťastná. Včera v noci sa veľmi usiloval konať správne. Nemienil ju pobozkať a ešte vždy si nebol istý, kde sa vzal inštinkt, ktorý ho k tomu priviedol. V jej hlase znelo zúfalstvo, bola ranená, nemohol ju utešiť, pomôcť jej.

Keď sa pokúšala potlačiť vzlyk, išlo mu puknúť srdce a tak mu skrúcalo žalúdok ako už dlho nie. Chcel ju držať, pomôcť jej. Chcel ju len uistiť, pripomenúť jej, že je výnimočná, nemala by sa hodnotiť z pohľadu svojej matky a sestry.

Jej neodbytný jazyk v ňom vyvolal celkom nečakanú reakciu. V živote necítil takú túžbu. Bolo to tým, že bola podfarbená vinou? Normálne ženy, s ktorými sa vyspal, poznali situáciu, boli rozvedené a netúžili sa tak skoro viazať. Laurino ostýchavé váhanie pri tom prvom bozku bolo milé, a keď sa zmenila na ženu, načisto ho to vykoľajilo.

Dnes ráno to bolo iné. Keď ju uvidel, pocítil vzrušenie v lone, ktoré sa zmenilo na tvrdú erekciu. Laurie bola nežná, hrejivá, krásne voňala. Tentoraz si nemyslel, že sa dokáže zastaviť. Tentoraz to ani nechcel urobiť.

Dofrasa, áno, bol zlý človek, ale keď Laurie prechádzala nežnými rukami dolu, nadvihol boky, neubránil sa tomu, a rukami jej pohládzal bradavky, pripravené na jeho dotyky. Pobozkal ju a zastonal. Pôjde rovno do pekla, o tom nepochyboval.

Keď mu zložila hlavu na kľúčnu kosť, vlasy jej voňali kvetmi a bola nežná, poddajná. Aj on. V jednej chvíli sa ho zmocnila vášnivá túžba a hlad. Cítila aj ona to isté? Bol vyžmýkaný, ukojený, uvoľnený a neuveriteľne spokojný. Poslednú polhodinu nič nepovedala... aspoň nič súvislé. Kto by si bol myslel, že dokáže tak krásne hrdelne priasť? V duchu sa uškrnul. Laurie bola plná prekvapení, ale sama seba možno prekvapila najviac.

Počul jej vzdych. Ach nie! Cíti ľútosť a pocit viny? Ani jeden z nich nepomyslel na starého dobrého Roberta.

Obrátila sa mu v náručí a pozrela naňho ospalými očami, ale horeli v nich šibalské ohníky. Skrytá tigrica.

„Páni!" usmiala sa naňho. „Som..." zvraštila čelo a takmer videl, ako spracúva myšlienky, výraz jej tváre prešiel niekoľkými fázami. Čo mu povie? Bude pochybovať? Bude v rozpakoch?

Mohol to vedieť. Mala neuveriteľnú schopnosť prekvapiť ho. Dočkal sa úprimnosti.

„No teda. To bolo… viem, že by som to nemala hovoriť. Mala by som sa tváriť kultivovane a nevzrušene, ale… vieš, normálne to nerobím… nikdy. Si veľmi dobrý." Bezočivo sa usmiala a pobavilo ho, aká je spokojná sama so sebou. „Zrejme máš bohaté skúsenosti. Ja veru nie, ale… toto bolo pre mňa čosi nové…" zachichotala sa a znova vzdychla. „Rozmýšľala som, prečo ľudia okolo toho robia takú vedu. Hovorila som si, že to je moja vina. Chápeš… že som frigidná." Zvraštila tvár. „Robert… Bože, teraz by som ho nemala spomínať, čo? Ale… raz mi to povedal. Takže nikdy nemám pocit, že to tak nie je, aj keď… veď vieš… sa tak cítim… a pravdepodobne preto to nie je… veď vieš." Zarazila sa a uvedomil si, že sa zrazu tak rozhovorila, lebo je v rozpakoch. „Ale toto bolo…" Otvorene naňho pozrela a potom pochvalne zablúdila pohľadom dolu po jeho trupe. V expresívnej tvári sa jej zračila túžba. „Úžasné. Je to… prepáč, zrejme to nevieš… chcela som sa spýtať, či je to vždy také?"

Položil jej prst na pery, aby ju zastavil, a prešiel ním po nich, potom jej strčil prst do úst, neubránil sa tomu. Jazykom mu okamžite prešla po brušku ukazováka a roznietila plameň túžby, ktorá mu vystrelila do lona.

Rukou jej pohládzal lícne kosti. „Nie, Laurie, nie je to vždy také… vlastne takmer nikdy."

„Vážne?" Oči sa jej rozžiarili a pobozkal ju, zrazu to chcel vyskúšať. Zložil telo na jej hrejivú pokožku, ona ho objala a jednou rukou mu blúdila po chrbte.

„Vieš, že máš rozkošný zadok?" zamrmlala a poddala sa jeho bozkom.

* * *

Ešte vždy sa usmievala od ucha k uchu.

„Si so sebou spokojná?" doberal si ju, keď vyšiel spod sprchy, šúchal si vlasy uterákom a nemal na sebe nič viac, len osušku okolo pása.

Bože, je nádherný a ona je beznádejný prípad. V žilách cítila vzrušenie a rázne zatlačila do úzadia myšlienku „čo som to urobila". Ľutovať môže neskôr. V zápale vášne sa rozhodla kašľať na všetky zásady a dať sa unášať túžbou. Cítila sa ako znovuzrodená panna. Akoby len teraz objavila sex a bolo to úžasnejšie, než sa jej zdalo možné.

A v tomto prepychovom dome akoby nič nebolo skutočné, Leighton Buzzard, Robert... zdalo sa jej to tak ďaleko. V inom živote. Tu bola tak ďaleko od reality, že si vôbec nevšímala pocity viny čakajúce pri barikádach.

Raňajky boli... čudné. Smotánka očividne neraňajkuje. A tak tam boli iba ona a Cam. Uľavilo sa jej, že po intímnom styku v spálni sa k nej správal presne tak ako predtým. Nijaké dotyky, nijaké bozky. Zrejme sú len... priatelia, čo jej vyhovovalo. Ten sex bol úžasný a bola s ním spokojná. V duchu sa uškrnula. V niektorých častiach tela cítila šteklenie, aké necítila nikdy predtým.

Jedáleň s veľkým stolom jej pripomínala limuzínu. Bol taký dlhý, že by sa k nemu mohli usadiť všetci európski štátnici. Na damaskových obrusoch stáli v pravidelných vzdialenostiach vázy so žltými a s bielymi tulipánmi. Na príborníkoch na oboch stranách miestnosti boli strieborné misy s mäsovými špecialitami, so syrmi, s ovocím, so žemľami a s *croissantmi*. Za také pôsobivé švédske stoly by sa nemusel hanbiť ani päťhviezdičkový hotel a Laurie premýšľala, či je to tam vždy takéto.

„Parádny výber," zamrmlal Cam, nalial si čiernu kávu a naložil si výdatnú porciu celozrnných sušienok.

Keď Laurie pozerala na skvelú ponuku lahodnej salámy, mäsa a syrov, ale aj pestrý výber pečiva, pri ktorom sa jej zbiehali slinky, rozmýšľala, či by bolo nespôsobné, keby si naložila viac, aby mohla urobiť sendviče na cestu... Ach bože, presne to by urobil Robert. A toho zatlačila do úzadia, ten problém bude riešiť inokedy. Jej nové motto znelo: *Carpe diem*. Bolo načase, aby si užívala deň. Presne to by od nej chcel Miles.

Keď budú zajtra odchádzať, mala by požiadať Celeste, aby povedala kuchárke, nech im zabalí obed. Tak to tu zrejme chodilo a bezpochyby ho dostanú v poriadnom prútenom košíku s vínom a krištáľovými pohármi. Také čosi sa kedysi pripútavalo vzadu na auto.

„Čo myslíš, kde sú všetci?" Pozrela na dlhý stôl. Bol priveľmi široký, aby sedela oproti Camovi. Mala pocit, akoby boli v hoteli, nie v súkromnom dome. Nikde ani stopy po hostiteľke, iných hosťoch, nikde nikoho. Sadne si vedľa neho, hoci pri ňom jej horela pokožka.

„Myslím, že sme prišli nevhodne zavčasu... je len pol deviatej."

„Áno, smotánka si zrejme nemusí robiť ťažkú hlavu, či príde načas do práce." Usmiala sa, aby dala najavo, že ju to netrápi, a potom si uvedomila, že ju to naozaj netrápi. Nezáležalo jej na týchto ľuďoch ani na tom, čo si o nej myslia. Neubránila sa úsmevu. To pomyslenie ju oslobodilo.

Cam sa chvíľu tváril zmätene, potom pokrčil plecami.

„Myslíš, že sú šťastnejší než ty?"

Zvláštna otázka. Prečo sa jednoducho nespýtal, či si myslí, že sú šťastní?

„Ako to myslíš? Mne je fajn. Som šťastná." Jej hlas znel prenikavo, akoby sa bránila. Pokazil jej náladu.

Cam sa chvíľu tváril rezervovane. „Nechcel som povedať, že si… nešťastná, len…" Zrazu upriamil pozornosť na svoje sušienky.

Podozrievavo naňho pozrela, v hrudi cítila napätie. „Nie som nešťastná, ale myslíš si, že som čosi ne…"

Cam si vzdychol a zahniezdil sa.

„Možno nemám právo sa k tomu vyjadrovať, ale… skutočne… si nemyslím, že si šťastná."

Laurie sa nasrdila. Nepozná ju. To, že spolu… tam nechcela zachádzať… ako sa opovažuje myslieť si, že ju zrazu pozná?

„Pravdaže som šťastná… prečo by som nebola? Mám všetko, čo chcem. Domov, prácu, ktorú mám rada, frajera, s ktorým som zasnúbená…"

Dofrasa, to nechcela povedať.

Cam zdvihol obočie. Laurie okamžite očervenela. Je zlá, keď sa s ním vyspala, ale to ešte neznamená, že je nešťastná. Okrem toho teraz je všetko iné. Dnes má čistý štít. Začne od začiatku a bude sa držať každého klišé, na ktoré si spomenie.

„Chcela som povedať, že… som… som šťastná." Zagánila naňho. „To, že tu nerobím mlynské kolesá a nespievam ‚aké krásne ráno', ešte neznamená, že nie som šťastná. Alebo spokojná. Som šťastná." Zatvorila ústa a potláčala zúrivosť z jeho domnienky.

Cam na ňu chvíľu hľadel a ona sklopila zrak na konček *croissantu*. Keď znova zdvihla pohľad, ešte vždy na ňu pozeral a teraz sa cítila ako ryba metajúca sa na háčiku, ktorá sa nemôže vyslobodiť. Jeho prenikavý pohľad akoby jej videl do žalúdka.

Vzdorne zošpúlila pery, hoci to bolo detinské, neubránila sa tomu.

„Tak teda definuj šťastie, ty expert na všetko."

Cam sa smutno usmial. „Neviem to vyjadriť slovami, ale viem, keď to vidím, a keď ti pozriem do očí, nie je to tam."

„Vážne?" Zdvihla obočie a pozrela mu priamo do očí.

Začervenal sa. „Odhliadnuc od toho…"

Cam je v rozpakoch? Zdalo sa jej to rozkošné. Potom znova zvážnel a zrazu sa cítila hrozne malá.

„Myslím, že by sme sa mali dohodnúť, že sa nedohodneme," vyprskla a preglgla výdatný dúšok čaju. „Idem sa prejsť."

Kapitola 20

Pred ňou sa rozkladala kvetinová záhrada a chodníček viedol po pravej strane domu k sadu, po ľavej strane bola zeleninová záhrada a pred ňou úhľadné záhony vedúce od zadnej strany domu, lemované živými plotmi a ozdobnými kvetinovými hriadkami okolo sôch. Na konci veľkého symetrického trávnika sa vynímala mramorová fontána, v diaľke tancovali spletité pramienky vody.

Vybrala sa k fontáne, lákal ju špľachot vody a vedomie, že odtiaľ bude mať dobrý výhľad na dom.

Všetko tam bolo bezchybné, dokonalé. Každý živý plot bol precízne ostrihaný, všetky mali rovnakú výšku aj šírku. V duchu videla armádu záhradníkov vyzbrojených pravítkami a nožnicami, ktorými ich prestrihávali.

Nevedela si predstaviť, že by Celeste alebo Siena pracovali v záhrade alebo kosili trávnik starou kosačkou, ktorá mala polepený elektrický kábel, lebo ho veľa ráz presekli. V duchu sa usmiala. Kosenie trávy nebola jej parketa, ale s otcom strávila v záhrade veľa pekných chvíľ. Keď plela zeleninové hriadky, držala sa jeho pokynov a videla, ako sa smeje, keď vytrhala

253

sadenice mrkvy, lebo si myslela, že je to burina. Nemohla zabudnúť, ako hrdo varil svoju prvú úrodu doma vypestovanej zeleniny. Pečené kurča, pečené zemiaky a k tomu čerstvá brokolica zo záhrady a... tie zvláštne veci, ktoré plávali v omáčke. Keď zarezali do malých ružičiek, vyhrnuli sa z nich desiatky malých húseníc, ktoré uvarili zaživa.

Potom sa otec vrhol na paradajky. S úsmevom vykročila po chodníčku k fontáne. Urodilo sa im ich tak veľa, že museli uvariť čatní. V skrinke ešte vždy boli poháre s čatní, staré najmenej päť rokov. Nikdy ich nezjedli, a hoci Robert sa jedoval, koľko miesta zaberajú na policiach, nevedela sa donútiť, aby ich vyhodila.

Jej otec bol jeden z milióna, aj keď jej nekupoval dievčenské oblečenie a neprihlásil ju na balet.

V rannom vzduchu sa vznášali jemné spŕšky vody, mohutný prúd striekal nahor a milión drobných kvapôčok dúhových farieb sa trblietalo na slnku. Pošteklili ju na tvári svojím chladom, ale neodtiahla sa, šla bližšie, naklonila hlavu a vychutnávala si ten pocit sviežosti na teplej pokožke.

Voda doslova burácala a do vzduchu vyletovali hektolitre vody, tie spŕšky tancovali, akoby ich choreograficky pripravili. V ušiach jej znel trvalý prúd vody a klopot kvapiek na sčerenej hladine. Toľko zvukov, toľko pohybu! Najradšej by vystrela ruky a privítala ráno. Zatočila sa od čírej radosti.

Okolo fontány stáli kamenné lavičky s vytesanými špirálami. Sadla si na lavičku obrátenú k domu, na chrbte ju hrialo slnko a skúmala úhľadnú symetriu budovy s rovnakými oknami v pravidelných rozstupoch, všetky sklenené tabule paralelné.

Spomenula si na včerajšie Camove slová. Zlatá klietka.

Čas na chvíľu zastal, akoby sa roztrieštil. Silno zažmurkala a usilovala sa vyjasniť si hlavu. Cam, ocko, Miles, Celeste,

Robert. Nič nebolo celkom v poriadku, akoby sa zemeguľa vychýlila zo svojej osi.

Zatvorila oči, potláčala paniku. No iba čo sa to zhoršilo. A keď otvorila oči, pripadalo jej to ako kaleidoskop, v ktorom sa vytvoril celkom nový obraz a žiarivé slnečné lúče osvetlili tmavé kúty.

Hlava ju rozbolela z odhalenia, ktoré vyplávalo na povrch.

Keď premýšľala o Sieninom živote, pomyslela si, že vyrastať v tomto prostredí by bolo čosi celkom iné. Ak mala byť úprimná, nenávidela by to.

Jediná osoba, ktorá obmedzovala jej obzory, bola ona sama, ale rozhodla sa dobrovoľne. Bola slobodná, čo Siena nikdy nebude.

Je nezávislá. Má domov, a hoci je skromný, patrí jej.

Tak sa sústredila na to, čo jej nedala matka, že nevidela, čo jej dal otec.

Vštepil jej správne zásady a ukázal cestu. Niekedy bola tvrdohlavá, pretože chcela niečo dokázať. Ako keď nešla na univerzitu… z nesprávnych dôvodov. Vtedy si myslela, že prejavuje otcovi oddanosť a lojálnosť. Chcela mu dokázať, že nie je ako jej matka. Chcela zostať otcovi nablízku. V skutočnosti sa však pripravila o príležitosti.

Miles bol múdry. Všetko jasne videl a poslal ju na túto cestu.

Pozrela na snubný prsteň.

A to ju priviedlo k Robertovi. Sklonila sa nad kolenami a bradu si oprela o ruky. Robert. Znova pozrela na prsteň. Smaragd aj osadenie boli škaredé. Nenávidela ten prsteň. Spomenula si, ako ju požiadal o ruku, a zahanbene zvraštila tvár. Prečo nebola odvážnejšia? Otec by sa bol spýtal: „Vieš to naisto?" Zvážil by to, kládol by otázky.

Nechcela sa vydať za Roberta, už s ním nechcela žiť... Oči sa jej otvorili a videla širší svet, chcela ho skúmať bez Roberta, ktorý jej pristrihol krídla.

Kedy začala kráčať životom bez toho, aby si kládla otázky? Kedy sa so všetkým zmierila? Mala pocit, akoby odvtedy, čo ju opustila matka, kráčala životom ako námesačná. Nebola celkom šťastná, ale ani nešťastná. Cam to pochopil.

A prebral ju bozk... ako Šípkovú Ruženku. Dotkla sa perami jeho pier... a ten bozk stál za to. Zahryzla si do pery. Cam. Mala by sa mu ospravedlniť.

Keď znova prežívala dnešné ráno, vzdychla si. Cítila Camovo teplé telo na svojom tele, jeho vôňu a neznesiteľnú bolesť medzi stehnami, ktorú zmiernili jeho pohladenia.

Bol to len sex, ale bol to úžasný pocit. Tak dobre sa necítila... nikdy.

Sedela na lavičke a skúmala okolie s pocitom, že zdolala mimoriadne náročnú horu, premýšľala o budúcnosti. Zostala tam hodinu, vyhrievala sa na slnku a vychutnávala si, čo si práve uvedomila.

„Cam?“

Keď začul Laurin váhavý hlas, vynoril sa spod kapoty a obrátil sa. Tvár mala zružovenú a tvárila sa, akoby urobila nejaký úžasný objav, ruky sa jej nepokojne pohybovali po bokoch. Hoci mal dobré úmysly uvoľniť vzťahy, keď si spomenul, ako pod ním pred pár hodinami ležala a celá ružová a zadýchaná rozrušene zvierala prikrývku, zmocnila sa ho túžba.

Sťažka preglgol, tá predstava bola neodolateľne zmyselná, a len prikývol, nezmohol sa na slovo.

„Mal si pravdu.“

„Čože?" Potláčal nutkanie pritlačiť ju na kapotu auta. „Mal si pravdu?"

Bola to otázka? V čom mal pravdu? Muži nikdy nemali pravdu.

Znova len pomaly prikývol, dúfal, že mu to objasní... a to čím skôr.

„Nie som šťastná... lepšie povedané nebola som. Ako to hovoria ľudia? Žila som len polovičato..." šibalsky sa naňho usmiala, „nech to hovorí ktokoľvek."

„Dobre vedieť. A čo s tým urobíš?"

Tá otázka mala byť vážna, ale keď ju vyslovil, znelo to ako zmyselná narážka.

Na perách jej pohrával potmehúdsky úsmev, a keď mu pozrela priamo do očí, v pohľade mala zmyselný prísľub. Dvoma krokmi bol pri nej, chytil jej tvár do dlaní, palcami jej prechádzal po lícnych kostiach a pomaly k nej sklonil ústa, dal jasne najavo svoj úmysel.

Pozorovala ho a vydržala jeho pohľad. Vyzerala neuveriteľne zmyselne a v lone okamžite pocítil reakciu. Pomaly ochutnával jej pery, hryzkal ich, potom jej otvoril ústa a bozkával ju čoraz náruživejšie. Jazykom sa dotýkala jeho jazyka, potom si ju privinul a pritlačil si jej štíhle telo k sebe.

Keď sa konečne celí zadýchaní odtrhli, stále ju držal, bradu mal na jej hlave a vychutnával si jej jemné obliny.

„Chcem odísť ešte dnes," zašepkala mu pri krku.

„Dnes?" Chytil jej bradu do ruky a zdvihol jej tvár. Vyzerala vážne. „Nechceš zostať dlhšie? Myslel som si, že budeš chcieť... stráviť viac času so Celeste a sestrou."

„Nie," odvetila, akoby dospela k dôležitému rozhodnutiu. „Tu som to vybavila... hoci by som sa mala so Sienou poriadne rozlúčiť."

„Vážne?" Srdce jej silno, rovnomerne bilo na jeho hrudi, akoby potvrdzovalo jej rozhodnutie.

„Áno. Som pripravená pohnúť sa ďalej. Okrem toho máme stanovený program. Musím zavolať Ronovi a oznámiť mu, kedy sa stretneme v Maranelle."

„Keby sme chceli, máme na to celé dva týždne. Nemusíš si robiť starosti."

„Nerobím si starosti. Len si nechcem nechávať na koniec priveľa povinností."

„Neboj sa, postarám sa, aby si tam prišla v rámci časového plánu." Znova ju pobozkal, nevšímal si svoj nepokoj. Výsledok tohto výletu bol priveľmi dôležitý, aby zmeškal termín.

Siena zvraštila tvár a znova vyzerala ako malé dieťa. Chúďa dievča bolo také mladé na svoj vek.

„Veď si len teraz prišla. Nemôžeš zostať trochu dlhšie?" Priezračné oči sa jej zaliali slzami a Laurie mala pocit, akoby jej niekto vrazil do brucha.

„Teraz nie, ale veľmi by som sa potešila, keby si ma niekedy prišla navštíviť do Anglicka. Môžeš mi ukázať, kde mám v Londýne nakupovať. Zrejme to vieš lepšie než ja."

Laurie mala podozrenie, že Siene bude stačiť, keď spolu strávia nejaký čas, budú pozerať filmy a jesť čokoládu ako normálne mladé ženy.

Siena sa rozžiarila. „Áno, môžeme ísť do Harvey Nicks. Zviezť sa na London Eye, pozrieť si Buckinghamský palác a šaty lady Di v Kensingtone a musím sa vrátiť do galérie kostýmov vo V a A."

Tá galéria kostýmov Laurie prekvapila, ale potom si spomenula, že Siena chcela študovať na St. Martins. Možno to jej sestra myslela vážnejšie, než sa Laurie zdalo.

„Keby si niekedy chcela prísť, vždy ťa tam bude čakať posteľ."

„Vážne?"

„Jasné. V skutočnosti… je tam izba, ktorá bude tvoja, keď budeš chcieť." Predtým to bola Sienina izba.

„To by bolo úžasné… Kde máš mobil?"

Laurie jej ho podala a Siena rýchlo vyťukala svoje číslo. „Pošli mi fotku domu… aj mojej izby."

Laurie sa zasmiala. Len čo príde domov, vymaľuje a zariadi tú izbu. Možno nájde pre Sienu krátky kurz módneho návrhárstva, na ktorý by ju mohla prihlásiť.

Naklonila sa k sestre a silno ju objala. „Mrzí ma to." Mala byť lepšou sestrou, ale ešte vždy bol čas zmeniť to. Sestra jej objatie opätovala.

„Určite mi napíš." Siena mávla iPhonom. „A ohlás sa mi na Facebooku. Si na Facebooku, čo?"

Laurie prevrátila oči a zvraštila nos. „Nebola som, ale budem… ak musím."

„Musíš, musíš. Je to skvelé. Mám päťstotridsaťpäť priateľov." Znova zaváhala. „Naozaj chceš, aby som prišla?"

„Mal by to byť aj tvoj dom…" Laurie urobila grimasu. Bolo od nej necitlivé, keď pripomenula Siene, že otec jej nič nenechal.

„Prečo?" Siena pokrčila plecami. „Veď ani nebol mojím otcom."

Laurie strnula, akoby otupela. „Veru bol." Mrzelo ju, že Siena ho tak nevnímala.

Siena sa zmätene zamračila. „Nie naozaj, Laurie. Ja vnímam Goergea ako otca."

Laurie prikývla, sestrine slová ju tak šokovali, že nedokázala povedať viac než: „Aha, dobre." Ostentatívne pozrela na mobil, akoby kontrolovala, či tam má Sienino číslo. Škoda, že sestra dobre nepoznala svojho skutočného otca a nevedela, aký bol úžasný. Bola si istá, že by mal na Sienu dobrý vplyv.

Odchádzali bez fanfár, nikto nevidel, ako malé Ferrari uháňa po príjazdovej ceste a spod kolies mu odfrkuje štrk.

Cama prekvapilo, keď Laurie trvala na tom, že okamžite odídu, bol si istý, že bude chcieť počkať na matku, ale tvrdohlavo nástojila, že požiada majordóma, aby jej oznámil, že odchádza. Nikdy predtým sa nesprávala tak zaťato.

Pokiaľ išlo o Sienu, bola citlivejšia a predpokladal, že sa s ňou išla rozlúčiť do jej izby, hoci si nebol istý, lebo mu nič nepovedala. V skutočnosti už znova mala napätú tvár.

„Pozor na lak, zlatko."

„Kašlem na lak. Kašlem na všetko. Vieš čo? Nech idú všetci do pekla."

Položil jej ruku na zápästie.

„Zastaň pri bráne."

Pomaly zastala a pozrela naňho.

„Nekašli na lak," zamrmlal. „Čo sa stalo? Čo ti povedala Siena?"

„Nevníma ocka ako svojho otca."

„To je smutné. Čo si jej povedala?"

„Nemohla som jej veľa povedať, keď som odchádzala. Potrebovala som odtiaľ vypadnúť."

Chápal prečo. To, ako táto rodina funguje a ako spolu komunikuje, by poplietlo hlavu každému. Ešte šťastie, že Laurie bola taká rozumná.

„Ber túto návštevu ako prvú tehlu… postavenie základov vzťahu s tvojou sestrou, mohla by si jej povedať viac o jej skutočnom otcovi. Rím nepostavili za deň."

Naklonil sa k nej a nežne ju pobozkal na ústa, chcel zahnať jej ustarostený výraz. Keď sa im pery dotkli, cítil, ako medzi nimi preskočila iskra.

Slabučko sa naňho usmiala. „Chceš ma rozptýliť?"

„Áno, to je ľahké."

„Vieš dobre bozkávať."

Uškrnul sa. „Tak čo, ideme na to?"

Vystrela sa na sedadle, naštartovala, vyrazila a rýchlo nabrala rýchlosť. Teraz už šoférovala celkom inak.

Vedel, čo je za tým. Také čosi robí s človekom dobrý sex, pripadá si neporaziteľný. Cíti teplo k inému človeku. Núti ho rozmýšľať, či bez neho dokáže žiť a či to chce, a to bolo nebezpečné. Laurie dobre nepoznal a kto by si bol myslel, že chémia medzi nimi spôsobí taký výbuch, ale nebolo to nič viac. Nebola jeho typ... tak ako on nebol jej typ. Toto bola len postkoitálna reakcia... a zakrátko pominie. No veľmi ho tešilo, keď ju videl šťastnú, najmä po rannom rozhovore.

Nebol si istý, o čo išlo, ale zrejme sa zbavila niektorých svojich problémov.

Auto bežalo ako vo sne, Laurie sebavedomo agresívne preraďovala rýchlosti. Už nebola bojazlivá, akoby žiadala auto, aby reagovalo. Teraz šoférovala s vervou, nútila auto k poslušnosti ako džokej, ktorý dáva žrebcovi jasne najavo, kto je pánom.

A v posteli by také čosi bolo skvelé. Páni moji, tuším sa z neho stal sexuálny maniak. Nevedel to dostať z hlavy. Už len ten bozk predtým, ako vyrazili, ho nabudil. Čo je to s ním, dočerta?

Nevedel od nej odtrhnúť oči. Inokedy ho netešilo byť len spolujazdcom, ale plece si rado oddýchlo a Laurina radosť zo šoférovania bola nákazlivá. Na perách jej pohrával široký úsmev, akoby sa zabávala na tajnom žartíku. Keď mala ruku na rýchlostnej páke a reagovala na potreby auta, bola celkom uvoľnená, šoférovala intuitívne ako málo vodičov, ktorých videl jazdiť. Naučila sa to dobre.

„Povedz, keď si budeš chcieť oddýchnuť. Bude to dlhý deň."

Usmiala sa naňho a ten úsmev cítil až v útrobách. „Tuším chceš znova chytiť do rúk volant, čo? Veď šoférujem iba polhodinu."

„Rád by som chytil do rúk čosi iné," odvetil.

Silnejšie zovrela volant. „Ako dlho nám podľa teba potrvá, kým prídeme do Bazileja?"

Iba svätec by odolal flirtovaniu, najmä keď mala tak rozkošne ružové líca. Neušlo mu, ako sa nadýchla.

„Prečo? Chcela si si predtým urobiť prestávku?"

Prevrátila oči, pokrútila hlavou a namiesto odpovede dupla na plyn a na rovinke predbehla dve autá.

To náhle zrýchlenie ho hodilo dozadu, motor sa roztúroval.

„Nie," vykríkla a radostne sa naňho usmiala. „Len som rozmýšľala, kedy prídeme na diaľnicu. Ak sa budem musieť vliecť za ďalšími nedeľnými vodičmi, neprídeme do Davosu ani tento týždeň, nieto dnes večer."

„Len pokoj." Zastonal. „Stala sa z teba hotová diablica ciest."

„Kazíš mi zábavu." Rozkošne ohrnula pery. Bolo to milé, nie nevrlé, ako keď odula pery Sylvie.

„Nemyslím," doberal si ju, ale hneď to oľutoval, keď videl, ako preglgla, prešla si jazykom po ústach a niekoľko ráz si pretrela plnú spodnú peru. Tak ako dnes ráno, keď... S týmito myšlienkami musí prestať, trýznia ho.

„Dnešná cesta bude najdlhšia, ale jedna z tých ľahších. Väčšinou pôjdeme po rýchlych cestách. Našťastie scenéria je naozaj krásna. Švajčiari majú úžasné cesty, hoci pri šoférovaní nič iné nevidíš."

Vyplazila mu jazyk.

„Asi o kilometer ďalej prejdeme na diaľnicu E šesťdesiat vedúcu do Švajčiarska a potom až do Zürichu pôjdeme po dvojprúdovej ceste. V Bazileji musíme zastať..."

„Aby sme poslali pohľadnicu?"

„Presne tak. A dali si desiatu. Z Bazileja do Zürichu je to len čosi vyše hodiny, ak nebude veľmi rušná premávka, potom dve hodiny do Davosu a desať minút do Monsteinu. Celkovo to dnes potrvá zhruba štyri a pol hodiny."

„A čo cestné známky? Ron hovoril, že musíme prejsť všetkými mýtami vo Švajčiarsku."

„To je už vybavené. Ron to vyriešil a poslal mi to pred odchodom. Vidíš?" Ukázal na štvorček na prednom skle. „To je naša čarovná známka."

Tabuľa im prezradila, že prichádzajú na dvojprúdovú cestu a Laurie sa napla ako tiger pripravený zaútočiť. Rozhodne cítila vzrušenie.

„Tak sa opri, vychutnaj si cestu a dajme si gumené medvedíky." Motor zaburácal, auto vyrazilo dopredu a šinuli si to po vonkajšom pruhu. Neprichádzalo do úvahy, aby sa celkom uvoľnil, napokon bola to seriózna mašina, ale musel uznať, že Laurie šoféruje s ozajstným citom a takmer veril, že sa postará o svoju dámu.

„Chceš dostať pokutu?"

Len sa zasmiala a predbehla zopár Mercedesov a BMW, ktoré ju nechceli pustiť do rýchleho pruhu.

„Keď predáš auto, nebudeš môcť robiť čosi takéto."

Pokrčila plecami. „Kto hovorí, že ho predám? Možno sa rozhodnem, že si ho nechám."

„No jasné, už ťa vidím, ako na ňom jazdíš po Leighton Buzzarde." Hovoril bezstarostne, ale v žalúdku cítil paniku. To nemyslela vážne. To by bola pohroma. Nie, to bol len momentálny impulz. Sú ďaleko od domova, ďaleko od každodenného života. Mlčal a sledoval scenériu. Toto bola jeho jediná šanca vlastniť takéto auto, nové Ferrari s takýmto rodokmeňom bolo nad jeho možnosti. To, že mu Miles zaručil cenu tohto auta, bola príležitosť, ktorú si nemôže dať ujsť. Laurie musí predať to auto.

Predpoludnie rýchlo uletelo a Cam nechal Laurie šoférovať väčšiu časť cesty. Až keď odchádzali z predmestia Zürichu, zdvihol ruku.

„Mohla by si trochu spomaliť?"

Laurie pozrela do spätného zrkadla. Všimol si, že vždy, keď prechádzali okolo policajného auta, bola mierne napätá. „Všetko v poriadku, neprekročila si povolenú rýchlosť. Len chcem chvíľu počúvať."

„Čo chceš počúvať?"

„Psst," napomenul ju, kývol hlavou dopredu a pozorne počúval.

Laurie ubrala rýchlosť. „Môže byť?"

„Pst."

„Prepáč," zašepkala, udržiavala rovnomernú rýchlosť a takmer sa nahlas zasmial na jej komicky sústredenom výraze. Trochu sa predkláňala nad volantom a vyzerala ako úzkostlivá sliepka, čo sa strachuje o svoje kuriatko. Podchvíľou naňho pozrela, potom zaklonila hlavu a sústredila sa na cestu. Vyzerala rozkošne, keď sa tak starostila.

Cam zastonal.

„Čo je?" zašepkala Laurie.

Pokrútil hlavou, urobil grimasu a pohladil si bradu. „Počuješ to?"

„Čo mám počuť?" Vyvalila oči a ešte väčšmi sa predklonila k motoru.

Zdvihol prst a povedal: „Počúvaj."

„Nič nepočujem," znova zašepkala, nešťastná, že sa jej nič nedarí počuť.

Nevšímal si pocit viny.

Roztržito začala uberať rýchlosť. Keď sa obrátky znížili, auto protestovalo. „Dočerta!" Zovrela rýchlostnú páku a preradila rýchlosť.

„Opatrne," vyprskol a hovoril si, že je to pre dobro veci. Laurie dostane za auto dobrú cenu, aj keď to bude iba zlomok jeho skutočnej hodnoty. Ale sama hovorila, že od Milesa nič nečakala.

„Prepáč," zapišťala. „To som bola ja alebo auto?"

„Ty. Sústreď sa, Laurie. Vieš, toto nie je Ford Fiesta."

Bezočivo sa zaškerila, nevšímala si jeho ostrý tón a vyplazila mu jazyk. „Akoby si niekedy šoféroval Ford Fiesta. Stavím sa, že mama ťa vozila v bugine značky Maclaren... Tak čo bolo tvoje prvé auto? Určite si nezačínal na niečom takomto?"

„Začínal som na malom Triumph Hillmane, ktorý patril susedovi. Celé roky ho mal v garáži a spýtal sa mojej mamy, či mu nechcem pomôcť vrátiť ho na cestu. Mal som iba štrnásť, ale bol som blázon do áut. Ja a Bill sme v ňom strávili celé hodiny. Na sedemnáste narodeniny mi ho daroval."

„Ach, to je milé."

Cam sa zasmial. „Áno, a odplatil som sa mu tak, že som ho vždy vyzdvihol z miestnej krčmy, keď sa opil." Znova ho rozptýlila.

„Tak teda... už to počuješ?"

Laurie nastražila uši. „Nie."

„Len trochu…" Teraz to prehnal. Musí to znieť vážne, ale nie priveľmi vážne. „Motor klopoce."

„Je to zlé? Mám zastať?"

„Iba keby sa to zhoršilo. Keď zastavíme, skontrolujem hladinu oleja. Rýchlo sa pozriem pod kapotu."

„Čo to môže byť?"

„Pri takomto aute? Čokoľvek. Moderné autá sú automatizované. Na palubnej doske majú kopu kontroliek, tie ťa varujú. Spustíš diagnostiku a povie ti, v čom je chyba."

Ukázal na ošúchanú palubnú dosku. „Toto musíš rozobrať. Musíš poznať motory Ferrari. Neboj sa, nič to nie je. Možno nás to trochu zdrží, ale viem, čo robím." Odmlčal sa a rozmýšľal, nakoľko môže preháňať. Laurie nebola hlúpa, ale mala sklony robiť si starosti. „Samozrejme, keby si bola sama, bolo by to čosi iné. V bežnom autoservise by nemali potuchy, čo s ním je. Potrebuješ odborníka. A potom to môže stáť tisíce. Najmä ak sa pokazí nejaká súčiastka."

Bol si istý, že nevie, že ju ohlupuje. „A nové súčiastky nedostať. Pamätám sa, ako môj kamarát trčal celé týždne v Miláne… a to bolo v Taliansku."

„Myslíš, že to budeš vedieť opraviť… nech je to čokoľvek?" Laurie tak tuho zvierala volant, až jej obeleli hánky.

Ťľoskol. „Áno, budem, ale ja toto auto poznám roky."

Zvyšok cesty ubehol v relatívnom tichu, Laurie sa zo všetkých síl sústredila na šoférovanie. Pozerala na tachometer, na kontrolky oleja a vody a pravidelne spomaľovala a počúvala motor. Čím bola úzkostlivejšia, tým previnilejšie sa cítil.

Len čo prišli kľukatými uličkami k hotelu, kde im Ron rezervoval ubytovanie, Laurie sa zamilovala do tej krásnej horskej dedinky. Hoci možno jej k tomu pomohla úľava, že mohla vystúpiť z auta. Posledných pár hodín bola dosť vystresovaná, bála sa, že je niečo s motorom. Aj keď bolo zábavné šoférovať, Ferrari bolo rozhodne stavané skôr na rýchlosť ako na pohodlie. No tak ako Cam, aj ona by radšej zomrela, než by to priznala.

Hoci sa Cam ponúkol, že sa ujme šoférovania, a Laurie si robila starosti o motor, takmer celý deň šoférovala. Posledný deň si šetril plece, vždy keď zastali, masíroval si ho a naťahoval krk opačným smerom.

Fasáda alpského hotela so žiarivo červenými muškátmi v žardiniérach pôsobila dokonale, presne ako horské chaty, ktoré videla na obrázkoch. Ešte aj recepcia vyzerala, akoby všetko bolo vyrobené zo starého dreva, a červenolíca recepčná s blond vrkočom pôsobila ako Heidi, keď ich s úsmevom privítala.

„Dobrý deň, mali by sme tu mať rezervované izby na meno Matthews a Brownová.“

Dievča pozrelo do počítača a úsmev mu zmizol z tváre. „Mám tu rezerváciu pre Herr a Frau Matthewsovcov,“ povedala ospravedlňujúco s výrazným nemeckým prízvukom. „Ale nič na meno Brownová.“

Laurie sa neodvážila pozrieť na Cama, pulz jej skákal. Čo povie? Po dnešnom ráne, keď sa naňho doslova vrhla, sa rozhodla, že ďalší ťah nechá naňho. Po celý deň v aute mal dosť hravých narážok a ona tiež flirtovala, ale nič viac si nepovedali, čo bolo dosť hlúpe vzhľadom na to, že obaja boli dospelí. Takí dospelí, že dnes ráno sa bez zábran na seba vrhli. Bola taká dospelá, že si to chcela zopakovať.

„Veľmi ma to mrzí, ale nemáme voľnú izbu. Sme úplne obsadení. Ľudia radi chodia v lete do hôr.“

Cam na ňu bokom pozrel, no jeho výraz nič neprezrádzal. To ju znervóznilo. Dočerta, ten zbabelec to nechá na ňu! Znamená to, že s ňou chce znova spať? Alebo sa bojí, že ona nechce? Alebo možno on po tom netúži a nechce ju raniť.

„Laurie?" Camov hlas znel veľmi rozumne. Stále netušila, na čom je. No super, poriadne zatlač.

Doparoma, využi ten okamih. Áno, chcela s ním znova spať. Celý deň na nič iné nemyslela. Namiesto aby ju dnes ráno ukojil výbuch vášne, zdalo sa, že ju nabudil.

„To je v poriadku, ďakujem." Nepozrela na Cama, namiesto toho šla za dievčaťom do ich izby.

„Toto sa pomaly stáva zvykom," poznamenal Cam so šibalskými ohníkmi v očiach, keď niesol ich tašky do izby.

Laurie očervenela. Čo by na to povedal Robert? Teraz sa nemôže tváriť ako neviniatko. Tentoraz to rozhodne bolo vopred naplánované. Intímny styk dnes ráno bol spontánny výbuch. Pri tej spomienke pocítila horúčosť v tvári, pozrela na Cama a pohľady sa im stretli. Prebehlo medzi nimi sexuálne napätie. Bolo tam celý deň a ani jeden z nich nenabral odvahu hovoriť o tom.

Tvár jej horela a v ústach jej vyschlo. V džínsoch a bielej košeli s vyhrnutými rukávmi, ktoré odhaľovali opálenú pokožku a silné predlaktia, vyzeral úžasne a mohla si ho vziať, keby chcela. Ak rozumela pravidlám. Toto nie je natrvalo. Je to príležitostné.

Už sa rozhodla, hoci si nebola istá, či do toho zapojila rozum. Ozvali sa hormóny, tie za to boli zodpovedné.

„Ak na mňa budeš takto pozerať…" zamrmlal Cam.

Zmyselne sa usmiala a zdvihla bradu.

Dvoma krokmi prekonal vzdialenosť medzi nimi, chytil ju za plecia a pritisol pery na jej pery, ich hrejivý dotyk jej rozpálil vnútro. Bože, túžila po tomto chlapovi tak ako nikdy po ničom. Ovinula mu ruky okolo krku, prsty zaborila do dlhých tmavých vlasov, privinula sa k nemu a opätovala mu bozky s horúčkovitým zápalom.

„Páni, Laurie," zastonal jej do úst, jednou rukou si ju pritisol, druhou jej chytil zadok. Obtierala sa oňho, poddávala sa citom, tlačila sa na jeho stoporený úd, obaja túžili dosiahnuť viac.

„Laurie." Cam zdvihol hlavu. „Nemali by sme…"

To nechcela počuť. Nepočúvala to.

„Laurie," skúsil znova, ale nenechala ho dohovoriť. Poháňala ju túžba a jazykom prenikla do jeho úst, rukou mu prechádzala po džínsoch.

„Bože," zašepkal a napol sa pod jej dotykom, akoby ním prešlo tisíc voltov. Jeho tichý ston ju rozpálil. Keď zablúdil rukou na jej prsník, usmiala sa ako šelma a víťazoslávne sa pohrúžila do bozkávania.

„Páni, žena, veď sme sa ešte ani nevybalili."

Ležali krížom cez posteľ, oblečenie na dlážke, Laurie mala hlavu na Camovej hrudi, on ju objímal okolo pliec. Keď naňho pozrela, nemohla uveriť, že sa vyspala s týmto Adonisom. Znelo to dosť detinsky, ale nikdy nespala s nikým okrem Roberta. Keď dievča žije so svojím otcom, nemá veľa príležitostí a väčšina jej frajerov neprešla jeho prísnym výsluchom.

Už len pri pohľade na Cama jej vrela krv. To, ako bozkával, ako sa správal k jej telu, bolo oveľa lepšie.

Zachichotala sa.

Cam ju schytil a prevalil ju na seba, takže mu pozerala do tváre.

„Prečo sa smeješ? Dúfam, že sa nesťažuješ?" zahundral a v očiach sa mu zračilo šibalstvo.

Záhaľčivo mu šúchala bradavku a vzdychala nad krásou jeho svalnatej hrude. „Vôbec nie. Len som… šťastná… Nikdy som…" znelo to hlúpo, ale aj tak to vyhŕkla, prstom mu prechádzala po jemnej koži, „nikdy som nemala orgazmus. Teda… pri ozajstnom milovaní."

Ruku položil na jej ruku a znova dýchal nerovnomerne. „Pri ozajstnom milovaní?" Zdvihol obočie. „Ty poznáš aj neozajstné milovanie?" Uškrnul sa ako šelma. „Chceš mi to ukázať?"

„Ha-ha. Vieš, ako to myslím."

„Viem?"

„Áno," odvetila prísne, chytila ho za ruku, zahanbená svojím priznaním. Milovanie s Camom bolo ako piť drahé šampanské po tom, čo celý život pila Cavu. To, že objavila takého skvelého milenca, bolo príjemné prekvapenie. Nenáhlivo brnkal na jej tele ako na krehkom hudobnom nástroji, brnkal a hladil ju, až vibrovala od rozkoše. Neponáhľal sa a dal si záležať, aby dosiahla vyvrcholenie vtedy, keď on.

Strčil si jej prsty do úst, ukazovákom kĺzal hore-dolu.

Ach bože, keby zomrela v tej chvíli, zomrela by šťastná.

Kapitola 21

Kto mohol vedieť, že sprchovanie spolu môže byť také… zábavné? Nebolo to správne slovo, ale nevedela to inak vyjadriť. Nijaké rozpaky, nijaká ostýchavosť. Prvý raz v živote nemala pocit, že sex je čosi, čo treba skrývať v tme. Cítila sa šťastná, pochabá… Celé telo jej kypelo vzrušením a šťastím.

„Pripravená?" spýtal sa Cam a vystrel ruku.

Naposledy sa pozrela do zrkadla. V novom oblečení, s čerstvo umytými vlasmi, ktoré presne padli na miesto, ako Marc sľúbil, vyzerala dobre. Dosť dobre, aby sa nikto nečudoval, prečo sa s ňou zahadzuje taký krásny chlap ako Cam. Samozrejme, on mal svoju zvyčajnú bielu košeľu a džínsy, ale aj tak vyzeral na zožratie.

„Chvalabohu, lebo som hladný ako vlk." A v žalúdku mu zaškvŕkalo ako na povel. „Si nenásytná, žena." Vzal tašky a naposledy sa poobzeral po izbe, či niečo nezabudli.

„Ja za to nemôžem, že sme zmeškali večeru," namietla pobúrene a vyšla z izby za ním.

„Tak kto za to môže?" Keď sa na ňu uškrnul, zachichotala sa. Nikdy predtým sa nechichotala, ale za posledných dvanásť hodín sa to stalo jej novým zvykom.

Pokúsila sa nevinne usmiať, no nepodarilo sa jej to a Cam sa k nej naklonil, aby ju rýchlo pobozkal, no bozkával ju čoraz náruživejšie.

Odtiahla sa. „Raňajky."

Cinkol jej mobil a obaja zastali. Pozrela na displej. Esemeska od Roberta. Vypla telefón a strčila ho do kabelky.

Cam pevne stisol ústa a v tvári sa mu mihla bolesť. Zaplavil ju pocit viny, mali by sa o tom porozprávať. Cam sa o to pokúšal. Hoci spočiatku ho považovala za plejboja, odhadla ho zle. Nebolo by presné, keby povedala, že iba ona na tom mala zásluhu, ale rozhodne ho zavrátila, vždy keď sa pokúsil nadniesť tú tému.

Cam si nemusí robiť obavy, hoci mala podozrenie, že z toho nemá dobrý pocit, že s ním bola Robertovi neverná, aj keď sa tváril veľmi povznesene.

„Rozhodla som sa zrušiť zásnuby s Robertom. Je koniec."

Cam zaťal sánku a skrúcalo mu žalúdok. Dofrasa! Káva, z ktorej si práve odpil, mu zhorkla v ústach.

„Myslíš, že je to dobrý nápad?" Nedal najavo príval adrenalínu.

Vyjavene naňho pozrela. „Áno," povedala tónom, ktorý hovoril: „Si hlúpy?"

Doparoma, doparoma, doparoma. Nemal sa dostať do tejto šlamastiky. Nemal sa s ňou vyspať… ale nie, neľutoval to. Vôňa ruží mu pripomenula, ako sa dotýkal jej saténovej pokožky pod jemnou sánkou a perami prechádzal po jej peknej tvári. Nie, neľutoval to.

„Ja len… dofrasa, Laurie, skutočne sa mi páčiš…"

Prižmúrila oči. Keď sa počul, pripadal si neohrabaný.

„Nie, vážne," chytil ju za prsty, ale striasla jeho ruku a v očiach sa jej zračil zranený výraz. Pre toto jej mal dať pokoj. Toto mu pripadalo, akoby povedala, že kvôli nemu sa chce vykašľať na frajera.

Nechcel Laurie ublížiť, ona bola posledná, komu by chcel ublížiť.

„Laurie, počúvaj. Bolo to úžasné, ale… ja nie som pre teba ten pravý," povedal, naklonil sa k nej a nežne sa jej dotkol tváre. Kedy sa z neho stal taký šľachetný muž? Mal by odolať pokušeniu pobozkať tie plné pery, vymámiť z nej tiché vzdychy. Dofrasa, bolo by ľahké pobozkať ju.

Mal by si s ňou užiť do konca výletu a potom *sayonara*.

A to nebral do úvahy auto. Auto. Dopekla, čo to s ním urobil sex, najmä úžasný sex! Dostal skrat. Ako na to mohol zabudnúť? Odhodil všetko bokom, aby mohol ísť na výlet po Európe, lebo chcel toto auto. Iba vďaka podmienke v Milesovej poslednej vôli bude mať možnosť vlastniť takéto cenné auto. Keď Laurie to auto predá, môže ho kúpiť za cenu, ktorú zaň zaplatil Miles. V posledných rokoch ceny Ferrari stúpli nehorázne vysoko. Takú ponuku nikto, kto má zdravý rozum, neodmietne. Na chvíľu vytriezvel. V poslednej vôli sa nehovorilo nič o tom, že s ňou bude mať sex.

„Ten pravý?" Keď to vyslovila, reč jej tela vysielala desiatky varovných signálov. Prekrížila si ruky, plecia mala meravé, odúvala pery.

Stačí jeden nesprávny ťah a bude po uši v pohyblivom piesku. A pritom netušil, čo povedal zle. Komu to chce nahovoriť? Už v tom bol po uši a nebolo cesty späť. Laurie ho naozaj vzrušovala, dopekla, páčila sa mu… a to veľmi. Ale nemôže ju napáliť. Sľubovať niečo, čo nevie, či dodrží.

„Laurie, nemôžeš zavrhnúť to, čo je medzi tebou a Robertom, lebo sme mali niečo spolu. Fakt sa mi páčiš." Páni, to znelo hrozne. „Priznávam, že sex bol," naprázdno preglgol, spomenul si na jej úžasné telo a úprimnú reakciu, „neuveriteľný, ale… nemôžem ti dať to, čo chceš."

Nemôže jej to urobiť, bola typ dievčaťa, ktoré by chcelo viac. Teraz jasne videl, ako sa do konca výletu túlia k sebe, spia spolu… to by sa mu páčilo… keby ho držala za ruku, kým šoféroval, keby cestou do Maranella spolu popíjali talianske víno… Ale potom by čakala, že to bude navždy, že sa usadia. Už to kedysi skúšal so Sylvie a skončilo sa to pohromou.

„Nemal som ťa zneužiť. Napriek tomu, čo si o sebe myslíš, si krásna a veľmi sexi žena a," pokrčil plecami, už ho zvádzali oveľa skúsenejšie ženy a nikdy to nebolo takéto, „viem, že to znie ako fráza, ale bolo mi s tebou úžasne."

„Ty nadutý hajzlík," Laurin tichý hlas bol plný jedu, zaútočila naňho ako zmija.

Chvíľu mal pocit, akoby mu vrazila do brucha, len otvoril ústa a zostal bez dychu.

Odstrčila stoličku, pohodila vlasmi. V rannom slnku mali červenkastý nádych a jej zlostný pohľad mu pripomínal Medúzu. „Nejde o teba," zasyčala. „Ani o Roberta. Ide o mňa."

Týčila sa nad ním. „O mňa." Palcom si pichla do hrude, vyzerala nádherne a zúrivo súčasne.

„Nepotrebujem teba ani jeho, matku ani Milesa, ktorý poťahuje nitkami. Seriem na vás všetkých." Schytila zo stola kľúče a vyrazila preč.

Hukot motora Ferrari v ňom na chvíľu vyvolal nepokoj, ale potom sa uvoľnil. Laurie nemala sklony dramatizovať. Áno, v tejto chvíli sa hnevá, ale upokojí sa a uvedomí si, že to, čo hovoril, dáva zmysel.

Keď na dlažbe zaškrípali pneumatiky, napäl sa. No dobre, hnevá sa. Teraz len machruje. V skutočnosti nikam nejde, len mu chce niečo dokázať.

Keď si odpil z kávy, koncové svetlá zmizli za rohom. Hopla! Nebude to jeho najlepšia chvíľka, ale ona sa vráti. Za to ručí. Kývol hlavou, pozrel na hodinky a zhruba to odhadol. Dá jej desať minút. Maximálne. Keď sa dostane na predmestie a uvidí tabule, ktoré jej prezradia, ako ďaleko je do Talianska, príde k rozumu a vráti sa. Laurie bola rozumné dievča.

Hoci musel priznať, že jej náhly výbuch ho šokoval. Videl, že dokáže byť vášnivá, ale za zavretými dverami. Čo sa stalo s tou rozumnou, zošnurovanou Laurie?

Oprel sa na stoličke a vzal do ruky noviny. Boli to francúzske noviny a nevedel tak dobre po francúzsky, aby si prekladal celé články, ale chcel, aby Laurie videla, že sa tvári ľahostajne. Pozoroval okoloidúcich, jeho pozornosť upútala ustarostená mamička a jej trucovité dieťa, ktoré si nechcelo sadnúť do buginy. Nakoniec uzavreli kompromis, chlapček chytil kovovú kostru a mamička pomaly tlačila buginu. Keď odchádzali, hodiny na veži na námestí odbíjali celú.

Cam pozrel na svoje hodinky. Prešlo už dvadsať minút. Takže dnes ráno je tvrdohlavá, čo? Ale on to zvládne. Privolal čašníka a objednal si druhú kávu. Laurie nebude vedieť, že nemá v úmysle vypiť ju, ale ak sa teraz vráti, pochopí, že vedel, že príde. Jej hru mohli pokojne hrať dvaja.

Keď prešla polhodina a dopil druhú kávu, začal pravidelnejšie pozerať na cestu a čakať na jej návrat. Pripomenul si, že vždy všetko trvá dlhšie, než si človek myslí. Pravdepodobne len teraz prišla na predmestie a zablúdila, keď hľadala cestu späť.

Načúval, či sa neozve burácanie motora. Aký je hlúpy – to ju prezradí. Bude počuť, že prichádza. Prekrížil si nohy a v duchu sa usmial. Keď sa konečne ukáže, bude sa tváriť, že je v myšlienkach ďaleko. V tvári bude mať pobúrenie a zlosť, v modrých očiach sa jej bude zračiť podráždenosť. Dal sa uniesť predstavivosťou a v mysli sa mu vynorili jej pootvorené plné ružové pery. Lono mu stvrdlo, keď si spomenul, ako vzdychala, keď sa jej dotýkal pri orgazme. Bože, bol tvrdý ako skala. Odpil si dúšok studenej kávy a pokúsil sa myslieť na auto. Ráno mal skontrolovať hladinu oleja. Aj tlak v pneumatikách.

Keď prešla takmer hodina, začal si robiť starosti. Pozrel na mobil. Nemal nijaké zmeškané hovory. Keby mala problémy, určite by mu zavolala. No nie, keby bola v bezvedomí alebo mŕtva. Keby mala nehodu. Prudko odstrčil kávovú šálku a vystrel sa. Dofrasa, čo ak mala nehodu?

Musí jej zavolať.

Nezdvihla mu, ozvala sa odkazová schránka. To vyvolalo viac otázok. Vypla mobil? Je poškodený alebo zničený? Pokúšala sa mu zavolať?

Kde je? Pokúša sa naprogramovať navigáciu na cestu späť? Čo ak ju niekto uniesol aj s autom? To auto má hodnotu majetku. Nie je nenápadné. Ktokoľvek ho cestou mohol zbadať a sledovať ich.

Znova pozrel na hodinky. Prešla iba minúta, ale v duchu prešiel sto kilometrov za hodinu. Odkedy má takú bujnú predstavivosť? Existoval milión jednoduchých vysvetlení a milión desivých možností. Káva mu rozbúrila žalúdok a chvíľu mu bolo zle. Znova jej skúsil zavolať, ale opäť sa ozvala odkazová schránka, ktorá ho žiadala, aby nechal správu.

Nechal podráždený odkaz, tresol mobil na stôl, chvíľu naň zlovestne hľadel, potom ho znova schytil a vyťukal esemesku.

Kde si? Ozvi sa mi, aby som vedel, že sa ti nič nestalo.

Po hodine sa vrátil do hotela. Neprišla mu od nej esemeska, nič. Kde je, dopekla?

Na laptope sa prihlásil na internet. Pozrel sa na mapu a dnešný plán cesty.

Dofrasa, naozaj mu chce niečo dokázať a nechala ho tam? To hádam nie. Nepokúsi sa prejsť zvyšok cesty sama. Najmä tento úsek. Prosím, len nie tento úsek.

Lepšie sa pozrel na mapu a rátal. Keby išla ich zvyčajným tempom… doriti, doriti, doriti… prstom sledoval trasu. Prižmúril oči, na predlaktiach mu naskočili zimomriavky a zmeravel.

To iste neurobí. Alebo áno? V ušiach mu hučala krv a mapa sa mu rozmazala pred očami. Passo dello Stelvio. Jedna z najťažších ciest v celej Európe, možno na celom svete.

Schytil mobil a znova jej skúsil zavolať. Stále nedvíhala, ale ani ho to neprekvapilo. V horách zrejme nebol signál.

Zvalil sa na posteľ. Čo teraz?

Zasmial sa na sebe. Laurie má odvahu. Tak mu treba, že ho nechala v Európe bez možnosti dopravy.

Neušla jej krásna scenéria, ale neodtŕhala oči od cesty, vychutnávala si, že má auto len pre seba, a bola rozhodnutá zadržať hlúpe slzy. Mohla preraďovať rýchlosti a ak sa pritom dopustí chyby, nikto to neuvidí. Najmä nie Cam. Bol to oslobodzujúci pocit. Prv než cesta začala stúpať a bola naozaj náročná, nechala motor túrovať a prekračovala povolenú rýchlosť. Schválil by to Cam alebo neschválil? Chvalabohu, premávka nebola veľmi rušná, takže si nemusela robiť starosti, že bude na ceste niekto iný alebo čo by povedal Cam.

Tu vysoko v horách bola obloha krištáľovobelasá a keď spustila okienko, mohla dýchať čerstvý vzduch. Bol taký čistý, až sa jej zdal ostrý.

Oprela sa na sedadle a zdalo sa jej, že našla svoju parketu. Keď počúvala vrčanie motora a mierne hrkotanie dverí na strane vodiča, prvý raz mala pocit, že je to jej auto. Už jej svitlo. Chápala, čo cíti Cam k tomuto autu. A prečo sa jej ten nemožný chlap stále vtiera do myšlienok?

Dofrasa, stratila nervy. To sa jej nestávalo. Nikdy. Zahryzla si do pery a myslela na Camovu tvár. Nemala v úmysle nechať ho v štichu, ale hrozne ju napálil. Inštinktívne sadla do auta a šoférovala. A šoférovala a šoférovala. A potom sa už nemohla vrátiť.

Do očí jej vhŕkli slzy, videla rozmazane. Musí zastať, takto nemôže šoférovať. To naozaj nie.

Zastala pred kaviarňou pri ceste, ktorú by Cam okamžite schválil, a objednala si presso. Musí vziať rozum do hrsti.

Prvé dúšky kávy jej pomohli zastaviť slzy. Hľadela na vysoké zelené hory a vzdychla si.

Zaľúbila sa do Ferrari a dosť možné, že aj do Cama, čo bolo hrozne hlúpe.

To auto bolo jasné, páčilo sa jej, ako sa v ňom cítila, ako sa jej v ňom jazdilo a čo symbolizovalo. Vonku na malom parkovisku videla, ako naň ľudia pozerajú, chodia okolo toho nóbl auta a skúmajú jeho dizajn.

Hrdo sa usmiala a pozorovala ten výjav. Dočerta s Camom, za volantom sa cítila neporaziteľná, vedela by jazdiť donekonečna. Auto bolo jej partnerom. Bola to jej sloboda, jej budúcnosť a tak ako okolitá panoráma poskytovalo nekonečné možnosti a smery.

S Camom to nebolo také ľahké. Božský sex skalil vodu. Tie zvodné pohľady ju spočiatku priťahovali, ale to nebolo všetko. Bol milý, nenútený, citlivý, mal schopnosť pochopiť, o čo ide, no a tie jeho dotyky… No dobre, to bola len chémia… ale za pár dní dosiahol, že mala pocit, že je viac, než si kedy myslela, že môže byť. Už len pri pomyslení naňho sa jej zdalo, že jej pukne srdce.

No jemu na nej očividne tak nezáležalo. Znova pozrela na mobil a premklo ju sklamanie. Nevolal, nenapísal. Zrejme bol rád, že sa jej tak ľahko zbavil. Dal jej jasne najavo, že sa desí akéhokoľvek záväzku. Arogantný ničomník. Momentálne určite netúžila po záväzkoch.

Náhle odložila šálku, netúžila ani po káve. Radšej znova vyrazí na cestu. Normálne by si s Camom urobili aspoň hodinovú prestávku, ale dnes túžila iba šoférovať. Túžila šoférovať večne. Odísť čo najďalej od Cama a všetkých ľudí. Pre zmenu sa starať sama o seba.

Schytila kľúče, nechala kávu kávou, usadila sa na sedadle a vyrazila z parkoviska ako pretekárka. Budem silná, hovorila si, dupla na plyn a presvišťala okolo Lamborghini.

Počas dlhého pomalého stúpania mala myseľ takú zaujatú, že si nevšimla, ako rušno je na ceste alebo ako nízko sú oblaky. Zvláštne. Zrazu videla veľa rýchlych áut, motoriek so silnými motormi, ktoré bzučali ako včely, a cyklistov. Pri ceste sa čoraz častejšie vyskytovali varovné tabule, pôsobilo to dosť zlovestne. Šiesty zmysel jej vypustil do tela adrenalín. Mala pocit, akoby bola v zábavnom parku na horskej dráhe, ktorá sa jej nebude páčiť, ale bolo neskoro vystúpiť.

Národný park Stelvio, hlásala tabuľa. To jej bolo povedomé. Čo to hovoril Cam, keď šli do Honfleuru? Štyridsaťosem serpentín.

Na hrebeni pevne zovrela volant, pripravená vybrať zákrutu. Za ňou videla sklon svahu, cesta sa ťahala ako sivá stuha nekonečných desivých zákrut.

„Doriti," zašepkala. Dostala sa k prvej ostrej serpentíne, usilovala sa ovládať volant a nepozerať dolu.

Kapitola 22

Cam zaplatil taxikárovi a s cestovnou taškou cez plece zamieril k učupenej bielej budove. Zachmúrene sa usmial. Madam sa poriadne prekvapí, pomyslel si, keď kývol chlapíkovi v kancelárii.

„Monsieur Matthews?"

„Áno, je tu Patrice?"

„*Oui.*" Muž ukázal na otvorené dvere.

Na druhej strane letiska uvidel Patricea.

„Zdravím."

„Zdravím, starec, ako sa máš? Za toto mi budeš zaviazaný."

„Myslel som si. Máš letový plán?"

„Áno. Hoci dnes predpoludním nevyzerá počasie v horách dobre."

Cam pokrčil plecami. „V najhoršom pôjdeme skratkou. Ale ak to bude možné, rád by som ju sledoval."

„Takže tá kočka... čo, ukradla ti auto?" Patriceova ostro rezaná tvár sa škodoradostne zaškľabila. „Má správny štýl. Nikto si nezačne so starým vtákom Camom."

Cam prevrátil oči a ukázal Patriceovi prostredník.

„Je to jej auto. Ja som ho len opatroval."

„Veľmi sa ti to nepodarilo."

„Áno, to mi je jasné. Potrebujem, aby si letel po tejto trase, aby som ju zbadal a uistil sa, že je v poriadku."

„Chceš povedať, že sa chceš uistiť, či ho nepoškriabala."

Cam sa zamračil. No dobre, aj jemu to prebleslo hlavou, ale hlavne sa obával, že Laurie niekde uprostred serpentín stratí nervy. Zatvoril oči. Dofrasa! Nenávidel tú hroznú cestu. Hoci Laurie sa ukázala ako dobrá vodička, nebola veľmi skúsená a táto cesta bola pre začiatočníčku pekelne ťažká.

„Len sa chcem uistiť, či nezišla z cesty."

„A čo urobíš, ak zišla?"

Skrúcalo mu žalúdok.

„Nie som záchranár. Dúfam, že nečakáš, že tam pristanem."

Cam sa zaškľabil. Nie, Patrice naozaj nie. Nie bez odmeny. Ten let aj bez toho bude stáť majland. Rád si dá poriadne zaplatiť. No ak to bude nevyhnutné, Cam ho k tomu donúti. Hoci aj holými rukami. Zaťal ruky do pästí.

Čo urobí, ak zbadá na skalách v horách pokrčenú striebornú machuľu, ktorú si predstavoval posledných pár hodín? Podarilo sa mu zachovať pokoj iba vďaka myšlienke, že keď sa Laurie ocitne v tých serpentínach, bude mať dosť rozumu a pôjde pomaly. Laurie neriskovala. Aspoň predtým. A dúfal, že premávka bude rušná a nebude priveľmi dupať na plyn. V tomto období bola cesta SS38 mekkou turistov, nedá sa vedieť, koľko bicyklov a motoriek bude obchádzať.

Vrtuľník vzlietol, zamieril od hôr, potom nabral správny kurz. Cam ukázal Patriceovi zdvihnuté palce, hoci mal pocit, akoby aj jeho žalúdok vzlietol. Vďakabohu, že má dobré konexie. Veľa ráz šiel touto cestou do Talianska, hoci by si nezvolil trasu, ktorú vybral Miles. Bolo tam dosť rovnako pôsobivých priesmykov, v ktorých nebola taká rušná premávka, hoci každý hovoril o Passo dello Stelvio. Bola to vďačná téma. Nemal ho rád zo závažného dôvodu. Ak bolo počasie dobré, bolo to zvládnuteľné aj pre neskúseného vodiča. Ak ste sa tam vybrali predtým, ako priesmyk v zimných mesiacoch uzavreli, mohlo to byť zradné. Raz ho tam zastihlo zlé počasie a bola to nočná mora, odvtedy tadiaľ nešiel. Vtedy si zničil plece a rozbil dobré auto. A Miles to vedel, doparoma. To bol pádny argument. Miles vedel, že Cam nedovolí Laurie, aby sa sama pokúsila prejsť tým priesmykom bez skúseného vodiča.

Škoda, že Miles nepoznal svoju neter tak dobre, ako si myslel.

Cam pozeral na cesty dolu. Aspoňže počasie mu prialo. Dúfal, že ju zbadajú predtým, než príde k priesmyku, predbehnú ju a zastavia. Pri troche šťastia by ju mohol zastihnúť pri káve. Možno si urobila zastávku. Ale je to Laurie. Ona nezaháľa. Mohol sa iba modliť, že to prežila živá a zdravá.

Mysli pozitívne. Ak bude v horách dobré počasie, mohol by ju dobehnúť a ešte dnes večer s ňou sedieť vo Ferrari.

Cesta pod nimi sa hadila a dolu videl autá, no ani stopy po malom striebornom kabriolete.

Patrice mu podal ďalekohľad a hovoril do slúchadiel.

„Vidíš niekde tú svoju pipku?"

„Nevidím, a nie je to moja pipka, je to len... môj džob."

Za to klamstvo ho Boh potrestá.

„Tak teda..."

„Nespájam prácu so zábavou," zavrčal Cam, akoby to, že to povedal nahlas, znamenalo, že je to pravda. Laurie nemala robiť problémy a nemohol uveriť, že ju bude naháňať po celom

Taliansku. Mal to byť jednoduchý džob, sprevádzať ju do Talianska. A aj by to tak bolo, keby to nepokašľal tým, že sa s ňou vyspal a… niečo k nej cítil.

Vrtuľník hltal kilometre, mohol letieť priamo, nie cikcakovito, ako viedla cesta pod ním.

Po Ferrari nikde ani stopy, hoci tam bolo veľa rýchlych športových áut aj radov cyklistov a čiernych motorkárov, nakláňajúcich sa v desivých uhloch do zákrut. Páni, vyzeralo to ako zjazd automobilových a motocyklových nadšencov. Samozrejme. Keby to bolo na ňom, trval by na tom, aby vstali na svitaní a vyrazili na cestu, len čo vyjde slnko.

„Onedlho sa musím vrátiť na základňu, Cam," zakričal Patrice.

„Už len jeden okruh," odvetil hlasno, aby ho bolo počuť v zúrivom hukote lopatiek nad nimi.

Dofrasa, kde je? Zľakla sa? Rozmyslela si to? Nezbadal ju? Vrátila sa poňho? Čo ak teraz smeruje do Anglicka? Nie, to určite nie. Pokúsil sa vžiť do Laurie. Nie, ona sa ľahko nevzdáva. Proti vlastnej vôli sa usmial. V skutočnosti bola pekelne odhodlaná. Nie, táto cesta ju určite neodradila.

Zakýval na Patricea.

„Môžeš zaletieť do Bormia?"

„Áno, ale nemôžem tam pristáť."

„To nič. Len sa chcem uistiť, že tam prišla živá a zdravá."

„Myslíš, že už je tam?"

„No, nezišla z cesty, tak predpokladám to najlepšie."

Samozrejme, že už je tam. Musí tam byť. Jednoducho musí.

Hlavu si zložila na volant. Všetky svaly v tele mala také napäté, že každú chvíľu mohli prasknúť a odpadla by ako bábka bez nitiek. Donútila sa pohnúť, otvorila dvere auta a vyložila von nohy, chytila sa kostry, aby sa udržala. Kolená mala ako z huspeniny a nohy ako špagety, čo sa celkom hodilo, keďže prekročila hranicu s Talianskom. Obzrela sa na horu, na tie sivé cikcaky pretínajúce zelené svahy. Bože dobrý, skutočne tadiaľ išla? S vyjavenými očami sa zvalila na auto, vzdychla a celá sa triasla, žasla nad tým, čo dokázala, ale cítila sa aj na smrť unavená a bolo jej nevoľno.

Zopár vodičov podišlo k nej, potriasli jej ruku, potľapkali ju po chrbte a obdivovali auto. Dvaja muži s ňou nenápadne flirtovali, ale bolo to dobrosrdečné a patrilo to k tej kamarátskej atmosfére.

Jej nadšenie rástlo a rástlo ako bublina. Tak toto už bolo niečo. Zoširoka sa usmiala. Dokázala to. Ona, Lauren Brownová, zvládla jednu z najťažších ciest na svete. A celkom sama.

„Jupí!!!" skríkla na celé parkovisko a vyrazila päsťou do vzduchu. Dokázala to. Kto by si to bol myslel?

Okolo nej sa ozval potlesk, ale bola priveľmi vyčerpaná, aby sa zahanbila.

Dočerta s Cameronom. Dočerta s Robertom. Dočerta s matkou. Nikoho z nich nepotrebuje.

Klesla na zem pri aute, hľadela na horské úbočie, čakala, kým znova dokáže stáť na nohách, potom sa vystrela a stále sa usmievala na ten úžasný výhľad.

Už bola na domácej pôde. Do Maranella to nie je ďaleko. Ak dupne na plyn, bude tam za štyri hodiny.

O päť minút bol pripravený zabiť ju, keď sa k nej dostane, hoci teraz mu stačilo vedomie, že sa jej nič nestalo. Keď zakrúžili nad stredovekým mestom Bormiom, videl, že Laurie to zvládla živá a zdravá. Ladné línie auta a dav obdivovateľov si nemohol pomýliť.

Prvý raz v ten deň sa Camovi podarilo zastaviť trasenie pravého kolena. Zajtra si prenajme auto a dobehne ju v Maranelle… a potom jej zmastí zadok a bude ju bozkávať do bezvedomia.

„No dobre. Chceš sa vrátiť?" zakričal Patrice do rachotu lopatiek vrtuľníka.

„Áno. Všetko v poriadku."

Kapitola 23

Cam sa ubytoval v hoteli Candide. Plecia mal stuhnuté.

Vzal kľúč od svojej izby a spýtal sa: „Môžete mi povedať, v ktorej izbe je ubytovaná slečna Brownová? Mám sa tu s ňou stretnúť."

Pekná talianska recepčná sa naňho usmiala, akoby si dala dokopy dva a dva a dospela k romantickému záveru. Naďalej sa prívetivo usmieval. Keby uhádla, čo chce urobiť s Laurie, určite by mu neprezradila číslo jej izby. Ligotavými ružovými nechtami ťukala na klávesnicu a úsmev jej zmizol z tváre.

„Mrzí ma to, pane, ale nie je tu ubytovaný nikto s tým menom." Tvárila sa spýtavo, chcela mu vyhovieť.

„Určite?" Mala pred ním náskok, takže tu mala byť už včera. Ubytovala sa pod iným menom? Alebo v inom hoteli? Tento bol možno plný, keď prišla, hoci keď sa obzeral po hale, nezdalo sa mu to pravdepodobné.

„Momentálne tu nie je ubytovaný nikto s takým menom."

Chvíľu premýšľal. Bola tu a odišla? Nie, pokiaľ Ron neoveril, že tú cestu dokončila. Ron. To je ono. Mala mu zatelefonovať deň pred očakávaným príchodom, aby mohol priletieť a stretnúť sa s nimi.

„Ubytoval sa tu pán Ron Leversedge?"

Tvár sa jej rozžiarila. „Ešte tu nie je, ale dnes predpoludním si rezervoval ubytovanie. Má prísť pozajtra."

Pozajtra? Čo sa to deje, dopekla? A kde je Laurie? Už tu mala byť. Bormio je len pol dňa cesty. Ako je možné, že prišiel prv než ona, pokiaľ nezablúdila – ale s navigáciou sotva.

Vzal si kľúč a vyšiel do svojej izby. Aspoňže Ron onedlho príde, čo znamenalo, že sa s ním spojila – takže tá nemožná ženská je živá a zdravá. Dnes si možno trochu pospí. Hlavným problémom bolo dostať sa k nej pred Ronom.

Plece ho hrozne bolelo a netúžil po ničom inom, len sa osprchovať, ľahnúť si, aby ho nebolel chrbát, a položiť naň hrejivú náplasť. Autíčko, ktoré si prenajal, bolo kopa šrotu na kolesách. Tak mu treba, že šetril, hoci výber v požičovni áut bol dosť obmedzený. Nájsť dopravný prostriedok na cestu priesmykom nebolo jednoduché.

Keď sa vyzliekol, znova pozrel na mobil. V horách bol slabý signál. Aj keby mu Laurie poslala esemesku, nemusel ju dostať. To mu však nebránilo, aby sa nepozrel na mobil aj desať ráz za hodinu. Kde trčí, dopekla?

Pustil sprchu plným prúdom a chvíľu počkal, potom vošiel do sprchovacieho kúta. Teplá voda mu pomohla zbaviť sa bolesti pulzujúcej v sluchách. Čo ak jej ukradli auto? Čo ak ju uniesli? Voda mu stekala po boľavom chrbte. To auto malo na voľnom trhu hodnotu miliónov.

Iba šťastlivci ako on mohli dúfať, že ho kúpia za zlomok jeho skutočnej hodnoty, pokiaľ bolo celé, keď sem prišla.

Nastavil tvár prúdu vody a pustil ju naplno, dúfal, že zmyje zákerné obavy. Niekde musí byť.

Nikto, kto sa vyzná v autách, by sa nepokúsil ukradnúť Ferrari. Všetci vedeli, že by bolo nemožné predať ho. Rýchle autá ako toto kradli iba na objednávku a ani vtedy by ho majiteľ nemohol vydávať za niečo iné. Ale hlupáci sa o to môžu pokúsiť. Hlupáci, ktorí nepoznajú jeho ozajstnú cenu. Zatvoril oči. Hlupáci, ktorí sú zúfalí. Závislí od alkoholu alebo drog. Čo by urobili s Laurie?

Vyšiel spod sprchy, energicky sa vyutieral, vydrhol frustráciu z vlhkej pokožky, takže plecia mal takmer rozodraté.

Možno by mal zavolať na políciu. Nahlásiť, že je nezvestná. Ak sa do večera neubytuje v hoteli, hneď ráno tam zavolá. Nenávidel tento pocit nerozhodnosti.

Omáľala červené víno v ústach, vychutnávala si ho. Pollitrová fľaša bola drahá, ale stála za to. Vínny lístok bol taký zaujímavý, že bola v pokušení zostať tam pár dní a ochutnávať rozličné druhy. Odtisla tanier nabok a otvorila mapu. Rozhodla sa prenocovať v Bormiu na úpätí priesmyku, bolo tam plno cyklistov, karavanov a iných športových áut. Vládla tam dobrosrdečná, šťastná atmosféra a najprv sa zdalo, že nedostane izbu, tak tam bolo rušno. Našťastie malebný hotel Cormori bol dosť ďaleko od mesta, čo odradilo väčšinu turistov, a poskytoval bezpečné parkovanie na uzavretom súkromnom parkovisku.

Zahriata červeným vínom a uvoľnená po ťažkom dni šoférovania zasnene študovala mapu. Ak dupne na plyn a pôjde celý deň, môže byť v Maranelle zajtra popoludní. A potom čo? Domov?

Zrazu jej vlažné leto domova pripadalo ako v inom svete a Taliansko pulzovalo životom, bolo vzrušujúce a rušné. Celý život išla bez zastavenia a poriadne si ho nevychutnala. Výrazný prízvuk a spevavé hlasy Talianov jej boli známe i neznáme, fascinoval ju rýchly vzostup a pád dráždivých slov. Nezrozumiteľné slová na tabuliach v okolí hotela aj v meste jej boli cudzie. Vo Francúzsku dosť dobre poznala jazyk, takže pochopila väčšinu slov, tu jej všetko pripadalo úplne cudzie… a páčilo sa jej to… ten pocit anonymity, možnosť obzerať sa po tejto reštaurácii a pozorovať okolie.

Mapa pred ňou bola ako misa plná lahôdok a ponúkala jej Lago di Como, Lago di Garda, Parmu, Miláno, Turín, dokonca Benátky. Všetko bolo tam… mohla si to vziať. Nič jej nebránilo zájsť na niektoré z tých miest. Vo vrecku mala dosť peňazí. V žalúdku ju hrialo zakázané potešenie.

Zrazu sa usmiala a rozhodla sa. Môže urobiť, čo chce. Nemusí sa zodpovedať nikomu, len sebe. S náhlym pocitom bolesti si spomenula na Cama.

Potom zahnala tú myšlienku. No dobre, chýbal jej, o dôvod viac, aby si nevšímala jeho telefonáty a esemesky. Bol zakázaný a jasne jej dal najavo, že netúži po záväzku a nezaujíma ho ani krátky vzťah. Hlupák. Myslí si, že je sprostá a neuvedomuje si to? Bolo jej to jasné od prvej chvíle, keď ho pobozkala. Poznala pravý stav vecí, on očividne nie.

Unavená jazdou a ukolísaná výborným vínom do oparu šťastia vyšla z jedálne a pobrala sa rovno do svojej izby, kde našla v mobile rad nových esemesiek. Bola v pokušení nevšímať si ich.

Prosím ťa, daj mi vedieť, či si v poriadku. Mám o teba obavy. Cam

Dofrasa, ten chlap vie, ako ju donútiť, aby sa cítila previnilo. Keď prešla tými serpentínami, chápala, prečo má obavy. Nežeby ho to predtým trápilo. Zošpúlila pery, váhala, ale musela priznať, že by mu mala oznámiť, že je v poriadku. V kútiku srdca túžila zajasať, že sa dostala na druhú stranu Passo dello Stelvio a cíti sa viac než fajn. Rýchlo napísala esemesku:

Žijem a mám sa dobre.

Správa neodišla a uvedomila si, že má slabý signál. No čo už, tomu chlapovi, ktorý nie je pre ňu ten pravý, neublíži, ak bude mať obavy trochu dlhšie. Dokáže mu, že sa vie o seba postarať.

Prezrela si fotky v mobile, neubránila sa tomu. Pri tej najkrajšej, na ktorej mal bielu košeľu a vyblednuté džínsy, čierne kučery mu tancovali na lícnej kosti, sa zastavila. V ten deň k nej bol milý… každý deň bol milý.

Vzdychla a zvalila sa na posteľ. S Robertom skončila, to jej bolo jasné. Nešlo o to, že mu bola neverná… hoci to bolo dosť zlé. Vďaka Milesovi sa všetko zmenilo. Vedel, čo sa v nej skrýva? Čoho je schopná?

Spomenula si, ako ho videla naposledy. Držala ho v nemocnici za ruku. Všetko pochopila. Chcel, aby videla, že hoci matka ju sklamala, Laurie sklamala seba, keď sa vyhýbala riziku. Veľa zameškala, lebo sa bála riskovať city alebo pochybovať o sebe. Múdry starý Miles to videl.

Stačilo to, aby odložila návrat do Anglicka, ale zajtra je nový deň a vyrazí k Lago di Garda.

Kapitola 24

Znova oblízala zmrzlinu, vychutnávala si jej chlad na jazyku a zdvihla tvár, aby sa pokochala horúcim slnkom. V ústach cítila výraznú arómu vanilky a kráčala po chodníčku okolo jazera. Riva del Garda bolo určite jedno z najkrajších miest v Európe. Na vlnkách sčerených vetríkom tancovalo slnko, radostne žmurkali ako drahokamy.

Prvý raz v živote si dopriala prepych takej samoty. V posledných dvoch dňoch sa ani chvíľu necítila sama. Bol to úžasný pocit byť šťastná v spoločnosti seba samej. Nikdy nežila sama. Robert sa k nej nasťahoval hneď po otcovej smrti. Vtedy žialila a Robertova prítomnosť jej pomáhala. Pri spätnom pohľade si uvedomila, že sa nikdy vedome nerozhodla, že by sa k nej mal nasťahovať. Až teraz jej napadlo, že čosi také dôležité mala zvážiť. Vtedy sa to jednoducho stalo a potom to bola hotová vec.

Hľadela na jazero, pozorovala, ako malé lode uháňajú po hladine, cikcakovito sa pohybujú ako zúrivé mravce náhliace sa nikam. Usadila by sa s ním tak rýchlo, keby otec nezomrel? Akosi o tom pochybovala. Zatienila si oči rukou a hľadela na modrú šíravu jazera. Malebný rezort obklopovali hory ako monolitickí strážcovia, ktorí sa majú postarať o pokoj a pohodu obyvateľov. Robert bol ako tie hory, solídny muž, ktorý ju ukotvil, keď ju tak tvrdo zasiahla otcova smrť. A tak ako tie hory zostal solídny a nehybný. Premkol ju pocit ľútosti, ostré vedomie, ktoré vytiahlo pravdu na povrch. Už nechcela trčať na jednom mieste. Čaká na ňu život. Je toho dosť, čo musí prežiť. A pochabý Miles to videl.

Tieň hory narušil slnečný lúč a osvetlil žiarivú vodnú hladinu pod ňou, takže sa jasne vynímali farby a obrysy. Pochopila to ako znamenie a vrátila sa do hotela.

Rezervovať si ubytovanie na ďalšie dve noci sa jej zdalo hrozne dekadentné, ale zrejme to bolo preto, lebo hotel si účtoval za jednu noc závratnú sumu. A aký by malo zmysel prísť k Lago di Garda, keby sa neubytovala v hoteli s výhľadom na jazero?

Hotel mal na streche terasu s takým krásnym výhľadom na jazero, že odkedy prišla, neprečítala ani slovo. Včera ráno si príjemne dlho poležala v posteli, kým ju žiarivé slnko nezvábilo, aby šla preskúmať okolie. Vyzbrojená obedom, ktorý jej nabalili v hoteli (začínala si zvykať na prepychový život, predtým by jej ani nenapadlo požiadať, aby jej ho nabalili), odišla o desiatej a strávila úžasne príjemný deň prechádzkou okolo jazera a prehliadkou mesta. Keď sa jej zažiadalo, zastavila sa na silné presso, ktoré podávali v drobných šáločkách a od ktorého začala byť závislá. Od kofeínu bola dosť rozrušená a takmer podľahla nutkaniu zavolať Camovi, kde je. Našťastie si to rozmyslela.

Dnes mala byť podľa predpovede počasia búrka, takže vyzbrojená novými plavkami sa rozhodla stráviť deň v hotelovom wellnesse. Bolo to hlúpe, ale zmocnila sa jej nervozita.

Nikdy predtým nebola vo wellnesse a v hoteli sľubovali všetky možné príjemné zážitky. Kúpila si skrášľovacie procedúry, hoci boli závratne drahé, ale ponúkali najlepšiu hodnotu vzhľadom na cenu, takže si mohla ospravedlniť taký výdavok. Balíček ponúkal dlhý zoznam procedúr vrátane manikúry, pedikúry, úpravy obočia, ako aj množstvo iných vecí, o ktorých nikdy nepočula, no nechcela sa pýtať. Celeste a Siena si takéto čosi zrejme užívajú pravidelne.

Chvalabohu, že si kúpila najdrahšie plavky, keď videla tú štýlovú atmosféru vo wellnesse, predstavila si čierneho jaguára, ktorý na ňu môže kedykoľvek skočiť. Určite by sa tam nehodili plavky z M&S. Každú chvíľu sa môže spustiť poplašné zariadenie a rozsvieti sa veľká neónová šípka so slovom: *Podvodníčka*.

Bazén s čiernymi obsidiánovými kachličkami a so svetlami pod vodou vyzeral ako horská jaskyňa a voda pôsobila vtieravo tajomne. Mala trištvrte hodiny, kým pôjde na prvú procedúru. Ľahla si na chrbát, počúvala špľachot vody naokolo a hľadela na tmavomodrý strop pokrytý zlatými symbolmi zverokruhu zvýraznenými drobnými svetielkami v tvare patričných konštelácií. Kde je teraz Cam? Predstavila si ho tam, ako sedí oproti nej pri stole na čarovnej terase, prechádza sa s ňou okolo jazera, vietor mu rozvieva dlhé, neposlušné vlasy, ako leží na bielej plachte na veľkej posteli v jej izbe. Nevedela sa ubrániť tým predstavám. Zažmúrila oči. Prestaň myslieť na Cama!

Preplávala kraulom dve dĺžky bazéna, vložila do toho všetky sily a vychutnávala si bolesť v pleciach. Aj keď vychádzala z vody a ruky sa jej triasli od námahy, v hlave sa jej vynorila predstava Cama v spodkoch na okraji bazéna. Kde môže byť teraz? Čaká na ňu v Maranelle? S Ronom? Poslala Ronovi esemesku, že tam príde o dva dni. Keď pozrela na mapu, usúdila, že tam za deň dorazí, takže môže stráviť deň tu. A nemusí zostať v Riva del Garda, môže sa vybrať vo svojom aute na prieskum tých hrozivých ciest.

A teraz nastal čas na jej prvú procedúru. Zahalila sa do huňatého froté župana a zamierila na recepciu.

Laurie zaklipkala novými mihalnicami a usmiala sa do zrkadla na ten efekt. Stačilo maskary. To pomyslenie sa jej páčilo. A nechty mala nalakované na jasnočerveno, takej farbe by sa inokedy vyhla. Nechty na nohách mala nalakované rovnakým lakom, ale po obvode ich zdobil rad umelých drahokamov. Obočie mala pekne tvarované, pokožku exfoliovanú, natretú hydratačným krémom, dokonale lesklú.

Cítila sa… nie ako nová, skôr ako vyčerpaná žena. Kto mohol vedieť, že polihovanie celý deň môže byť také únavné? Rozmaznávali ju mladé Talianky, ktoré hovorili zastretými hlasmi lámanou angličtinou a vyzerali, akoby prešli týmto režimom ešte pred raňajkami.

Pozrela na hodiny. Pol siedmej a bola vyparádená. Na počesť tých ligotavých nových nechtov si obliekla červené džersejové šaty a nevšímala si pocit ľútosti, že Cam ju v nich nevidí. Tá ľahká látka jej priliehala na telo a pri chôdzi jej svišťala okolo nôh.

Na večeru bolo priveľmi skoro. Schytila kabelku, strčila do nej čítačku a zamierila dolu do baru.

Kto by si bol myslel, že sa ocitne v bare s nádherným výhľadom na jazero ožiarené slnkom, v jednej ruke strek, v druhej kniha? A sama!

Dala si večeru, pritom občas pozrela do knihy, ale častejšie pozorovala ľudí. Neponáhľala sa od stola, ani keď dojedla špagety s drobnými šťavnatými mušličkami a jahodový šerbet.

Objednala si druhý strek, pomaly ho popíjala a hľadela na jazero. Tá závratná cena za izbu stála za tento nádherný výhľad.

Zostane ešte deň? Bolo tam dosť čo robiť. Mohla by ísť na plavbu loďou alebo na túru do hôr, aby sa pokochala alpskými kvetmi. Zajtrajšia predpoveď počasia bola lepšia, takže pôjde na prehliadku pevnosti Bastione nad mestom.

Nikam sa neponáhľa. Strýko Miles by súhlasil.

Keď Cam vošiel do hotelovej haly a chcel si dať v bare studené pivo, začul hlas, ktorý hovoril hlasno po anglicky a pomaly zdôrazňoval spoluhlásky. „Angličanka. Jazdí na Ferrari." Muž rukami naznačil šoférovanie.

Cam pokrútil hlavou. Somár. Nevie, že Ferrari je talianske slovo? Aj keby ho Cam nepoznal z pohrebu, vedel by, kto to je. Že by sa s ním Laurie spojila? Podišiel bližšie a počúval rozhovor.

„Ste si istá? Nie je tu?" Hovoril čoraz hlasnejšie. „Laurie Brownová. Môžete sa znova pozrieť?"

Cam napínal uši, hrdlo mu zovrelo. Žalúdok mu zrejme skrúcalo od hladu, pripomínalo mu to, že by sa mal najesť, ale najprv potreboval počuť, že Laurie je v poriadku.

Recepčná odpovedala bezchybne po anglicky a štipľavo, Cam sa prvý raz za dvadsaťštyri hodín usmial.

„Pane, tá dáma tu určite nie je. Už som si to preverovala, pýtal sa na ňu aj iný pán. Neubytovala sa tu ani si nerezervovala izbu."

Cam sklonil hlavu, dúfal, že ho neprezradí. Nechcel sa priznať Robertovi, že Laurie je nezvestná. Najmä keď na ňu mal dávať pozor. Mal na ňu dozerať, nie dostať sa jej pod sukňu a zbabrať jej život.

Robert zvesil plecia, pripomínal Camovi odutého pubertiaka, takže sa cítil ešte previnilejšie.

„No skvelé. Tak čo mám robiť? Mala byť tu."

Talianka sa tvárila ľahostajne. „Chceli ste si rezervovať izbu, pane?"

„Čože? Ja?" zatiahol Robert podráždene. „Nie, chcel som izbu pre svoju fra... teda, snúbenicu."

„Takže jej chcete rezervovať izbu?"

„Áno."

„Tak kedy príde? A chcete jedno lôžko alebo dvojlôžko?"

„Neviem, kedy príde." Cam zmraštil tvár, keď počul Robertov sarkastický tón. „Ale môžem jej ju rezervovať teraz a zostať v nej, kým nepríde."

Cam sa takmer nahlas zasmial.

„Pane, to nie je možné. Ak sa v izbe chcete ubytovať, musí byť na vaše meno a budem potrebovať váš pas a kreditnú kartu."

„To je absurdné," vyprskol Robert, uši mu očerveneli. „Čo keby som rezervoval tú izbu telefonicky v mene mojej snúbenice? Izba by bola na jej meno, nie?"

„Aj tak potrebujeme údaje z vašej kreditnej karty."

Robert pokrútil hlavou. „Tie vám nedám."

„Mrzí ma to, pane, ale musíme zaznamenať údaje z vašej kreditnej karty. Nič vám na ňu nenaúčtujeme, kým sa neodhlásite."

„Neverím. Tú izbu chcem rezervovať pre svoju snúbenicu, preto som tu. Nechcem mať kvôli nej výdavky."

Cam zaťal zuby. Somár. Cítil, ako zatína ruky, najradšej by Robertovi vrazil. Hádam Laurie netrpela takéto správanie?

Recepčná to odmietla trpieť. Stisla pery. „Mrzí ma to, pane," povedala, ale vôbec sa nezdalo, že ju to naozaj mrzí, „taký je postup. Ak sa o tom chcete porozprávať, môžem zavolať manažéra. Inak vás môžem poslať do iného hotela."

Robert si neslušne odfrkol. Cam pokrútil hlavou, hanbil sa, že má rovnakú národnosť ako Robert. Ten idiot zafŕkal ako kôň.

Počul, ako niečo plastové pleslo na drevený pult, keď Robert neochotne vytiahol čosi z peňaženky. „Tak koľko tu stojí najlacnejšia izba?"

„Účtujeme štyristo eur na noc za dvojlôžkovú izbu."

„Štyristo eur?! To nemyslíte vážne!"

Dievča uprene hľadelo na Roberta, neustúpilo ani o centimeter.

Zamračene jej potisol kartu a zamrmlal: „Zlodejstvo za bieleho dňa."

To sa Camovi zdalo trochu prehnané, keďže nemal v úmysle zaplatiť za tú izbu. Chvíľu dúfal, že Laurie nepríde.

Neveriacky pokrútil hlavou, nechal tam Roberta hundrať, zamieril do baru a objednal si pivo Peroni.

Dal si dva výdatné dúšky, vzdychol si, potom odložil pohár a hľadel doň. Idiot! Laurie mohla mať oveľa lepšieho chlapa, než bol Robert.

A vtedy sa mu v hlave ozval hlások. Koho? Teba?

Pošúchal si oči, zrazu bol unavený. Prečo by s ním Laurie chcela niečo mať? Po tom jeho vyhlásení v Monsteine. Správal sa rovnako idiotsky ako Robert. Bol arogantný somár. Nečudo, že utiekla.

V živote nestretol takú sebestačnú ženu, čo mu dokázala, keď odišla v aute, ktoré malo hodnotu miliónov, a vyrazila na jednu z najťažších ciest na celom svete.

Znevažujúco sa zasmial. To on bol somár. Kto povedal: „Spoznáš, že ju miluješ, až keď jej dovolíš odísť?" Pomýlil si dusenie so záväzkom. Sylvie nevedela žiť nezávisle.

Odhliadnuc od skvelého sexu, k Laurie ho priťahovala jej schopnosť byť sama sebou a byť za seba zodpovedná. Ak nebral do úvahy to, že túžila po sexe, nič od neho nežiadala.

Doparoma, musí sa s ňou porozprávať a zbaviť ju toho idiota Roberta. Keď Laurie príde, Cam sa postará, aby odišla s ním.

Ale Robert sa o to možno postará sám. Recepčná sa tvárila, akoby chcela vziať do ruky nôž na otváranie listov a zabodnúť ho Robertovi medzi rebrá. To by všetkým ušetrilo starosti.

Zazeral do piva a najmenej stý raz za hodinu vybral z vrecka mobil. Stále nič.

Keď dopil pivo, objednal si druhé a usadil sa. Zo svojho miesta videl halu a mohol striehnuť na Laurie.

Kapitola 25

Veľmi neochotne uložila tašku do kufra auta a posledný raz sa rozhliadla po jazere. Najvyšší čas vrátiť sa do reálneho života, nech ju čaká čokoľvek. Posledné tri dni ju duševne povzniesli. Mala čas všetko znova prehodnotiť a pozerať dopredu.

Zhlboka sa nadýchla, zdvihla plecia a nasadla do auta. Maranello, prichádzam. Dnešné ráno bolo svieže, sľubovalo ďalší krásny deň a dôvod vyraziť zavčasu.

Auto hltalo kilometre po brehu a keď odbočovala na juh, vychutnávala si posledný pohľad na jazero. Podvečer zrejme bude na mieste. Šla rovnomerne, dodržiavala povolenú rýchlosť. Chlapíka vo fiatke to hnevalo, doslova sa jej lepil na nárazník, zúfalo túžil, aby išla rýchlejšie. Napokon ju frustrovane predbehol a v nebezpečnej zákrute zašermoval päsťou. Len pokrčila plecami, hneď na začiatku zistila, že toto auto vyvoláva v ľuďoch tie najhoršie emócie. To však ešte neznamená, že bude jazdiť ako idiot.

No na dlhej rovinke dupla na plyn a vychutnávala si pradenie motora. Neskoro zbadala policajné auto na odstavnej ploche, okolo ktorej preletela. Pozrela na tachometer, pulz sa jej zrýchlil. Osemdesiat kilometrov. To je na tejto ceste povolené, nie? Uprela pohľad do spätného zrkadla. Dofrasa, policajné auto vyrazilo za ňou. Dýchaj, hovorila si, len dýchaj. Neurobila si nič zlé… nič, čo by sa polícii nepáčilo. Bola si istá, že neprekročila povolenú rýchlosť. Možno ju sledujú, aby sa uistili, že ju dodrží. Keď vošla do zákruty, vystrela roztrasenú ruku a zistila, že srdce jej tak búši, až nedokáže preradiť rýchlosť. Spomalila a videla, že policajné auto ide stále za ňou.

Na chvíľu ešte väčšmi spomalila. Ale teraz to vyzeralo, akoby niečo tajila. Keď pôjde takto pomaly, akoby priznávala vinu. Bola rada, že sa môže skryť za slnečné okuliare, ďalej šoférovala v nádeji, že policajti budú mať iný naliehavý prípad, ale nemala šťastie.

Cesta sa ťahala do diaľky. Bola to hlavná cesta, takže si nemohla robiť nádeje, že sa strasie prenasledovateľov. Keby sa dopustila nejakého priestupku, určite by ju už zastavili.

V tom aute sedeli dvaja policajti s okuliarmi na očiach, takže nevidela, ako sa tvária. Očividne sa rozprávali. Po chrbte jej stekal pot, šteklil ju medzi lopatkami. Cítila, ako sa prilepila na kožené sedadlo. Pod pazuchami má určite veľké spotené fľaky. Keby tak mohla niekde odbočiť… zastaviť v nejakej dedinke… cesta však viedla pomedzi šíre polia, ktoré sa zvažovali dolu a poskytovali krásny výhľad, no neodvážila sa vychutnávať si ho.

Takmer si nevšimla, že o tri kilometre bude odstavné parkovisko. Chvalabohu. Tam zastaví. A dúfala, že oni pôjdu ďalej. Mohla by tu chvíľu zostať. Dať si skorý obed, napiť sa vody a pochutnať si na ovocí, ktoré mala so sebou. Tak budú mať dosť času predbehnúť ju.

Odľahlo jej, že na odstavnom parkovisku bola veľká vyhliadka a dosť parkovacích miest. Vyhodila smerovku a hladko odbočila, modlila sa, aby policajné auto prefrčalo po ceste.

Ale nie. Pomaly zastavilo za ňou.

Na parkovisku nebolo veľa áut, tak si mohla vybrať miesto. Prešla na odľahlú stranu a zaparkovala. Na jej zdesenie policajné auto zastavilo vedľa.

Dofrasa! Zatvorila oči. Poznala riziko. Vždy bolo možné, že ju zastavia. Také auto neujde pozornosti. Len pokoj! Musí zachovať pokoj. Možno ani nebudú chcieť vidieť jej vodičský preukaz. Utrela si dlane do nohavíc.

A čo ak budú? Môže sa tváriť akoby nič. Povedať, že vodičský stratila. Alebo jej ho ukradli. Taliansko bolo známe tým, že v ňom je veľa vreckových zlodejov.

Zhlboka sa nadýchla. Splnila sa jej najhoršia obava a nebolo to až také zlé. Jednoducho musí pokračovať. Čo jej môžu urobiť? Zatknúť ju? Uväzniť? To by nebol koniec sveta. Doteraz šlo všetko dokonale hladko.

Počkala, kým policajt vystúpil z auta a podišiel k jej okienku.

„*Buon giorno, signorina,*" so širokým úsmevom si zložil slnečné okuliare.

„*Buon giorno.*" Sťažka preglgla, jej hlas znel trochu škrípavo, ale opatrne sa usmiala.

V očiach sa mu zračilo prekvapenie.

„Vy ste Angličanka."

Prikývla, hoci to bolo skôr oznámenie ako otázka.

„Krásne auto a krásna dáma." Pohľadom blúdil po aute ako milenec. Zbožne sa dotkol kapoty.

Zaliala ju horúčava. Fanúšik Ferrari.

Otvorila auto, vystúpila a nechala dvere otvorené, akoby ho pozývala dnu.

„Chcete sa pozrieť?"

Keď sa mu oči rozžiarili ako pravému obdivovateľovi Ferrari, Laurie sa zakrútila hlava.

Nakukol cez dvere na palubnú dosku, obdivoval interiér, potom prešiel okolo auta.

„Kam máte namierené?" Hovoril s výrazným americkým prízvukom.

„Do Maranella," vyhlásila hrdo a potľapkala po kapote, dúfala, že si nevšimol, ako sa jej trasú nohy. „Veziem ho domov."

Prikývol. „Ktorý je to ročník?"

„Šesťdesiatdva, GT…"

Znova prikývol. „Pekné, veľmi pekné."

Sama sa prekvapila, keď sa spýtala: „Chcete si sadnúť dnu?" Rozžiarene zakýval na kolegu a vtlačil sa za volant.

Druhý policajt bol mladší, ale rovnako nadšený. Chvíľu sa rozprávali rýchlo po taliansky, skúmali auto zo všetkých možných uhlov.

O dvadsať minút sa už správali ako starí priatelia a odpovedala im na všetky otázky. Odfotila ich v aute ich mobilmi. Mladší policajt Giorgio vystrčil hlavu z auta, akoby sa musel premáhať, zatiaľ čo Pietro potriasol Laurie ruku. „*Grazie. Grazie. Va bene.* Jazdite opatrne."

Keď sa usadila na koženom sedadle, Pietro sa naklonil do okienka a živo gestikuloval. „Buďte opatrná. V meste majte dvere stále zamknuté."

Vyrazila na cestu a vydýchla si od úľavy. Už len posledný úsek… a doteraz nikto nezistil, že nemá platný vodičský preukaz.

Zvyšok cesty ubehol pokojne, a keď vyšla z hôr na rovinku, cesty boli rušnejšie. Ako sa blížila k svojmu cieľu, krajina bola čoraz viac zastavaná.

A keď ju navigácia doviedla do Maranella, po horách a jazerách sa jej zdalo, že je to dosť nezaujímavé mesto.

* * *

Ron prišiel krátko po tom, čo Cam dopil svoje štvrté pivo. Právnik pôsobil dosť unavene, akoby ho cesta zničila. Cam okamžite vstal, šiel ho pozdraviť a vzal mu kufrík.

„Cam, ako sa máte?" Ron mu silno stisol ruku, bol rád, že sa zbavil kufríka, a na chvíľu mu zmizli vrásky pri ústach a vystriedal ich šibalský úsmev. Cam mal podozrenie, že je oveľa starší, než si pôvodne myslel. Skôr má vyše sedemdesiat než menej.

„Ďakujem, dobre."

„A Laurie?" spýtal sa Ron dychtivo.

Camovi zamrelo srdce. Dofrasa, od toho piva mal zahmlenú myseľ. Samozrejme, Ron predpokladá, že prišla.

„Je to na dlhé rozprávanie. Čo keby ste sa najprv ubytovali? Zrejme máte za sebou dlhý deň. Jedli ste vôbec?"

Rona to nevyviedlo z konceptu. „Jedlo! To je skvelý nápad! Nemám rád lacné občerstvenie, aké podávajú v lietadlách. Je horšie ako jedlo na benzínovej pumpe."

Cam sa nesmierne túžil spýtať, či sa mu ozvala Laurie, ale bál sa, že Ron mu povie, že sa neozvala, a prišiel zistiť, kde je, pretože mu už dávno mala zavolať. Vie, kde je?

Ron sa veľmi neponáhľal, a keď sa usadili v hotelovej reštaurácii a objednali si jedlo, Cam si už obhrýzol necht na palci do živého.

„Tak aká bola cesta, Cam?"

„Cesta bola dobrá… kým… dofrasa, Ron, ozvala sa vám Laurie?"

Ron zdvihol obočie.

„Stratil som ju." Camovi sa zlomil hlas. „Netuším, kde je, či je v poriadku. Bože, všeličo sa jej mohlo stať. Nedvíha mi mobil. Nevolá."

„Aha," zamrmlal Ron a jeho vážny výraz bol v rozpore so šibalskými ohníkmi vo svetlomodrých očiach.

„Viete, kde je?" zamrmlal.

Ron nadobudol výraz, akoby sa uškŕňal, a Cam bol chvíľu v pokušení zahlušiť ho. V tej chvíli nemal náladu na žartovanie.

„Je v poriadku. Telefonovala mi, že sem príde zajtra večer."

„Takže sa jej nič nestalo," poznamenal Cam zatrpknuto. Teda Laurie sa spojila s Ronom, ale Camovi neodpovedala na esemesku, v ktorej ju prosil, aby mu dala vedieť, či je v poriadku.

Ron sa predklonil a potľapkal ho po ramene. „Telefonovala mi, že sa rozhodla stráviť pár dní osamote a predpokladá, že tu bude zajtra večer, pokiaľ," uškrnul sa, „ju niečo nezláka, aby som použil jej slová." Zachechtal sa. „To jablko nepadlo ďaleko od stromu. Miles by bol nadšený."

„Čože?" vyprskol Cam. „Vy si myslíte, že Miles by bol nadšený… že neskúsená vodička, jeho vlastná neter, sa vybrala jeho najvzácnejším autom po jednej z najťažších ciest na svete…" S horiacimi očami pozeral na Ronov spokojný výraz. „Čo keby zišla zo zrázu? Stratila kontrolu nad autom? To nie je auto pre nováčika… Mohlo sa jej stať…" Hrôza, ktorú posledné dva dni potláčal, ho teraz takmer zahltila. Zatvoril oči. Prekliaty Miles a jeho prisluhovač, ktorý sa hrá na Boha.

„Cam, Miles ju dobre zaškolil," dohováral mu Ron. „Už ako štrnásťročná bola rodený talent. Vedel, čo robí. Pokúšal som sa mu dohovárať, aby sa nehral na Boha, ale bol to môj dobrý priateľ a oslovil by iného právnika, aby urobil, čo chcel. Ja som sa mohol akurát postarať, aby to, čo chcel, bolo nenapadnuteľné. Poznali ste Milesa lepšie ako iní."

„Bol to tvrdohlavý starý chren." Cam si ho vedel predstaviť tak jasne, až mu zovrelo hrdlo. „Áno, verím, že by to nenechal tak."

„Nesúhlasil som s tým, čo robil. Zúfalo túžil napraviť zlo. Bolo mu ľúto, čo jeho sestra urobila Laurie. Takto jej to chcel vynahradiť. Kým žil Laurin otec, nechcel mať s Milesom nič dočinenia. Vyčítal mu, že predstavil Celeste Georgeovi." Ron pokrútil hlavou. „Keby to nebol Georges, bol by to niekto iný. Toho nahradil Harvieu, lebo bol bohatší. Predpokladám, že ste sa s ňou už zoznámili. Tá žena vždy chcela viac a viac."

Miles mal možno dobrý úmysel, ale Cam videl na vlastné oči, ako to Laurie zasiahlo. Nebol si istý, že ocenila Milesov pokus, aby sa znova zblížila s matkou. Jeho starý priateľ bol krutý a necitlivý, aj keď si to neuvedomoval, a Cam to len zhorší. Mal byť k Laurie úprimný. Mal jej povedať, čo je v závere poslednej vôle.

Ron akoby mu čítal myšlienky. „Prezradili ste jej podmienky predaja auta?" spýtal sa.

Camovi oťaželi viečka, cítil sa previnilo. „Nie. Nikdy som nenašiel vhodnú chvíľu." Nezdalo sa mu správne povedať právnikovi, že sa s ňou vyspal.

Plánoval povedať Laurie o tej poslednej vôli. Skutočne to mal v úmysle, ale potom sa spolu vyspali a tým sa všetko zmenilo. Mal jej to povedať predtým. Ten sex skalil vodu. Čo ak si bude myslieť, že sa s ňou vyspal kvôli autu? Keď konečne príde, musí sa s ňou porozprávať, dofrasa.

Keď odchádzal od baru s brandy pre seba a s likérom *cointreau* pre Rona, na druhej strane miestnosti zbadal Roberta. Bolo jasné, že ich spoznal, hlava mu poskočila ako dychtivému teriérovi, ktorý zavetril korisť. Doparoma, už sa mu nevyhne. Keď Robert zamieril rovnou čiarou k ich stolu, Cam vykrivil ústa.

„Myslel som si, že ste to vy. Vy ste ten šofér." Dramaticky obrátil hlavu k Ronovi. „A vy ste ten právnik. Minule som sa s vami rozprával. Povedali ste mi," vyhlásil obviňujúco, „že bude tu. Tak kde je? A kde je to auto?" Podozrievavo stisol pery a Cam cítil jeho obvinenie. „Recepčná mi povedala, že tu nie je nikto na Ferrari. Čo je s nimi?"

„Laurie chcela stráviť pár dní sama s autom, prv než príde sem."

Robert sa nepekne zaškeril. „To pochybujem."

„Prečo?" podpichol ho Cam.

„Laurie nejazdí." Prekrížil si ruky, akoby tým chcel zdôrazniť svoje naduté vyhlásenie.

Cam mykol plecom, dal si výdatný dúšok brandy a počkal, kým ho prestane páliť v žalúdku. „Keď som ju videl naposledy, šoférovala."

Robert pokrútil hlavou, očividne ho nepresvedčil. „Laurie nešoféruje."

„Tak to sa zmenilo."

„Nevie šoférovať…" Robert sa vypäl, akoby sa chystal zasadiť smrtiaci úder, „nemá vodičský preukaz. Iba dočasný. Nemôže jazdiť mimo Veľkej Británie. Tak kde je?"

Cam mlčky strávil túto ohromujúcu správu a potom sa zasmial, keď všetky kúsky skladačky zapadli na svoje miesto. Nečudo, že spočiatku netúžila šoférovať. Laurie však už nebola to dievča, ktoré neriskuje, zmenila postoj.

„Mimochodom, nie je to zábavné. Chcete mi povedať, že je sama s tým drahým autom? Mohlo sa stať hocičo!"

„Laurie alebo autu?" Cam sa vôbec nepokúsil maskovať svoju nechuť.

„Obom."

Ron očividne nemal rád konflikty, čo bolo zvláštne vzhľadom na jeho profesiu, ale teraz zasiahol: „Pán Evans, nemusíte si robiť obavy. Bol som s Laurie v spojení. Nič sa jej nestalo. Len sa rozhodla užiť si tento výlet a stráviť dva dni pri Lago di Garda. Urobiť si čosi ako malú dovolenku. Telefonovala do knižnice, že si berie viac voľna."

„Lago di Garda?" zvolali Robert aj Cam neveriacky.

„To je absurdné. To by Laurie neurobila. Nešla by na dovolenku bezo mňa. Neurobíme jeden bez druhého ani krok."

„No teda," uškrnul sa Cam. „Dobre urobila." Nevšímal si Roberta a obrátil sa na Rona. „Keď ju dostanem do rúk, zahluším ju. V Monsteine ma nechala v štichu." Spomenul si, aký si bol istý, že sa každú chvíľu vráti, a zasmial sa. Arogantný somár. Dala mu lekciu. Odišla sama, zdolala Passo dello Stelvio a zmizla. Tá mladá dáma má guráž.

„Je v poriadku. Našla v Riva del Garda veľmi pekný hotel. Myslím, že si tam príjemne užila." Rona ich reakcie nevyviedli z miery.

„V hoteli?" zvolal Robert pobúrene.

„Kde inde by ste chceli, aby prespala?" spýtal sa Cam pobavene. „V stajni?"

„To je absurdné." Očividne to bolo Robertovo obľúbené slovo. „Vždy bývame v penziónoch, tam majú oveľa lepšie ceny."

„A predsa… ste tu."

Robert zošpúlil ústa. „Toto je obchodná záležitosť, okrem toho Laurie… veď viete, keď predá auto…"

Cam potlačil podráždenie, ktoré v ňom vyvolala Robertova narážka, hoci auto bolo v skutočnosti viac-menej predané. Dnes vybavil finančné záležitosti a len čo Laurie príde, môže jej dať príkaz na úhradu. Oficiálne by mala odovzdať auto v Múzeu Ferrari, kde ju už čakajú. Chvalabohu, Miles to všetko dal na papier. Bolo by hrozné, keby Múzeum dalo svoju ponuku.

O pár hodín… dní…, keď sa Laurie uráči zjaviť, bude auto jeho. O tomto sníval celé roky a teraz k tomu mal tak blízko… Ruka s pohárom mu zavisla vo vzduchu. Kam sa podelo nadšenie? Vzrušenie, ktoré mal cítiť? Toto bolo vyvrcholenie výletu a necítil… nič. Možno len otupenosť. Zdvihol pohár k ústam a zamyslene sa napil. Zrejme nič necíti, lebo sa bál, či sa Laurie niečo nestalo. Celý ten čas si užívala pri Lago di Garda a on si zatiaľ predstavoval hrozné scenáre. Áno, len čo to jeho mozog strávi a on znova uvidí to auto, vzrušenie sa vráti.

Kapitola 26

Mala pocit, akoby sa jej usadil v hrudi pavúk s dlhými nohami, a takmer podľahla pokušeniu prejsť okolo hotela bez zastavenia. Keď ľudia pred vchodom počuli vrčanie motora, všetky oči sa obrátili na auto. Dvaja ľudia zastali, nemohli sa vynadívať, a *concierge* sa takmer potkol na vlastných nohách, keď sa náhlil otvoriť dvere na strane vodiča. Keď si uvedomil, že za volantom sedí žena, jeho prekvapenie sa rýchlo zmenilo na ocenenie, potom sa pochvalne usmial. Privítal ju prívalom talianskych slov, potom mu povedala: *„Inglese."* Prikývol a dokonalou angličtinou chrlil otázky. Samozrejme, tu asi boli zvyknutí na hostí jazdiacich na Ferrari, hoci ani jedno z tých áut sa nevyrovnalo tomuto. Laurie takmer potľapkala dlhú nízku kapotu.

Podala *conciergeovi* kľúče, akoby to robila celý život, a vošla do hotela. Keď prechádzala cez chladný foyer s mramorovou dlažbou, vychutnávala si každý krok.

Niekoľko hláv sa obrátilo, akoby ľudia chceli vedieť čosi viac o žene, ktorá vlastní to vzácne Ferarri. Oči skryté za slnečnými okuliarmi jej žiarili. Sledovalo ju dosť obdivných pohľadov, hoci si nenahovárala, že niečo znamenajú. Zaujímali sa skôr o auto, ale nebolo od veci, že v elegantných bielych nohaviciach, topánkach na nízkych podpätkoch, v limetkovozelenom svetri a so šatkou okolo krku vyzerala dobre.

Chvíľu mala pocit, akoby žila život niekoho iného, a to v nej vyvolalo výbuch uvedomenia. Akoby strávila celý život zavretá vnútri a práve vyšla na slnečné svetlo, ktoré ju najprv oslepilo, ale odteraz sa už nikdy nechcela vrátiť dnu. Tá myšlienka ju tak ohromila, až sa musela zachytiť mahagónového recepčného pultu. Na tvári sa jej usadil úsmev a drobná tmavovlasá talianska recepčná jej úsmev opätovala.

„Dobrý deň. Čo si želáte?" spýtala sa.

Ako je možné, že vždy vedia, že je Angličanka?

„Dobrý deň." Hovorila pokojne, vyrovnane, v rozpore s tým, ako ňou to vedomie otriaslo. „Rada by som sa tu ubytovala. Vopred som zavolala. Laurie Brownová."

„Aha, áno, slečna Brownová. Ste veľmi populárna, *signorina*," poznamenala recepčná s pobaveným úsmevom.

Laurie sa takisto usmiala a rozmýšľala, čo to znamená. Vybavila formality, zaregistrovala sa a usilovala sa potlačiť vzrušenie v žalúdku.

Vo výťahu aj cestou po chodbe sa tvárila naoko ľahostajne, a až keď dala tringelt poslíčkovi a zatvorila dvere, vzrušene zvýskla.

V prvej izbe apartmánu boli panoramatické okná s výhľadom na mesto a sklenené dvere viedli na veľký balkón. Medzi dvoma sivými zamatovými pohovkami stál sklenený konferenčný stolík, na pohovkách boli zlato-biele vankúše. Na každom okne viseli hodvábne závesy rovnakých farieb siahajúce až po zem, padali dolu ako zlatý vodopád.

V duchu sa usmiala. Toto je teraz jej život, nie život niekoho iného. Už nikdy neodíde zo slnečného svetla. Najvyšší čas poslať esemesku Ronovi. Nevedela sa dočkať, kedy mu povie, ako sa rozhodla.

Potom preskúma zvyšnú časť apartmánu.

Spokojná s veľkou dvojposteľou s naškrobenými bielymi obliečkami a mierne znechutená prehnane vyčačkanou kúpeľňou s ónyxovozlatými kohútikmi – zistila, že Taliani si potrpia na kúpeľne – sa vybalila a keď si vešala do skrine nové oblečenie, ešte vždy sa tešila, aké je dokonalé. Možno by mohla raz do roka zájsť do Paríža a navštíviť svoju osobnú módnu poradkyňu. Neznie to úžasne? Žiaľ, jej nový životný postoj nezodpovedal jej príjmu, ale keby trochu šetrila, mohla by tam chodiť každý rok. Len čo sa vráti domov, *pronto* si začne hľadať novú prácu.

Rázne klopanie na dvere ju zaskočilo. Ron rýchlo reagoval na jej esemesku, hoci neodpovedal. Musel vyjsť rovno hore.

Až keď pootvorila dvere, zišlo jej na um, že to hlasné klopanie bolo energickejšie, než by čakala od mierneho právnika.

Ruka jej stuhla, ale už bolo neskoro.

„Cam." Pri pohľade naňho jej zovrelo žalúdok a nechtiac sa usmiala. Bol ešte opálenejší, čo zvýraznilo jeho zelené oči. Príval túžby ju takmer zrazil na kolená. Naživo bol ešte krajší než v spomienkach. Bože, hrozne jej chýbal.

On však čosi také očividne necítil, ak mala súdiť podľa prísne stisnutých perí a zlovestného výrazu, keď prekročil prah. Úsmev jej neopätoval a ona ostražito zaspätkovala.

„Kde si trčala, dopekla?" zavrčal a Laurie preglgla.

„Ja som… poslala esemesku…"

Cam zdvihol obočie. Dofrasa, mal pravdu. Zaslúžil si viac.

„Prepáč," povedala ticho.

Cam pokročil dopredu a ona cúvla o ďalší krok, no zdvihla bradu. Teraz nebol správny čas, aby ustupovala. No dobre, bola trochu bezohľadná… ale on bol nadutý somár. Nič mu nedlhuje… Miles mu za tento výlet zaplatil. Alebo nie? Zostala nesvoja. Pokiaľ išlo o to, bol vždy dosť vyhýbavý.

Chvíľu mu horela v očiach taká zúrivosť, až si myslela, že ju zahŕdúsi. Oblizla si pery, márne sa pokúšala premôcť sucho v ústach a nevedela od neho odtrhnúť pohľad.

V tej vypätej situácii na seba len hľadeli, potom bol Cam jedným krokom pri nej, položil jej silnú ruku na zátylok a ústa pritisol na jej pery. Zastonal.

Pri tom dotyku mala pocit, akoby priložil zápalku k zápalnej šnúre. Celkom ju rozpálil, objala ho okolo krku a opätovala mu bozk.

Jeho hrejivé, lačné pery sa jej nástojčivo domáhali a nedokázala urobiť nič iné, len opätovať mu to. Nevedela sa ho nasýtiť, akoby sa pokúšala dýchať a nedostávalo sa jej vzduchu.

Keď napokon ustal, vzdychol si a jej až spievalo srdce.

„Zahluším ťa," znova ju pobozkal a pritískal si nos na jej krk. „Tak som sa o teba bál, až som zostarol o desať rokov."

Pocit viny bol ako úder do žalúdka.

Zaborila mu ruky do vlasov a pritiahla si jeho ústa na svoje pery. „Mrzí ma to, ja som…"

Nedokončila ospravedlnenie, znova sa zmocnil jej pier, a keď sa k nemu privinula, nohy sa jej podlamovali.

Búrka postupne utíchla, Laurie si oprela čelo o jeho čelo a vychutnávala si jeho prerývané dýchanie a blízkosť širokej hrude. Vzdychla.

„Mala som ti oznámiť, kde som. Zrejme som chcela niečo dokázať nielen tebe, ale aj sebe. Potrebovala som ten čas… ale bola som bezohľadná… tvrdohlavá." Rýchlo naňho pozrela. „Tá poznámka o tom, že mi nemôžeš dať to, čo chcem…"

Pokrútil hlavou, urobil grimasu a zasmial sa. „To som pohnojil, čo? Ty si najsebestačnejšia žena, akú som kedy stretol. Len som bol hrozne hlúpy, aby som si to vtedy uvedomil."

Obaja zmĺkli. Laurie si nebola istá, na čom sú. Páčia sa jeden druhému. Cítia silnú príťažlivosť. V minulosti by to nechala tak, nepokúšala by sa to definovať. To urobila s Robertom. Neraz pochybovala o základoch ich vzťahu. Bola pasívna a vzťah pokračoval.

Tentoraz si vzťah presne vytýči a ak im to nevyjde, aj tak dobre, ale aspoň si sama stanoví podmienky. Aktívne sa rozhodne.

„Cam…"

„… Laurie."

Odtrhli sa od seba, zrazu boli v rozpakoch, no musí mu povedať, čo chce. Teraz alebo nikdy.

„Cam, viem, že si sa trochu zľakol, keď som povedala, že s Robertom skončím, ale s tebou to nemalo nič spoločné."

„Au!" Pošúchal si rameno. „Teraz si ranila moje ego."

„Pozri, ja nie som… veľmi skúsená a zrejme som sa s tebou nemala vyspať, lebo… jednoducho som to nemala urobiť."

„Tým si nie som istý," zažartoval Cam.

Vykrivila pery. „Ide o to, že… tento výlet mi otvoril oči. Vyspala som sa s tebou, lebo som…" začervenala sa, neubránila sa tomu, „ťa chcela vidieť vyzlečeného." Rýchlo sa uškrnula, lascívne naňho pozrela a vychutnávala si ten pocit moci. „Ešte vždy po tom túžim. Dá sa povedať, že som doteraz poriadne nežila. S Robertom sme nadviazali vzťah dosť spontánne, neplánovali sme to, nerozhodli sme sa vedome, jednoducho sa to stalo. Aj keď som sa s tebou vyspala… jednoducho sa to stalo. Ale už nechcem robiť všetko bez rozmyslu. Chcem vedieť, po čom túžim, a podľa toho konať." Zastavila sa a vzdychla. „Páni, to znie upäto."

Cam sa len usmial, ruky mal vo vreckách džínsov a pohľadom zablúdila k viditeľnej vypukline. Hneď sa cítila oveľa lepšie a usmiala sa, sebavedomie sa jej vrátilo. „Nie som si istá, či teraz chcem mať dlhodobý vzťah alebo viazať sa, ale…" vytriezvela a zhlboka sa nadýchla, lebo teraz riskovala, „rada by som s tebou niečo mala." Tak, povedala to.

Cam zažmurkal. „Čože? Nijaké putá? Len krátky románik?" Zamračil sa. „A pokiaľ ide o to, čo chcem ja…?"

Laurie neisto o krok ustúpila, zaskočil ju zrazu vážny výraz v jeho tvári.

„V podstate chceš moje telo." Cam bol očividne naštvaný.

Takmer sa usmiala, ale neodvážila sa, pripomínal jej malého chlapca, ktorému vzali obľúbenú hračku.

„To by bolo milé," uškrnula sa, blúdila pohľadom po jeho tele a videla, ako sa mu rozšírili oči, potom ich prižmúril. Poriadne ho vytočila a bol to dobrý pocit. Akoby ho ovládala.

„To nemyslíš vážne." Zdalo sa, že je pripravený zahrdúsiť ju.

„Nie, Cam," skryla úsmev, „chcem viac než to, ale neviem, o koľko viac. Chcem vidieť, čo sa stane. Určite medzi nami vládne chémia, vychádzame spolu dobre… rada by som videla, či je za tým niečo viac, ale nečakám lásku na večné veky, nič podobné."

„A čo ak to ja čakám?" zavrčal ticho a cítila, ako jej skrúca žalúdok, na chvíľu sa jej zakrútila hlava.

„Netáraj hlúposti. Veď sa ani poriadne nepoznáme." Pozrela na hodinky, akoby jej povedali, koľko času spolu strávili. Hoci logicky, keby zrátali hodiny a minúty, ktoré strávili spolu od odchodu z Anglicka, bolo to oveľa viac času, než väčšina dvojíc strávila v prvých štádiách randenia. „Okrem toho musím sa porozprávať s Robertom. Nemala som sa s tebou

vyspať. Musím mu povedať, že je koniec, a nemôžem to vy-
baviť telefonicky."

Cam stuhol. „Kedy si sa s ním naposledy rozprávala?"

Videla, že je akýsi ostražitý, a cítila, že jej čosi nepovedal.
Odkladala telefonát Robertovi a vyhovárala sa na slabý signál
v horách, aby odložila nevyhnutné. Alebo chcel vedieť, či si
dala námahu spojiť sa s Robertom prv než s ním? Nemyslela
si, že Cam je žiarlivý.

„Zopár ráz som mu poslala esemesku, ale naposledy som
s ním hovorila, keď sme boli v Paríži."

„Nezavolala si ho, aby sa tu s tebou stretol?"

To neznelo dobre. Laurie zatvorila oči. „Je tu, čo?"

Cam prikývol. „Uhm."

„Ach bože, ako dlho je tu?"

„Dva dni."

„Doriti!" Odvrátila sa a prešla k oknu. Stretnúť sa zoči-vo-
či s Robertom bolo to posledné, čo chcela. Nebude súhlasiť.
Sťažka vzdychla.

„Vieš, je to kretén."

„Myslím, že to si už povedala."

„Áno, teda to opakujem."

Laurie cítila, ako jej pulzuje krv v sluchách. Dofrasa! Prečo
musí byť život taký komplikovaný? Keď bola sama pri Lago di
Garda a nemusela čeliť skutočným ľuďom, všetko sa jej zda-
lo jednoduché.

Robert bude zúriť. Nerátala s tým, že tu bude. Teraz je ne-
skoro znova zmiznúť. Pozrela na hodinky. Dostal už Ron jej ese-
mesku? Vtedy si na niečo spomenula. „Ako si vedel, že som tu?"

„Podplatil som recepčnú, aby mi oznámila, keď sa ubytu-
ješ." Uškrnul sa. „Robert už dva dni striehne v hale." Škodo-
radostne sa zasmial. „Bude zúriť, že zmeškal tvoj príchod."

Laurie sa uľavilo, že ho zmeškal, a teraz cítila, že je nalie-havé, aby sa porozprávala s Ronom. „Nevieš, kde je Ron? Keď si zaklopal, myslela som, že je to on."

„Včera sme spolu večerali. Povedal, že dnes má nejaké po-vinnosti v Múzeu Ferrari. Má to čosi spoločné s Milesovým majetkom."

Dofrasa! Chcela všetko vyriešiť, prv než sa postaví zoči-vo-či Robertovi. Pozrela na mobil. Ronova esemeska potvrdila Camove slová. Ron bol skutočne v Múzeu Ferrari a navrhol, aby sa tam s ním stretla o tretej, vraj nech príde autom.

Ukázala esemesku Camovi.

Cam sa len uškrnul. „Super, môžem ťa vziať na obed? Kúsok od hotela je skvelá reštaurácia, Miles ju odporúčal. Strie…"

„Strieborná figa," dopovedala. Videla to vo fascikli. V ža-lúdku jej súhlasne zaškvŕkalo a Cam jej nastavil rameno.

„Len chvíľu počkaj, kým sa prezlečiem. Chcem si dať šaty."

„Mimochodom…"

Keď počula ten tón, zahryzla si do pery. Neveštil nič dobré.

„Pokiaľ ide o ten dočasný vodičský…"

Kapitola 27

Ako si mohol myslieť, že nie je nezávislá? Cam by sa najradšej nakopal. Popíjala minerálku Pellegrino a veľmi živo mu porozprávala o svojom stretnutí s políciou.

„Tak ako to, že nemáš vodičský?"

Laurie sa usadil na tvári smutný výraz. Stisol jej ruku, nepustil ju, odkedy si sadli k stolu. „V ten deň, keď som mala absolvovať skúšku, ocko dostal infarkt." Zvraštila tvár a v očiach jej videl bolesť. „Potom som sa jednoducho rozhodla, že nepotrebujem jazdiť. Nechcela som ho nechať samého. Veď mohol kedykoľvek zomrieť. Šoférovanie sa mi nezdalo dôležité. Keď zomrel, vždy bol nablízku Robert a nepotrebovala som jazdiť, tak som nešla na skúšku. Vždy som mohla jazdiť s ním, lebo dočasný vodičský vydrží roky a môžeš si ho stále obnovovať. Takže som nikdy neabsolvovala skúšku." Zvraštila tvár. „O jedno riziko v živote menej."

„Takže si sa rozhodla prejsť autom celú Európu bez vodičského… to sa mi zdá dosť riskantné."

„No, spočiatku som nemala v úmysle splniť Milesovu úlohu. Ale potom… bol si hrozne arogantný a predpokladal si, že nemôžem šoférovať také auto… hoci som dobre vedela, že môžem. Keď sme boli na tej testovacej ceste, znova som to cítila v žilách. Pomyslela som si, že môžeš väčšiu časť cesty šoférovať ty, a ak budem šoférovať, keď budeš v aute, bude to v poriadku. Ale keď si to Robert pozrel na internete, nechcel, aby som išla na tento výlet."

„To verím."

„Prečo to hovoríš?"

V tvári sa jej zračila nevinnosť a pokojná krása, až teraz to ocenil. „Mám podozrenie, že vedel, že keď spoznáš chuť veľkého zlého sveta, budeš chcieť od života viac alebo ho necháš v pomalom pruhu."

„To je…" Zahryzla si do pery, zvažovala jeho slová. Mal zlý pocit, že je k nej taký surový, ale bola to pravda. Dokonca aj vyzerala inak. Keď kráčala, akoby bola vyššia. Nebála sa pozerať ľuďom do očí. Mala v sebe iskru, ktorá tam predtým nebola. Áno, mala iné šaty aj účes, ale to bola povrchná záležitosť. Tá zmena vychádzala zvnútra. Urobil by čokoľvek, aby zabránil, že to niekto znova potlačí. Aj keby pre ňu nebol ten pravý, nechcel, aby bola znova taká ako predtým.

Usmial sa popod nos.

„Čo je?" Laurie sa predklonila. „Prečo sa usmievaš?" Dotkla sa mu úst, ešte pred mesiacom by niečo také neurobila.

Ako jej má povedať, že bude veľmi bohatá?

„Vieš, aký je rozdiel medzi krátkym a dlhým rázvorom?" spýtal sa.

Zamračila sa, na líci jej naskočila jamka. „To sa ma spýtal Robert, keď som bola v Paríži."

„Vážne?" Ziskuchtivý darebák. Robert sa dobre pripravil.

„Ale áno, vlastne viem…"

Chvíľu počkal, nebol si istý, či skutočne vie, akú hodnotu má to Ferrari.

„Krátky rázvor je kratší, dlhý dlhší."

Naklonil sa a pobozkal ju. Bola rozkošne naivná. Rozmýšľal, ako by sa cítila, keby vedela, že celý čas jazdila na aute, ktoré nebolo poistené. Mal pocit, že by bola zdesená. Na také veľké riziko nebola pripravená.

„To bol typický Miles, že sa postaral o pompézne privítanie."
Keď odbočila na Via Enzo Ferrari, zbadala, že tam už čaká húf usporiadateľov.

„Veď si poznala Milesa…" Cam nedohovoril. Keď ju premkol žiaľ, dotkla sa jeho ruky.

„Bol jedinečný. Bude mi chýbať, ale dostala som od neho veľa. Tento…" odmlčala sa, nechcela povedať klišé, „výlet bol fakt parádny."

Cam jej opätoval stisk. „Bol naozaj dobrý."

„Najlepší."

„Mohla by si sa držať tej myšlienky?"

Keď počula jeho naliehavý tón, obrátila sa k nemu. Namiesto vrások smiechu pri očiach mal ustarostený výraz, ktorý stlmil zvyčajnú živosť.

„Čo sa stalo?"

Zaváhal, ale keď už chcel niečo povedať, zvonka sa ozval hlasný jasot.

Dofrasa! Bol tam uvítací výbor vrátane televízneho štábu, všetci čakali za obrovskou kockovanou vlajkou, ktorou nadšene mával drobný muž v jasnočervenej pretekárskej kombinéze. Príjazdovú cestu lemovali šoféri v livrejach Ferrari, na hrudi mali dobre známeho čierneho žrebca.

Ocenila by, keby ju Ron bol varoval. Ešte šťastie, že si obliekla červené šaty, hoci si ich dala skôr kvôli Camovi. No niektorí ľudia si možno pomyslia, že sa dobre pripravila.

V skutočnosti by bolo jedno, aj keby prišla nahá. Všetci muži hľadeli na auto, a keď videla zasnený výraz na ich tvárach, takmer čakala, že každú chvíľu začnú slintať. Toto auto bolo bezpochyby fantastické, a ak ste boli fanúšik Ferrari, vyvolalo hotový orgazmus. Muži by aj zabíjali, aby dostali do rúk túto mašinu. Potľapkala po volante. No dobre, možno by nezabíjali, ale určite by pre to urobili všetko.

Keď zastala pred malým pódiom, ozval sa hlasný jasot a na pódiu uvidela Rona s veľkou obálkou v ruke, vedľa neho stál Robert.

Dofrasa! Za slnečnými okuliarmi zatvorila oči. Tak jej treba, že ho nevyhľadala v hoteli. Teraz na to doplatí na verejnosti.

„A je to tu." Cam jej stisol ruku. „Zaslúžila si si to."

Cítila, ako sa na ňu upierajú všetky oči, napla svaly a rozhodla sa výnimočne vystúpiť z auta elegantne. V posledných dvoch týždňoch si to často nacvičovala, už by to mala byť jej druhá prirodzenosť.

Graciózne vystúpila z auta a znova sa ozval jasot. Povzbudená dobrosrdečným nadšením divákov zakývala – spočiatku trochu ostýchavo, potom sa zoširoka usmiala, keď ju zasiahol ten silný slávnostný duch ako gesto dobrej vôle.

Bola rada, že má na očiach slnečné okuliare, a vyšla na pódium. Robert k nej pristúpil a objal ju.

„Vitaj späť, Laurie." Stisol ju tak silno, až si myslela, že z nej vytlačí posledný dych. Nemohla nič povedať, ale on bol taký nabudený, že si to ani nevšimol. Skákal od radosti a takmer ju dohnal k tomu, aby aj ona skákala s ním. „Dokázala si to. Dokázala si to. Dokázala si to. Máme… Ach, Laurie, si úžasná. Sme za vodou. Už nikdy nemusíme robiť."

Nebyť Rona, nebola si istá, či by sa jej podarilo vyslobodiť z jeho zovretia. Starému pánovi sa podarilo oddeliť ich a rázne zatlačil Roberta dozadu. Chvalabohu, diváci sa zbehli pri aute a vôbec ich nezaujímalo, čo sa deje na pódiu. Laurie sa obzrela. Cam sa opieral o zadnú časť auta a pozoroval ju. Nedokázala prečítať výraz jeho tváre. Keď videla, ako bezvýrazne premýšľa, zježili sa jej chĺpky na šiji. Hoci bolo horúce žiarivé ráno, zrazu mala chladné ruky. Ten výjav jej pripadal neskutočný a všetko to švitorenie akoby sa jej netýkalo.

„Laurie, teší ma, že vás vidím." V Ronovom úsmeve sa zračila hrdosť. „Vyzeráte úžasne, moja milá. Absolútne úžasne. Miles by bol… nadšený. Ste skvelá, že ste sa nielen podujali na jeho úlohu, ale zvládli ste ju na jednotku." Jeho slová ju silno zasiahli. Do očí jej vhŕkli slzy a musela preglgnúť, aby ich zadržala.

Ron ju chytil za plecia a pobozkal ju na obe líca, ako to vždy robil Miles. Bolo to jasné posolstvo, ten bozk bol od Milesa.

Dotkla sa Ronovej ruky, uvedomovala si, že je to rovnako pamätná chvíľa tak preňho, ako aj pre ňu. Pravdepodobne mu chýbal Miles ešte väčšmi než jej. Dlhé roky spolu hrávali dámu. „Ďakujem, Ron."

„A teraz k veci." Vystrel plecia, napriek horúčave mal tvídové sako. Otvoril obálku a cítila, ako sa k nej Robert pripojil. Keď ju objal okolo pliec, stuhla. Škoda, že sa s ním neporozprávala skôr. Odtiahla sa od neho. „Je mi horúco," zamrmlala.

Žmurkol na ňu. Hoci sa jej uľavilo, že je medzi nimi istá vzdialenosť, uvedomovala si, že zbaviť sa Roberta bude ako zbaviť sa prílipky.

„Milá neter, ak toto počuješ, potom si skutočne splnila úlohu. Ferrari je teraz Tvoje a môžeš s ním urobiť, čo chceš." Ron sa odmlčal a pozrel na ňu. *„Musíš sa rozhodnúť, či si ho chceš nechať, alebo ho predať."* Tváril sa veľmi vážne, takmer akoby išlo o otázku života a smrti.

Usúdila, že Miles to tak vnímal, ale to nebolo podstatné. Už sa rozhodla, čo urobí s autom. Robert k nej znova pristúpil, na šiji cítila jeho dych. Vždy bol takýto majetnícky? Alebo ju to predtým nerozčuľovalo? Teraz akoby nemohla vytvoriť dostatočný odstup. To auto jej spadlo do lona. Aj keby sa odľúbila, mala by ho odmietnuť jemne.

„Máš vôbec predstavu, akú cenu má to auto?" zašepkal Robert a zopár ráz ju štuchol do rebier. „Obrovskú."

Ron naňho utišujúco pozrel, ale to Robertovi nebránilo, aby sa vrtel.

„To auto má na dnešnom trhu cenu miliónov." Robertovi sa vzrušene rozžiarila tvár. „Má krátky rázvor," povedal zasnene.

Miliónov čoho? Lír? Eur? Dolárov? Určite nie libier, lebo nijaké auto nemôže mať takú cenu. Laurie naňho prekvapene pozrela. Robert nevedel o autách nič.

„Miliónov libier… vieš si to predstaviť?" Oči mu išli vyskočiť z tváre.

„Ehm," Ron zagánil na Roberta. „Všetka dokumentácia o vlastníctve je tu. Auto je vaše," nežne sa na ňu usmial. „Ale ak sa rozhodnete predať auto…"

Robert si odfrkol. „No jasné, akoby nie." Znova štuchol Laurie do rebier.

Laurie stisla pery, aby zadržala smiech. Ron sa tváril, ani čo by najradšej rozpučil Roberta ako chrobáka.

„Je tu jedna podmienka." Ron čítal nahlas z dokumentu: „*Ak sa rozhodneš predať Ferrari, predkupné právo má Cameron Matthews, bude to odmena za to, že ťa sprevádzal na ceste po Európe…*"

S úsmevom naňho pozrela, zdalo sa jej to spravodlivé za to, že sa postaral, aby sem prišla živá a zdravá.

„… za cenu päťstotisíc libier."

Prítomní zhíkli.

Skrúcalo jej žalúdok. Na šiji cítila šteklenie a chvíľu si myslela, že omdlie. Ach bože! Videla rozmazane, potom zaostrila pohľad na Cama. Palce mal zastrčené do pútok na džínsoch. Možno vyzeral uvoľnene, ale vedela, že je ostražitý.

Ovzdušie na tej krátkej vzdialenosti medzi nimi sa chvelo napätím.

Hľadela naňho s pocitom prázdna.

Bola hrozne hlúpa. Muži by zabíjali, aby získali toto auto. Čo preňho znamenalo sprevádzať trochu hlúpu, neskúsenú knihovníčku na ceste po Európe a pritom si s ňou zasexovať, aby to osladil? Pre muža ako Cam to nič nebolo, veď z neho priam sršala sexuálna skúsenosť.

Ron znova čítal nahlas, tie formálne slová ju milosrdne oslobodili od rozmýšľania. *„Cena, ktorú zaplatí, je podstatná zľava oproti súčasnej trhovej cene.“*

„Podstatná!" zvolal Robert zmučene a vrhol vražedný pohľad na Cama. „To je zlodejstvo za bieleho dňa! To… nemôžete… má cenu miliónov. Boli by sme milionári… multimilionári… mali by sme v banke milióny."

Takmer zvraštila tvár, ale nemienila dopriať Camovi to zadosťučinenie. Opovržlivo naňho pozrela a videla, ako zbledol. Sviniar.

Napočudovanie necúvol, len pohodil hlavou, takže mu čierne kučery tancovali v slnku ako hady Medúzy, a zamračil sa. Zamieril k pódiu. Dofrasa, tváril sa zúrivo. O krok ustúpila.

„Nieže si to budeš myslieť," zasyčal na ňu a nos mal takmer pri jej nose.

„Čo si nemám myslieť?" vyprskla. Ako sa opovažuje obrátiť sa jej chrbtom? „Že si ma zneužil, aby si dostal auto, po ktorom si vždy túžil?"

„To si nemysli," zavrčal.

„Nie?" Zaryla nechty do dlaní. „Prečo by si inak prešiel so mnou Európu? Lebo máš dobré srdce?"

„Najprv som to urobil kvôli Milesovi a potom…" Pohľad mu znežnel, blúdil jej po tvári.

Srdce jej zamrelo a veľmi mu chcela veriť. Veriť, že mu na nej záleží.

Na chvíľu zmäkla a naklonila sa k nemu. Ale prečo jej nič nepovedal? Mal na to dosť príležitostí, odkedy prišla do Maranella. No nepovedal ani slovo. Verila by mu?

„Urobili ste to len preto, aby ste získali to auto," vyhlásil Robert hrozne naduto. „Zajtra by ste ho mohli predať za dvojnásobok sumy, čo ste zaplatili. Mali by ste triliónpercentný zisk."

Cam naňho znechutene pozrel. „Vy blázon. Tu nejde o peniaze."

Nie, Laurie to vedela. Cama nezaujímali peniaze. Chcel len to auto, samozrejme. Mala pocit, akoby jej išlo puknúť srdce, pretože chápala, v hĺbke duše chápala, čo cíti.

Ferrari, to krásne očarujúce diabolské auto, malo moc ukradnúť človeku dušu a teraz tu stálo pod pódiom. Štíhle, elegantné… jej.

Samozrejme, Cam chcel to auto. Nemôže sa mu čudovať. Takéto autá sú neuveriteľne vzácne. Už nikdy nebude mať príležitosť vlastniť ho. Nie, stisla pery, nemôže sa mu čudovať.

Robert vedľa nej krčil plecami a mrmlal.

Zahľadela sa na Ferrari. Ona to prežije. No a čo, ak ju Cam nechcel, prežije aj to. Ani Robert ju nechcel. Nie ju. Možno si myslí, že ju chce, ale chcel len to, čo preňho predstavovala. Istotu. A teraz vedela, že istota musí vychádzať zvnútra. Človek si musí byť istý sám sebou.

Obrátila sa na Rona. „Myslím, že to je všetko, však?"

„Áno, moja milá. Auto je vaše. Len ešte čosi…"

„Áno?"

„Miles chcel vedieť, čo plánujete urobiť."

Pozrela rovno na Rona, hlavu držala vztýčenú.

„To je ľahké." Poobzerala sa, videla Cama aj Roberta, potom šťastne pozrela na auto. „Nechám si ho."

Kapitola 28

Cam zdvihol hlavu. Necítil sklamanie ani hnev, v očiach mu horel obdiv. Boli tak blízko seba, že videla, ako mierne prikývol, ani čo by to schvaľoval. Srdce jej na chvíľu zamrelo, ich pohľady sa stretli.

„Preskočilo ti?" Robert sa pretlačil pred ňu, nevšímal si, že medzi nimi preskočila iskra.

„Nemôžeš si nechať to auto. Maj rozum, Laurie." Robert si založil ruky v bok. „Vidím, že ťa to láka, práve si prežila krásnu dovolenku. Bolo to príjemné. Je to, ako keď kúpiš ouzo – keď ho chvíľu omáľaš v ústach, chutí hnusne."

V skutočnosti mala rada ouzo, ale teraz zrejme nebola vhodná chvíľa, aby to povedala.

Vzdychla si. „Nejde o to, čo bude dnes. Ide o čosi viac." Ako mu to môže vysvetliť? Preradila rýchlosť a nechala ho za sebou. Znelo to bezcitne, ale bol súčasťou toho problému. Laurie sa nemôže vrátiť späť.

„O čosi viac? Je to drahé auto a ty ho nepotrebuješ. Potrebujeme väčší dom, lepší život. To všetko by sme mohli mať."

„To sú materiálne veci, ktoré ťa nerobia šťastným."

„Nemyslíš, že to je hrozne pokrytecké? Nie je to o nič materiálnejšie než multimiliónové Ferrari."

„Miles chcel, aby som ho mala. Viem to. Naučil ma, aby som znova mala rada život. Nečakám, že to pochopíš."

„Mala rada život! To čo má byť?" Chytil Laurie za plecia, Cama odtisol nabok. „Milióny libier! Za to si môžeš kúpiť iné autá. Pre mňa, za mňa, hoci aj posraté Ferrari. Môžeme mať parádnu veľkú svadbu, akú si chcela. To ti neurobí dieru v rozpočte. Laurie, o čo ti ide?"

Robertov spanikovaný výraz ju vrátil do reality. Pozrela naňho, akoby ho videla prvý raz. V tvári sa mu zračilo zúfalstvo, od hnevlivo naklonenej slabošskej brady – prečo si to predtým nevšimla? – až po úzkostlivé žmurkanie očí a napäté vrásky na vysokom čele. Chytil ju silnejšie, prsty jej zaboril do kľúčnych kostí.

„Robert." Usilovala sa vyslobodiť zo zovretia, ale chytil ju silnejšie.

„Toto mi nemôžeš urobiť."

„Tebe nič nerobím."

„Si sebecká krava."

Cam chytil Roberta za rameno, jeho nahnevaný postoj vyvolával dojem, že je väčší a nebezpečnejší.

„Ešte raz sa jej dotknete a vrazím vám."

Nahnevane striasol Camovu ruku, Laurie pripomínal otravnú osu, ale pustil jej plecia. „Odpáľte, človeče. Stavím sa, že ste si s ňou šuchli, čo? Poznám takých, ako ste vy. Beh'áte za každou sukňou."

Všimol si, ako Laurie očervenela.

„Doriti, mám pravdu, čo?" Tvár sa mu zvraštila do nepekného úškľabku. „Si hlúpa. Len sa s tebou pohral. Čo na tebe videl? Si len obyčajná baba. Nemáš ani štipku sexepílu. Oblbol ťa. A ty si mu na to skočila. Rovno ti poviem, že ak si necháš to auto, skončili sme."

„Varoval som vás," ozval sa výhražne Camov tichý, vážny hlas. Potom vrazil Robertovi do sánky.

Klesol na kolená.

Laurie vyvalila oči a zdesene zhíkla. „Cam!"

Pokrčil plecami. „Prepáč. Tak sa s tebou nikto nebude rozprávať."

Tvár jej horela, rozzúrili ju Robertove urážky, šokovala ju Camova obrana.

Robert sa knísal na kolenách, masíroval si sánku a vrhal na Cama zlostné pohľady. Potom sa obrátil na ňu. „Páni, odkedy ti zomrel otec, celý čas som vydržal pri tebe. Mohol som si nájsť lepšiu prácu, ale nie, zostal som s tebou v Leightone. Mama mi hovorila, že som mohol obísť lepšie. Si mojou dlžníčkou."

Jeho dlžníčkou? Čosi akoby sa jej uvoľnilo v hrudi. V hrdle jej bublala zúrivosť a hrozilo, že vyhŕkne jedovaté slová. Nestál jej za to. Zmocnila sa jej hanba. Aká bola hlúpa! Celý ten čas sa dala Robertom ovládať. Pretože to bolo ľahšie, než zostať sama?

„Nič ti nedlhujem, Robert." Vystrela sa v plnej výške, hľadela dolu naňho. „Posledné dva roky si býval v mojom dome zadarmo, nemusel si platiť nájomné. Myslím, že to je dostatočná náhrada." Mohla povedať oveľa viac, jeho poznámka o jej sexepíle bolela, ale mlčala. Bola lepšia než on.

„Uvidíme. Nečakaj, že sa za tebou priplazím, keď budeš sama. Henten," ukázal na Cama, „ťa teraz odvrhne, keď mu nepredáš to vzácne auto. Budeš na posmech sveta."

Robert s dupotom zišiel z pódia, a keď bol dolu, obzrel sa. „Mimochodom, dlhuješ mi za letenky a ubytovanie. Pošlem ti účet."

„Nenamáhaj sa, odrátaj to z nájomného za tento mesiac."
Bola hrdá, ako pokojne a rozvážne znel jej hlas. Keby reagovala na jeho jedovaté slová protivne, možno by ju to zlomilo.
Cam pristúpil bližšie. „Si v pohode?"
Uprela naňho nebezpečný pohľad. „Povedzme, že dnešné ráno mi otvorilo oči. Ron, rada by som odtiaľto odišla."
Cam ju chytil za rameno. „Počkaj, ja som to neurobil…"
„Čo si neurobil? Nevyspal si sa so mnou, aby si dostal to auto? Koho chceš presvedčiť, Cam? Seba alebo mňa?" Striasla jeho ruku.

„Potrebujete chvíľku, aby ste sa spamätali, moja drahá?" Ronova milá tvár sa jej zdala rozmazaná.
Doparoma, teraz nebude plakať. Vnútri sa cítila hrozne, ale to nikto nemusí vedieť. Spamätá sa z Cama a pokiaľ ide o Roberta, bolo jej iba smutno, že bola taká hlúpa a pomýlila si kamarátstvo s láskou.
„Strýko by bol na vás hrdý." Ron jej s rozžiarenou tvárou strčil do ruky obálku, vytiahol vreckovku a osušil si oči.
„Naozaj?" Nebola si tým istá.
„Veru áno. Miles vám skutočne chcel pomôcť. Vedel, že nie ste šťastná. Robil si veľké starosti. Často o vás rozprával. Musím priznať, že som si nebol istý, či použil správne metódy, a po tom malom debakli to stále neviem. Bolo to pre vás ťažké, moja milá."
„Áno, ale život ide ďalej… a Milesovou zásluhou mám o čom premýšľať." Jej život už nikdy nebude ako predtým.
„To všetko bolo súčasťou jeho plánu."
„Milesovho plánu?" spýtala sa neveriacky a hlas jej stúpol o oktávu. „On nemohol…" Pravdaže mohol. Ten starý darebák sa nedal oklamať.

„Chcel, aby ste znova objavili šťastie mladosti. Veľmi ľutoval, že ste nepresvedčili otca, aby ste mohli ďalej chodiť na návštevy. Veľmi sa hneval, ako sa k vám Celeste zachovala. Viete, nikdy jej neodpustil."

„Tak prečo chcel, aby som išla do Château?"

„Považoval za dôležité, aby ste pochopili, že ste nič nezameškali."

„Nebolo to riskantné?"

Ron si odfrkol. „Celý Milesov život bol jedno veľké riziko."

Myslela na kone, autá a manželky. „To je pravda. Ale nie vždy vyhral."

„Viem. Preto som sa pokúšal odhovoriť ho od toho," Ron sa ľútostivo usmial, „ale Miles… veď viete."

Prikývla.

„Bol to len dôkaz, že vás dobre poznal. Myslím, že vás vnímal ako dcéru, ktorú nemal."

„Áno, zdedila som po ňom extravagantný vkus, pokiaľ ide o autá," uškrnula sa. Nevedela, ako zvládne to auto. Môže si vôbec dovoliť poistenie? V duchu si spomenula na Robertove napálené námietky.

Cam len kývol hlavou a odišiel, akoby sa zmieril s porážkou.

„Takže si ho necháte?" spýtal sa Ron, keď nastupovali do Ferrari.

Vzdychla si a naštartovala. Teraz jej bolo ľahšie, keď Robert a Cam neviseli na každom jej slove. „Áno. Viem, že si ho nemôžem dovoliť, ale…" šibalsky pozrela na Rona, „hrozne sa mi páči. Včera večer som si spomenula, ako som prvý raz počula ten motor so strýkom Milesom. Mala som sedem rokov. Stálo vo dvore pri jeho dome. Keď som začula vrčanie, vybehla som, aby som sa pozrela na to auto. Spýtala som sa ho, či je pod kapotou drak." Pri tej spomienke sa usmiala a cítila to vzrušenie malého dievčatka, ktoré rozmýšľalo, čo môže tak silno vrčať. „Typický Miles, nechcel ma sklamať." Sklonil sa a pošepol jej do ucha. Ešte vždy si pamätala jeho slová.

„Preto si najmúdrejšie dievčatko, Laurie. Nikto iný nevie, že to je drak. Je to naše tajomstvo."

Ten okamih utvrdil ich priateľstvo a navždy dokázal čarovné postavenie toho auta. Keď bola staršia a dozvedela sa viac o mechanike motora, vedela, že pod kapotou v skutočnosti nie je drak, ale keď niekedy snívala, rada si predstavovala, že tam je.

„Porozprával mi o ňom. A povedal, že keď je človek starší a prežíva jednu tragédiu za druhou, svetlo v ňom pohasína."

Laurie sa obrátila. „Nikdy som to nevnímala ako tragédie. Rodičia sa rozvedú… zomrú… treba sa s tým vyrovnať. Byť praktická."

„Milesovi sa zdalo, že ste boli až priveľmi praktická. Hrozne sa bál, že ste sa uspokojili… nie s druhým najlepším… jednoducho s tým, čo sa vám núkalo. Chcel, aby ste mali viac."

Vzdychla si. „Aj mi to dal. Nejde len o toto auto. Pri tomto výlete sa mi otvorili oči. Mohla by som všeličo urobiť. Predať dom, ísť na univerzitu, nájsť si prácu, kde by som sa venovala vínu…"

„To znie vzrušujúco. Miles hovoril, že máte skvelú schopnosť oceniť dobré víno."

„Zrejme preto, lebo ma odchoval na Châteauneuf-du-Pape. Rozmaznalo ma to." V mysli sa jej vynorilo čosi, čo driemalo v úzadí, a vyhŕkla: „Gróf ma pozval, aby som s ním strávila nejaký čas a naučila sa viac o výrobe vína."

Ron zdvihol obočie a chvíľu počkal, kým otvoril ústa, aby čosi povedal o jej náhlom oznámení, akoby zvažoval možnosti.

„A pôjdete tam?"

Laurie mlčala. Keď jej to gróf ponúkol, vôbec o tom neuvažovala. „Áno, myslím, že pôjdem."

Takú príležitosť si nemôže dať ujsť.

„Obávam sa, že vám musím povedať ešte čosi. Zrejme si nemusíte robiť starosti a predať dom."

Dlhú chvíľu mlčal a jej sa zmocnilo podozrenie. Čo to znamená? Pozrela naňho.

„Miles vám zanechal zostatok svojho majetku."

Preradila rýchlosť zo štvorky rovno na dvojku a motor protestne zaburácal.

Kapitola 29

Cam strčil svoje veci do plátennej tašky. Keď si našiel odvoz do hotela, Laurie aj Ron už odišli na letisko a videl, ako auto pripravovali na odvoz do Anglicka.

Stál na chodníku a zmučene pozoroval, ako Ferrari nakladajú do prepravného kontajnera, v duchu videl Laurie, ako sedela za volantom, vlasy jej rozvieval vietor a tvár jej žiarila radosťou. Spomínal na tú chvíľu, keď zazrel auto v Bormiu a uvedomil si, že to zvládla, ako sa mu uľavilo, keď sa tu ukázala. Z rozjímania ho vytrhol buchot dverí kontajnera a videl, ako auto zostalo zavreté v tme.

Prvý raz v živote netušil, čo urobí v ďalšej chvíli. V mobile mal aspoň tri správy, v ktorých mu ponúkali zamestnanie, ale ani jedno sa mu nepáčilo. Vo vrecku mal päťstotisíc libier a cítil, že mu tam idú vypáliť dieru. Mohol ísť kamkoľvek, robiť čokoľvek a netúžil urobiť nič.

Strčil si ruky do vreciek a zmocnila sa ho podráždenosť, akú nepoznal. Vybral ošúchanú pohľadnicu, ktorú našiel pred dlhým časom, keď ho Laurie opustila. Laurie ju kúpila v trafike pri hoteli, nepáčila sa jej ponuka v hoteli, zdala sa jej hrozne lacná. Nechápal, ako pohľadnica môže byť iná. Zamyslene si poklopkal pohľadnicou o líce a cieľavedome vstúpil do hotela. Presne vedel, čo urobí.

Pred týždňom dorazili v zamračenom počasí na letisko Heathrow, čakal ich tam šofér, ktorého, chvalabohu, vybavil Ron. Laurie by nezvládla hromadnú dopravu. Počas letu domov na ňu doľahli udalosti uplynulých týždňov, a keď nasadali do taxíka na poldruhahodinovú cestu, hlava ju bolela ako pri opici, hoci ju vyvolali emócie. Teraz túžila len po tom, aby bola doma, hoci si uvedomovala, že doma sa bude musieť znova postaviť zoči-voči Robertovi.

Keď auto zastalo pred jej radovým domom, Laurie ho videla novými očami. Dom pôsobil unavene, akoby v ňom žili starí ľudia, nie dvaja mladí, ktorí mali byť na vrchole života. Neponáhľala sa vystúpiť.

„Budete v poriadku?" spýtal sa jej Ron, keď spolu sedeli vzadu.

Prikývla. „Len trochu váham, či mám ísť dnu. Neviem, čo urobí Robert. Nemá kam ísť. Mám zlý pocit, že ho vyhodím… najmä…" Spomenula si na Merryview. Aspoňže ona má kam ísť, hoci to nebol domov… zatiaľ.

„Ak chcete, vybavím to." Chvíľu uvažovala, či Ron vie čítať myšlienky. Lákalo ju jednoducho utiecť. Bola vo veľkom pokušení. Nech Robert príde a vezme si veci. A odíde, keď bude chcieť. Už sa s ním nemusí stretnúť. No zdalo sa jej to hrozne zbabelé. Posledné dva roky žila s ním a teraz chcela, aby zmizol z jej života.

Hoci v duchu sa tomu bránila, povedala: „Nie, idem tam. Musím si to s Robertom vydiskutovať."

„Bude treba vybaviť dosť papierovania v súvislosti s Milesovou poslednou vôľou. Veľa z toho bude treba súdne potvrdiť a mali by ste podpísať kopu dokumentov. Čo keby ste zatelefonovali mojej sekretárke a dohodli si termín na budúci týždeň? Ale keby ste medzičasom niečo potrebovali, zavoláte mi, však?"

„Áno."

„Sľubujete?" Ron na ňu prísne pozrel.

„Sľubujem, čestné slovo. A ďakujem." Naklonila sa k nemu a pobozkala ho na jemné líce. „Ďakujem za všetko. Uvidíme sa na budúci týždeň."

Odomkla si vchodové dvere a zakývala Ronovi. Chladný vzduch ju zaskočil. Urobila veľkú chybu, že prišla domov. Stála vo dverách, v úrovni bokov mala chladnú kovovú poštovú schránku. Tmavá chodba so starým linoleom sa jej zdala oveľa menšia a stiesnenejšia, než si pamätala. Obrázky na stenách boli zaprášené, a keď na ne teraz pozerala, zdali sa jej bezvýznamné. Obyčajné obrázky.

Fotky v obývačke na ňu obviňujúco hľadeli. Boli tam už celé roky. Fotka otca vybledla vekom a slnkom. Slabé svetlo fádnej izbe veľmi nepomohlo. Všetko tam vyzeralo hrozne obyčajne. Pomyslela si na grófov útulný salón, ktorý Marie vyzdobila vankúšmi a kadejakými čačkami. Bol tam aj jej košík so šijacími potrebami, s porcelánovými náprstkami a so starožitnými nožnicami. Nič v tejto izbe nevypovedalo o obyvateľoch domu. Akoby ho po otcovej smrti uzavrela do kapsuly a odvtedy s ním nič neurobila. Bolo vidieť, že v posledných rokoch bola citovo chladná. Pochmúrne skúmala izbu. To sa zmení. Naučí sa tu žiť, prv než niečo urobí s Merryview. Zmení tento dom na domov.

Za dva dni sa jej podarilo urobiť poriadnu dieru v úsporách, hoci s peniazmi od Milesa si už nikdy nebude musieť robiť starosti. Vďaka Ikee jej obývačka teraz vyzerala modernejšie, bol tam nový nábytok, vymaľované steny, ako aj kopa vankúšov a diek žiarivých farieb, pekných lámp a zarámovaných pohľadníc. Vláčiť to všetko autobusom z Bletchley bolo dosť náročné, ale výsledok ju potešil. Keď vešala skupinky pestrofarebných pohľadníc, cítila veľké zadosťučinenie, hoci v úzadí mysle jej čosi nedalo pokoj.

Aj keď Merryview bude patriť jej, nezdalo sa jej správne hneď sa tam nasťahovať, aj keby sa chcela vyhnúť Robertovi. Iba čo by vymenila jedno prístrešie za iné… mala by tu zostať a urobiť z tohto domu svoj domov.

Aj domov pre Sienu, keby niekedy chcela prísť. Páčilo sa jej, ako teraz vyzerala sestrina izba – čerstvo vymaľovaná na svetlozeleno, na posteli biela posteľná bielizeň, sivé a strieborné vankúše. Siena bola nadšená, poslala jej množstvo radostných esemesiek a rezervovala si letenku, príde na víkend koncom augusta.

Robert sa ukázal v sobotu. Hoci ho čakala, keď zaklopal na dvere, srdce sa jej nespokojne rozbúšilo.

„Ahoj, Robert.“

„Laurie.“

„Všetky veci som ti pripravila.“ Úhľadne mu zbalila oblečenie do kufrov, cédečká a dévedečká dala do škatúľ. Bolo ľahšie všetky mu dať, než riskovať hádku, čo patrí komu. Nechcela sa s ním rozísť v zlom.

Robert sa pochmúrne uškrnul. „Myslíš, že bude také jednoduché vyhodiť ma?“

Nedám sa zastrašiť, hovorila si. „Je to môj dom.“

„Áno, ale podľa práva sme tu žili ako partneri v spoločnej domácnosti.“

„To je len mýtus. Podľa práva nič také neexistuje.“

„Si si tým istá, čo? Môj právnik to nehovorí."

Usmiala sa. Práve sa prezradil. Ak s niekým žijete, vidíte mu do žalúdka. Robert by nešiel za právnikom ani za svet. Keby za ňou prišiel a povedal, že nemá kam ísť, nech mu dá čas nájsť si niečo iné, možno by mu navrhla, aby zatiaľ býval vo voľnej izbe.

„Robert, na to nemáš dôkaz. Účty sme platili spolu, ale inak si neprispieval."

„Myslím, že si zaslúžim nejaké odškodnenie. Namiesto výpovednej lehoty. Nájomcovia sa nemôžu len tak zbaviť nájomníkov."

„O to ti ide? O peniaze? Žili sme spolu. Chcel si sa oženiť."

„Zdá sa, že máš dosť peňazí na rozdávanie, ak si odmietla pol milióna." Bolestne zvraštil tvár. „Ako si to mohla urobiť?" zastonal. „To je krádež. Mala by si vzniesť námietku proti poslednej vôli. Strýko ťa okradol. To auto má cenu majetku."

Nikdy to nepochopí. A ona mu to zrejme nevysvetlí.

„Fakt ma to mrzí, Robert. Urobil správne a… viem, čo Miles chcel, aby som urobila."

„Je mŕtvy, je mu to jedno."

„Áno, ale mne nie."

Robert sa zatváril zmätene. „Zmenila si sa. Mama mala pravdu. Ty si to nevedela, čo? Nechcela, aby sme sa vzali. Odrádzala ma od toho."

Nečudo, že tak veľmi túžil po rýchlom obrade na matrike po tom, čo zomrel Miles.

„Robíš veľkú chybu. Oľutuješ to."

Nemal ani toľko slušnosti, aby sa tváril smutno. Vyzeral, akoby mu vzala obľúbenú hračku.

„Robert, mrzí ma to, ale je koniec. Zbalila som ti všetky veci, keby som na niečo zabudla, daj mi vedieť." Pokúšala sa správať milo, no bolo to ťažké. „Nechám ťa tu, mohol by si mi vrátiť kľúče?"

Zdalo sa jej riskantné obrátiť sa mu chrbtom, takmer cítila, že každú chvíľu môže vybuchnúť jeho potláčaný hnev, ale nechcela stáť nad ním, keď si bude brať veci. Zamierila do kuchyne a pozerala cez okno na úhľadnú záhradku. Nebolo všetko také zlé a bola to jej chyba, že sa zmierila s tým stavom.

O chvíľu vošiel Robert do kuchyne a rozpačito postával.

„Takže je koniec. Dúfam, že si na seba hrdá."

„Pravdaže nie som hrdá, ako sa to skončilo," obrátila sa k nemu. „Je mi z toho smutno a som sklamaná."

„Vážne?" Neveriacky zdvihol obočie. „Ešte vždy by si to mohla zastaviť. Predať auto. Mohli by sme si kúpiť dom. Založiť rodinu. Nemuseli by sme pracovať. Mohla by si robiť, čo by si chcela. Bolo nám spolu dobre, Laurie. A mohlo by nám byť znova dobre. Môžem ti odpustiť, že si mala aférku. Mnohí ľudia to robia. Videl som, že ťa očaril."

Pokrútila hlavou, bola rada, že nevie o ostatnom dedičstve po Milesovi. Nikdy by neodišiel. Stále to nechápal. „Už to nemôžem zvrátiť."

„Chceš povedať, že to neurobíš." Tak tresol päsťou do dverí, až sa strhla.

Bolo by ľahké znova sa ospravedlniť, ale to už spravila.

„Nie, neurobím to." Otočila sa mu chrbtom a znova pozerala cez okno, aby nevidel slzy, čo jej stekali po lícach. Netešilo ju, že musí byť krutá, ale pri Robertovi nemala iné východisko.

Počula, ako sa zabuchli dvere, a vtedy sa naozaj rozplakala.

Keď zariadila obývačku a Sieninu izbu, mala pocit, akoby vyvolala malú búrku, a teraz chcela zmeniť tento dom na svoj domov. Kým bola preč, prišlo jej oznámenie o ukončení pracovného pomeru, takže v knižnici oficiálne skončila, a keďže nemala čo robiť, informovala sa o kurzoch a pracovných miestach v oblasti vinárstva. Medzitým plánovala zariadenie zvyšku domu.

Ron zavolal skôr, než čakala, a jeho slová ju veľmi nepotešili. „Laurie, máme problém. Mohli by ste ma navštíviť čo najskôr, prosím vás?" Jeho naliehavý tón v nej vyvolal obavy. Keď mu zavolala, jeho sekretárka jej našla termín ešte v to popoludnie a hovorila rovnako úzkostlivo. Čo ich mohlo tak vyplašiť?

Veľkú mapu Európy na stene teraz obklopovali známe pohľadnice. Podišla k nim, aby sa pozrela lepšie, a hrdo sa usmiala. Túto cestu prešla. Pohľadnica, ktorú kúpila za nehoráznu cenu na Champs Élysées, pekný obrázok Honfleuru na samom začiatku, nebezpečné serpentíny v oblasti Bormia, pekná horská dedinka pri diaľnici N35 a grófova pohľadnica s obrázkom jeho vínnej pivnice. Pohľadom prechádzala po vyznačenej trase a oddávala sa spomienkam. Takmer cítila hrejivé slnko a Camovu vodu po holení, počula vrčanie Ferrari.

Zovrelo jej hrdlo a naprázdno preglgla, rozhodnutá nevšímať si náhly pocit žiaľu, ktorý sa jej zmocnil. Bolo priveľmi ťažké brániť sa spomienkam a v duchu videla jeho svalnaté stehná v ošúchaných džínsoch vedľa nej v aute, šibalský záblesk v jeho zelených očiach a ústa, ktoré sa tak ľahko vedeli usmiať. Takmer ju sklátila tá fyzická bolesť. Chýbal jej.

Ešte vždy cítila vo vzduchu citrusovú vôňu a zatvorila oči, bola by radšej, keby tá vôňa nevyvolávala spomienky. Takmer si vedela predstaviť, že je tam.

Hľadela na mapu a usilovala sa upokojiť. Nemôže sa pred Ronom zosypať. Znova v duchu prechádzala tou trasou. Má to aj pozitívne stránky. Veľa pozitívnych stránok, musí sa ich držať. Pobavene sa usmiala. Ako by mohla zabudnúť na Camovu tvár, keď odišla a nechala ho tam…?

Dych sa jej zadrhol v hrdle. Dofrasa! V duchu videla jeho neveriacky pobavený pohľad, ktorý hovoril, že ho tam iste nenechá, a na stole… pohľadnica, ktorú mala poslať. Špendlík na mape bol pripravený, mal pripichnúť pohľadnicu, ale miesto vyhradené na ňu bolo prázdne, pohľadnica chýbala.

Dočerta, dočerta, dočerta! Ron to povedal jasne. Mala dokázať, že zvládla celú cestu, a poslať pohľadnicu z každého určeného miesta.

Zrazu sa nevedela nadýchnuť, bolo to nad jej sily. Hrudný kôš sa zúfalo namáhal, dych mala trhaný. Zmocnila sa jej panika a zažmurkala.

Nečudo, že Ron sa s ňou chce stretnúť.

Dofrasa! Po tom všetkom príde o auto. A stratí Cama – hoci nebolo pravdepodobné, že ho bude mať. Možno keby mu predala auto, mohli zostať priateľmi.

„Laurie." Ron sa vynoril z pracovne s ustarostenou tvárou. „Som rád, že ste mohli prísť. Prepáčte, že som vás vyplašil, myslím, že všetko dobre dopadne."

„Naozaj?" Šla za ním do pracovne. Citrusová vôňa tam bola silnejšia. Naskočili jej zimomriavky a takmer dúfala, že spoza dverí vyjde Cam.

Porazenecky klesla na stoličku, najradšej by vrátila čas. Prenechá to auto Camovi. Zaslúži si ho väčšmi než ona. On to Ferrari miloval celý život. Ona len týždeň.

A teraz oň príde.

„Robert robí problémy, ale," Ron sa už netváril tak vážne, „zrejme nájdeme riešenie, hoci z toho nie som šťastný."

Vystrela sa. „Robert?" Čo s tým má spoločné? Nemôže vedieť o chýbajúcej pohľadnici, pokiaľ mu o nej nepovedal Cam.

Miestnosť sa jej zavlnila pred očami, privrela viečka a usilovala sa uvoľniť pod náporom myšlienok v hlave. Nie, to nie je možné. Cam je možno naštvaný, že mu nepredala auto, ale nie je pomstychtivý. Už ho natoľko poznala. Možno sa s ňou vyspal, aby získal to auto, no nič jej nesľuboval.

„Robert šiel na políciu." Ron pokrútil hlavou. „Skutočne je to veľmi nepríjemný mladý muž."

„Treba do toho zaťahovať políciu? Teda, zrejme by som mohla predať auto. Je to trestný čin?"

„Žiaľ, policajti nemajú radi, keď niekto jazdí bez vodičského preukazu."

„Čože?" zvolala Laurie, neubránila sa tomu.

„Mrzí ma to, moja milá, ale váš bývalý partner si považoval za povinnosť upozorniť políciu, že ste v Európe jazdili bez platného vodičského preukazu."

Od úľavy zvesila plecia. „Takže nejde o auto?"

„O auto? Ak vám zakážu jazdiť, veľmi sa v ňom nepovoziete. Mohli by ste stratiť vodičský preukaz až na šesť mesiacov."

„Myslela som si…" Zmĺkla. Nemalo zmysel klamať, Ron na to časom príde. „Chýba jedna pohľadnica."

Ron sa žiarivo usmial. „To ma netrápilo, talianska pošta je nevyspytateľná, pohľadnice chodili vo zvláštnom poradí. Posledná prišla dnes. Ale pokiaľ ide o ten vodičský…"

Laurie vyskočila, mala pocit, že praskne. Žalúdok jej robil saltá, cítila výbuch radosti. „Smiem vidieť tú pohľadnicu?"

„Čože?" Starý právnik na ňu pozrel ponad okuliare. „Dnes sa tuším nevieme zhodnúť."

„Ron, prosím vás," zahryzla si do pery, bála sa, že si robí plané nádeje.

Kým sa prehrabával na stole, celý čas túžila vykríknuť ľúbi ma, neľúbi ma.

Konečne jej podal pohľadnicu, bola výrazne ošúchaná a zložená, akoby ju niekto mal dlhší čas vo vrecku. Obrátila ju na druhú stranu. Camovým škrabopisom tam stálo: „Uži si to auto, zaslúžiš si ho. S láskou Cam."

S kartou v ruke sa zvalila na stoličku potiahnutú látkou, ruky sa jej triasli. Uslzenými očami pozrela na Rona.

„Potrebujem, aby ste pre mňa čosi spísali."

Kapitola 30

Ešte aj týždeň po návrate domov, keď sa mu cesta z Talianska zdala nekonečná, bol zničený. Plece ho stále bolelo po tom, čo v priebehu jedného týždňa dva razy prešiel Passo dello Stelvio vo Fiate 500. Najradšej by to auto už nikdy nevidel.

Rozhovor s Nickom nebol ani zďaleka taký zlý ako Laurin obviňujúci pohľad. Camove myšlienky akoby sa krútili stále dookola v nekonečnej filmovej slučke, stále si prehrával rozličné výjavy z čias strávených s Laurie. Nedarilo sa mu prežiť deň bez toho, aby sa mu do mysle nevkradol jej úsmev, to, ako pohodila chvostom medovej farby, pohľad na jej ruky na volante. A zostala po tom túžba. Ako môžu tie krátke záblesky vyvolávať takú akútnu bolesť?

Zhlboka, trhane sa nadýchol a zatvoril oči, márne sa pokúšal vymazať ďalší nekonečný deň.

A teraz nejaký somár o štvrť na desať ráno túruje motor rovno pod jeho oknom. Pomaly sa preberal a cítil, ako sa mu ten zvuk zabára do hlavy. Počkať! To auto bežalo na voľnobeh a ten zvuk poznal. Výrazne vrčalo.

Vyskočil z postele a pribehol k oknu. Pod ním stálo Laurino strieborné Ferrari. Natiahol si džínsy, schmatol najbližšie tričko, pokúšal sa obuť a doskackal ku dverám vo chvíli, keď z otvoru na listy vypadla žltohnedá obálka. Prekročil ju a otvoril dvere.

Laurie naňho hľadela s previnilým výrazom, zastihol ju v okamihu, keď otvárala záhradnú bránku.

„Kam ideš, dopekla?"

Dvoma krokmi bol pri nej a schytil ju. Tentoraz ju v nijakom prípade nepustí.

Prekvapene otvorila ústa. Využil príležitosť a pobozkal ju na ružové pery. Keď si ju privinul, cítil jej útly pás, určite pár kíl schudla, odkedy ju videl naposledy. Tá zdanlivá krehkosť ho nútila zjemniť bozk, a keď jej otvoril ústa, dotýkal sa ich jazykom, jemne ju lákal k sebe. Meravý chrbát sa jej po troškách uvoľňoval, ramenami ho objala okolo krku a dotýkala sa perami jeho pier.

Zaboril jej ruku do vlasov, cítil jej hodvábnu pokožku na šiji a ponoril sa do jej poddajného tela.

Keď sa odtiahol, chvejivo sa nadýchla. Hľadeli naňho veľké oči s rozšírenými zreničkami a na perách jej pohrával zasnený úsmev.

„Ahoj," povedal a prešiel jej palcom po lícnej kosti.

V tom rannom slnku mu pripomínala plaché srňa pripravené utiecť. Vôbec nevyzerala ako Laurie a hneval sa na seba, že jeho vinou sa pri ňom cítila neistá. „Zbabral som to. Som chlap a chlapi robia hlúposti."

V očiach sa jej zaleskli slzy. „Urobil si čosi úžasné. Vrátil si sa do Monsteinu."

Usiloval sa tváriť nonšalantne, akoby to nič nebolo. „Áno."

„Poslal si tú kartu."

„Áno."

Zdvihla ruku a dotkla sa mu tváre. „Chcel si ma zachrániť?"

„Áno." Usmial sa, chytil jej ruku a pobozkal ju na dlaň.

„Pomyslel som si, že je načase, aby sa niekto o teba postaral."

Spýtavo pozrel na auto. „Chceš mi povedať, o čo ide?"

Zrazu ju veľmi zaujímali jej nohy.

„Mýlila som sa. Keby ti záležalo iba na aute, nešiel by si poslať tú kartu. Mrzí ma to."

„Páči sa mi, keď ženy hovoria, že sa mýlili," uškrnul sa Cam. „Prijímam ospravedlnenie. Pri raňajkách môžeš znova a znova hovoriť, že ťa to mrzí."

„Hej, pohnete sa alebo čo?" Z dobitého Mondea stojaceho za Ferrari vystúpil nahnevaný muž. „O desiatej musím niekoho vyzdvihnúť na stanici. Ak sa nepohnete, budem meškať."

„Pane, prepáčte. Celkom som zabudla." Laurie zalovila v kabelke a vytiahla peňaženku. „Koľko vám dlhujem? Chvíľu tu zostanem. Nech sa páči." Strčila mu dvadsať libier.

Vzal peniaze, hundral čosi o žrútoch času, sadol do auta a hlučne, okato sa otočil do protismeru.

Cam nehybne stál a pozeral z Laurie na Ferrari a späť.

„Čo tu robíš?" spýtal sa ticho.

Vzdychla, akoby ju zničili, a mal podozrenie, že sa to aj stalo.

„Poďme dnu. Môžeme sa porozprávať…"

„E-e. Povedz mi to teraz."

„Nerob z toho veľkú vedu. Chcel si Ferrari, tak ti ho dám. Nechcem peniaze. Chcem, aby si ho mal ty. Zbožňuješ to auto. Zaslúžiš si ho. Ja ho nikdy nebudem vedieť oceniť ako ty. Okrem toho keby sa pokazilo, musela by som prísť za tebou, aby si ho opravil. Len mi musíš sľúbiť, že mi z času na čas dovolíš, aby som si na ňom zajazdila."

Otvoril ústa, ale to, čo mu navrhovala, bolo také úžasné, že ho to úplne dostalo. „Laurie, ja… nemôžem."

Priložila mu prst na pery a pri tom nežnom dotyku cítil dolu iskru. „Môžeš."

Oči sa jej šibalsky leskli a sebavedome sa naňho usmiala. Pristalo jej to, vyzerala ako žena vyrovnaná sama so sebou. Prvý raz ju videl žiariť šťastím, akoby sa oslobodila.

Rázne položil ruku na jej ruku. „To nemôžem prijať."

„Neskoro. Ron vybavil papiere a vystavil prevod vlastníctva. Je to vybavené." Chytila ho za ruku. „Tak poď, všetko ti porozprávam pri raňajkách."

Sedela mu v lone a delili sa o hrianky. Nechcel, aby odišla náhlivo. Ešte vždy sa smial na jej blazeovanej poznámke, že si môže dovoliť zbaviť sa jedného smiešneho malého Ferrari, keď má štyri iné Ferrari, Lamborghini, Aston Martin a sex na kolesách, Jaguar série E, ktorý je teraz jej najobľúbenejším autom.

„Ak si to myslíš, rozhodne si nezaslúžiš Ferrari," vyhlásil. „Tak čo urobíš so všetkými tými autami, s vínnou pivnicou a domom?"

Hrýzla si peru. „Možno si pomyslíš, že mi preskakuje, ale… keď sme boli u grófa, rozmýšľala som, že by som mohla rozšíriť svoje vedomosti o víne. Možno pracovať vo vinárskom priemysle. Milesova pivnica je parádna. A okrem toho sú tam autá a súkromná dráha. Tak som si pomyslela, že by som z domu mohla urobiť penzión pre milovníkov vína a áut. Budú tam môcť prespať, ochutnať vína a na druhý deň jazdiť na autách na dráhe."

Ohromene na ňu pozrel.

„Geniálny nápad."

Vystrela sa. „Aj ja som si myslela."

„Samozrejme, keby si mala GT250 California Spyder, to by bol najcennejší klenot tvojej zbierky." Oprel sa a pozrel na ňu.

„Dúfala som, že mi ho z času na čas požičiaš."

Pokrútil hlavou. „Ani náhodou."

Tvár jej povädla.

„Chcem, aby to bolo trvalejšie."

Sťažka preglgla a spýtavo mu pozrela do očí.

„Myslela som, že nemáš rád trvalé záväzky. Alebo nesamostatné ženy."

Silnejšie ju zovrel. „Ty." Pobozkal ju na pery. „Si." Znova ju pobozkal. „Najsamostatnejšia žena, akú som kedy stretol. Keď si mi ufujazdila, bol som presvedčený, že sa vrátiš."

Zasmiala sa.

„Keď som lietal nad Passo…"

„… lietal si?"

Sklonil hlavu, aby nevidela jeho výraz. „Najal som si vrtuľník, aby som sa uistil, že si nespadla do priepasti." V tej chvíli jej pozrel do očí a srdce mu zmäklo. „To musí byť láska."

Tvár jej znežnela.

„Milujem ťa, Laurie. Chýbala si mi."

Vzdychla si. „Ak si muž najme vrtuľník… musí to byť láska."

Pritúlila sa k nemu, a keď ju držal, vychutnával si tú chvíľu, kým necítil, ako sa trasie. Bože, plače? Odtisol ju, aby jej pozrel do tváre, a zistil, že sa smeje.

„Čo je?" Usiloval sa, aby to znelo pobúrene.

„Dúfam, že ten vrtuľník ťa stál majetok."

Urobil grimasu. „Hlavne utrpela moja hrdosť. Keď som uvidel to auto v bezpečí v Bormiu, hrozne mi odľahlo. Plánoval som ťa prísne pokarhať, že si ma nechala v štichu, a potom som sa ti chcel ospravedlniť za prehnanú reakciu. Ale ty si bez slova zdúchla. Nechala si ma celé dni dusiť sa, kým si sa neukázala v hoteli, akoby si kašľala na celý svet, a ubytovala si sa v posratom prezidentskom apartmáne. Nie, ty nie si nesamostatná."

Keď sa Cam šiel osprchovať, sedela pri stole, prstami zbierala omrvinky a nevšímala si pokušenie uštipnúť sa. Cam vyzeral rozkošne, keď sa zahanbene priznal k tomu vrtuľníku. Nepotrebovala od neho počuť nijaké sľuby, pokiaľ išlo o budúcnosť. Stačilo jej, čo mala teraz. Bola skutočne šťastná. Vďaka Milesovi preradila rýchlosť a vedela o sebe dosť, aby si dovolila byť šťastná. Keď držala v rukách volant, život vyzeral úžasne.

Poďakovanie

Najväčšia vďaka patrí neoceniteľnej Catherine Jonesovej z Asociácie autoriek romantickej literatúry, že ma naviedla správnym smerom – veľmi pekne ďakujem, že si mi to povedala rovno! Som zaviazaná svojim domácim odborníkom na autá, Nicole a Ianovi Walkerovcom, ktorí si láskavo prečítali hrubú verziu – všetky technické chyby sú výsledkom toho, že som si nevšímala Ianove rady, lebo som sa sústredila na romancu. Nikto, kto má zdravý rozum, by nešiel s takým cenným autom na výlet po Európe!

Veľká vďaka klubu Prosecco, najmä slečne Tuckerovej, za úžasnú podporu.

Nezaobišla by som sa bez mojej najlepšej priateľky Donny Ashcroftovej, a to z mnohých dôvodov – tentoraz ma nakopala do zadku, aby som preradila rýchlosť. Som veľmi vďačná zvláštnej agentke Broovej, že je mojou dobrou vílou a srší duchaplnosťou a šibalským humorom, keď to potrebujem, a Charlotte Ledgerovej z HarperImpulse, že bola taká nadšená touto knihou.

Samozrejme, moja rodina sa vždy musí zmieriť s odfláknutými domácimi prácami a roztržitosťou, keď píšem, takže sa musím poďakovať Nickovi, Ellie a Mattovi. (Nečakajte, že sa to v dohľadnom čase zlepší.)

Ale hlavne ďakujem vám, milí čitatelia, že ste sa rozhodli prečítať si túto knihu... a veľmi dúfam, že sa vám páčila.

Jules Wake
S láskou z Talianska

Prvé slovenské vydanie
Vydalo vydavateľstvo Lindeni
v spoločnosti Albatros Media Slovakia, s. r. o.,
so sídlom Mickiewiczova 9, Bratislava v roku 2024.
Číslo publikácie 3 082
Zodpovedná redaktorka Agáta Laczková
Technická redaktorka Sandra Friedrichová
Jazyková redaktorka Michaela Kratinová

Z anglického originálu *From Italy With Love,*
ktorý prvýkrát vydalo vydavateľstvo Harper*Impulse,*
a division of HarperCollinsPublishers Ltd, v roku 2015,
preložila Tamara Chovanová
Grafická úprava a sadzba Alias Press, s. r. o., Bratislava
Tlač TBB, a. s., Banská Bystrica

Cena uvedená výrobcom predstavuje nezáväznú
odporúčanú spotrebiteľskú cenu.

Objednávky kníh:
www.albatrosmedia.sk

ALBATROS MEDIA